〔法国〕马丁·杜·加尔 ◎ 著
胡菊丽 邢洁 ◎ 译

蒂博一家
（二）

第四卷　诊断

1

大学路，时间是正午十二点半。

昂图瓦纳跳下出租车，朝拱门走进去，他想："今天周一，是我出诊的日期。"

"先生，您好。"

他转过身，看见两个孩子好像站在墙角躲风。年龄大一点的孩子把鸭舌帽摘了下来，向昂图瓦纳仰起麻雀般灵活的圆脑袋。他的眼光毫不胆怯，昂图瓦纳停了下来。

"我们来的目的是希望您给他看看，看是否能给他一些药，他病了。"昂图瓦纳走到缩在角落里的"他"的身边。

"小朋友，你怎么了？"

一阵过堂风吹来，掀起小男孩儿的短袖子，绑着绷带的胳膊露了出来。

"不是很严重,"较大的孩子语气肯定地说,"甚至不能按工伤事故处理。就是碰到了印刷厂那个倒霉的按钮,按钮把他的手拖住了,一直伤到肩膀那里。"

昂图瓦纳连忙问:

"体温热不热?"

"什么意思?"

"他发烧没有?"

"有,或许发烧了。"大孩子说着点了点头,同时用担心的眼光注视着昂图瓦纳的脸。

"这得让你父母知道,把他送去慈善医院,看两点的门诊。也就是左边的大医院,明白吗?"

那孩子的小脸抽了抽,不过马上便控制住了,露出一脸的失望。他讨好地笑笑:

"我原以为,您可能愿意……"

不过他很快就振作了,用一种无可奈何的语气说道:

"先生,谢谢您,但不碍事,还会有其他办法。过来,鲁鲁。"他真诚地笑了笑,挥挥手里的鸭舌帽,向街上走去。

昂图瓦纳非常吃惊,犹豫着说:"你们是特意在这儿等我的?"

"对的,先生。"

"谁让你们……"他把通往楼梯的门打开,"快进来,不要在过堂风里待着。谁让你们来这儿的?"

"没有谁。"大孩子的小脸舒展开来,"我对您很熟悉。我是事务所的小见习生……就是那个院子最靠里面的公证人事务所!"昂图瓦纳就站在受了伤的孩子身旁，**顺势握住**孩子的手。他碰到了他汗涔涔的手掌心，手掌滚烫，他心里不由得咯噔了一下。

"小朋友，你的父母亲在哪个地方住？"

较小的孩子向大孩子投去疲惫的一瞥：

"罗贝尔！"

罗贝尔马上说道：

"先生，我们的父母死了。"**稍稍停了一下**，他又说道："我们在韦尔纳伊路住。"

"父亲和母亲两个都不在了？"

"是的。"

"那有祖父祖母吗？"

"也没有。"

孩子一脸认真，目光非常坦率，一点让人可怜的表情都没有，也不想让人觉得惊奇。昂图瓦纳的惊讶反而看上去有些幼稚。

"你今年几岁了？"

"十五。"

"那他呢？"

"十三岁半。"

"真是倒霉！"昂图瓦纳想着，"还差一刻就一点了，要给菲力普打电话，还得吃午饭。又要上楼，又要在看病前赶回圣奥诺雷郊区……今天运气真差……"

"行了，过来我帮你瞧瞧吧。"他突然说道。因为要避开罗贝尔坚定却不惊诧的眼神，他走在最里头，拿出底楼钥匙打开门，领着两个孩子从前厅穿过，一直走到他的诊室。

577

在厨房门口,看见了莱翁。

"莱翁,开饭时间稍稍推迟一下……孩子,你快点把外套脱掉,要你哥哥来帮帮你。轻一些……好了,走到这边来。"

褪去干净的内衣,一条细小的胳膊露了出来。手腕上的皮肤已经发炎,界限明了,似乎早就灌脓。昂图瓦纳顾不得在意自己的时间了,他把食指按在肿块上,接着用另外一只手的两个手指头轻轻按压肿块的另一边。好了,他明显感觉到有液体在食指下移动。

"我按这地方,你感觉到痛吗?"

他捏了捏孩子肿起来的前臂,又捏捏上臂,然后一直摸到发烫的腋下淋巴结。

"不怎么痛……"孩子细声回答,身子直挺挺的,眼光一直没离开他哥哥。

"肯定会痛的。"昂图瓦纳不客气地说,"但是,我能看出你是个勇敢的孩子。"他盯着小孩儿慌乱的眼神,刚一看,那眼里闪着火光,开始时迟疑了一下,随后才充满信赖地看向他。昂图瓦纳微微一笑,小孩儿瞬间把头低了下去。昂图瓦纳轻拍他的小脸蛋,抬起了他的下巴,小孩儿有些不自然。

"看来,我们得做一个小手术,半小时后就会舒服很多……你答应吗?……跟我一起来这边。"

孩子很听话,大胆地跟着他走了几步,不过当昂图瓦纳的眼神稍微没有看他,他的勇敢就退缩了。他转向哥哥求助:

"罗贝尔……你和我一起来!"

隔壁房间地上铺着瓷砖,上面垫着一层漆布,还有一个消毒用的蒸锅,一张涂着彩釉的桌子,桌子上放着个反射镜。这个房间是在有必要的时候用来做小手术的。莱翁把它称作"实验室",是由一间浴室改建而成的。之前在父亲的家中,昂图瓦纳和弟弟一起住的套间非常拥挤,尽管后来只有昂图瓦纳一个人住也显得不够用。前不久,正好碰见这样的机会,他租到了隔壁有四个房间的套房,同样是底楼。他便把工作室和卧室都迁了过来,在房子里搭建了这个"实验室"。原来的工作室就改为候诊的地方。又在两个房间的前厅安上小门,这些房间就连成一套了。

过了几分钟,鼓鼓的发炎的皮肤被顺利地切开。

"还要鼓起勇气……再大胆一些……非常好!"昂图瓦纳说完,往后退了一小步。

小孩儿的脸色变得苍白,几乎半瘫在哥哥挺直的胳臂上。

"嘿,莱翁!"昂图瓦纳愉快地喊道,"拿点白兰地给这两个孩子!"他将两块白糖放进有一指深的酒里。"你把这酒喝了。你也喝一些。"他弯下身对动手术的孩子说,"酒烈吗?"

"还不错。"孩子细声答道,微微一笑。

"不要担心,把胳膊伸过来。我已经说了,手术完成后清洗一下,包扎好,这时候是不会疼的。"

电话响了,前厅传来莱翁接电话的声音:"这样不行,太太,医生在忙……今天下午也不行,因为今天是大夫出诊的日子…晚饭前好像也不行……好的,太太,听从您的安排。"

"为了防止万一,扎上一条纱布还是保险些。"昂图瓦纳弯腰冲着肿块,自言自语道,"好了。纱布包得稍微紧了,不过一定要这样……现在,作为哥哥的你,听好了,你要把弟弟带回家,你负责让人照料他入睡,别让他乱动胳膊。你们和谁在一起住?有没有人来照顾你弟弟？"

"我来照顾。"

他的眼神非常坚定，散发着勇气，信心满满，毫无笑意。昂图瓦纳冲着挂钟看了看，又一次克制住满心的好奇。

"你们在韦尔纳伊路几号住？"

"三十七号乙。"

"你叫罗贝尔什么？"

"罗贝尔·博纳尔。"

昂图瓦纳把他的住址记下来，随后抬起头。两个小孩儿直挺挺地站了起来，用明亮的目光看着他。毫无表示感谢的意思，不过却有一种完全放松和信任的表情。

"行了，小朋友们，我有事要忙，你们可以走了……我会在六点到八点这段时间到韦尔纳伊路给弟弟更换纱布。知道了吗？"

"知道了，先生。"大孩子答道，他似乎认为这件事非常自然。

"最顶那层，三号门，对着楼梯口。"

两个小孩儿刚走，他便喊道："莱翁，开饭吧。"

接着，他开始打电话：

"喂，请接爱丽舍01-32。"

前厅的电话机旁，记事本铺开在小桌上，刚好翻到今天那页。昂图瓦纳手里握着听筒，同时弯腰去看：

"一九一三年十月十三日，周一，十四点三十分，巴坦库夫人。不见不散，让她等等吧。十五点三十分，吕梅尔，是的……刘坦，没错……埃尔恩斯特太太，不知道……维昂左尼·德·费耶尔，好的……"

"喂，您好……是01-32吗？……请问菲力普教授回来没有？我是蒂博医生……"（停了一会儿）"喂……老师，您好……不好意思打扰您吃饭了……我是为了诊断的事情。非常着急，是个急诊……埃凯的小孩儿……没错，埃凯，是个外科医生……非常糟糕，可怜啊！好像没太大希望了，耳炎的治疗效果不好，很严重，我之后再和您细说，使人感到难过……不可以，老师，他非要见您不可。请不要拒绝埃凯，过去一趟吧……是啊，越快越好……我也得去，今天周一，我得出诊……就这么定了，我提前一刻钟去接您……老师，谢谢您。"

他挂了电话，再次看了一眼预约名单，习惯性地叹叹气，和他脸上的知足表情一点也不相符。

莱翁走了进来，一张光溜溜的圆脸在微笑：

"先生，你知道吗？今天早上母猫生崽了呢。"

"真的吗？"

昂图瓦纳开心地朝厨房走去。母猫在一个满是破布的篮子里侧躺着，上面挤着几只动来动去的圆乎乎的小毛团。母猫边喂奶，边用粗糙的舌头来回舔小猫。

"一共几只？"

"一共七只。我嫂子叫我留一只给她。"

莱翁是看门人的弟弟。他来昂图瓦纳家工作已经两年多了，干起活来非常勤快。这位小伙子话不多，皮肤皱巴巴的，看不出到底几岁。头发稀少、发白，奇怪地罩在头顶上。长长的鼻子弯着，再配上那耷拉的眼皮，让他看上去总是呆头呆脑的。特别是微笑的时候，呆模样更加突出。但是，这呆相并不是他本来的样子，仅仅是他戴着的一副面具罢了。在这面具之下，隐藏着他的小心谨慎和尖酸猜疑。

"那剩下的六只呢？你要全部淹死它们吗？"昂图瓦纳问。

581

"是啊,"莱翁轻声说道,"难道先生想留下它们吗?"

昂图瓦纳笑了一下,转身快步向雅克之前的房间走去,这里现在已经是餐厅了。

餐桌上早已摆好了鸡蛋、菠菜肉片和水果。昂图瓦纳是受不了等待端菜这些事情的。煎鸡蛋散发着热黄油的味道。这是一段短暂的休息时间,早晨要在医院看病,下午得出诊,中间只有一刻钟。

"楼上有什么吩咐吗?"

"没,先生。"

"弗朗克兰太太有打来电话吗?"

"打了,先生。她约的周五,都记在本子上了。"

电话铃响了,传来莱翁的声音:"太太,恐怕不行,下午五点三十分没有时间……六点也没空……听从您的安排,太太。"

"谁打的?"

"是斯托克奈太太,"他耸了耸肩,"她是为一位女性朋友的小男孩儿打的电话,她还要写信过来。"

"五点预约的埃尔恩斯特太太是哪位?"没等莱翁回答,昂图瓦纳又说道,"你帮我跟巴坦库太太说声抱歉,我可能要晚到二十分钟……请将报纸拿给我,谢谢。"看看挂钟,"楼上的宴席该结束了吧?……你给吉赛尔小姐拨电话,随后把电话放到这边。把咖啡也端来,立刻。"他握着听筒,表情脸部放松下来,眼光看着远方微笑,似乎在展翅飞起,整个人已经飞向电话的另一端。

"喂,你好……没错,我是……嗯,我快吃完了……"他笑笑,"没有,是一些葡萄,一位病人送给我的,味道不错……楼上如何?"他静静地听着,脸色慢慢沉了下来,"唉,那是在打针前还是打针后啊？……一定要取得他的信任，这是很正常的情况……"停了一会儿，表情又明朗了许多。

"吉丝，告诉我，电话旁边没有其他人吧？听好了，我今天一定要见你一面，要跟你谈点事，非常认真的事情……肯定是在这里。三点半以后都可以，你愿意吗？我让莱翁去叫你……确定了吗？好的……我把咖啡喝完就上去。"

2

昂图瓦纳带着他父亲那层楼的钥匙，没有必要按门铃，直接进到衣物间。

"蒂博先生已经在书房里了。"阿德丽爱娜告诉他。昂图瓦纳踮着脚，从弥漫着药味的走廊穿过，进到蒂博先生的洗漱间。"只要进到这里，我就有种压抑的感觉……"他心想着，"毕竟我是个医生！……不过，在我看来，这里和其他地方不一样……"他的眼神一直盯着墙上的温度计。这个洗漱间仿佛一个配药室：置物架和桌子上都摆满了小瓶子、瓷杯以及棉花包。"瞧瞧这短颈的大口瓶。我之前就想了：肾脏功能微弱，必须看化验单。需要用多少吗啡呢？"他把安培盒打开，盒子的标签已经被偷偷改了，目的是不让患者起疑心。"每二十四小时用三十毫克……已经这么多了！哎，嬷嬷放哪儿去了？……嘿！量杯原来在这里。"

他带着愉悦的心情，用熟练的动作开始化验。试管已经被他放在酒精灯上加热，突然房门被推开，他心跳加速，连忙转过头。然而，进来的不是吉丝，是老小姐。她踩着小碎步往前走，仿佛一个砍柴的老女人，腰已经弯成两截。现今，她非常干瘪，瘦瘦小小的，尽管扬起脖子，她就能看见昂图瓦纳的手。不过窄小的灰镜片后，她的目光依然灵活。一有什么惊奇，她那和象牙一样的小脑门儿便会机械地摇晃起来，前额在两边白发的衬托下，更加泛黄。

"啊！昂图瓦纳，原来你在这里。"她叹叹气说道，她非常直接，声音因为身体晃动而发动，"你知不知道，从昨天开始，病情恶化得厉害！赛林娜嬷嬷白白浪费了**两碗粥和一公升多牛奶**！她为他做了十二个苏的香蕉羹，但他碰也没碰……因为沾染了细菌，他剩下的东西一点用也没有。哎！我可没有跟她闹别扭，也没有说谁的不是，她是个虔诚的修女……昂图瓦纳，你去告诉她，不许她再这么做了！对待一个病人，怎能逼迫？应该由他自己来要！而不是给他提出要什么的建议！昂图瓦纳，今天早上是一份冰激凌！想让他吃一份冰激凌，哎！难道要猛地把他的心冻住吗？克洛蒂德要养活一家子人，哪还有什么时间去逛冷饮店？"

昂图瓦纳安静地听着，什么也没说，偶尔含糊地嘟囔几声，继续做自己的化验。他心里想着："她已经默默地忍受了父亲连续二十五年的滔滔不绝，现在，**她要赚回来了**……"

"你知不知道我要给多少人做饭？"老小姐接着说道，"算上嬷嬷和吉丝，我要做几个人的饭？厨房是三人，饭桌上也是三人，加上你父亲！算算吧！我已经七十八岁了，我的身体……"

她看见昂图瓦纳要离开桌子去洗手，便连连后退。她一直担心生病，害怕传染。这一年来，她又必须在一个患了重病的老人身边生活，每天都要和护士、医生接触，闻着药味，这些仿佛毒药一样影响着她，逐渐加快了她身体衰老的速度。她的身体，在三年前就已经开始全面衰弱了。但是，她对身体的衰弱有着自己的看法，她常常嘟囔："自从上帝把我的雅克带走后，我早就可有可无了。"

她见昂图瓦纳没有挪动，还在洗手，就小心翼翼地向盥洗盆跨了两步：

"你跟嬷嬷说一声，昂图瓦纳，跟她说说！你的话她会听！"

他应了一声"好吧"当作敷衍了事。接着不再理会她，离开了房间。她用温和的眼神追随着两条渐行渐远的腿。因为昂图瓦纳很少顶撞她，她把他当成"人间安慰"。

他再次从走廊穿过，经过前厅，装出一副刚刚走进书房的模样。

书房里只有蒂博先生和嬷嬷。昂图瓦纳心想："难道吉丝在自己的房间？那她一定是听见我走来了……她躲着我……"

"爸爸，您好。"他用轻柔的声音说，就像他在病人床前用的语调一样，"嬷嬷，您好。"

蒂博先生抬抬眼皮，说："噢，你来了！"

此时，他坐在窗边一张铺着毯子的大靠椅上。他的头部对肩膀来说，越加沉重了，下巴低低地埋进嬷嬷结系在他脖子上的餐巾里。瘫成一堆的身躯，倚在高靠背两边的黑色扶手上，显得更长了。透过模仿文艺复兴式的彩绘大玻璃窗，彩虹般的光线照着嬷嬷抖动的修女帽，五颜六色的光斑洒上了桌布。桌上放着一盘冒着热气的牛奶木薯粉。

嬷嬷说："来，把它吃了。"

她舀起一汤匙牛奶木薯粉，在盘子边沿刮了刮勺底的汁水，接着高兴地说道："来！"好像在给婴儿喂食，慢慢把汤匙伸入病人软绵绵的嘴唇中，全倒了进去，避免牛奶木薯粉流出来。老人放在膝上的双手厌烦地挥动着。让别人见到自己连独自进食都不行，他非常难受。他想用力握住嬷嬷手中的汤匙，可麻木浮肿的手指根本不听使唤。汤匙顺着他的手掉下来，落到地毯上。他一下子把盘子、桌子和嬷嬷都推开了。

"我又不饿！不要逼迫我！"他喊着，身体转向儿子，仿佛在求助。昂图瓦纳沉默着，老人似乎得到了鼓励，他冲着修女生气地瞪了一眼："全部都端走！"

嬷嬷什么也没有说，退到他看不见的地方去了。

病人开始咳嗽了。（他任何时候都有可能机械地干咳一阵，并没有憋住气，只要一咳起来，紧闭的眼皮都会抽动。）

"你知道吗？昨晚和今早我都吐了。"蒂博先生愤愤地说道，像在发泄心头之恨。

昂图瓦纳知道父亲正用眼角瞥他，便装作毫不在乎的样子。

"是这样吗？"

"难道你认为这是正常的？"

"其实，说真的，这是我预料之中的事。"昂图瓦纳笑着说。（这样的角色扮演在他看来并不难。对其他的病人，他从来都没有像对父亲这样充满耐心和怜悯。他天天都会到这儿来，有时是早上，有时是晚上。每一次，他都像在重新包扎伤口，不厌其烦地想尽各种办法，即兴杜撰出哄人却符合逻辑的理由。每一次，他都是用使人信服的语气，重复让人宽慰的话语。）"爸爸，你能怎么办呢？你的胃已经和年轻人的不同了。至少往你胃里灌了八个月的药水和药片，它并没有在更早的时候显露问题，算是幸运的了！"

蒂博先生安静下来思索着。这样新鲜的解释令他感到愉快，放弃了要怪罪某人、某事的想法。

"没错，"他边说边无声地拍拍自己的胖手，"那些傻蛋，让我吃他们的药……唉，我可怜的腿！……折磨我……折磨我的胃……哎呀！"

他一下子觉得疼痛难忍，脸色变得非常痛苦。他的上身倒向一边，靠着嬷嬷和昂图瓦纳的胳膊，伸直双腿，火辣辣的疼痛才有所缓解。他喊道："你跟我说过……泰里维埃的血……可以缓和坐骨神经痛。告诉我，用那种办法会好吗？"

"肯定会好。"昂图瓦纳面无表情地答道。

蒂博先生用呆滞的眼神望向昂图瓦纳。

"蒂博先生自己也说过，从周二开始，他的痛减轻了许多。"嬷嬷说得很大声，这是她为了让蒂博先生听清楚养成的习惯。趁着好时机，她把一汤匙牛奶木薯粉放进了病人嘴里。

"从周二开始吗？"老人嘟嘟囔囔的，他尽力想着，一句话也不说了。

昂图瓦纳没有说话，心里非常难受。他看着病重父亲的脸庞，因为心理缘故，两腮的肌肉完全松弛了，眉毛扬着，睫毛不停地颤动。悲哀的老人……一直相信自己会痊愈，确实，即使到了今天他也没有怀疑过。这时候，一不注意，他再次被喂了一勺牛奶木薯粉。随后，他生气了，厌烦地推开嬷嬷。她做了让步，同意把餐巾解下。

修女帮他擦拭下巴时，他再次说道："他们折磨着我的胃。"等修女把托盘端走，蒂博先生似乎早就等着这短暂的秘密交流时刻一样，连忙支着胳膊转过来，露出亲密的笑容，让儿子坐得离他近一点。

"赛林娜嬷嬷是个不错的修女，"他语气非常肯定，"昂图瓦纳，

587

你知道吗？她真是一个虔诚的人……对于她的好意，我们是报答不完的。对她的修道院，我们是不是可以……我知道，我曾经有恩于修道院院长。不过正是因为这样，我更加疑惑。她在这里尽心尽力地侍候我这么长的时间，难道别的病人就不需要关心吗？他们说不定在等待着，正忍着病痛啊！你觉得我的看法对吗？"

蒂博先生觉得昂图瓦纳不会认同他的观点，便甩甩手，阻止了儿子。虽然咳嗽总是把他的话打断，他依然用优雅而谦卑的神情抬高了下巴，接着说道：

"不过，我这么说的意思不是今天或者明天就让她走……但是，难道你不觉得……用不了多久……只要我有一点好转……就应让这位好修女得到自由？亲爱的，你不知道总有人待在身边，我会非常难受的！只要可以，嗯？就让她回去，行不行？"

昂图瓦纳不住地点头答应，只是鼓不起勇气应答。他全部青年阶段遇见的、不可挑战的权威，此刻竟然成了这般模样。前不久，这位独裁父亲在没有任何解释的情况下，便撵走了一个讨厌的护士。可今天，他软弱无力……在这种情形下，他衰竭的体力比昂图瓦纳用手指摸出来的器官衰竭得更加明显。

"你准备走了？"蒂博先生看见昂图瓦纳站起来，便低声问道。在这责备的声音中夹杂着眷恋和祈求，几乎接近柔情。昂图瓦纳非常感动，说道："是啊，我要走了，整个下午都有预约，晚上我尽量再来。"

他走过去抱抱父亲，这是近段时间的习惯。不过老人转过了身：

"行了，你走吧，亲爱的……走吧！"

昂图瓦纳什么也没有说，便出去了。

老小姐在前厅的椅子上坐着,姿势非常滑稽,等着他走过这里。

"昂图瓦纳,我要跟你说说……说说嬷嬷的事情……"不过,他已经失去了听下去的勇气。他拿起外套和帽子,关上了身后的房门。

走到楼梯口,他消沉地站了一会儿,尽力套上外套,突然想到,必须像当兵时一样把腰板挺直,把行囊背好,继续前进……

看见外边的车辆和冒着秋风前行的人们,他恢复了往常的快乐。

他现在要去找一辆出租车。

3

"还有二十分钟,"汽车从玛德莱娜教堂的大钟前开过时,昂图瓦纳看了一眼时间,"还能赶到……老师是个准时的人,他现在一定都收拾妥当了。"

不出所料,菲力普医生正站在诊所门口等着。

"蒂博,你好。"他嘟囔着,他尖厉的声音很刺耳,好像总是在讽刺人,"刚好可以提前一刻钟,我们走吧……"

"好的,老师。"昂图瓦纳开心地说。

他一直都愿意跟着菲力普。以前,他连续给菲力普当了两年的实习医生,每天都和导师亲密地生活在一起。后来,他不得已更换工作岗位,不过和老师的联系从未中断。随后的时光里,没有人可以取代他的导师。人们谈论昂图瓦纳时,总会说:"蒂博,那是菲力普的学生。"没错,昂图瓦纳是菲力普的学生、助手和精神上的儿子。可经常也是他的对立面,青春对老成,冒险大胆对谨慎小心。他们两个人的友谊和职业合作已经延续七年,非常牢固。昂图瓦纳只要出现在菲力普身旁,他的个性就会不自觉地发生变化,仿佛变小、变弱了。刚才还是完整独立的个体,现在已经自动回到一个受保护的地位。昂图瓦纳并没有因为这样的变化烦恼,而是非常开心。同时因为自尊心得到满足,进一步加深了他对老师的热爱。教授学识渊博,不过却是出了名的难相处。这就使他对昂图瓦纳的关爱显得更加宝贵。老师和学生待在一起的时候,总是其乐融融的样子。因为在他们看来,显然一般的人类都是头脑不清、能力不强的。不过,他们两个非常幸运,没有掉进这个普遍规律。老师是一个不轻易显露情感的人,他对昂图瓦纳的样子,他的信任和秉性,加上说起玩笑话的一颦一笑以及挤眉弄眼的模样,还有那些了解内情才能领会的词语,所有的一切似乎都在证明,只有昂图瓦纳才是菲力普可以随意交流的人,也只有昂图瓦纳才能准确把握他的意思。他们两个人很少有意见不统一的时候,就算有,那也是因为同样的理由。比如,有时候,昂图瓦纳会责怪菲力普自欺欺人,把明明是因为自己的怀疑而闪现的一些暂时的想法当作根本的判断。或者,另一些时候,两人交换了相同的意见,菲力普可能会一下子来个一百八十度大转弯,讽刺他们才谈论的话,说:"站在另外一个角度去看,我们刚刚的看法简直是可笑的。"随后,做出总结,"没有一件东西值得人们注意,也没有一个判断有价值。"此时,昂图瓦纳就非常生气,本质上,他容忍不了这种态度,仿佛一个肉体残缺的人那样痛苦不堪。这些时候,他就会客气地离开老师,去做一些自己的事情,然后在有用的活动中恢复平静。

他们在楼梯口遇见了泰里维埃。他有紧急的事情拿不定主意,过来请教老师。泰里维埃和昂图瓦纳一样都是菲力普带过的实习医生，他的年龄比昂图瓦纳要大，如今是内科医生。蒂博先生的病就是他给看的。

老师停下来，身体稍稍前倾，动也不动，双手自然垂着，衣服飘荡在他消瘦的身体四周，看上去像是忘了拽线的瘦长木偶。和他说话的泰里维埃又矮又胖，身体晃来晃去的，满脸笑容。两个人一对比显得非常滑稽。从楼梯窗口照进来的微弱亮光正环绕着他们。昂图瓦纳站在后边，饶有兴趣地看着老师。有时候，他会突然兴致勃勃地用一种新的眼光观察最熟悉的人。此时，菲力普正用咄咄逼人的锐利眼神盯着泰里维埃。他明亮的眼睛之上，是突出的黑色眉毛。不过他的胡子已经灰白，那是一副吓人的山羊胡，跟假的似的，挂在下巴下面，仿佛一缕缕丝穗子。他身上所有的一切似乎都是天生让人厌烦的，比如不修边幅，对人粗鲁，他的相貌，那红色的鼻子很长，呼吸时总是夹着扑哧扑哧的声音，那张嘴总是张着的，潮湿的嘴唇会发出嘶哑的鼻音，时不时还会用假声说出一些挖苦人的话。浓密的眉毛下面，如猴子般的瞳仁闪着孤单的光，流露出一种不想和他人分享的模样。

不过，即使一开始接触，菲力普会让人产生不愉快感，但不接近他的人除了一些不懂事的新手就是平庸的人。确实，昂图瓦纳观察到，没有哪个医生比他更受病人的欢迎，也没有一个老师比他更受同事敬重，更受学生爱戴，更受医院中固执青年们的追捧。他用最讽刺的话语冲着生活和人们的愚蠢，只有傻瓜才会被伤害。只要见过他在行医的人，肯定会察觉到，他身上有一种不斤斤计较而不是趾高气扬的闪光智慧。还有他热忱的敏感，也就是在日常生活中的见闻令人痛苦地伤害了这种强烈的敏感。所以，人们发现，他的尖酸刻薄,只是对抗忧愁时做出的反应。这种精神让他受到愚蠢的人的怨恨,细心观察,这只不过是他的人生哲学的一般表现而已。

昂图瓦纳漫不经心地听着两个医生的交谈内容。他们在谈论由泰里维埃负责的一个病人,昨天老师给病人看过,情况好像不太好。泰里维埃一直坚持着自己的看法。

"不可能。"菲力普说,"年轻人,一立方厘米,我只能同意这样的分量,要是半立方厘米更好。假如你乐意,可以分两次。"另一个医生急了,一看就不同意这稳妥的建议,菲力普镇定地把手搭上他的肩膀,用鼻音说道:

"泰里维埃,你想想,一个病人处在这样的情形下,他身上就剩下两种力量在抗争:分别是自然力量和疾病的力量。医生过来,任意敲一下,是成功还是失败。如果敲中疾病,那就是成功。如果敲中自然,那就是失败,病人必死无疑。这是一场赌注,年轻人。在我们这个岁数,需要谨慎,尽量避免敲得过重。"过了好一会儿,他动也不动,接着狠狠地咽下一口唾液。闪烁的眼神直视着泰里维埃的眼睛,随后他抽回手,朝昂图瓦纳调皮地一瞥,往楼下走去。昂图瓦纳和泰里维埃一起走在他后面。

"你父亲最近如何?"泰里维埃问。

"他从昨天起开始恶心了。"

"是吗……"泰里维埃蹙起前额,嘟了嘟嘴。一会儿之后,他又问道,"难道这几天你都没有去看看他的腿吗?"

"没有。"

"前天,我觉得他的腿浮肿得更厉害了。"

"是不是尿蛋白的原因?"

"也可能是静脉炎。我今天下午四点到五点之间过去,你在不在？"

菲力普的小汽车在门口等着。泰里维埃走后,汽车蹦蹦跳跳地开了出去。

"现在我花钱坐出租车,可能还不如自己买上一辆。"昂图瓦纳心里想着。

"蒂博,我们要去哪里？"

"圣-奥诺雷郊区。"

菲力普哆哆嗦嗦地爬进车里,没等司机发动,就问：

"我的孩子,快跟我说说情况,真的一点希望也没有了？"

"没有了,老师。才两岁的小女孩儿,是个可怜的早产儿,兔唇,加上先天性腭裂。今年春天,埃凯亲自给她做的手术。还有,她的心脏功能衰弱。您瞧瞧,除了这些,又突发严重的耳炎,而且都是在乡下发生的。我必须跟您说,她是他们唯一的孩子……"

菲力普茫然地望着车窗外逐渐消失的街景,同情地发出嘟囔声。

"……不过埃凯太太已经怀孕七个月,艰难的怀孕。我觉得她不够小心谨慎。总之,为了不再发生意外,埃凯把妻子送出了巴黎,将她安置在拉菲特别墅区,房子是埃凯太太的姨妈借给他们的。我认识这一家人,他们都是我弟弟的朋友。孩子的耳炎就是在那里发作的。"

"具体是哪天？"

"不清楚。奶妈一句话也不说,可能是什么也没有发现吧。孩子的母亲躺在床上,最开始什么也不知道。之后,她认为孩子是因为长牙烦躁。最后,周六夜里……"

"是前天？"

"前天夜里十一点,埃凯和平时一样去别墅区过周日,很快他就发现小女孩儿的情况非常危急。他找来一辆救护车,把母女俩连夜送回了巴黎。一到巴黎,他就给我打电话。周日的清早,我去看了小女孩儿,并建议请了耳科医生朗克托。所有棘手的事都发生了:乳突炎、侧窦感染之类的。昨天晚上,我们用尽各种办法,可一点用处也没有。情况随时都在恶化。今天早晨,出现了脑膜感染异常……"

"开刀呢?"

"好像也不行。昨天夜里,埃凯把佩肖叫来,他说孩子的心脏状况不能动任何手术。尽管孩子很痛,但除了用冰块镇痛之外,别无他法。"

菲力普的眼神还在注视远处,他再次发出嘟囔的声音。

"大概情况就这些。"昂图瓦纳满脸忧愁地说道,"老师,现在该您想想办法了。"过了一会儿,他又说了句,"说实话,我只有一个愿望——就是我们去得迟了……事情已经结束。"

"埃凯也不存希望了?"

"噢,不存了!"

菲力普安静了片刻,接着把手搭上昂图瓦纳的膝盖。

"蒂博,不要做这样肯定的判断。身为医生,不幸的埃凯肯定知道希望渺茫。不过身为父亲……你想想,情况越紧急,人们就越要和自己捉迷藏……"他露出苦笑,用鼻音说道,"幸亏啊,嗯?……幸亏……"

4

埃凯的房子在四楼。

楼梯口的门一听到电梯的声响便开了。有个胖子在等他们,他穿着白大褂,黑色的胡子显示了他的犹太人血统。他紧紧握住昂图瓦纳的手,昂图瓦纳将他介绍给菲力普:

"这是伊萨克·斯蒂德莱尔。"

他之前也是学医的,后来放弃了医学事业,不过仍然可以在医疗界的许多场合碰见他。他和埃凯是同学,对埃凯的眷恋仿佛宠物对主人一样,是种盲目的挚爱。他通过电话知道朋友匆忙归来,便放下全部事情赶过来,要在床边守护孩子。

房间里门都打开着,屋里还是春天走时的摆设,不过看上去却非常凄凉。百叶窗是关着的,窗帘也没有挂。全部的灯都亮着,在密集的光线下,每个房间的中间,家具都摆成一堆,又蒙上了白色的床单,仿佛孩子的灵柩台。斯蒂德莱尔让两位医生待在客厅,便去告诉埃凯。客厅的地板上堆放着许多杂乱的东西,中间放着一个打开的箱子,箱子是半空的。

有阵风吹开了门,一个衣冠不整的年轻女人,散着美丽的黄头发愁眉苦脸地走向他们。她身体看上去很沉重,却尽力迈着快步。她用一只手托住肚子,另一只手提着睡衣的下摆,以免摔倒。她喘着气,话都说不全,嘴角一直在发抖。她直接向菲力普奔去,满眼泪水看着他,那是一种无声的恳求。菲力普已经忘记要和她打招呼,仅仅是僵直地伸出双手,似乎想要扶住她,使她冷静下来。

此时,埃凯忽然从前厅的门走了进来。

"尼科尔!"

从他的声音里可以听出愠怒,苍白的脸色还在抽搐。也顾不得菲力普,便向年轻女人走去,紧紧抓着她,弄得她有些摇晃不稳。随后,他使出不可思议的力气抱起她。女人放声大哭。

"帮我开一下门。"埃凯说道。昂图瓦纳连忙跑来帮忙。

昂图瓦纳跟在他们后面。尼科尔的头朝后仰着,嘴里不停地诉说。昂图瓦纳托着她的头部,听见她不连续的话语:"你再也不会原谅我了……这一切都是我造成的……都是我的错,她天生就残疾,你早就怨恨我了!……现在我又犯了错……假如我知道一些,我会立刻医治她……"他们走进一个房间,昂图瓦纳看见床上的被子乱成一团。这肯定是年轻女人听见医生到了,不理会丈夫的嘱咐,跳下床去迎接他们的后果。

此刻,她紧紧抓着昂图瓦纳的手,悲痛欲绝地握着。

"先生,求您了……费利克斯可能再也不会原谅我了……他不会原谅我了,倘若……先生,我求求您,用尽全力拯救她吧!"

她丈夫轻轻把她放在床上,盖好被子。她松开了昂图瓦纳的手,不再说话了。

埃凯弯身靠近她,昂图瓦纳用眼角看见了两人的眼神:妻子的眼神迟疑、狂乱,丈夫的眼神暴躁、恼怒。

"不准再起来了,听见没有?"

她闭上双眼。埃凯又弯下身,在妻子的头发上轻轻落下一吻,接着在合上的眼皮上又印上一吻,这一吻似乎是盖一个封印,提前表示了原谅。

接着,他拉着昂图瓦纳走出了房间。

他们出来找老师时，斯蒂德莱尔已经将老师带到了小女孩儿的身旁。菲力普脱了上衣，系上了一件白色罩衫。他非常专注、镇定自若，似乎整个世界就剩下他和小女孩儿两个人。尽管他一接触到小女孩儿，就已经知道所有的治疗都是白费，可他依然很认真地为她进行全面检查。

埃凯不说话，两只手不停地发抖，一直盯着医生的脸。

检查进行了十分钟。

菲力普结束检查后，把头抬起来，用眼神寻找着埃凯。埃凯几乎变了个样子，脸色非常难看，仿佛让沙子吹干的涨红的眼皮之下是呆滞的眼神。他镇静得让人难过。菲力普飞快地看了他一眼，便知道所有的伪装都没有用。最初因为善心，他还准备了处方，现在也放弃了。他把罩衫脱下，迅速洗完手，把护士递过来的上衣穿好，走出了房间，不再看小床一眼。埃凯走在他后面，接着，昂图瓦纳也跟在后面走出来。

三个人在前厅站着，相互看看，不知如何是好。

"不管怎样，都谢谢您跑了这一趟。"埃凯说道。

菲力普含糊不清地耸了一下肩膀，嘴里传出啧啧的声响。埃凯从单片眼镜中注视他。渐渐地，他的眼神变得严厉、轻视甚至是仇恨。接着，这种厌恶的目光消失了。他用道歉的声音喃喃地说：

"一个人总是避免不了奢求做到做不到的事。"

菲力普才抬起手，不过很快便放下来了。他从容地拿下自己的帽子。不过却没有出去，而是走到埃凯的身边，稍稍迟疑了一下，笨拙地将手搭上埃凯的胳膊，一句话不说。随后，好像打起了精神，往后退去，轻声咳了几下，最终下决心走了。

昂图瓦纳向埃凯走去：

"今天是我出诊的日子，晚上九点左右我再来。"

埃凯稳稳站着，眼神呆滞地看着打开的门，他仅剩的一缕希望随着菲力普的离去而消失了。他点了点头，示意昂图瓦纳他听到了。

菲力普迅速走下两层楼，什么也没说，昂图瓦纳走在他后面。菲力普停了下来，转过半个身子，很大声地咽了一下口水，带着浓重的鼻音说：

"无论如何，我应该开个方子的，是不是？至少是以尽人事……说实话，我没有勇气。"他不再说话，又走下几级楼梯，这回没有转身，自言自语道：

"我比不上你乐观……或许可以拖上一两天。"

他们走到阴暗的楼梯下面，遇见刚刚进门的两位妇人。

"是蒂博先生！"

昂图瓦纳认出那个是丰塔南夫人。

"情况很严重吗？"她用关心的语气问道，极力不露出担心，"我们才刚刚得知这个消息。"

昂图瓦纳点点头，代替了回答。

"不可能！谁也料不到！"丰塔南太太带着责怪的语气喊道，似乎昂图瓦纳的反应逼迫她立刻阻止坏运气到来，"大夫，要充满信心，充满信心。不可能的，这太恐怖了。贞妮，你说是不是？"昂图瓦纳这时才看见缩在旁边的少女。他连忙道歉。她看上去窘迫不安，犹豫了一下，才把手伸向昂图瓦纳。昂图瓦纳看出她非常慌张，眼皮机械地跳动着。不过他明白贞妮很爱表姐尼科尔，并不诧异。

"她变得好奇怪。"他边跟上老师边想着，一个遥远的身影浮现在他的脑海里,那是一个穿着浅色裙子的少女,在夏天夜晚的花园中。这回相见,令他痛苦不堪。"这不幸的雅克一定认不出她是谁了。"

菲力普脸色暗淡,坐在汽车的角落中。

"我要去学校,"他说道,"顺便送你回家。"

这一路,他总共说了不到三句话。到了大学路的拐角,昂图瓦纳正要跟他告别时,他仿佛才从麻木不仁中苏醒。

"蒂博,说实话……你在孩子语言能力发育缓慢领域有些成绩,不久前,我跟你说起一个人,埃尔恩斯特太太……"

"今天我正要去见她。"

"她会带上自己的男孩儿去拜访你的。那男孩儿五六岁,说话跟婴儿一样,只能发单音词,甚至有一些音节他似乎就不能发出来。不过,倘若叫他背诵祈祷文的话,他就跪下来,给你背出'我们的父',自始至终,发音差不多全部正确。同时,他看起来非常聪明。我觉得你肯定会对这个病例感兴趣的……"

5

莱翁听见主人把钥匙插进锁孔的响动,立刻出现在门口。

"巴坦库小姐已经到了……"他脸上带着习惯性的狐疑,接着说,"我觉得,跟她一起来的应该是个家庭女教师。"

"这肯定不是巴坦库小姐,"昂图瓦纳心里这么想着,"她是二十世纪商场老板古皮约的女儿……"

他走进卧室,换上衣领和外套。他穿着考究,注重仪表。接着,他去诊室看了一眼,所有东西都有条不紊的,他便放松下来。于是,他精神焕发地开始了下午的工作。他一下子把窗帘拉开,推开客厅的大门。

一位瘦高的年轻姑娘站了起来。他认出了那是个英国女人。她曾陪着巴坦库太太在春天的时候来过这里。(即使他没有刻意记着,不过此刻他一下子想起了当时让他记忆深刻的一件小事。病看完的时候,他坐在桌前开方子,不经意间抬头看了看巴坦库太太和这个英国小姐。她们两个人化着淡妆,紧紧挨着站在窗口。他一直都忘不了在美丽的安娜眼里瞥见的闪光。此时,她用没戴手套的手指,轻轻地把女教师光滑鬓角上的一缕头发撩起。)

英国姑娘镇定地把头低下,叫小女孩儿走在她前面。昂图瓦纳站在一旁,把她们让进来。一瞬间,他的四周就被这两个年轻女人身体发出的香气包围了。她们两个人的头发都是金黄色的,身材苗条,皮肤有光泽。

于盖特在手臂上放着件大衣,尽管她未满十六岁,可长得已经很高了,所以看见她依然穿着孩子的无袖连衣裙,露出了被夏日镀上的金色的女孩儿肤色时,人们很是诧异。她金黄色的蓬松鬈发,散落在脸庞周围,甚是可爱。然而,脸上的微笑却迟疑不定,大大的眼睛里满是迟缓的目光,表情忧郁。

英国姑娘向昂图瓦纳转过来。她那宛如鲜花的色泽迅速将双颊染红,她尽量用和小鸟一样悦耳的法语告诉昂图瓦纳,巴坦库太太正在城里吃饭,已经嘱咐派辆车去接她了,她过一会儿就能赶来了。

昂图瓦纳朝于盖特走去,轻轻地拍了拍她的肩膀,要她向着亮光。

"现在感觉如何?"他随意地问。

女孩儿摇了摇头,似乎勉强地笑了一下。

昂图瓦纳快速地瞥了一眼她的嘴唇颜色、牙床和眼黏膜，不过他心里想的却是别的事情。刚刚在客厅的时候，他已经发现这个小女孩儿非常吸引人。不过她从椅子上站起来的时候，动作不是很利索，走向他的步子也显得很僵硬。跟着，他轻拍她肩膀时，他敏锐的观察力注意到女孩儿脸上稍稍动了动，并且向后轻微退了一步。

这是他第二回见到这个女孩儿。他不是巴坦库的家庭医生。美丽的巴坦库太太很可能是接受了雅克的老朋友、她的丈夫西蒙·德·巴坦库的建议，于今年春天跑来昂图瓦纳的家，想让他给做个全面检查。听她说，女孩儿发育过快了，体质有些弱。当时，昂图瓦纳并没有检查出什么异样状况。不过他感到整个身体情况非常可疑，因此嘱咐她保持好个人卫生，并且让母亲每个月领孩子过来一次。然而那之后，他一次也没有见过她。

"嗯，"他说，"请把衣服都脱下来。"

"玛丽小姐。"于盖特喊了一声。

昂图瓦纳在桌边坐下来，气定神闲地翻阅着六月记下的病例档案。从中他找不出一点点可以引起注意的症状，可是他心中仍有疑虑。虽然这些初期印象常常会让他找到潜伏的疾病，可他一直都不会早早地相信。他把春天拍摄的X光检查图翻开，不紧不慢地观察起来。紧接着，他站起身来。

于盖特半倚半靠在房子中间的圈椅扶手上，百无聊赖地任人帮她脱着衣服。在她想帮助玛丽小姐解开鞋带或是纽扣时，动作非常迟钝，玛丽小姐随即推开了她的手。有一回，英国女人发怒了，往她手指上无情地打了下去。如此粗鲁的行为与玛丽那天使一样的面孔上露出的冷漠神情，让昂图瓦纳想到，这个美丽的女人不是很爱这个孩子，而且看上去于盖特挺怕她的。

他朝这边走来，说道：

"可以了，谢谢你。"

小女孩儿抬起水汪汪的蓝色眼睛，清澈透亮，非常迷人。也不知道是什么原因，她对这个医生很有好感。（虽然昂图瓦纳的脸一直都绷得紧紧的，脸色又坚硬，可是他却很少给病人留下严峻冷酷的印象。甚至连小孩儿和头脑发育缓慢的人都可以明白：额头的皱纹，执着的眼神，收缩的宽下巴，在病人的眼里，这代表着智慧和力量。以前老师带着怪异的笑容说过："病人真正关心的一件事情，是希望严肃对待他们……"）

昂图瓦纳开始用心听诊。他和菲力普一样，不慌不忙地一步步检查着，心脏也没有任何异常。"是脊椎结核……"心里响起了一个声音，"是脊椎结核吗？……"

"弯一下腰，"他忽然张口说道，"算了，你给我捡个东西，就捡你的鞋吧。"

她并没有弯腰，而是屈膝蹲了下来。这是个不好的征兆。不过他依然指望是自己判断失误。他现在立刻就想把真相搞清楚。

"挺直了，"他又说了句，"把手臂交叉一下，很好。现在向前倾……弯下去……再弯些……"

她再次站直身子，嘴唇缓慢地张开，露出一个迷人的微笑。

"弯腰令我痛苦。"她带着歉意轻声说道。

"好吧。"昂图瓦纳说。他仔细观察着她，但似乎又不是在看她。随后，他看着她的眼睛，笑了笑。她惹人怜爱，这样什么都没有穿，手里拎着鞋，温柔而惊恐的大眼睛注视着昂图瓦纳。她站得很累，已经靠在椅背上了。她雪白的上身如缎子般有光泽,把肩膀、手臂和圆滚的大腿杏子色调衬得更加成熟。她晒黑的皮肤颜色让人联想到皮肉都是炙热发烫的。

"你躺下来,"他用命令的语气说道,同时把一条被单摊在长椅上。他不笑了,内心非常担忧。"肚子向下,躺直了。"

到了该下结论的时候了。昂图瓦纳跪下来,稳当地坐在自己的脚后跟上,把手臂伸出来,方便手腕活动。有好一会儿,他动也不动,仿佛在冥想。担忧的眼神随意地自肩胛骨位置到微暗的腰部看了一圈,她肌肉健美的脊梁呈现在他面前。接下来,他把手掌放在稍微凹陷的温热后颈上,两个手指顺着脊梁骨摸索,尽量让力道平衡,细心地一个个数着脊柱结,慢慢往下摸。

突然间,女孩儿的身体抖了一下,朝下凹陷,昂图瓦纳及时收住手。一个稍稍被垫子堵住的笑声传来:

"医生,我都被您按痛了。"

"不是吧?把哪里按痛了?"医生存心要迷惑她,故意在别的位置上碰了几下,"是不是这里?……"

"好像不是。"

"那是这里吗?"

"也不是。"

此刻,已经不存在什么疑惑了。他把食指准确地按在有病的脊椎骨上,问道:"是这里?"

女孩儿发出简短的尖叫,立刻又转为牵强的干笑。

沉默了一阵。

"把身体翻过来。"昂图瓦纳用柔和的语气说道。

603

他摸摸她的颈部、胸部、腋下,于盖特绷直了身体,防止因疼痛而喊出声。然而,当按到腋下淋巴结的时候,她发出哼哼唧唧的声响。

昂图瓦纳面不改色地站起身,躲开女孩儿的眼神。

"行啦,检查完毕,"他故意做出生气的样子,"说实话,你特别害怕疼痛。"

有人敲了敲门,很快,门打开了。

"医生,是我。"一声热情的问候传来,迷人的安娜踩着高傲的步伐走了进来,"非常抱歉,我迟到了……但是您住的地方确实太糟糕了。"她笑了笑,接着说,"但愿你们等的时间还不是很长。"她的目光正在寻找女儿。"当心感冒了!"她的语气非常严厉。"亲爱的小玛丽,麻烦帮她穿件衣服,好吗?"她低沉的嗓音,很是动听,不需要任何中间环节就直接转变成更粗硬烦人的声音。

她走向昂图瓦纳。她灵活的身段十分撩人。昂图瓦纳尽管还在专注手中的事情,不过动作却变得机械,甚至流露出冷漠的神情。不过因为他已经习惯诱惑,特别是温柔的诱惑,便减少了僵硬的神态。

她全身散发着一股浓厚的麝香香味,好像挥发不掉,停滞在她四周。女人伸出戴着浅色手套的手,动作非常潇洒,手腕上的链状手镯叮当直响。

"您好!"

她用灰色的眼睛注视着昂图瓦纳的双眼。他瞧见她红色的嘴唇稍稍张开,褐色波状的头发下,几乎看不出分布在太阳穴上的几道细细的鱼尾纹,这让她眼皮四周的皮肉更加细腻。他把头转过去。

"医生,您满意吗?"她问,"您检查得怎么样了?"

"今天的检查结束了。"昂图瓦纳回答说,嘴唇留下笑意,进而转过身对英国女人说,"您现在可以帮小姐穿好衣服了。"

"您应该肯定,我把她毫发未伤地领来了这里吧。"巴坦库太太说得很大声,习惯性地背着光坐下,"她有没有跟您说,我们去过……"

昂图瓦纳走到盥洗盆旁,礼貌地把头转向巴坦库太太,同时用肥皂搓着手。

"因为她,我们去奥斯当德待了差不多两个月,很明显她晒黑了很多。您要是半夜看见她,肯定不是这样子的。你说是吗,玛丽?"

昂图瓦纳一言不发,思索着:"现在是结核病,它一发作就会破坏人体的根基,同时已经深入侵蚀了脊柱。"他差点要说出来:"这病还能医治……"不过这并不是他心里的想法。就全身来看,表面是完好的,只是内部情形使人焦虑,整个淋巴器官已经肿起来。于盖特是老古皮的女儿,败坏的遗传因素对她未来的身体健康可能会有很大的危害。

"她有没有跟您说起,在王宫旅馆的晒黑比赛上,她是三等奖?以及在游乐场的比赛里,她也获得了奖状?"

她发卷舌音时,稍稍有点不清楚,恰好替她可怕的性感增加了些天真可爱让人宽心的元素。两只眼睛泛着海蓝色,在褐色的头发之间,非常显眼。她蓝色的眼睛里,总是无缘无故地发出一闪而过的刺眼的亮光。第一次见面的时候,她私下里就对昂图瓦纳很是不满。安娜·德·巴坦库喜爱男人觊觎他,女人羡慕她。随着年龄的增长,她获得的青睐越来越少了。不过,她在这一过程中获得的愉悦越是柏拉图式的,她就越希望遍地取得这种肉欲的氛围。

她对昂图瓦纳的反应感到愤怒,正是由于他看她的眼神既感兴趣又漫不经心,不过却没有排除欲念。可她却能清楚地察觉到,这样的欲念他很轻易就可以掌控，他会用理智做出判断。

她停止了联想，带着笑意说道："抱歉，穿着大衣快把我闷死了。"她就这么在那里坐着，眼神一直注视着年轻的男人，同时温柔地把宽大的皮裘脱下来，长长的项链叮当作响。她把大衣盖上她的座位。她的胸部上下起伏着，显得更加自在。上衣胸口的位置露出柔滑的脖子，依然年轻，换句话说是还没有服老。她脖颈上高傲地托着小巧的脑袋，帽子下面是和鹰钩一样的侧面。

昂图瓦纳弯下身，缓缓地擦手。一副心不在焉却又在思考的样子，此时他似乎瞧见了骨质在一步步发炎、软化，被侵蚀的脊椎一下子崩塌。一定要早些尝试仅有的方法：包上一件石膏背心，一连固定几个月，也可能是几年……

"医生，今年夏天的奥斯当德快活得很。"巴坦库太太把声音提高了说，以便昂图瓦纳去听，"人们好像疯了一样，只是有点多……都只顾吃喝玩乐！"她微笑着。后来见医生不理她，便压低了声音，直至停止说话，把沾沾自喜的目光转向正在帮于盖特穿衣的玛丽小姐。她在旁边观察了那么久，再也忍受不了一直扮演观众的角色，总想参与进来。为了把衣领上的一个褶子抚平，她灵活地站起身，用手指将上衣理顺。她亲密地贴在英国姑娘的脸上，低声说道："玛丽，你知不知道，我比较钟爱于德松店里定做的无袖胸衣，就该让她给苏齐当模特儿去。"她突然恼怒地对女儿叫道："站起来，一直坐着，别人哪能知道你的衣服有没有弄好？……"她上身冲着昂图瓦纳的方向转去，接着敏捷地挥挥手："医生，你肯定无法想象，这么个大女孩儿，懒得不想动弹。我天生就静不下来，气死我了！"

昂图瓦纳的眼神碰上了于盖特含糊的试探性目光，他禁不住向她投去默契的一瞥，女孩儿露出微笑。

他在心里这样想着："嗯，今天周一。周五或者周六得给她裹上石膏，之后看情况而定。"

之后怎么办？……他思考了好一会儿，似乎清晰地见到，在贝尔克收养院的平台上，在那些含有盐味的风中摆放着一字排开的棺木中，有一辆车比其他的还要长。在没有安放枕头的褥子上，女孩儿仰面躺着，她蓝色眼睛散发出的热烈眼神瞭望着小沙丘构成的地平线……

"在奥斯当德的时候，"巴坦库太太边埋怨女儿边陈述道，"请您想一想，游乐场在早晨会组织跳舞。我带她去了。然而每跳完一个舞，这个小姐就瘫坐在了长椅上不停地哭泣，吸引了大家同情的目……"她耸耸肩膀，接着说，"我最讨厌别人的同情！"她生气了，一下子狠狠地向昂图瓦纳看了一眼。他马上记起之前听人说过，老古比约在后来的日子里喜欢吃醋，最终给毒死了。她继续狠毒地说："她变得如此好笑，我只能做出退让。"

昂图瓦纳冷漠地看看她，猛然间打定主意，不跟面前的女人进行严肃的谈话，让她走，需要的时候再叫来她丈夫。于盖特并不是巴坦库的亲生女儿，不过昂图瓦纳好像记得雅克说起西蒙时，总会说："这个人没什么脑子，但心肠却跟金子一样。"

"您丈夫在不在巴黎啊？"他问道。

巴坦库太太开始觉得他在谈论话题上变得热情了。早就应该这样了。她有事要拜托他，因此一定要引起昂图瓦纳的兴趣。她大笑不止，叫英国姑娘给她证明：

"玛丽，你有没有听见？亲爱的医生，他不在，因为打猎，我们得在都兰待到二月。我们前一批客人刚离开,下一批客人马上就要来了,我们正是趁着中间的间隔才抽空出来的。不过在周六的时候,朋友们又会挤满我们家的。"

昂图瓦纳什么也没说,这回的静默让她愤怒。因此不得不放弃制伏这古怪的人。她认为他心神不定的样子很滑稽,一点教养都没有。

她从房间穿过,取回自己的大衣。

"行,"昂图瓦纳这样想着,"过一会儿我就给巴坦库发电报,反正我知道他的地址。他可能在明天,最慢后天也就在巴黎了。周四给她拍X光,为了防止意外,要请老师来诊断。周六就给她裹上石膏。"

于盖特在扶椅上坐着,安静地戴上手套。巴坦库太太裹上毛皮大衣,站在镜子前整理锦鸡皮做成的瓦尔基式帽子,她用讽刺的语气问:

"医生,就这样结束了?不用开方子吗?这回有什么要嘱咐的?您同意她和玛丽小姐一道坐在便捷的二轮马车上去打猎吗?"

6

昂图瓦纳等巴坦库太太走后,再次回到了诊室,把客厅的门推开。

吕梅尔迈着紧急的步伐走进来,仿佛一个连一分钟都不能浪费的大忙人。

"很抱歉,让您等了那么长时间。"昂图瓦纳满怀歉意地说。

客人做了个不碍事的手势,亲热地伸出双手,似乎在说:"我在这里,只是个病人而已。"

他身穿一件绸面做的黑色礼服,手里还拿着高筒礼帽。他利索的派头,和这考究的穿着非常相配。

"哎呀呀!"昂图瓦纳高兴地说道,"您肯定是从总统府那儿过来的吧?"

吕梅尔愉快地笑了,说:

"亲爱的,不是总统府。我是从塞尔维亚大使馆过来的,那里刚刚为德雅尼洛茨基一行的到来举行了午宴,他们是这周才到的巴黎。除此之外,我一会儿还得忙一些事:部长派我去恭候伊丽莎白王后,王后一时兴起,想在五点半的时候参观菊花展。还好我熟悉她。她是个简朴实在的人,相当有趣。她喜欢花卉,憎恨外交礼节。我只需要讲几句简单的欢迎辞,不用太正式。"

他心有所想地笑了笑。昂图瓦纳觉得他可能是在回味要说的欢迎辞,恰到好处,优雅恭敬。

吕梅尔已经四十多岁了,脑袋和狮子头一样,金黄色的鬣毛梳向后边,分布在微胖的罗马式脸型四周。胡子微微朝上翘起,一副咄咄逼人的模样。蓝色深邃的眼珠子总是不停地转动。有时候,昂图瓦纳会想:"要是没有了那副胡子,从侧面看去,这家伙跟绵羊一样。"

"亲爱的,这午宴啊!"他停了一会儿,眯着眼睛,摇头晃脑地继续说道,"有二十到二十五位客人,全是当官的,有头有脸的人物。当中可能会有两三个比较聪明的,这非常恐怖……不过我确信自己办了些有用的事情。部长可不知道其中的缘故。我害怕他那种狗咬骨头的作风会破坏我的事情……"他用词具体且含义丰富,加上挖苦的笑容,每句话都妙趣横生,然而几乎所有的话都没有什么变化。

"抱歉,我现在要草拟一份紧急电报,"昂图瓦纳说着,朝桌子走去,"当然,您可以继续说,我在听。今天参加了塞尔维亚人的聚餐后，您有什么感觉？"

吕梅尔仿佛没有听见他的问题，接着心不在焉地说下去。昂图瓦纳心想："只要他开始说话，简直就不像个大忙人……"他动手草拟发给巴坦库的电报，几句零碎的话语传到耳边：

"……自德国骚乱以来……他们在莱比锡，造了一座纪念一八一三年事件的纪念碑……大肆宣扬启动仪式！……所有借口都让他们用了……亲爱的，就要到来！再等个两三年……就要到来！"

"什么要到来？是战争吗？"昂图瓦纳抬起头问了一句。

他好奇地盯着吕梅尔。

"是的，是战争。"吕梅尔神情肃穆，说道，"现在的局势正向战争笔直前进。"

他总喜欢说短时间内，欧洲大陆会爆发战争。有时候，他几乎是在希望战争的到来。正在这时，他继续说道："战争一开始，就可以大有作为了。"这句话含义模糊，能解释为：上战场厮杀。不过，昂图瓦纳斩钉截铁地认为：夺权掌位。

吕梅尔走到桌子旁边，朝昂图瓦纳弯下身，不自觉地压低声音说道：

"您有没有察觉到奥地利的形势变化？"

"嗯……确实，我是个外行。"

"蒂查[1]现在自命为贝尔彻托德[2]的接班人。一九一〇年的时候，我见过这个蒂查，他可是个奋不顾身的冒失鬼。这一点在他任匈牙利议长时就被证明了。您有没有看过他公然挑战俄国的那篇演说？"

---

[1] 蒂查，匈牙利自由党的首领，1887年至1890年期间掌政。
[2] 贝尔彻托德，奥地利外交家，1912年至1916年期间任外交部长。

昂图瓦纳拟好了电报稿，站起来说道：

"没有。当我达到能阅读报纸的年龄时，我看到的奥地利饰演的都是小孩子角色。一直到现在，也没有做出什么突出的事。"

"那是由于德国从中作梗。不过，也正是这样，因为德国在一个月以来事态的变化，奥地利的态度更加令人担忧。然而，公众对此还存在质疑。"

昂图瓦纳一下子觉得有趣，说道："您说得再详细些。"

吕梅尔朝挂钟瞥了一眼，挺直了身子：

"我无法跟您说，虽然德国和奥地利表面上成了盟友，两个国家的统治者的演说都非常华丽，不过，六七年来两个国家的关系……"

"没错，这对我们来说，难道不是和平的保障吗？"

"微乎其微的保障，甚至曾经只有这个保障。"

"曾经？"

吕梅尔非常严肃地点点头。

"形势正在变化……"他盯着昂图瓦纳，似乎在思索应该讲到哪部分，跟着，嘴里又挤出一句，"可能是我们的失误。"

"是我们的失误吗？"

"天啊，没错。这些说起来相当棘手。倘若我这么跟您说，欧洲见识最广的人认为我们内心好战，您会有什么想法？"

"我们内心好战？简直是个笑话。"

"亲爱的，法国人是不爱出门的。法国人几乎想象不了，从外面去看它的好战政策可能会引起哪种后果……所以，法、英、俄三国之间日益友好，它们最新签订的军事协议，两年间私下谋划的所有外交活动，无论合不合理，都开始让柏林方面担忧。德国面对它严谨称作三国协约①的威胁,猛然察觉它好像处在孤立境地。它明白,现在的意大利仅仅是在理论上参与了三国同盟②。德国只剩下奥地利了。因此,在这几周时间里,德国亟须巩固各种友好关系。就算是做出巨大让步,或者改变方向也决不吝啬。您理解吗?所以,德国的态度一下子发生了转变,接受了奥地利关于巴尔干半岛的政策,简直是在鼓励奥地利,那就只差一步了。听说,这一步也已经跨出去了。然而奥地利似乎也觉得风向发生了转变,立刻抓住时机,就像您了解的一样,叫声越响亮,事情的发展态势就越严重。所以,德国甘愿与奥地利的大胆行为达成共识,这就随时令这种大胆行为产生举足轻重的作用。整个欧洲大陆不知不觉地被拖进巴尔干半岛的纷争之中!此刻您应该可以理解,人们只知道一点点情况,就非常消沉,起码是心神不宁的原因了吧?"

昂图瓦纳什么也没有说,半信半疑。他非常清楚,外交政策专家一直以来都会预想发生冲突是避免不了的。昂图瓦纳按响门铃唤来在门口站着的莱翁,他要等仆人进来,然后去干正事。他以一种苛刻的眼神盯着吕梅尔,可吕梅尔依然陶醉在那个话题里,把时间忘得一干二净,得意地在壁炉跟前走来走去。

吕梅尔的父亲曾经是个参议员,和蒂博先生是朋友。(只是他死得有点早,来不及看见儿子在共和政府中的步步高升。)之前,昂图瓦纳曾多次见到吕梅尔。但说真的,最近这周里他和吕梅尔的交往才变得频繁。每与他见一次,昂图瓦纳对他庄严的看法就变得更加

---

①1891年,俄法联盟;1904年,法英订立协定;1907年,英俄又签订协议。共同对付德奥意。
②德奥1897年订立盟约,1882年两国又联合意大利结盟,共同对付俄英法,结成三国同盟。

确定。他注意到，这种有影响力的人物虽然能说会道，崇高稳重，温文尔雅，并且对国家大事非常关心，可总时不时地显露出庸俗的嘴脸，别人一眼就可以看出他的个人野心。很明显，野心可是吕梅尔唯一可以具备的激烈情感。昂图瓦纳甚至觉得他那种野心和他的自身能力不相符，他觉得他能力不强，教养普通，没有胆量，又变化无常。所有这一切都灵活地被未来的伟人风范给隐藏了。

莱翁走进来把电报拿走了。昂图瓦纳思索着："停止谈论政治和心理学吧。"同时转向还在夸夸其谈的人，说道：

"情况如何？还是原来那样吗？"

吕梅尔的脸色一下子黯淡了。

在上周初的晚上，大概九点的样子，昂图瓦纳看见吕梅尔脸色苍白地走进他的诊室。前天夜里，他发现自己患上一种病，他不乐意跟常常帮自己看病的医生说，也不乐意向一个不熟悉的医生求助。他是这么说的："亲爱的，由于您是了解我的人。我是个已婚人士，同时还算是个有头有脸的人物。我要保护好私生活和公共活动，避免别人抓住什么把柄，用来威胁……"这时，他突然记起蒂博的儿子是位医生，就请求昂图瓦纳帮他医治。昂图瓦纳让他去找专家，但他不答应。昂图瓦纳任何时候都做好施展医术的准备，同时，对接近这位政治家也比较感兴趣，就答应了下来。

"真的一点起色也没有吗？"

吕梅尔可怜兮兮地摇了摇头，一言不发。这位爱说话的人在谈到自己的病时总是一副难为情的样子，也不想坦白他时常疼痛难忍。离现在没多大一会儿，也就是外交午宴后，他迫不得已结束了紧要的会谈，急匆匆地走出吸烟室，因为确实痛得厉害。

昂图瓦纳想了想，坚决地说道：
"既然如此，我给你用硝酸盐试试看……"
昂图瓦纳把"实验室"推开，好让沉默不语的吕梅尔进去。接着，他转身背对吕梅尔调配药水，倒进用来打可卡因的注射器。他转身面对病人，吕梅尔已经把直挺挺的礼服脱了下来，假领和长裤也都去掉了，现在的他俨然是个不幸的病人，疼痛不止、惴惴不安、低声下气。他正在把弄脏的内裤难为情地解开。

可他并没有心甘情愿地妥协。当昂图瓦纳朝他走来时，他把头稍稍地往上抬了抬，尽量摆出一丁点的轻松自如和笑容。事实上，他痛得难受，并且是各式各样的痛。这简直是一种倒了霉运的痛苦，因为眼前这般粗俗的景象，他不能完整地褪下假面具，又没有办法跟所有人坦白：这样荒谬滑稽的事情不但令他的肉体痛苦，同时还添了一层不幸——那就是伤害了他的自尊。唉！他可以跟谁去说这一切呢？他一个朋友也没有。十年之间，政治迫使他生活在逢场作戏和相互怀疑的壁垒之间。一种真正理解他的爱也没有。不是的，有一种，就是他妻子的爱。妻子是他仅有的朋友，了解他、爱他。他唯一可以倾诉的对象就是妻子——可正是因为这样，他必须得忧心忡忡地向她隐瞒这丢脸的艳遇。

肉体的疼痛阻止了他继续想下去的念头。可卡因的效果开始显现了。吕梅尔极力控制着，不让自己叫出声来。没过多久，虽然已经打了止痛剂，他咬紧牙关，握紧拳头，最终还是叫出声来。剧烈燃烧的药物让他发出临产妇女的呻吟。他蓝色的眼睛里闪着圆滚滚的眼泪。

昂图瓦纳同情地说道：

"我的朋友，大胆一些，快注射完了……我知道会很疼，但没有其他方法了。不会拖延太长时间的。平静下来，我给你再打点可卡因……"

吕梅尔听不见医生的话，他摊开躺在手术台上，在冷漠的反射镜之下，伸缩的双腿伸开又缩紧，简直和一只被解剖的青蛙一样。

昂图瓦纳终于缓和了他剧烈的疼痛，说：

"现在还差一刻就到五点，您打算几点走？"

"五点……我五点得走，"不幸的患者嘟囔道，"我的汽车……汽车……就在下面。"

昂图瓦纳给了他一个友善的、鼓励的笑容，不过这笑容里还隐藏着耻笑。他不禁想起受过严格训练的司机戴着三色帽徽的标志，在座位上不动声色地等候部长代表先生。接着，再过一个小时，在花卉展览会的帐篷下面，铺上了红地毯，这个现在跟一个换尿布的婴儿一样手脚乱动的吕梅尔，已经换上了礼服，胡子下面挂着隐隐约约的笑容，俨然是个漂亮的绅士，欢迎娇小迷人的伊丽莎白王后……然而，这些想法一闪就过了，没过多久，医生的眼里就剩下一个病人，或许病人都不是，仅仅是个病例而已。或者比病例还低下，仅仅是个化学作用，黏膜上的腐蚀剂发生了作用，是他有意引发的，他对它负责。他的思想观察着它的必然发展。

莱翁轻轻地在门上敲了三下，昂图瓦纳一下子回到现实世界。他突然想起："一定是吉丝来了。"于是将医疗用具一股脑儿扔进消毒蒸锅的托盘之中。此时，他急切地想弃吕梅尔而去。不过，由于他习惯了忠于职守，便静心地等待病人的疼痛再缓和一些。

"您就待在这儿歇歇吧，"他走出去的时候说道，"我暂时用不着这个房间。五点差十分的时候，我会过来叫您的。"

7

莱翁跟吉丝说：

"小姐，请您在'这边'稍等……"

"这边"指的是雅克之前的房间。夜已经深了，房间里黑乎乎、静悄悄的，宛如地窖。吉丝迈进门槛的时候，心跳得厉害。为了控制内心的恐惧，她像平时一样开始祷告，呼唤从未抛弃人的上帝。接着，她在沙发床上随意地坐着。这么多年来，她曾经和雅克坐在这里聊过很多次。不知道是从客厅还是从街上传来一个孩子的哭声。吉丝几乎控制不住自己。如今，就连这样一点小事情，都能让她流眼泪。还好现在只有她一个人在。一定要去找个医生来看看，不过不是昂图瓦纳。她身子向来很弱，又瘦了很多。肯定是因为失眠。她才十九岁，这样的情况非常不好……突然间，她回想起自己十九年来不寻常的生活经历，在两个老人身边度过了长长的童年时光，后来，快十六岁的时候，这郁闷的烦恼，加上沉重的秘密，非常复杂！

莱翁走进来，打开了灯。吉丝没敢告诉他，她喜欢昏暗笼罩在四周的感觉。开灯以后，她把每一件家具和小摆设都认得清清楚楚。她知道，昂图瓦纳因为手足情义，一般都不会挪动这些东西的位置。不过，他要在这里吃饭，所有物件也就慢慢发生了位移，用处也发生了转变。所用东西都和原来不同了，桌子放到了房子中间，原先的书桌也改变了用途，上面放着面包篮和水果盘。连书柜都……以前，这些绿色的窗帘一直都没有拉开过，可现在，其中一块窗帘被稍稍地撩上去了。吉丝往前弯了一下腰，看见闪闪发光的餐具。莱翁几乎把书都摆到书柜的最顶层了……倘若不幸的雅克见到自己的书柜变成了餐柜，会不会气愤？

雅克……吉丝不承认他已经过世。假如雅克一下子站在门口，她一点也不会诧异。她简直时时刻刻都在期盼着他站在自己的面前。这三年来，她跟着了魔似的等着，如痴如醉，既亢奋又虚弱。

看着眼前这些熟悉的东西，记忆在她脑海里浮现。她没有勇气站直，甚至呼吸都是轻微的，担心吹散了空气，打破这美好的宁静。壁炉上放着昂图瓦纳的一张照片，吉丝的眼睛盯着那里，想起了昂图瓦纳将这张照片给雅克的同一天，也给了老小姐一张，如今就放在楼上。她对曾经的昂图瓦纳充满好感，把他当作哥哥一样热爱。三年的痛苦挣扎中，他给了她强有力的支持。雅克出走之后，她常常来到楼下昂图瓦纳的家里，共同说起那不辞而别的人。很多次，她几乎要告诉昂图瓦纳自己的秘密。然而，现在所有的东西不是原来的样子了。到底是什么原因？他们两个人之间出了什么事？她不知道。她就记得，在她准备去伦敦的前一夜那短暂的离别里，昂图瓦纳在分别的时候，一副魂不守舍的样子，她不知道其中的缘故。当时他跟她说过的话已经模糊不清。但她似乎察觉到他已经不再跟大哥哥那样爱护她，他想念她的方式和以前不同了。难道是这样吗？可能只是她瞎想罢了。不对，昂图瓦纳写给她的信件里，措辞含糊，太过温柔却欲言又止的样子，已经使她找不回刚开始几年的平静情感了。因此，她从国外回来后，一直躲着他。在这半个月的时间里，她没有和他单独见过面。今天，他叫她来做什么呢？

她听见昂图瓦纳急促且清晰的脚步声时，不禁打了个寒战。他走进来，停在那儿微笑。他的脸似乎有点倦怠，不过眉头很放松，目光有神，看上去非常高兴。吉丝不知要干什么，连忙调整状态。昂图瓦纳只要出现，旺盛的生命力就散布在他四周。

"尼格莆特，你好！"他笑着说。（这个绰号是在很久之前，蒂博先生心情不错的时候取的。当时，韦兹小姐迫于无奈收养了这个父母双亡的侄女，才把模样跟野人似的马尔加什的混血女人的女儿接来，在富裕的蒂博先生家里安顿好。）

吉丝为了避免尴尬，问他：

"今天看病的人多吗？"

"医生就是这样的嘛！"昂图瓦纳高兴地说，"你是想去诊室呢，还是就坐在这里？"她还来不及回答，他已经在她身旁坐下。"你最近过得怎么样？我们已经很长时间见不到面了……你的围巾挺好看的……把你的手伸过来……"他肆意地握住吉丝的手，吉丝便由着他。他把她的手放在手里掂量了一下，说道："你这小手比以前轻多了……"吉丝尽量露出一个淡定的笑容，昂图瓦纳瞧见了她褐色面颊上的两个小酒窝。她没有把手抽回去，不过，昂图瓦纳觉得她动作有些僵硬，似乎想向后退。昂图瓦纳简直想这样说："自从你回国之后，对人总是那么冷漠。"他临时换了主意，眉头皱着，沉默下来。

"你爸爸的腿痛得厉害，他想躺回去。"她喃喃地说。

昂图瓦纳什么也没说。他已经很长时间没有像现在这样，和吉丝单独坐在一起。他一直看着吉丝那暗褐色的小手，专心致志地观察血管，然后沿着血管看到细嫩、健康的手腕。他看着她每一根手指，刻意地笑了笑，说："宛如迷人的金色雷茄……"这时候，他的眼神似乎穿过层层热气，爱抚着她玲珑有致的身体曲线，从圆滑的肩膀一直到丝绸围巾之下凸显的膝盖。在他看来，这随意的倦怠样子非常迷人——同时在眼手可及的位置。似乎有一种急促且剧烈的东西汹涌而来……热血向上涌起……控制着的潮水几乎要冲破提防……他好想把吉丝紧紧搂在怀里，拥抱这软绵绵的、充满青春活力的肉体，这样的欲望他到底能不能压下来？……他仅仅是在她头上吻了吻，随后用自己的脸在她的小手上摩擦。嘴里不停地嘟囔："尼格菁特，你皮肤软绵绵的……"他的眼神跟喝醉酒的乞丐一模一样，从下往上看，在吉丝的脸上停下来。吉丝条件反射似的转过脸，把手抽了回来。

她带着果断的语气问：

"你找我来干什么？"

昂图瓦纳镇定下来：

"我得跟你说一件恐怖的事情，我可爱的小东西……"

恐怖的事情？吉丝的脑海里瞬间闪过一丝担忧的疑虑。会是什么？全部幻想都要破灭了吗？她带着惊恐的目光，快速地扫视了房间里所有东西，并且在心上人留下的每件东西上都会稍作停顿。昂图瓦纳接着刚才的话说道：

"爸爸的病很严重，这你是知道的……"

刚开始，她仿佛没有听清楚，赶紧把思路从很远的地方给拉了回来……她嘴里重复着：

"病很严重？"

刚一说完，她猛然发现，谁也没有跟她说起这个事，不过她很早就知道了。她皱皱眉头，眼里满是装出来的焦虑，接着说：

619

"严重到……快要……？"

昂图瓦纳点头表示肯定。接着，他带着知道实情的口吻说道：

"手术在去年冬天做的，切了右肾，但产生的后果只有一个：也就是人对于肿瘤的性质再也不能心存幻想了。剩下的那个肾脏简直马上就被感染了。不过表现出来的病象与之前不同，已经扩散了。老天保佑，倘若能这么说……因为这可以帮助我们瞒着病人。他一点都不怀疑，一点也没有想到自己快不行了。"

沉默了一会儿，吉丝问他："你觉得时间还剩多少？"

他注视着她，内心感到愉快。她有实力成为一个医生的妻子，在危险面前她镇定自若，甚至没有流眼泪。说来也怪，她在国外生活了几个月，已经变得很成熟。昂图瓦纳为自己总把她看成比她真正年龄还小感到自责。

他带着相同的语气答道：

"最长也就两三个月的时间。"紧接着他又加上几句，"可能比这还要短。"

尽管她内心深处没有敏锐的触角，可还是在最后几个字中觉察到了对她的期待。昂图瓦纳马上就会将内心的想法和盘托出，她一下子轻松了不少。

"吉丝，现在的情况你也清楚了。难道你还要回到那边，将我一个人留在这里吗？"

她没有说话，两只发光的眼睛温柔地看着前方。她圆圆的脸蛋动也不动，只有眉毛中间的那道小皱纹，出现了，消失了，又出现了，如此反复，证明了她内心正在挣扎。她最先感觉到的是温柔，如此祈求令她不知所措。她从来就没想过自己也有成为别人依靠的那一天，而且这个人还是昂图瓦纳，他可是全家人的支柱。

不可以！她觉得这里边一定有陷阱，甚至察觉到了他想把她留在巴黎的原因。她整个身心都做出了反抗。只要在英国住下去，她心里的愿望才可能变成现实，那也是她仅存的生活理由。倘若可以把所有事情都告诉昂图瓦纳该多好！不过，这样做的话，她内心的秘密就会曝光，而倾诉对象又恰好是最没有准备的人……可能过后……写一封信吧……不过眼下还不是好时机。

她神情执着，双眼注视远方。昂图瓦纳看在眼里，明白这神情代表着不好的答案。不过他依然坚持着问道：

"你怎么不说话了？"

她打了个寒战，保持执着的模样，说：

"昂图瓦纳，事情和你预想的并不一样，我得赶快争取到英文课的毕业文凭。我要比原计划早些得到，因为我得马上学会独立……"

昂图瓦纳恼怒地挥挥手，阻止了她下面的话。

昂图瓦纳从吉丝那紧闭的嘴唇和坚定的眼神中，察觉到某种心灰意冷的消沉，不由得一惊。同时，他还察觉到了一种光，一股激情，犹如狂野的盼望。可是，这些情感中，他看不见属于他的位置。他非常沮丧，把头抬了起来。这是沮丧还是失望？失望的分量更多些吧。他的喉咙收紧了，泪水溢了出来……这是他第一次对眼泪既不克制，也不隐瞒。同时，这泪珠还能帮助他缓和吉丝不可思议的执拗……

说实话，吉丝看见他这样非常感动。昂图瓦纳从来没在她面前哭过。她甚至觉得他是不会哭泣的。她把脸别过去。她对他的爱是温柔的，一想起他，内心还会激动、兴奋。这三年间，只有他给她依靠，也只有他在她经历考验时扮演着强有力的朋友，也只有生活在昂图瓦纳身边,她才觉得安宁。然而,他为何除了尊敬和信任以外,还想从她这里得到其他东西?为何她再也不能对昂图瓦纳显露她的兄妹情感了?

前厅的门铃响了一下,昂图瓦纳不自觉地竖耳倾听。开门和关门的声响,随后安静了。

他们两个人都不说话,安静地坐在一起,各想各的,思想在不同的方向上飞奔……

后来,电话响了……从前厅传来一阵脚步声,莱翁把门推开一条缝,说:

"小姐,电话是从蒂博先生那儿打来的,说泰里维埃医生已经在楼上了。"吉丝立刻站起来。

昂图瓦纳用疲惫的语气问莱翁:

"多少人在客厅里?"

"一共四个,先生。"

于是,他也站起来,重新定了定神。心想:"吕梅尔四点五十分还等着我去叫他呢。"

吉丝站在原地说了句:

"昂图瓦纳,我现在就走了,……再见!"

他诡异地笑笑,耸了耸肩:

"哦,好的,你走吧……尼格菁特!"他说这话的时候,想起了刚刚爸爸和他道别的语气:"哦,好的,你走吧,亲爱的!"两者竟然如此相似,令人痛苦……

他换了另一种语气,继续说:

"你能不能跟泰里维埃说一下,我现在有点忙,倘若他有什么话要告诉我，请他下楼到这里来，可以吗？"

她点点头，答应了，推开门。突然，她似乎下了什么决心，转身对着昂图瓦纳……然而，不行……她应该跟他说些什么呢？倘若没有办法告诉他一切，那也没什么必要了……她把围巾裹紧，连眼睛也没抬一下，就离开了。

莱翁问她："小姐，电梯很快就下来了，您不等等吗？"

她摇了摇头，走上楼梯。她心情非常郁闷，所以走得非常慢。她所有的心思都集中在一件事上：回伦敦去！没错，越快越好，假期也不过了！唉！昂图瓦纳肯定不清楚，在海峡那边生活对她来说意义有多大！

两年前，一个九月的清晨（那时雅克已经失踪了十个月），吉丝在花园中无意遇上了拉菲特别墅区的邮差，他给她一只写有她名字的花篮，花篮上面标有一家伦敦花店的商标。吉丝非常诧异，知道事情并不是表面上那么简单，便避开人群，跑回自己的房里。她把绳子剪断，揭开篮盖，瞧见了在一层湿漉漉的绳苔藓上，有一束普通的玫瑰花，她差点没晕过去。是雅克寄来的！这是他们两个人的玫瑰花！绯红色的、花蕊泛黑的小朵玫瑰花。简直是一模一样！这是九月，送给她的生日礼物！这个匿名包裹的意思，她非常清楚，仿佛密码电报那样，只有她可以读懂。雅克没死！是蒂博先生搞错了。雅克现在在英国，而且还爱着她！……她当时最想做的就是推开房门，大喊一声："雅克他没死！"不过，幸好她及时克制住了。她要跟别人怎么说这朵小小的绯红玫瑰花代表的含义呢？人们肯定有各种各样的问题来问她。不管怎样，她是不会把自己的秘密泄露给任何人的！她再次把门关上，祈祷上帝赐予她沉默下去的力量——

说什么也要等到晚上：她知道昂图瓦纳晚上会回别墅吃饭。

那天晚上，她悄悄跟昂图瓦纳说，她收到一份从伦敦寄来的神秘包裹，里面是一束鲜花。不过，她在伦敦并没有熟人……难道是雅克？一定要不顾一切地从这个新线索去寻找他。昂图瓦纳非常关心，可一年时间的苦寻无果，让他产生了些许疑虑。不过，昂图瓦纳还是马上托人在伦敦找了一圈。那家花店的老板详细地描述了订花者的外貌特征，然而和雅克一点也不相似。这条线索也就中断了。

吉丝没有善罢甘休，只有她依然保持着信念。她不再透露一丁点消息，沉默下来：人们简直不相信这个十七岁的姑娘竟然如此坚定。她决定亲自去一趟英国，要不惜一切代价找到雅克。这样的计划简直就实现不了。两年当中，她似乎跟原始人一样，一言不发，坚韧不拔，暗中一步一步地筹划着，最后使她的英国之行成为可能。这其中花费了多少精力啊！她记得事情进展的每个阶段。必须要耐心地往倔强的姑妈脑袋里灌输各种新想法。首先，得让她明白，一个没有财产的姑娘，即便出身名门也要拥有自主谋生的能力。接着，让姑妈知道，她的侄女拥有和她相同的天赋——教育孩子。并且说服她，现在竞争很激烈，要当一名女教师，必须能讲一口流利的英语。然后，不得不巧妙地介绍老小姐和一位拉菲特别墅区的女教师来往，而这位女教师又刚好在伦敦郊区一所由天主教修女开设的英语学校进修结束。更加凑巧的是，蒂博先生也伸出援手，他打听到这个学校各方面情况都很好。后来，经过无数次推托，一直到今年春天，韦兹小姐终于答应让侄女出国。吉丝的夏天就是在英国度过的。不过毫无进展的四个月时间，让她非常失望。她能找到的侦探都不办正事，也找不到什么新线索。如今，她又可以行动了，开始去托人帮忙。最近，她还卖了几件首饰，再加上平时的积蓄。她最终和正规办事的侦探机构取得了联系。更值得一说的是，她这一传奇举动受到了伦敦市警察局局长女儿的关注。只要她回到伦敦，就可以去这位局长家吃午饭，局长肯定能给予她最大的帮助。心里怎么会不燃起新的希望？……

吉丝在蒂博先生居住的那一层楼前停了脚。她不得不按门铃，她的姑妈一直没将房间的钥匙给她。

"没错，心里怎么会不燃起新的希望？"吉丝在心里想着。她马上就可以找到雅克的信念一瞬间填满了胸腔，她觉得浑身充满了力量。昂图瓦纳告诉她，蒂博先生的病还有三个月的拖延期。她想："三个月？用不了三个月，我的计划就能实现。"

与此同时，楼底下雅克的房间，昂图瓦纳站在吉丝从后面合上的门跟前，死死盯着既不透明，又不可穿越的门板。

他觉得自己处在一个极点上。截至目前，他顽强的意志几乎完全都是冲着最棘手的问题进攻的，同时还取得了胜利。他一直也不会去追求一些实现不了的目的。不过，此时此刻，他觉得有些什么东西正在离开他。当他明白连一丁点希望都不复存在的时候，他就会放弃继续等待。

他迟疑地迈出两步，看见了镜子里的自己，就走过去，将手肘拄在壁炉上，绷着脸打量。没一会儿，他心里想："倘若她一下子说'那行，我们结婚吧'，结果会怎样？"想到这里，他不自觉地打了个寒战，一阵后怕涌上心头……"用这些事情来打赌，实在太愚蠢了！"他转过身子，猛地一拍脑门儿："糟糕，已经五点了……伊丽莎白王后！"

昂图瓦纳飞快地朝"实验室"奔去，不过莱翁把他拦了下来。

莱翁眼神黯淡，笑容中带着讽刺，说：

"吕梅尔先生早走了。他预约了后天的同一时间。"

"那就好。"昂图瓦纳一下子放松下来。此时此刻，一个小小的满足似乎把他所有的烦恼都甩掉了。

他走回诊室，从中间斜穿过去，把门帘掀开，这些习惯性动作是在他开心的时候经常做的。他把客厅的门推开。

"过来，快过来。"一个脸色苍白的小男孩儿害羞地走到昂图瓦纳身边，他伸出手在孩子的脸上轻轻一捏。"自己来的？有大孩子的样子了。你爸妈怎么样？"

他把孩子拉到窗前，背对着光在圆凳子上坐好。他温和且坚定地将男孩儿乖巧的小脑袋朝后按了按，仔细检查他的喉咙。他一边看一边小声说道："非常好，这次是扁桃体发炎……"眼睛一直盯着一个部位。他的声音突然间就恢复到了原来那种洪亮与尖厉，这种语调对病人会产生积极的影响。

他全神贯注地朝小男孩儿弯下腰。然而，自尊心一下子恢复过来了，他非常痛苦，控制不住地想着："倘若我乐意，应该能发份电报让她回来的……"

8

当昂图瓦纳带着小男孩儿出去时，看见脸色宛如鲜花般美丽的玛丽小姐在前厅的长凳上坐着，他感到诧异。

他向她走去时，她站了起来，什么话也没有说，嘴角一直保持着可爱的笑容。接着，她坚定地把一个浅蓝色的信封交到他手里。

玛丽小姐此时的神情与两个小时前的有所保留大相径庭。她的眼神仿佛一个谜，却非常决然。昂图瓦纳弄不明白其中的深意，觉得事情很奇怪。

他非常惊奇地在前厅站着，把信封拆开，与此同时，他瞧见英国小姐自顾自地朝敞着门的诊室走了过去。

他一边打开信，一边跟在她后面。

亲爱的医生：

我想跟您提两个小请求，为了避免您拒绝，我请到了一个最不讨人厌的使者代我传送。

我的第一个请求：这位头脑不清的玛丽小姐等到出了您的诊所后，才告诉我，她最近几天身体不舒服，夜里常常咳嗽到不能入睡。您能不能帮她做一个全面检查，顺便给她诊断一下？

我的第二个请求：帮我们看守猎场的乡下人，得了一种使他变形的关节炎，相当痛苦，尤其是现在的季节，简直就跟受刑一样。西蒙非常同情这个不幸的老人，给他打了镇痛剂。我们的药箱中常常放一些备用吗啡，不过，最近几次发病，用光了我们的备用药物。西蒙让我带一些给他，但是没有医生的处方，就办不了。今天下午，我把这件事忘得一干二净。请您开个处方交给我漂亮迷人的使者，如果可以，处方最好能循环使用，这样我一下子就能弄到五至六打一毫升的安瓿液。

首先，我为第二个请求向您表示感谢。关于第一个请求，亲爱的医生，我还不确定是我感谢您呢，还是您得感谢我。来找您看病的女人中，如此招人喜欢的应该没有几个吧……

此致恭敬之意

安娜-玛丽·德·巴坦库

又及：您可能会想不通，西蒙为何不去向乡下的医生求助。因为那个医生脑筋不开窍，而且对我们有很深的偏见。选举的时候，他一直都反对我们。我们拒绝他给别墅的病人看病，他就一直怀恨在心。不然，我也不会给您添麻烦的。

昂图瓦纳把信读完后，头还是低着。他第一感觉是非常愤怒：当他是哪种人？第二感觉是非常刺激，觉得事情很好笑。

他清楚装饰诊室的两个大镜子所起的效果，那是隐藏自己的利器。从他现在站的位置，手肘拄在壁炉上，用不着移动身体，只需在低垂的眼皮底下转动眼珠子，就能瞧见英国姑娘。他就这么做了。玛丽小姐在他身后坐着，摘下手套，脱掉大衣，让胸部透透气，假装漫不经心地看着脚尖玩弄地毯上的流苏。她看上去有点心虚，又有点大胆。她觉得如果昂图瓦纳没有转过身来肯定就看不见自己，于是一下子抬起了长长的眼睫毛，蓝色的眼睛冲他一瞥，如火花一样瞬间就熄灭了。

昂图瓦纳看见她肆无忌惮的样子，便不再怀疑什么，转过身去。

昂图瓦纳露出微笑，头依旧没有抬起来，再次读了一遍这充满诱惑的信件。他缓缓地将信折起来，随后一直微笑着站直身子，双眼盯着玛丽小姐的眼睛。四目相对，仿佛相互碰撞着，两个人的感觉都很强烈。英国姑娘有点犹豫。他没有说话，眼皮垂下来，从容不迫地摇摇头，表达着他的意思"不可以"。他一直保持微笑，不过神情明确，玛丽小姐可以读懂。总不能唐突地跟她说："小姐，不可以，我不能给您处方……别觉得我在生你的气，我不是还笑着呢嘛。这种事情，我见得不算少了……我只有充满遗憾地告诉您，就算你们付出这样的代价，从我这里是得不到什么的……"

她猛地从座位上站起来，一言不发，脸涨得通红。她踩着地毯，磕磕绊绊地往前厅走去。他走在她后面，似乎她如此匆忙退走是件最平常不过的事，他始终感到好笑。她把眼睛压得低低的，沉默不语地逃掉，脱了手套的手不停地颤抖，试图把领子扣好，她的手在通红的脸边显得毫无血色。

到达前厅的时候，他必须走近她，帮她把门推开。她稍稍点了点头，他正准备还礼。她一下子把手伸过来，还没等他理清发生了什么事情时，她就跟小偷一样，灵敏地把他手里的信抢了过去，逃出门外。

昂图瓦纳十分难过，但又必须肯定，她非常机灵，而且很聪明。

他又回到诊室，想着以后他们三个人——英国小姐、迷人的安娜下次与他相见时，各自的表情会是何种样子。想到这些的时候，他又笑了笑。有只手套掉在地毯上，他把它捡起来，闻闻，接着高兴地丢进了纸篓里。

这几个英国女人！……于盖特……不幸的生病女孩儿生活在这两个女人身边，过的是怎样的日子？

天黑了。

莱翁走进来，把百叶窗关好。

"埃尔恩斯特太太有没有来？"昂图瓦纳看看记事簿，问道。

"嗯，早就来了，先生……全家人都来了，妈妈、小男孩儿和老爸爸。"

"好极了。"昂图瓦纳愉快地说,同时把门帘掀起来。

9

确实,他看见一个六十多岁的小老头儿朝他走过来。

"医生,请您先接见我吧,我有点事要跟您说。"他的声音沉重,稍稍有点长音。模样有些害羞,不过非常优雅。昂图瓦纳把门轻轻关上,请他在椅子上坐好。

老人坐了下来,低声说道:"我是埃尔恩斯特……菲力普大夫应该跟您说起过,谢谢!"

他长着一张令人愉悦的脸。双眼深陷,眼神却满含忧愁,不过依然炯炯有神,看上去热情且年轻。与此相反,他的脸却是一副饱经风霜的憔悴模样,布满交错纵横的皱纹,肌肉松弛、干枯,整张脸高低不平。额头、双颊、下巴似乎是用大拇指捏成的,又粗又硬的铁灰色短胡子把脸一分为二。头顶上几缕稀疏的灰白头发,宛如小沙丘上的杂草。

他知道昂图瓦纳在上下打量他吗?

"我们看上去就像孩子的祖父母,"他苦闷地说道,"我们很晚才结婚。我是个中学教师,在查理大帝中学教德文。"

"埃尔恩斯特,"昂图瓦纳心想,"听他的口音……应该来自阿尔萨斯。"

"医生,我本不愿意耽误您的时间。不过,我觉得,您既然答应给我的孩子看病,那么告诉您一些事还是很有必要的,这些事比较私密……"他把眼睛抬起来,眼神黯淡无光,接着说,"我要告诉您的事情，埃尔恩斯特太太一点也不知道。"

昂图瓦纳点点头，表示让他说下去。

埃尔恩斯特似乎大着胆子说道："事情是这样的……"（不用想，他早就准备好了要说的话。他的眼睛盯着远处，和善于说话的人一样，从容不迫地讲起来。）

昂图瓦纳认为，眼前的埃尔恩斯特不喜欢被别人盯着。

"医生，一八九六年，我四十一岁，在凡尔赛教书。"他的语气没有了最初的镇定，"当时，我订婚了。"他说出这句话的时候"i"音说得很重，"我订婚"三个音节，仿佛弹奏琶音一样，响亮得有些吓人。

他语气更加生硬地说：

"那时候，我强烈地支持德莱福斯上尉[①]。医生，您年龄不大，没有亲身感受到这关于良知的惨剧……"（他的语气过于沙哑严肃，把惨剧说成了残剧。）"……不过您一定知道，那时候，又当教师又当拥护德莱福斯的战士是很困难的。"他继续往下说，"我正是由于这个受到牵连的。"他说这些事情的时候，声音很有节制，一点也没有夸大事实的意思。不过从他坚定的语气中，昂图瓦纳很快就知道：十五年前，这个前额突出、下巴执拗、眼神依然锐利的镇定老人，应该拥有很大的勇气、充沛的精力和坚定的信念。

埃尔恩斯特继续说道："我告诉您这些，是想让您了解，我在一八九六年开学的时候，为什么会被流放去阿尔及尔的中学。关于我的婚姻大事……"他轻轻地说，"……我未婚妻唯一的亲人，也就

[①] 1894年，有犹太血统的法国军官德莱福斯上尉被人诬告背叛国家，广大群众纷纷表示不满，反动当局趁机残害进步人士。

是她的哥哥,是个海军军官——是商船队的军官,这些事不说也无妨——然而,他的立场和我截然不同,所以我们的婚约取消了。"很显然,他在尽可能地对事实进行客观描述。

他把语气压得更低了,又说:

"我去非洲四个月以后,发现自己……得了一种病。"他的声音迟疑了一下,不过还是选择把话说出来,"也没什么避讳的,我得的是梅毒。"

"哦!没错,"昂图瓦纳心里想着,"……那个孩子……我知道了。"

"我立刻去阿尔及尔医学院找了许多医生,又根据他们的介绍,接受了当地最好专家的治疗。"他先迟疑了一会儿,眼睛看向别处,最终说出了医生的名字,"那个医生叫洛尔,您可能听过他的名字。最开始发病的时候,病状仅仅出现了一次,也是唯一的一次,就被控制了。我继续进行治疗,而且还是一些相对严格的治疗。四年之后,那件事的风波已经过去,我被叫回了巴黎。洛尔大夫肯定地告诉我,一年里,他觉得我已经痊愈了。我对他的话没有质疑。说实话,从那以后,我没有出过什么意外,甚至一丁点复发征兆也没有。"

他冷静地把头转过来,搜寻着昂图瓦纳的眼睛,昂图瓦纳用眼神示意他在认真听。

他不仅仅局限于听,还在仔细打量这个人。昂图瓦纳从他的外貌和态度中,想象着这个德语教师辛苦刚正的职业生涯应该是什么样子。这样的人,他以前也认识。眼前这位,能想象出他对自己的工作得心应手,也能想象出,他早就习惯了这种拘谨态度、习惯了深重的自省。窘迫的遭遇和不尽如人意的生活迫使某些非常优秀的人必须这样,即使他们没有酬劳,心灵依然坚定无比。他在谈论取消婚约时用的语气,已经足够证明,他生活孤独,爱情又不顺利,那是一种多么难过的心境。不过,他眼里流露出的热烈情感,又生动地展现出,这位头发花白的教师有着和年轻人一样的朝气。

他接着说:"回国六年后,我未婚妻的哥哥死了。"他在反复推敲词句,随后,简简单单地说了句:"我又可以去找她了……"

这一回,他开始不安,不得不停止了诉说。

昂图瓦纳把头压得很低,不想冒昧,静静地等待着。突然,他听到教师的声音提高了,同时还夹杂着忧愁。

"医生,我不清楚您怎么看待我所做的事……这样的病和治疗,都是十年以前的事了,已经被忘记……我都五十多岁的人了……"他感慨道,"我一生所忍受的独身之苦……医生,我说的事情顺序太混乱……"

昂图瓦纳把头抬起来,都不用看教师的脸,他就知道了结果。一个有学识的人,儿子却是个痴呆,这已经是个致命的打击。不过,这跟一个父亲的痛苦相比,并不算什么。做父亲的一想到造成这种恶果的罪魁祸首是自己,便懊恼不已,不知所措。

埃尔恩斯特的语气带着疲惫,继续说道:

"然而,我心里还是有疑虑,甚至想去问问医生,我差点就这么做了。也就是说,我最后没有去成。我不应该惧怕事情的真相。我告诉自己,去问医生也没什么用处。我在心里默念洛尔告诉我的那些话,算是给自己找了个说辞。有一天,我在一个朋友家,遇到一个医生,我就把话题引到相关的事情上,想再次确认一下,这种病真的有彻底痊愈的先例。我没有再问下去,所有的不安便都驱散了……"

他稍稍停顿了一下。

"后来我觉得,女人,上了年纪,就不用担心……她还会……怀孕……"

他哽咽着,说不下去了。不过他的头依然没有低下,只是坐在那里一动不动地握紧拳头,绷紧脖子。昂图瓦纳看到他脖子上的肌肉在颤抖,两滴眼泪在眼眶里打转,把直愣愣的眼神衬得更加闪亮。他还想继续讲下去,努力了一下,用沙哑的音调断断续续地呢喃:

"医生,我同情……我的孩子……"

昂图瓦纳听到这里非常难受。值得庆幸的是,他一激动就会非常兴奋,然后产生强烈的念想,并决定付诸行动。

他一秒钟也不想耽搁了,装出很诧异的样子,说:

"怎么回事?"

他抬抬眼睛,紧锁着眉头,样子仿佛是听不懂他的意思:"那件事情,一发现的时候就进行了医治,而且已经痊愈,那这个孩子——可能只是一时的发育不良,两者有什么联系吗?"

埃尔恩斯特听到他的话,顿时瞠目结舌。

昂图瓦纳露出一个明朗的笑容:"亲爱的先生,倘若我没有理解错的话,我认为您感到不安是因为您品格高尚。作为一个医生,我想明确地跟您说,从科学的角度出发,您的不安是……不符合常理的!"

教师站了起来,仿佛是想走近昂图瓦纳跟前,不过他却停在原地,眼睛瞪得大大的。他这种人,内心生活丰富且深沉,万一有了捉摸不透的思想,便估量不了其中的分量,整个心灵都会被它填满。多少年来,他的心被这巨大的悔恨压着,甚至对他患难与共的妻子都不敢说实话，此刻，他第一次觉得痛苦减轻了许多。

这些昂图瓦纳都看在眼里。不过，他担心教师可能会提出更加具体的问题，迫使他胡编乱造一通，所以，他坚决地中断了话题。他认为，总是为这些虚幻的希望纠结一点用也没有。

昂图瓦纳突然问了一句："孩子是不是早产儿？"

教师眨眨眼睛：

"孩子？早产儿？不是的……"

"那是不是难产？"

"没错，是难产，而且非常难。"

"有没有用到产钳？"

"用了。"

"哦！这样的话，很多情况就可以解释清楚了。"昂图瓦纳似乎发现了其中的端倪。接着，一下子中断了谈话，"现在，我去看看这个小病人吧。"说完，他站起身，走向客厅。

不过，教师快速地跨出一步，把他拦了下来，手搭上他的肩膀：

"医生，这是真的吗？是真的吗？您跟我说这些，不是因为……哦……医生，您发誓，您对天发誓，医生……"

昂图瓦纳转过身子，见到他脸上带着哀求，既对医生的话信以为真，又急于表达强烈的感激之情。昂图瓦纳内心一下子被愉悦填满了，这是一种行动和获得成功的愉悦，是行善之后的愉悦。关于那个孩子，他立刻就去瞧瞧，看看应该如何医治。对于父亲，不应该迟疑不决，而是要用尽各种办法，将这个可怜的人从绝望中拯救出来！

所以，昂图瓦纳看着埃尔恩斯特的双眼，压低声音郑重其事地说：

"我发誓,先生。"

安静了一会儿后,他推开门。

客厅里,一位年龄不小的太太,穿着一件黑色的衣服,尽力在膝盖中间扶稳一个有着褐色鬈发的小可爱。昂图瓦纳全部的注意力一下子就被眼前的小孩儿吸引。孩子听见开门的声响,便停止玩耍,一双伶俐的大黑眼珠注视着面前的陌生人,跟着笑了笑,又仿佛被自己的笑声吓着了,生气地把身子转过去。

昂图瓦纳的眼神向母亲转去。她尽管愁容满面,不过仍散发着慈爱和忧伤,看上去非常迷人。昂图瓦纳大为动容,内心立刻就想:"没错……一定得好好医治……总能起到一些作用的。"

"太太,到这边来。"

他善意地笑了笑。还没等小病人跨进门槛,他就想让这不幸的女人燃起一些信念。他听见了站在后面的教师压抑的喘息声。他沉着地把门帘掀起来,目光注视着母子两个人走向他。

他整个人一下子陶醉在欢乐里,心想:"这个职业多么美好!老天啊,这真是一个美好的职业!"

10

一直到晚上,来看病的人都没有中断过。昂图瓦纳忘记了劳累,也忘记了时间。每一回把客厅的门推开,他浑身的活力便自然而然地再次爆发。最后一个来看病的是个美丽的太太,抱着个身体强健的婴儿,昂图瓦纳推断这个孩子的眼睛有可能会完全失明。把这位少妇送走后,昂图瓦纳惊奇地发现,时针指到了八点。他想:"现在去看小家伙的炎症似乎太晚了！我先跑一趟韦尔纳伊路，晚一点再去埃凯家。"

他走回诊室，把窗子打开通气。他走到一张放满书籍的矮桌子前，找一本可以在吃饭时看的书。他心里在想："说实话，我是想给生病的小埃尔恩斯特查点资料。"他快速地翻着几年前的《神经学杂志》，试图找到一篇写于一九〇八年的有关失语症的著名讨论，心里又想着："这个孩子的病状非常典型，我需要和特雷雅尔商量一下。"

昂图瓦纳想到特雷雅尔，以及传闻中关于他的癖好，不自觉地笑出了声。他脑海里浮现了当年在神经科实习的情景。他这么想着："我是如何跨进这个行业的呢？不用说，我一直在注意这些问题……倘若我研究的是神经病和精神病，会不会发挥更大的作用？那片土地还有许多东西正在等待发现……"一瞬间，拉雪尔的模样出现在他眼前。怎么会产生这样的联想呢？拉雪尔没有一丁点医学知识，也没有其他科学知识。不过，她对所有的心理学问题都非常感兴趣。正是受到拉雪尔的影响，他才对心理学产生了兴趣，现在，他将这种兴趣转移到了病人身上。昂图瓦纳不止一次发现，和拉雪尔相处的那段短暂的时间里，他发生了很大的改变。

他的眼神仿佛蒙上了一层忧愁，变得非常模糊。他愣愣地站着，无力地垂下肩膀，用拇指和食指抓着那本医学杂志晃来晃去。拉雪尔……每次想到在这个只短暂出现在他生活的奇怪女人，他的心就禁不住痛苦地颤抖。昂图瓦纳对她的任何消息都不清楚。说实话，他从来就不觉得奇怪，他就没觉得拉雪尔还活在这个世界上。跋山涉水，身染重病……让萃萃蝇①咬了……发生意外被杀死、淹死，也

---
①非洲一种舌蝇的俗称，会传染昏睡病。

可能是被活活勒死？……总之，她不在这个世上了，这一点毋庸置疑。

他站直身子，把杂志夹在腋下，向前厅走去，叫莱翁开饭。此时，他一下子想起菲力普对他说的一句玩笑话。一天，老师出差回来，昂图瓦纳跟他说起几个新住院的病人情况，菲力普将手搭上他的肩膀，半认真半开玩笑地说：

"孩子，你令我担忧啊。你现在对病人的精神状态比对病人的病还关心。"

桌子上的汤碗冒着热气。昂图瓦纳坐下的时候，发现自己好累。他心里想："不管怎么说，我的职业真的很好。"

他又想起了和吉丝的谈话。他迅速把杂志翻开，想甩掉这些记忆，不过一点用也没有。整个房间都填满了吉丝的气息，这些气息令他难以忍受。最近几个月的烦恼一下子涌上心头。整整一个夏天，他怎么可以怀着这样一个没有着落的梦想呢？面对破碎的梦想，他宛如对着一座荒废的剧院，剧院坍塌，只剩下一层薄薄的尘土。他感觉不到难过，一点也不难过。只是觉得自尊心受到了很大伤害。这一切的一切，都显得幼稚、庸俗，与他一点也不相称。

前厅传来迟疑的门铃声，恰好转移了他的注意力。他迅速把餐巾放下，拳头按在桌子上，仔细听着，做好随时起身迎接不速之客的准备。

先是传来女人窃窃私语的声音，接着，门被推开，莱翁随随便便就把两个女客人带进来，这让昂图瓦纳很意外，是蒂博先生的两个女仆人。因为是在黑影里，昂图瓦纳第一眼看过去的时候，差点没认出来。突然，他一下子意识到她们是来找他的，便忽地站起身，椅子都被撞倒在了身后。

"您慢点,慢点……"两个女仆人非常惊慌,喊道,"昂图瓦纳先生,很抱歉。我们本以为这个时间来不会打扰到您。"

"我差点以为爸爸走了。"昂图瓦纳心想。此时此刻,他才意识到,自己早就做好面对这个结果的准备了。他转念一想,静脉炎也可能会引发血栓。可是一想到如此突然的事情会令病人减少缓慢的痛苦过程,他就觉得有点失望。

"哦,请坐吧,我得接着吃饭,晚上还要出去看病。"昂图瓦纳说。

两个女仆人还是站在那里。

两个人的母亲——上了年纪的让娜,给蒂博先生家做了二十五年的饭。现在老了,两条腿静脉曲张,她觉得自己就像个"破烂坛子",干不了活了。两个女儿把她安置在炉火附近的椅子上。老让娜整个白天都待在椅子上,习惯性地将拨火棍握在手里,觉得自己还可以干一些事情,因为她对所有事情都了如指掌,有时候,她还会打点蛋黄酱。尽管她两个女儿都三十好几岁了,她依然一天到晚给她们指点这指点那。大女儿叫克洛蒂德,身强力壮,忠贞不渝,不过有些固执,嚼舌根,干活倒很卖力。她身上留有母亲的豪放个性和幽默的乡下口音,因为她曾经长时间在乡下农场里当过女仆。如今,厨娘的差事她来做。另一个女儿叫阿德丽爱娜,比姐姐娇小些,从小就寄养在城里的修女院中。她热爱衣服和抒情故事,喜欢在做女工的桌子上摆一朵小花,还乐意听圣托马斯达甘教堂的祈祷声。

跟往常一样,克洛蒂德先说话:

"昂图瓦纳先生,我们来找您是为了母亲的事情。在这三四天里,我们明显发现她痛苦得很,不幸的老母亲。她肚子右边肿得厉害,折腾得晚上都不能入睡。老太太去厕所的时候,总能听见她发出跟孩子一样哼哼唧唧的声音。不过，母亲强忍着，什么也不肯告诉我们。我们想请昂图瓦纳先生去瞧瞧，是不是，阿德丽爱娜？——假装什么事也没有，猛然将围裙底下的肿块弄掉。"

"这个简单，"昂图瓦纳把记事本掏出来，说，"我明天随便找个理由去一趟厨房就解决了。"

阿德丽爱娜也和往常一样，在姐姐说话的时候，帮昂图瓦纳更换盘子，递上面包篮，习惯性地忙于伺候。

她从进来开始就没说一句话，此时，她迟疑地问了一句：

"昂图瓦纳先生，在您看来，我母亲的病严不严重？"

"肿瘤扩散的速度很快……"昂图瓦纳心想，"以老太太的年纪，动手术太冒险了。"他非常精确地想象着，在这种情况之下他所知道的可能发生的事：肿瘤迅速扩散，损害机体，渐渐连累别的器官……情况或许比这还糟糕，有可能跟活生生的尸体一样，经过一步步可怕、缓慢地解体，然后死去……

昂图瓦纳把眉毛往上扬了扬，嘴角噘起来。他刻意地避开那怯弱的眼神，面对这样的目光，他没有办法说谎。他将盘子推开，摆出一个含糊的手势。值得庆幸的是，健壮的克洛蒂德终于受不了安静的氛围，代他答道：

"当然了，现在谁也说不准，等到昂图瓦纳先生去看了再说吧。不过，我知道一个事情，就是我那死鬼丈夫的母亲，她的肚子里也长了个肿块，过了十五年才死的，而且是死于胸部着凉。"

11

一刻钟之后,昂图瓦纳出现在韦尔纳伊路三十七号乙。

对着灰暗的小天井,几座老房子有气无力地立着。他在散发着难闻煤气味的第七层楼道口里,找到了三号门。

来开门的是罗贝尔,手里还提着一盏灯。

"你弟弟情况如何?"

"他好多了。"

身旁的灯光,照着他直率、欢乐,还有些严肃的眼神,显得他很早熟。他的脸上,焕发出一种早熟的坚毅。

昂图瓦纳笑了笑。

"那我们就去瞧瞧他。"他把灯接过来,在前面照明。

房间的中间位置,摆着一张圆桌子,上面铺着漆布。从桌上打开的记事本猜测,罗贝尔刚刚可能在写字。记事本旁边是一瓶打开的墨水和一叠盘子,最上面的盘子里有一小块面包和两个苹果,构成了一幅质朴的静物画。房间收拾得很整洁,简直算得上舒适了。房间里非常暖和,一只煮水的小壶,在壁炉前面的小火炉上发出呼噜噜的声音。

昂图瓦纳走向房间最里头的那张桃花心木高脚床。

"你刚刚是在睡觉?"

"不是,先生。"

显而易见,病人是才被惊醒的。他用健全的胳膊支着上身,眨了眨眼睛,放松地笑着。

脉搏非常稳定。昂图瓦纳把手里的煤油灯放到床头柜上,接着动手解绷带。

"小壶里煮的是什么啊？"

"水。"罗贝尔笑了笑，"门房女人送了我们一些椴花茶，可以冲水喝[①]。"他挤挤眼睛："您也喝一点，好不好？加点糖？先生，喝吧，喝点吧！"

"不了，不了，谢谢你。"昂图瓦纳开心地说道，"可是，我需要一点开水来洗洗这些东西。帮我在一个干净的盆子里倒点水，先凉一下。"昂图瓦纳坐了下来，看着眼前的两个孩子。他们跟对待一个认识很久的朋友似的，笑眯眯地回望他。他心里想："看着挺真诚的，不过是不是一直都这样呢？"

他转过头，对大孩子说：

"你们小小年纪，为什么单独住在这里？"

大孩子做了一个含糊的手势，眉毛稍稍皱了一下，似乎是说："没有其他选择。"

"你们的爸妈去哪里了？"

"嗯！爸妈……"罗贝尔答道，仿佛那是非常久远的事情，"我们之前是和姑姑一起住的。"他开始思索，接着，指指大床，"不过后来她去世了，是八月十号半夜走的，已经一年多了。刚开始，我们过得真不好，是不是，路路？还好我们和门房女人感情不错，她没有和房东说这件事，我们才可以继续住在这里。"

"那房租怎么办？"

"已经交过了。"

"谁交的？"

[①] 部分法国人认为用椴花冲水喝能够发汗。

"我们自己。"

"你们哪儿来的钱?"

"赚的啊,我们赚的。由于他的手发生了意外,需要帮他另找活计。如今,他在布劳尔商号工作,您知道那个地方吗?就在格勒内尔路,帮人跑跑腿。每个月可以赚四十法郎,也不管饭。这肯定不够花,对不对?能换个鞋底就不错了,您说是吧?"

他不再说话,专注地弯下腰去,因为昂图瓦纳才将纱布摘下。脓疮的脓已经消失,胳膊也消了肿,伤口愈合得很好。

"那你呢?"昂图瓦纳问道,同时把纱布泡在水里。

"我怎么了?"

"你赚的钱够不够花?"

"哦!我嘛,"罗贝尔把声音拉得很长。突然,他神气十足地说道,"我嘛,我有许多解决方法。"

昂图瓦纳非常诧异,把眼睛抬起来,看见了孩子敏锐却透露着些许不安的眼神,他的小脸洋溢着热情、坚毅。

大孩子恨不得别人向他提问。关于糊口,那可是个伟大的话题,唯一值得讨论的事情,一想到这些,他全部思想就会马不停蹄地往这个问题上靠拢。

他着急说出所有事情,将他的心里话一股脑儿倒出来:

"姑姑去世之后,我成了小见习生,每个月就只能挣到六十法郎。不过现在,我还在法院做一些杂活,每个月的固定收入是一百二十法郎。除此之外,见习生的领班——拉米先生非常乐意让我替换原来的擦地板工人,他每天早晨需要在见习生上班之前,把事务所的地板上好蜡。原来的擦地板工是个老傻瓜,他仅仅是把泥巴擦掉,而且擦的还是人们可以看见的位置。让我来顶替他，肯定就不会有这种损失！……这份工作又给我每个月增加了八十五个法郎。这个活对我来说，感觉跟在溜冰场上玩耍一样！……"他吹了吹口哨，"这些还不是全部……我还有其他的办法。"

他稍稍有点迟疑，等待着昂图瓦纳再次把身子转过来。似乎瞥他一眼，就可以精准地衡量出对方可靠与否。尽管他已经没有什么担忧，但出于细心，他先说了段开场语：

"我跟您说这些事情，是因为我信任您。不过请不要再告诉其他人，好不好？"跟着，他把声音稍稍提高，开始讲述他的秘密，越说越陶醉：

"您知道若兰太太吗？她是我家对面三号乙的门房女人。说好了，您千万不要告诉别人。这个善良的女人，她自制烟卷来卖……您有没有兴趣？……没有？……她卷的香烟挺好，闻起来也温和，而且包得也不紧，便宜。有机会，我给您尝尝。……无论如何，似乎卖自制烟卷是不合法的。要安全地送烟和收钱，中间必须得有人跑腿。我就是跑腿的那个人，从事务所下班以后，在六点到八点之间，我就在做这个，别人什么也看不出来。我得到的酬劳是，除了周日之外，每天都在她那里吃午饭。她做的饭菜还不错，简直没有什么可挑剔的。您是不是也认为，这样可以节省一笔开支？同时，买烟的几乎都是有钱人，他们付钱时，大多都会赏点小费给我，有时候是十个苏，有时候是二十个苏，这都是顾客的意愿……说到这里，您应该都清楚了吧，我们就是这样一点点赚的……"

停了一会儿，昂图瓦纳从小家伙的语气里猜到，此时他的眼睛应该在闪着自豪的光，不过，他刻意地没有把头抬起来。

罗贝尔接着兴奋地说：

"每天晚上，路易到家时已经很累了，我们就在家里做饭：煮点汤或是煮些鸡蛋，再弄些奶酪，很短的时间就可以做出来。我们觉得这样吃挺好的，用不着去小酒店里吃。对不对，路路？您瞧瞧，我有时候还给出纳员抄一些笔头。我非常乐意干这个活，把一个个精致的名称整齐地抄下来。我干这个单纯只是想找点乐子。在事务所的时候，他们……"

昂图瓦纳打断他，说了句："把安全别针给我递过来。"他装出一副兴趣索然的样子，生怕这孩子话匣子一打开便收不住，最后给他逗乐了。不过，他在心里暗暗想道："这两个小孩儿，需要别人好好教育一下……"

绑好绷带，手臂再次固定在胸前。昂图瓦纳看一眼手里的表，说道："我明天中午再过来一趟，之后，你换药就要去我家。我认为周五或者周六，你就可以继续工作了。"

"先生，感谢您……非常感谢您！"受伤的小孩儿最终挤出了这么一句。由于过分激动，连说话的语气都变了，接着再次陷入沉默，样子非常滑稽，罗贝尔禁不住笑出声来。这种带着压抑和放纵的笑声，将眼前这个过分神经质的小家伙向来焦虑的情绪，一瞬间给发泄出来了。

昂图瓦纳把手伸进口袋，掏出二十法郎，说道：

"小家伙们，这点钱给你们，好好度过这周。"

不过罗贝尔退到了后面，抬起头，皱着眉：

"您这是怎么回事？不能这样。我已经跟您说过了，我们有钱！"

为了阻止眼前着急把钱给他们的医生，罗贝尔决定说出最后的秘密，

"您知不知道我们一共攒了多少钱？好多呢！您来猜一猜……总共是一千七百法郎！没错，先生！路路，你说是不是？"猛然间，罗贝尔仿佛和戏剧里的叛徒一样，声音压得很低，"这还不是全部，倘若我的好计谋得以实现的话，赚的钱会更多。"

他两眼放光，令昂图瓦纳非常惊奇，在门口停了一小会儿。

"这个妙计……是和一个销售葡萄酒、橄榄以及食油的商贩一起干。他是事务所巴苏的兄弟。我跟您介绍一下步骤：下午的时候由法院往家的方向走——这样不会干涉其他人吧？接着，我便走进一些小酒店、食品店和杂货店，告诉他们我可以提供哪些货物。得能说会道，才做得成生意……这样算来，没等七天，我就可以把货物装进桶里送出去，四十四法郎就进口袋了！巴苏跟我讲，倘若我足够聪明……"

昂图瓦纳一个人从七楼下来时，笑出了声。他喜欢这两个小孩儿。他觉得为他们做任何事情都值得。他心里想着："没什么大碍，不过得留意，不能让他们太过聪明了……"

12

天空正飘着雨，昂图瓦纳坐上了一辆出租车，他的好心情随着圣奥诺雷郊区接近而慢慢消逝，忧愁笼罩着额头。

他疲惫不堪地爬着楼梯，同时心里在想："或许早就结束了。"今天已经是第三次来埃凯家了。来开门的女仆人用不同以往的眼神注视着他，她迅速走过来跟他说了些话。当时，他觉得自己的愿望已经满足了。然而，女仆人不过是悄悄告诉他这样一句话："太太有话跟医生说,恳请医生先去她的房间,然后再去看孩子。"

他无法推迟。太太房间里的灯光非常明亮,门没有关。他一跨进门口,就看见了尼科尔的脑袋压在枕头上。他走近时,她依然躺着不动,应该是睡着了。吵醒她似乎不近人情。她睡着的样子显得非常年轻,精神也放松许多。全部的担忧和疲惫都在睡眠中消散了。昂图瓦纳忍住呼吸,静悄悄地仔细打量她,惊奇地瞧见这张才脱离悲痛的脸上,此刻已经恢复平静,奢求着淡忘与幸福。珍珠色泽的眼皮闭上了,金黄色的眼睫毛重叠着,宛如两层金穗子,多么自然、多么疲乏。这张毫无修饰的迷人面孔令人心醉!嘴唇一张一合的,很有吸引力,仅仅存在放松和希望的表情。昂图瓦纳思索着:"为何一个少妇沉睡的脸如此迷人?在那些易于动情之人的不纯洁的怜悯心之下,又蕴藏着什么东西呢?"

他转过身,把脚尖高高踮起,轻轻地走出了房间,从走廊穿过,进到孩子的房间。他在隔墙之外的时候,就已经听见了孩子嘶哑的、连续不断的叫喊声。他强打起精神,把门把转开,跨进去,继续与笼罩在房间里的黑暗势力搏斗。

埃凯在房间中央的摇篮旁边坐着,两只手放在上面,机械地晃来晃去。守夜女护士坐在摇篮的另外一边,头上绑着护士头巾,弯着腰,双手搭在围裙上面,用一种职业护士不知疲倦、不知厌烦的态度等待着。倚着壁炉、站在旁边的是伊萨克·斯蒂德莱尔,他还是穿着粗布上衣,胳膊盘在胸前,一只手不停地揪着黑色的胡子。

护士瞧见进来的医生,站了起来。不过,埃凯依然注视着孩子,似乎什么也没有看见。昂图瓦纳走到摇篮跟前。此时,埃凯才把头转向他,深深地叹了口气。孩子的一只手从被窝里挣脱出来,上下挥动着，昂图瓦纳一下子握住这只发烫的小手。孩子的身子立刻跟小虫子一样蜷缩着，极力要钻进被窝里。孩子的小脸烧得红通通的，仿佛一块花纹大理石，又仿佛安置在耳朵后面的冰袋那样灰暗。孩子长着和尼科尔一样的金黄色小鬈发，可能是让汗水或者是纱布给弄湿了，现在紧紧贴着脑门儿和脸颊。两只眼睛一会儿睁开，一会儿又闭上，红肿的眼皮之下是浑浊不清的瞳仁，反射出金属色泽，好像死掉的动物眼睛。孩子软绵绵的头随着摇篮晃来晃去的，好像在给从嘶哑的小喉咙里发出的呻吟声伴奏。

护士赶紧把听诊器递上，昂图瓦纳摇摇头，表示不需要了。

"这个主意是尼科尔想出来的。"埃凯说话的声音很奇怪，几乎是在大声喊。昂图瓦纳非常诧异，不知道他在说什么。他继续缓缓地说："我说的是摇篮，这个主意是尼科尔想出来的……"他含糊不清地笑了笑，因为处在忧愁慌乱之中，这些细微的事情就变得非常重要。

紧接着，他又补充道：

"没错……她这个小摇篮……我们从七楼拿来的……那里布满了灰尘……您瞧见了吗？她只有在摇晃的时候才好受一些。"

昂图瓦纳盯着他，显得非常激动。他很清楚，此时此刻，不论自己的怜悯心有多么强烈，也不能完全衡量出对方的悲痛。他将手搭上埃凯的胳膊。

"不幸的朋友，你太累了，必须去床上歇会儿。这样耗尽精力一点用处也没有……"

斯蒂德莱尔插了一句：

"算上今晚，你已经连续三个晚上没有睡了。"

昂图瓦纳弯下腰说："不要这么冲动，用不了多长时间，你就得投入所有的精力去……"他从心底里想拽走眼前这个可怜的人，希望他迅速将所有毫无价值的悲痛带进没有知觉的梦里。

埃凯不停地晃着小摇篮，一句话也不说。然而，能清楚地瞧见他渐渐垂下去的肩膀。似乎昂图瓦纳所说的"用不了多长时间"，他所面对的事情更加棘手。接着，他自己站起身来，冲护士招招手，要她来代替自己摇摇篮的工作，也顾不上擦一下脸上的泪水就转过身，似乎要找寻什么。最终，他来到昂图瓦纳跟前，勇敢地注视着好朋友的脸。昂图瓦纳一下子惊呆了，他瞧见埃凯的目光不再像原来那样坚定，他的近视眼充满了呆滞与迟疑，眼珠转动时异常缓慢，静止不动时萎靡无光。

埃凯愣愣地盯着昂图瓦纳，嘴唇张开了好一会儿，然后低声说："我们有必要……有必要采取什么行动，她那么难受，您也看到了……不能再让孩子遭这份罪了，对不对？我们得鼓起勇气……做些事情……"他停下来，仿佛在征求斯蒂德莱尔的主意！接着盯住昂图瓦纳的双眼，说道："蒂博，您是医生，您来行动……"他说完话，似乎怕听到回答一样，低着头、跌跌撞撞地走出了房间。

昂图瓦纳站在原地一动不动，然后脸一下子红了，一些杂乱的念头涌了上来。

斯蒂德莱尔在昂图瓦纳的肩膀上拍了拍，看着他低声说了句：

"行不行？"斯蒂德莱尔瞪着跟某种马一样又大又长的双眼，无神的眼眸在湿润的眼白里动来动去的。此时此刻，斯蒂德莱尔的眼神也和埃凯的一样，没有焦距，带着请求。

他轻轻地问道："你接下来要做什么？"

两个人陷入短暂的沉默之中，此时此刻，他们的想法是一致的。

昂图瓦纳含糊不清地说："我呀？"不过他知道斯蒂德莱尔肯定不满足于这样的回答，接着说道："说实话，我很清楚，可埃凯说要采取行动的时候，我必须要装出一副什么都不知道的样子。"

斯蒂德莱尔对着昂图瓦纳做了一个"嘘"的手势，然后看了一眼护士，将他拉出房间，关上了门。

来到走廊，斯蒂德莱问道："你觉得还有医治的可能吗？"

"没有了。"

"一点也没有了吗？"

"是的。"

"接下来怎么做？"

昂图瓦纳心里十分难受，绷着脸，什么也不想说。

"到底接下来要做什么？不能再拖下去了，得早点做个了断。"斯蒂德莱尔继续逼问。

"我的想法和你一样，希望如此。"

"仅仅是希望还不行。"

昂图瓦纳把头抬高，果断地说：

"除此之外，不能再做别的事了。"

"可以的。"

"不行！"

两个人的语气都很坚决，斯蒂德莱尔不得不停下来，安静片刻后，他终于开口：

"注射点什么……我对这些不是很清楚……可能加点剂量会……"

昂图瓦纳直接打断他的话：

"不要再说了！"

他很愤怒。斯蒂德莱尔无声地盯着他。昂图瓦纳的两道眉毛差不多拧成了一条直线，脸上的肌肉绷得紧紧的，嘴唇也跟着抽搐，皮肤不停地上下跳动，好像皮和肉两者传送神经质的抖动。

没过多久。

昂图瓦纳平和地重复道："请您不要再说了，我知道你的想法。大家都希望孩子少遭点罪。然而，这仅仅是新医生的……想法！最重要的是，得尊重生命！绝对地尊重生命！……倘若你现在还是一名医生，也会和我们有一样的想法。肯定得需要某些法律……规定我们的权利，不然的话……"

"假如你把自己当作一个人，那么，你唯一的限度就是你的良心！"

"没错，这就是良心，一个医生的职业良心……悲哀的朋友，你仔细想想，倘若某一天医生们都拥有这样的权利……然而，连一个医生也没有……你知不知道？伊萨克……连一个医生也没有……"

斯蒂德莱尔高声喊道："如此说来……"

昂图瓦纳再次打断他：

"埃凯自己也遇见过这样的疼痛，甚至一百次都不止……都是些毫无希望的病症！可是他从来没有那样做过……一次也没有！不管是菲力普，是里戈，还是特雷雅尔，或者是随便一个有良心的医生，都没有那样做过。你知不知道？一次也没有过！"

"如此说来，"斯蒂德莱尔大声嚷嚷着，"可能你们全都堪称大祭司长，不过在我眼里，你们全是没用的东西！"

他往后退了一步，吊灯一下子把他的脸照得亮堂起来。他脸上的表情显示的东西远远多于他的话语，上面除了愤怒和鄙夷之外，更多的是挑衅和逼迫，似乎心里早已有了主意。

昂图瓦纳心想："那好，一会儿十一点的时候，我来注射。"他一言不发，耸了耸肩，走回房间坐着。

雨还在下，水滴很有节奏地拍打着百叶窗的白铁皮。房间里，小摇篮晃来晃去的，把孩子的呻吟声都掩盖了。这些声响杂糅在一起，在死一般寂静的夜里，宛如一幅使人挣脱不了的、悲痛欲绝的和谐画面。

昂图瓦纳思索着："我刚刚说话的时候，有两三次都吞吞吐吐的。"他拧紧的神经到现在还没有放松下来。（这种情况很少发生在他身上，只有在不得不掩饰的时候——譬如他必须要对一个敏感过度的病人撒谎时，或者是在谈话的时候不得不赞同一种观点，不过他自己却对这个观点毫无研究的时候。）他在心里说了句："全是'哈里发'[①]造成的。"

昂图瓦纳透过眼角的余光，看见"哈里发"早已站在最初的位置上，靠着壁炉。当下，昂图瓦纳想起了十年前在医学院周边遇见大学生伊萨克·斯蒂德莱尔的样子。那时候，所有住在拉丁区的人都知道他。"哈里发"蓄着一副米提亚王[②]的大胡子，嗓音低柔、笑声洪亮，爱胡作非为，乱发脾气，非常死板。当时人们都觉得他和别人不一样，肯定可以有一番大作为。可是后来，人们发现他退学去挣钱了。听说是他那当银行职员的哥哥因为挪用公款自杀了，他才不得不挣钱来养活嫂子和几个孩子。

昂图瓦纳的思路被孩子异常嘶哑的叫声中断了。此时，他正仔细打量着孩子抽搐的模样，极力想把出现抽搐的次数记录下来。不

[①] 斯蒂德莱尔大学期间的绰号，本意是穆罕默德的继承人。
[②] 米提亚，亚洲西部，里海西南的一个古国，公元前五世纪被波斯吞并。

过，孩子的动作混乱得跟刚杀掉的小鸡一样，一点频率也没有。突然，和斯蒂德莱尔说完话就存在的压抑感一下子膨胀起来，昂图瓦纳觉得好痛苦。昂图瓦纳可以为拯救一个生命垂危的病人做出大胆的举动，甚至任何危险他都有胆量去尝试。然而，此时此刻，他面对眼前的情况无能为力，眼睁睁地看着死神成为赢家，他简直无法忍受。眼下，小生命没完没了地挣扎着、叫喊着，简直要了他的命。其实，昂图瓦纳见过很多人，包括小婴儿遭受这份罪，可是今夜他为什么这么痛苦？别人离世前的神态总是蕴含着一些朦胧的、令人无法承受的东西，昂图瓦纳正是因为这些东西感到懊恼，似乎这样的结果是他预想不到的。他的内心受到了极大的冲击：对自己，对行动，对科学和生活的信心都不复存在了。似乎被浪潮淹没了一样。他眼里浮现出一长串不幸的名单：全是他已经确诊为医治不了的病人……单纯数数从早上见过的那些就很多了：医院里住着的就有四五个，加上于盖特、小埃尔恩斯特、即将失明的婴儿，还有眼前这个……算了，他肯定记不得了！……父亲瘫痪在手扶椅上的画面似乎一下子闯入了昂图瓦纳的脑海中，他厚厚的嘴唇上满是牛奶……每天都承受着巨大的痛楚，用不了几周，这位原本强健的老人也会……所有人，一个接一个……这样普遍的悲痛，没有理由……他发疯地想："不可能，生命就是个荒谬的笑话，一点也不美好！"他仿佛在和一个一直保持乐观的人争辩着什么，而那位执拗的、自鸣得意的乐观者正是平日里的昂图瓦纳。

护士不声不响地站了起来。

昂图瓦纳瞥一眼表，到注射时间了。他非常开心可以换个位置，可以做些什么。一想到没多久就可以离开这里，他简直想蹦起来。

护士把注射工具放在托盘里端过来，昂图瓦纳敲破安瓿药瓶，把针扎进去，吸到合适刻度，随后亲手把剩下的四分之三药水倒进桶里。他觉得斯蒂德莱尔的目光一直死死盯着自己。

打完针，昂图瓦纳再次坐下，等待孩子安静下来。他朝孩子俯下身子，再次把了把她虚弱的脉搏，轻声跟护士说了几点注意事项。接着，连忙起身走向盥洗室，用肥皂洗洗手，到斯蒂德莱尔跟前默默地握了握手，走出房间。

他轻手轻脚地从透亮的、没有人影的住宅中走过。尼科尔的房门早已合上。他越走越远，孩子的呻吟声也越来越小。他小心翼翼地将前厅的门打开又合上。走到楼梯口时，他停下来仔细听了听，什么也没有。随后深深吸上一口气，步履轻盈地走下楼。

走到外面，昂图瓦纳不自觉地回头看了看黑乎乎的房子，他瞧见了从百叶窗照出来的一排灯光，仿佛节日的夜晚一样。

雨才停，人行道上还在流淌着雨水。没有一个人的街道上，水面反射着亮光，一直延续到远方。昂图瓦纳打了个寒战，把衣领竖起来，快步朝前走去。

13

听着雨水从潮湿路面流过的声音……埃凯闪着泪珠的脸孔一下子浮现在昂图瓦纳眼前，他就这么站着，目光充满请求："蒂博，您是医生，您来行动……"他无法立刻赶走这些幻象。"父爱……即使我尽全力去想象，它对于我也只是一种生疏的情感……"突然间，他再次想起了吉丝："家庭……孩子……"仅仅是假想而已。完全实现不了。他认为，今夜结婚的想法不仅幼稚，还达到了疯狂的地步！他思索着："是利己还是没有胆量？"接着他又开始想其他事情："'哈里发'此刻就觉得我没有胆量……"他顿时感到苦恼，似乎自己站在走廊里面对斯蒂德莱尔普通且激动的面孔和那逼人的目光的场景再次出现在眼前。此时此刻，他想把环绕在脑海里的全部念头都甩掉。昂图瓦纳讨厌"没有胆量"这样的词语，他换了一个词"害怕"。"斯蒂德莱尔以为我害怕了，蠢蛋！"

他走到爱丽舍宫跟前，看见一队保安警察正绕着爱丽舍宫搜查，枪托碰击道路的声音非常清晰。昂图瓦纳没有时间多想，脑海里就出现了这样的画面，似乎是梦里的情景：斯蒂德莱尔把护士支走，掏出注射用具……护士再次回来时，只剩下婴儿的尸体……猜忌、告发、不能下葬、检验尸体……刑事法庭和保安警察……他立刻有了主意："所有后果由我来负责。"他经过一个警卫面前的时候，仔细看了一眼，仿佛正与假想的法官说话："没有，就我一个人注射了，而且增加了剂量，孩子已经没有治愈的可能，我负全责……"他放慢脚步，耸耸肩笑了。"真滑稽。"他觉得问题不可能就这么解决，"倘若我要为别人要命的注射负全责，为何当时不亲自动手？"

用短暂的时间去思考一些问题，不但不能解决，甚至问题的条理都理不清，因此，他内心总是烦躁不安。他想着与斯蒂德莱尔的争论。当时，他控制不住自己，说话都在打结。虽然他并不因为自己的行为懊悔，但他心里还是不好受，因为他当时扮演的角色、说出来的话，跟他这个人、跟他心底的性质并不融洽。他现在有一种直觉，模糊不清却又挥之不去：终有一天，他的思想和行为会与他此刻扮演的角色、说出来的话大相径庭。昂图瓦纳摆脱不了内心强烈的反感。一般情况下，他不会评价自己已经做过的事情。他厌恶后悔，乐于自我剖析。最近这些年，他甚至热衷于自我观察，不过那完全是出于心理学上的好奇：哪些优点、哪些缺点是和自己的气质不符的。

他内心涌出这样一个问题，加剧了他的焦虑："关于这件事，难道同意比拒绝需要的意志力还多吗？"他在二者之间犹豫不定，不知如何是好。通常情况下，他都会选择需要付出更大努力的一方：因为经验告诉他，这样的选择接近最好。然而，他今晚选择了容易的一方，现有的路子。

他讲出来的话还在耳边回响。他跟斯蒂德莱尔说的"尊重生命……"这些习惯性语句，从来不会引起人们的质疑。"尊重生命……"是尊重生命还是盲目推崇？

他想起曾令他难以忘怀的一个故事，那是关于特雷基纳克双头婴儿的：

十五年前，蒂博一家在布列塔尼一个港口度假。当地一个渔夫的老婆产下一个长着两个头的婴儿，而且两个头都完整无损。婴儿的双亲恳求医生弄死这个怪胎，医生不同意。婴儿的爸爸嗜酒如命，一下子扑上去把他掐死了。后来，渔夫被关了起来。这件事闹得沸沸扬扬，那些去旅馆桌上做海水浴的人总是讨论这个话题。当时，昂图瓦纳十六七岁的样子，直到现在，他还清晰地记得和老蒂博先生那场激烈的争辩，那是他第一次和父亲有过那么严重的争吵——当时昂图瓦纳怀有过分简单的执拗精神，认为医生应该答应婴儿双亲的要求，了结那注定短暂的生命。

如今，对于这种十分罕见的例子，他还是坚持自己的意见。所以，他感到困惑不已，心想："菲力普会怎么看待？"菲力普肯定没有了结那条生命的念头，昂图瓦纳知道这是毋庸置疑的，就算残疾的婴儿出现危险，菲力普也会尽最大的力量去挽救生命。里戈医生、泰里尼埃医生以及洛瓦齐尔医生也会这么做，每一个医生都会这样……只要还有呼吸，挽救生命是医生的天职。医生本质上就是救死扶伤……似乎菲力普夹杂着鼻音的话语传到他耳边："我的孩子，我们没有权利这样做，没有权利！"

昂图瓦纳非常生气："权利？……您和我一样，都清楚权利和责任这些词语的价值所在。只有自然规律称得上法规。只有自然规律才是无法抗拒的。其他那些道德法律什么也不是，只不过是人类世代延续形成的一大堆习惯罢了……如此罢了……曾经，这些习惯在人类社会发展史上扮演过重要角色。可是现在呢？以某种神圣道德规范和彻底严格的命令给予这些旧医疗卫生和治安状况也称为符合情理？"老师什么也没说，昂图瓦纳耸了耸肩，把手插进外衣口袋里，走上了另一条人行道。

他眼睛不看路，一直在和自己探讨："第一，道德之于我根本不存在。要，不要，善与恶之于我也只是普通的词而已。我跟别人一样，使用这些词只是为了表达自己的意思。不过，我已经在心里无数次地发现，道德与现实并不协调。我从来都是……算了，这么说太绝对了，这些想法产生于……"拉雪尔的面孔从他眼前飘过。"……不管怎么说，时间不短了……"这时候，他认真地尝试找出他日常生活中有没有受制于何种原则，可是什么也没找到。没有原则，他开始大胆假想："是真诚吗？"他思考着，想进一步明确一下："或者说是睿智？"此时，他的思绪乱成一团，不过眼下他对这个发现非常满意。"没错,就是它了,尽管算不上什么。但当我去找寻这样的睿智时,我可以找到一个确切的点……或许我已经在没有意识的情况下,将它奉为我的道德原则……可以这样说:只要清楚全部,就能达到绝对的自由……总而言之,这不安全。不过这条原则在我这里发挥的作用还不错。行动前,一定要看清楚,要足够睿智……把在实验室练就的自由、犀利、公平的目光,用来观察自己,看看自己玩世不恭的思想和行为。正确地看到自己原来的样子,不论什么样都接受它……接下来呢?接下来我应该可以说出:全部都准许……只要不欺骗自己,全部都是准许的。当你清楚自己在做什么,而且尽可能清楚这么做的原因,就去做吧。"

他差不多是立刻嘲讽地笑了笑:"最难以启齿的是,倘若对我的生活好好考察一番,那就是一个'绝对的自由',它没有善与恶的区别,几乎就用在验证他人归为的善事。可是,如此超脱一切会引起什么后果呢?仅仅是做和他人一样的事,同时这些事被时尚道德原则归为善良的人所做的事!今晚的事情就是一个证明……无论我愿不愿意,我都已经顺从了与大家相同的道德原则……菲力普知道了会微笑的……可是我却拒绝承认,人作为社会动物行动时,比一切个人的本能威力都大。这样说来,我今晚的态度又如何解释?行动竟然可以跟理智脱节,毫不相连,太神奇了!其实,我是赞同斯蒂德莱尔的。我那些含糊不清的反驳毫无根据。符合情理的是他:婴儿在遭罪等死,不论做出怎样的挣扎,结局都不会改变!不会改变,同时刻不容缓!怎么做?倘若我肯想一想,就可以知道,让孩子早点死去是好事。对孩子来说是好事,对埃凯太太来说也是好事。很明显,让一个母亲在那样的情形下,没完没了地目睹孩子的垂死挣扎,是十分危险的……埃凯心知肚明……不需要再说些什么了,倘若以满足推理为目的,那么道德的意义不置可否……然而,人类不总满足于推理,真是太奇怪了!我可不是为了逃避责任才这么说的。说实话,我很清楚今晚自己逃避的不仅仅是胆小,更重要的是一种和自然法则一样威力巨大的东西,不过,我还不知道是什么东西……"他想了各种解释。说不定是一种模糊的思想?他确信存在着这种思想。它似乎隐藏在我们清晰的意识以下,有时候苏醒过来,占有领导权,指使一个行为,接着,没有留下任何解释再次消失在心灵深处。或者,简单说来,存在着一种集体道德原则,人类不可以独自以个人名义采取行动?

此刻,他觉得自己跟被遮住眼睛在原地跳来跳去一样。他尽力回忆着尼采①经常被人引用的一句名言:"一个人不应该是个问题,而应该是个答案。"昂图瓦纳曾经认为这个原则的意思非常明显,随着时间的流逝,他渐渐不再适应这个原则了。他有过发现自己的某些决定(通常是自主的、非常重要的决定)与他习惯性的逻辑推理不相符的经历。这导致他多次产生疑虑:"到底我还是不是我认为的那种人?"这个问题仿佛在黑暗里一闪而过的闪电,稍纵即逝。不过闪电过后,黑暗会更加浓厚,他便立刻驱散它——今夜,他再次甩开这个疑虑。

身处的环境也令他停止了胡思乱想。昂图瓦纳走上王家路,一股香喷喷的气味由面包店的通风口吹来,令人神清气爽。他打了个哈欠,朝着街道张望,想找一家还在营业的啤酒店。他一下子萌生了去法兰西剧院旁边的泽姆酒店吃东西的想法,那是一家二十四小

①19世纪德国著名哲学家。

时开门的小酒店,有时候,他夜里过桥①前会到里面去。

"太奇怪了!"他停了一会儿,继续想,"怀疑没用,甩开没用,超脱也没用,无论人们愿不愿意,人总是坚信自己理智的需要,这是毋庸置疑的,也是不可抗拒的……我在一个小时前就给自己做了个好证明!……"他既觉得心里烦躁又满足不了需求。他试图找到一种可以让自己平静下来的可靠原则。

他懒散地想着:"全都归罪于冲突,而且也没什么新奇的。我内心的冲突属于一般现象,只要人活着,就会有这种冲突。"

他朝前走了一段路,什么也不去想。大街上人来人往,那些擅长交际的夜游女人不断地与昂图瓦纳搭讪,他礼貌地把她们拒绝了。

不知不觉中,他又投入了自己的思考。"我是个活物,这是真实的,换一种说法,我在不间断地抉择和行动。没错,可是这里就有问题了。我去选择和行动的依据是什么?我什么也不清楚。是根据我刚刚想到的睿智吗?不对……那是个理论!……说实话,理智的思想并不能指引我做出什么正确的决定和行动。所谓明智的思想只是在我已经行动了,才会发生作用,为我辩护……从我学会独自思考时开始,我已经发现,是本能的力量促使我去做出选择和采取行动,而不是……可是有一点叫我想不明白:我的行动方向并不是互相矛盾的。所有的一切似乎都说明我在遵守一条固定的规律……没错,可我却不知道到底遵守的是什么规律?在我生活的每一个紧要关头,内心冲动总会让我做出正确的选择,并按照选择方向行动。我总是问自己:依据是什么?可总也回答不了。我觉得生活安宁,合情合理,不过却远离一切规律。我在以往的哲学、当下的学说还有我的内心,

---

①指塞纳河上的桥。

都找不到满意的答案。我仔细阅读了自己不赞同的制度，找不到任何一条来遵守。没有哪一条明文规定的制度让我觉得适用于我，也没有哪一条可以为我的行动解释。无论如何，我还是迈着矫健的步伐坚定地朝前走，而且是笔直向前。太奇怪了！我觉得自己犹如一艘快船，即使舵手没有罗盘，还是勇猛向前……说好听一点，我似乎被某种秩序制约着。我相信自己可以感觉得到,我的天性井井有条。可这种秩序到底是什么？……不管怎么说,我十分幸福,没有抱怨过。我也不想变成别人，就想知道我依据什么变成了现在的自己。我的好奇中还掺杂了些许焦虑，这应该是每个人都具有的谜团吧。我能不能找出自己的谜底？归纳出自己的规律？肯定有一天，我会明白我依据的是什么……"

他快走了几步，瞧见泽姆酒吧明亮的招牌在广场上闪光，全部心思都放在饿了的肚子上。

他大步跨进酒吧，撞了一下走廊里的几个牡蛎篮，它们苦涩的怪味弥漫在过道里。

需要从一个螺旋形楼梯下去，才能到达建在负一层的酒吧。楼梯非常别致，若隐若现的。这个时间段酒馆里都是夜游客，他们坐在由厨房、酒精、香烟杂糅成的热气里。电风扇嗡嗡作响，雾气跟着飘来飘去。刷了漆的桃花心木家具和绿色皮垫让这没有窗户、又长又矮的酒馆看上去像邮轮的吸烟室。

昂图瓦纳在一个角落里坐下，把外套放在长椅上，顿时觉得心情舒畅。同时，婴儿房间里，那个浑身都是汗的小病人绝望挣扎的画面映入眼帘。他耳朵里似乎还听见了摇篮晃来晃去的声响，宛如脚一下踩在地上的声音……他突然又难受起来，打了个寒战。

"先生几位?"

"一位。来一份烤牛肉,黑面包!一大杯威士忌,不加苏打,还有一杯凉水。"

"要干酪汤吗?"

"那就要吧。"

每一张桌上都有一个盛着薄如月亮花①的炸土豆的大盘子,土豆上铺了一层盐花。昂图瓦纳往嘴里放土豆片,一面津津有味地嚼着,一面等着这里的招牌菜——干酪汤。那是用文火熬出来的,会冒泡,黏黏的,还放了洋葱。他顿时觉得自己好饿。

在他附近,有几个人站着,叫人把外套递给他们。有个年轻女人从吵闹的人群中偷偷瞥了一眼昂图瓦纳。两个人的眼神交会时,她隐晦地冲他笑笑。这张跟日本版画一样的女人脸好像在哪里见过?扁平光滑,眉毛平直,眼睛细细长长的,长着一些鱼尾纹。他对她在那么多人眼皮底下给自己暗送秋波的行为非常感兴趣。对了!她是达尼埃尔·德·丰塔南的模特儿,他们在马扎拦路的旧画室中见过几次面。他现在一下子记起,那个炎热夏天下午的欢聚,时间、灯光、她的姿势全部清晰地浮现在他的眼前。他还记得当时很忙,不过却依然想留在那里……他目送这个女人离开。她的名字好像茶叶的商标,达尼埃尔怎么称呼她来着?……走到门口的时候,她转了一下头。她的身体还跟记忆里的一样:扁平、光滑、神经质……

在他觉得自己爱上吉丝的几个月中,他的生活里没有其他女人的影子。说实话,自从和雅韦纳太太分手后(在一起两个月,最后

---

①欧洲的一种观赏花卉,呈紫色,十分娇艳,角果是团扇状。因此,法国人称之为"教皇的硬币"。这里形容炸土豆片既圆又薄,和月亮花的角果相似。

不欢而散），他一直过着没有情妇的生活。顿时，他感到遗憾。他轻轻喝了口刚端上来的威士忌，自己把汤碗盖翻开，一股香气扑面而来。

门口的伙计这时走过来，给了他一张折成四折的音乐厅节目单，纸的角上，用铅笔写了几个字：

"明晚十点，泽姆家如何？"

"用不用给她回个信？"他笑了笑，问道，不过很焦虑。

"不用了，太太已经离开。"伙计答道。

昂图瓦纳不打算理会她的邀约，可他把字条放进了口袋，开始喝汤。

他一下子想着："多么美妙的生活啊！"一阵愉悦的思绪环绕着他。"没错，我是个爱生活的人。"他赞同了这个观点。思考片刻："总之，我不依赖哪个人。"吉丝的面容从他眼前飘过。他不得不承认，没有爱情的生活也很幸福。说实话，即使是吉丝远在英国的日子里，他也可以体会到幸福。那么，他幸福的生活里有没有一个女人并不那么重要，没错，就是拉雪尔！假如拉雪尔还在，会是什么结果？再说了，这不是已经把这类激情治愈了吗？……今夜，他不敢把自己近段时间对吉丝的感情归为爱情。他试图换一个词语。倾心？……这空当，吉丝占据了他整个心头。他决定把最近几个月发生的事情理一理。首先要承认的是：他将自己想象中的吉丝和现实的吉丝混为一谈了。其实两者有很大的差别，今天下午，现实中的吉丝还……不过，他不想一直做这样的对比。

他喝下一口掺水的威士忌，接着吃烤牛排，心里默默地重复着他是个爱生活的人。

他眼里的生活，首先是一片广阔的天地，他是个积极主动的人，全力以赴就可以了。他的热爱生活其实就是热爱自己,对自己有信心。他曾经对自己的生活进行了专门的预想,觉得生活犹如一个可以大展身手的演习场,一个组合形式无边无尽的整体,一条方向明确,而且毫无意外笔直到达的路线。

他发觉那熟悉的钟再次敲响了,他一听到这个声音就会深感慰藉。他心底的声音悄声说:"蒂博,还好吗?""他今年三十二岁,处于大好年华……身体如何?十分健康,可以和一头凶猛的牲口搏斗……脑袋瓜呢?灵活机警,还在向前发展……工作精力怎样?精力充沛……物质生活丰富……应有尽有,毫无弱点和恶习,前程似锦,畅通无阻!"

他把腿伸直,点上一支香烟。

关于职业……他从十五岁起就对医学产生强烈的兴趣。一直到现在,他依然信奉一条准则:医学是人类全部智力的成果,几乎包含了二十个世纪各个知识领域的优秀成果,也是有能力的人施展拳脚最广阔的领域。医学是人类思辨没有尽头的一门科学,不过却又在最具体的现实中深深扎根,与人类有着经常性的直接联系。这一点在他看来非常重要。他一直不赞同把自己关在实验室中,将观察领域限制在显微镜之下。他热爱医生和各式各样的实际情况相结合。

心底的声音接着说:"不管怎么说,蒂博要继续加油……千万不要学泰里尼埃和博瓦特洛,他们都是让女病人拖累的……一定要抽出时间,设计并进行具体实验操作,把自己的成果整理出来,努力从一种方法里归纳出线索……"昂图瓦纳对自己未来的设想跟最伟大的医生一样:五十岁前,功成名就。特别是拥有了独特的方法。眼下,这个方法还不是很清晰,不过有时候他觉得自己模模糊糊地发现了。"没错，用不了多长时间，用不了……"

他的意识从父亲去世的黑暗时期越过，再往前便是大好风景。他一下子对着烟吸了两口，在吐出两口烟的间隙，他又想到了父亲的死。此时想起这个，他不再彷徨不安，相反，他似乎把它想成一种盼望已久的解脱，仿佛视野更加开阔了，仿佛他未来发展的条件更加充足了。他眼前呈现出许许多多假设。"尽快在女病人中间，选择一个……让自己的空闲时间多起来……再找个固定的小助手来帮忙，应该算是个秘书吧，不能是合伙人。他得是个机灵年轻的小伙，我来教他帮我做点事……我会用空出来的时间，努力钻研……再接再厉……有所发现……没错，我相信自己能有大成就……"他内心的喜悦通过嘴角那抹笑容表现出来。

他猛地把手里的烟卷扔掉了，静下来思索："太奇怪了！我不曾接受的道德观，一小时前我甚至觉得已经完全甩开。此时，我发现它竟然在我身上存在着，并且它不是躲在思想的黑暗深处！并不是！它生机勃勃，非常坚实，驱散不去，同时，它还处在我毅力和行动的中心位置，处在我职业生活的要害部位。身为医生和科学家，我的正直感坚定不移。这绝不是一句玩笑话。关于这一点，我觉得我从不推让……如何让这一切变得协调呢？……别理它！为什么要去协调呢？"果然，他不再去想如何协调的问题，不再去追究什么具体的问题，就这样沉浸在懒洋洋的、掺杂着乏困的舒适感里，慢慢地变得麻木了。

此时走进一对开车来的夫妻，坐在他附近的位子。他们把厚重的外套放在长椅上。丈夫大概二十五岁，妻子比他年轻些。两人身材修长健美，同样褐色的头发，眼神真诚，嘴大牙好，脸冻得红红的。非常般配的一对！同样的年纪，同样身体健康，同样的社会阶层，同样的举止优雅。不用想志趣一定相投，反正点的东西都一样。两人挨着坐，用同样的速度大口吃着两个完全相同的三明治。接着，同样的姿势把啤酒喝完，再次穿上外套，整个过程一句话也没说，一个交流的眼神也没有，踩着一模一样的轻快步子走出去。昂图瓦纳看着两个人走到门口，他们让人想到模范夫妻的代表，十分完美的一对！

这时候，他发现大厅里几乎没剩下什么人了。他的眼睛往远处镜子里的挂钟瞥了一眼，那挂钟在他头顶上方："才十点十分？错了，反过来才对。啊？差不多两点了？"

他站了起来，晃晃麻木的身子，不安地想："明早会着凉的。"

门口的小伙计缩在楼梯上打瞌睡。他踩上狭小的楼梯时，脑海里蹦出一个清晰的念头，立即明白一件事情，他偷笑了一下："明晚十点……"

他钻进一辆出租车，五分钟后，他出现在家里。

一些晚间信件被放在了前厅的桌子上，一张打开的字条摆在很显眼的位置，是莱翁写的：

"大概一点，接到埃凯医生家的电话，小女孩儿死了。"

他把字条攥在手里，又看了一眼。"一点左右？在我离开后……难道斯蒂德莱尔在护士面前？不会的……一定不是……难道是因为我打的那针？可能是……即使剂量再小，可脉搏太微弱……"

惊恐过去了，该松一口气才是。不论这个事实令埃凯和妻子多么悲痛，至少不用再继续痛苦煎熬了。尼科尔睡着的脸呈现在他眼前。用不了多长时间，他们就会迎来一个新的小生命。生活将会打败一切，伤口终会愈合。他无意间把邮件拿起来，悲伤地想："他们太不幸了，明天先去他们家一趟，再去医院吧。"

母猫在厨房里哀怨地叫着。昂图瓦纳嘀咕了一下："老畜生，别影响我睡觉。"突然，他想起那窝小猫。他把门推开一条细缝，母猫一下子扑到他脚下，哀伤且温柔地蹭着他。昂图瓦纳弯下腰看了一眼铺了破布的篮子：什么也没有。

他已经说了，"你想全部淹死它们吗？"这也是生命……为何结局不一样？依据是什么？

他抬眼看看挂钟，打了个哈欠，耸了耸肩。

"四个小时可以睡，还不错。"

他看看手里莱翁的字条，团了团，高兴地把它丢到大柜上。

"按照蒂博家的习惯，去冲个凉水澡……睡觉前冲掉疲惫。"

第五卷　索莱丽娜

1

蒂博先生眼睛也不睁，喊道："写封信告诉他，不行！"他很小声地干咳着，听说是"哮喘"，陷在枕头里的脑袋随着干咳轻轻摇动着。

沙斯勒先生在窗口的折叠桌边坐着，拆看早上的邮件，即使现在已经两点多了。

今天，蒂博先生仅剩的那只肾脏也不管用了，周身疼痛难忍，导致一整个上午都见不了他的秘书。后来，赛林娜嬷嬷给他找了个注射镇静剂的借口，因为平时是在下午才打的，剧痛立刻消失了。不过蒂博先生早就对时间概念模糊不清，愤怒地等着沙斯勒先生吃饭后过来给他读信。

他问："其他的呢？"

沙斯勒先生大致瞥了一眼信，念道：

"朱阿夫团①下级军官奥布里（费利西安）……请求去克卢伊教

---
①法国一种轻步兵，原来由阿尔及利亚人组成，后来都改成了法国人。

养院担任一名监察。"

"去教养院当监察？怎么不去监狱？……把它丢到纸筐去。其他的呢？"

沙斯勒先生小声说了一遍："啊？怎么不去监狱？"他没想知道怎么回事，扶扶眼镜，连忙去拆其他的信。

"维尔纳夫-尼班本堂神父……感谢您……代表一个孤儿感谢您……没别的意思。"

"没别的意思？沙斯勒先生，念下去。"

"尊敬的创办人先生：所担任的职责让我完成了一个愉悦的工作，我应教民贝斯利埃太太的要求，向您致谢……"

"读大声些！"蒂博先生叫道。

"……为年轻的阿莱克西得到好的教化深表谢意。四年前，您出于善心，把他收养在奥斯卡-蒂博教养院的时候，唉，我们认为这个孩子的品行已经无可救药。他生性刁钻、举止怪异、为人蛮横，使人以为他一定会走向堕落。不过，这个孩子在那儿住上三年后，发生了翻天覆地的变化。眼下，小阿莱克西已经回家九个月有余。他的母亲、姐妹、四邻、我以及他的师傅木匠比诺（儒勒）先生——孩子给他当学徒，都认为孩子非常乖巧、工作努力，完成宗教职责也很热情。

"我真挚地向上帝祈祷，请求他赐予这样令人获得新生的机构永远昌盛，我向您致以崇高的敬意，他身上体现出了圣万桑·德·保罗[①]的慈悲为怀、无私奉献的精神。

"教士吕梅尔。"

[①] 圣万桑·德·保罗（1581—1660），一个创办慈善团体的著名教士。

蒂博先生眼睛一直没睁开，不过他那山羊胡子不停地颤抖。他是个好心肠的人，经不起几句奉承的好话。

"沙斯勒先生，这信写得不错。"他平复了一下心情说道，"我觉得可以把它发表在明年的《通报》上。到时候，你要提醒我。其他的呢？"

"来自内务部教养局的。"

"什么？……"

"弄错了，一个表格而已……表格而已……随它去吧。"

赛林娜嬷嬷把门推开一点点缝隙。蒂博先生冲她喊：

"等我听完信！"

嬷嬷什么也没说，走到火边添了块木柴。在病人房间生火是为了去气味，她扮了个鬼脸叫它"医院味"，走了出去。

"沙斯勒先生，接着念。"

"法兰西学院将在二十七日举行会议……"

"大点声，其他的呢？"

"教区慈善事业最高董事会要在十一月二十三日与三十日举行会议，十二月……"

"你写张明信片寄给博弗勒蒙神父，说我二十三、三十日都去不了，并致歉……"他停了一会儿，接着说，"你把十二月的写上记事簿……其他的呢？"

"先生，没有了，其他的都是关于教堂募捐的……再有是一些明信片……这些昨天都记在日记上了。包括尼塞神父的、《两大陆评论》秘书吕多维克·罗瓦先生的、克里冈将军的等等。参议院副议长今早遣人来问候……以及通报……教区慈善事业机构……一些报纸……"

赛林娜嬷嬷再次推开门，走进来，手里还端着个盆，里面装着热气腾腾的布条。

沙斯勒先生低着头，脚尖抬得高高的，避免鞋子踩出声音，退到一边。

嬷嬷把被子掀开，她这两天非常喜欢给病人热敷。尽管热敷对病人来说可以减轻疼痛，但是对功能减退的机体器官却没有什么效果。所以，不论蒂博先生多么讨厌，必须重新插管试验。

热敷完，他觉得好受了。不过，这样的治疗让他浑身无力。时间指向三点半，到下午也不会变好。吗啡的效果正在退去，还要一个小时才可以灌肠。为了让他打发时间，修女又叫来沙斯勒先生。

个子矮小的秘书先生再次回到原来的窗口前。

他看上去心事重重。他刚在走廊边碰见了胖女仆克洛蒂德，她趴在他耳边说："不好了，这个星期东家的病情严重了很多。"沙斯勒惊恐地看着她，克洛蒂德按着他的胳膊说："沙斯勒先生，您一定要相信，东家好不了了。"

蒂博先生干躺着，发出呻吟声，这是习惯性动作，并不是他感到哪里不舒服。就这样敞开着躺在床上，他觉得很放松。但是，他害怕再次陷入疼痛，希望能小睡一下。他的秘书在旁边待着，他睡不着。

他把眼睛向上一抬，哀伤地瞥了一眼窗口边的秘书。

"沙斯勒先生，我下午不工作，别在这儿干等了。"他似乎想把手臂抬起来，"您看，我的力气已经用完了。"

沙斯勒先生没有刻意隐瞒，慌乱地喊：

"用完了！"

蒂博先生被他的喊声吓了一跳，把头转回来，眉眼中带着一丝讥讽。

"您没有发现我的体力在一天天减弱吗？"他叹叹气，继续说，"我不想再骗自己，倘若死亡避免不了，那就快点来吧。"

"死亡？"沙斯勒先生把双手握在一起，重复了一遍。

蒂博先生用讽刺的口吻说：

"没错，死亡！"他的语气很吓人，猛地睁开眼睛，又立刻合上。

沙斯勒先生手足无措，盯着眼前没有生命气象的浮肿面孔——仿佛死人的脸。难道被克洛蒂德说中了？如果是真的，他该何去何从？……他年老的景象一下子浮上脑海：贫困交加……

他像每次用尽全部胆量一样，开始颤抖，悄无声息地滑出椅子。

"朋友，人人都会走到这个地步的，呼吸停止，永久安息。"蒂博先生嘀咕着，做好了入睡准备，"基督徒是不害怕死亡的。"

他把眼睛合上，感觉刚刚的话语还环绕在脑海里。不过，身旁矮个子秘书说话的声音，吓到了他。

"没错！人不能害怕死亡！"沙斯勒先生因为自己的勇气打了个寒战，咕哝道，"我也一样，妈妈的死亡……"他突然停住了，似乎喘不上气。

前不久，他装了一副假牙，说话很费劲。假牙是他参加一个南方牙科门诊的猜字谜比赛赢来的。那个牙科门诊专门通过信件的方式帮客户治牙，就是按照客户寄来的牙印形状制造出牙套。沙斯勒先生对这副假牙很是称心，吃饭或者要多说话的时候就把它摘下来。现在，他已经能很娴熟地摘下假牙，放在手绢里，似乎像打喷嚏一样简单。他此时就这么做了。

673

摘下障碍物，他说话轻松了许多：

"我也一样，倘若我妈妈死了，我肯定不会害怕。因为没有必要，她如今待在养老院里，我们都觉得安心。有时候她会大发童心，这也是她最迷人的地方……"

他停顿了一会儿，想着怎么说到主题。

"先生，您注意到没有？我刚刚用的是'我们'，因为我并不是一个人生活，而是和阿莉娜一起……她曾经是我妈的女仆人……她的小侄女黛黛特，就是那个夜里昂图瓦纳先生帮她做过手术的姑娘……"他带着笑容诉说，这笑容一下子展现了他最温柔的情感，"她也跟我们住在一起，小姑娘出于习惯喊我儒勒叔叔……但是，太搞笑了，我并不是她的叔叔……"

他脸上的笑容不见了，取而代之的是淡淡的哀愁，语气里满是无奈：

"三个人花的钱可不少啊！"

他用罕见的亲密姿态向床边靠近，似乎想说什么要紧的事。不过，他尽量避开蒂博先生的眼神。蒂博先生觉得不可思议，半睁着眼睛打量沙斯勒先生。这位秘书的话似乎在绕着某个秘密兜圈子，虽然表面上毫无关联。他注意到一些与平时不一样的、让人焦虑的东西，睡意全无。

突然，沙斯勒先生向后退了几步，绕着房子走来走去。鞋底发出吱吱的响声，他也不管。

他继续激动地说：

"要是我自己死了，我也不怕。不管怎么说，那是上帝的意思……不过，生活啊，生活却令我害怕！如今我不是年轻人了。"他原地转了一圈,嘀咕一声:"您觉得呢?"神情似乎在征求意见,接着说:"原来我存了一万法郎,后来的一天夜里,我把钱交给了养老院。说了句,这是我妈妈和一万法郎,请收好。那就是价钱,按理说这种事不该发生的……说实话,我们非常安心,不过,那是一万法郎啊。所有的积蓄……黛黛特怎么生活?已经没有可以借的钱了,什么都没有了。(比什么都没有还惨,阿莉娜甚至从自己的积蓄里借了两千法郎给我,用作日常支出……)唉,我们不妨来算算:我在这里的月工资是四百法郎,并不多。我们一共三个人,小姑娘得吃得穿,再加上她当学徒,不仅不赚钱,还要花钱……先生,说实在的,我得省吃俭用,就连报纸都不买,看别人丢弃的旧报纸……"他的语气在发抖:"先生,很抱歉,我不该连面子也不顾及,跟您说了旧报纸的事。按理说,基督教的历史和文明社会都已经二十个世纪,这些事情应该绝迹了……"

蒂博先生稍稍晃了一下手,不过沙斯勒先生一眼也没看他,接着说:

"倘若我连四百法郎的工资都没有,该何去何从呢?"他向窗边转过身,仰着头,仿佛盼望听到说话声一样。"要是能获得一笔遗产的话?"他喊出了声,似乎发现了新的途径。不过,他一下子又皱起眉头:"请上帝帮我算算吧。一个三口之家的年收入四千八百法郎,不能再少了。再给一个这样数目的资产该多好。倘若上帝公平公正的话,他一定会赠给我们的。先生,善良的上帝会赐予我们这小小的资产……"他把手绢抽出来,在额头上擦了一下,似乎刚刚干了一件超人干的事情。

"一定要充满信心,不过是老一套罢了。就像圣罗歇那些先生说的一样：'要充满信心，您也有保护人的。'……有保护人？没错，我也有保护人。关于信心，我也想有。不过，我首先得获得一份遗产，小小的一份资产……"

他站在蒂博先生的床前，不过，仍然没有看他。

"要充满信心，"他嘀咕着，"先生，这很简单……倘若给我承诺。"

他的眼神仿佛一只渐渐熟悉环境的小鸟，一步一步靠近老人。甚至，从老人的脸上飞速扫了过去，接着在合上的眼睛和静止的脑门儿上停下来。再次避开，然后又回到原地，最终定在那里，宛如被粘住一样。天色不早了，蒂博先生往上抬抬眼皮，透过暗淡的光线瞧见了沙斯勒先生盯着自己的双眼。

他一下子被突然的眼神相撞拉回了清晰的状态。长时间以来，他已经确保将秘书的未来发展作为自己的责任，在遗赠中，他也把对秘书的安排弄得妥当。不过，在遗赠没有公开前，当事人一无所知。蒂博先生觉得自己很清楚人的心思，谁也不去相信。他觉得倘若沙斯勒先生打听到关于遗赠的一点消息，他做事情就不再是现在这样用心了。然而，蒂博先生刚好自夸要给这样的人酬劳。

"沙斯勒先生，我懂你的意思。"他带着温和的语气说。

秘书的脸一下子红了，移开双眼。

蒂博先生沉思了一会儿。

"不过——我应该怎么说呢？——某些情形下，用借口明确地拒绝您的请求，比因为奇怪，因为盲目，因为假装的慈悲和无能做出的妥协，需要的勇气会更多。"

沙斯勒先生在一旁站着，点点头。这样承诺的语气会对他产生极大的影响，加上他习惯于将东家的想法变成自己的想法，今天同样如此，没有讨价还价。后来，他想到对这番话没有意见，就说明自己的计划没有实现。他马上就又没有异议了，这是他的习惯。他在祈祷时，也经常提出一些实现不了的愿望，但是他依然信仰上帝。在他眼里，蒂博先生也拥有别人理解不了、高高在上的智慧，他对此早就习惯性服从了。

他下定决心赞同一切，什么也不说，并想着将假牙装回去。他把手伸进兜里，脸一下子红通通的，没摸着假牙。

蒂博先生保持着同样的语调，接着说："沙斯勒先生，您也许赞同我的观点，您把工作赚来的积蓄放到一个非教会的、各个方面都不可靠的养老院里，这是心甘情愿被人敲诈。我们原先可以轻松地找到教区管辖的机构，得到免费照顾，条件是您没有经济来源和依靠有影响力人的担保……倘若我答应你的要求，在遗嘱里给你做出安排，那么显然，我死后，你一定会重蹈覆辙，被某个骗子设计陷害，直到骗光我给你的最后一分钱。"

沙斯勒先生什么也没听，他在想假牙会不会是在刚才掏手绢的时候掉到地毯了。他想着这个会暴露个人秘密的、可能还带着臭味的假牙要是被别人捡到……他把脖子伸得很长，瞪大双眼，在每件家具底下寻找，宛如一只愤怒的家养动物在原地跳来跳去。

蒂博先生见他这般慌张，心生怜悯，想着："我把遗赠份额提高一些？"

为了缓解秘书的紧张感，他温和地说：

"但是，沙斯勒先生，将匮乏和贫穷归为同类是件可笑的事情。匮乏确实很恐怖，会令人做出不好的事。而贫穷算得上一种上天的恩赐，只不过被隐藏着。"

677

沙斯勒似乎落水者一样，耳朵在轰轰作响，东家的声音在他听来，只有一阵模糊不清的响动。他努力恢复平静，摸了摸上衣和背心，最后毫无希望地触摸着衣服下摆。此刻，他几乎要喊出来。因为他碰到了卡在钥匙上的假牙！

蒂博先生接着说："……贫穷，莫非它与基督徒的幸运不能相容？世界财富的不均等，莫非不是均衡社会的基础？"

"一定是！"沙斯勒大声回答，他洋溢着成功的微笑，搓着两只手，随心说了句，"这正是引人注意的点……"

蒂博先生身体状况越来越差，他瞥了一眼秘书，并为秘书此刻脸上的表情所感动。秘书同意他的看法，他非常高兴。他极力表现自己的温和仁慈。

"沙斯勒先生，我已经告诉你多种工作的好方法，您是个谨慎认真的人，我相信您一定会找到别的事来做的……"他喘了口气，"……尽管我会先于你离开人世。"

蒂博先生对于死在他后面的人贫困的严肃思考，令人心静不少。沙斯勒先生觉得心情愉快很多，对未来的担忧也烟消云散了，镜片后的眼神里满是欢乐。

他高声喊道：

"先生，照这么说的话，您大可不必牵挂地离开人世。我会跟流传的一样，找到很多谋生的路子，干些杂活，做一些实用创造……"他微笑着，"计划已经在脑海里了，没错……很多事要开始准备，等到您离开……"

病人一只眼睛睁着，沙斯勒先生随口一句"等到您离开……"一下子使他惊慌，这蠢蛋要说什么？

蒂博先生想问问他什么意思，但嬷嬷进来了，打开电灯，屋子瞬间亮堂起来。沙斯勒先生宛如听到放学铃声的小学生一样，迅速整理好信件，礼貌地出去了。

2

该灌肠了。

被子被嬷嬷掀开，此刻她正绕着床转圈，像在举行仪式。蒂博先生思考着，回想起沙斯勒先生说的那句话，尤其是说话的语气，"等到您离开……"语气非常顺畅！在沙斯勒先生眼里，他待在世上的时间不会很长了。"好个不知廉耻的东西！"蒂博先生生气地想着，任由自己沉浸在愤怒里，躲开困扰他的疑虑。

"来吧。"嬷嬷愉快地说，袖子早就挽了起来。

灌肠是个麻烦事，得在病人身下垫一块大毛巾褥。蒂博先生可不轻，自己又不能动弹，他仿佛尸体一样让人翻来翻去。不过，只稍微一动，他的腿和背脊就会产生剧痛，神经上的痛苦使得疼痛更加剧烈。每天都被这样细碎的折磨，他的自尊心和廉耻心仿佛被行刑一样。

结束灌肠的时间逐渐变长，赛林娜嬷嬷总爱亲昵地在床脚坐着，最初，病人对这样亲密的距离非常气恼。现在，他可以接受了。可能他需要别人陪伴。

蒂博先生眉头蹙得老高，眼睛闭着。那恐怖的疑团在他脑海里绕来绕去："我真的到了需要别人摆弄身子的地步？"他把眼睛睁开，刚好瞧见白瓷器皿，护士随手摆在五斗柜上，显眼而且滑稽，似乎在蛮横地等待。他移开目光。

嬷嬷在这间歇里数着念珠。

"嬷嬷,为我祈祷吧。"蒂博先生低声说,但语气跟往常不一样,有些急促。

念完《圣母经》,她说道:

"先生,我一天为你祈祷很多遍的。"

安静了不久,蒂博先生忽然说:

"嬷嬷,你很清楚,我病得不轻……不轻!"他说得不流畅,似乎要掉出眼泪。

她勉强地笑笑,反驳道:

"您又在胡思乱想了。"

"你们都瞒着我,"病人接着说,"不过我心里明白,我不能康复了。"她没阻止。他接着挑衅地补充一句:"我清楚,自己留在世上的时间不长了。"

他用眼角瞥她,她在摇头,接着祷告。

蒂博先生开始担心,低着嗓子说:

"我一定要见见韦卡尔神父。"

嬷嬷直接地反驳他:

"上周六,您领了圣体,和上帝的事,您都处理清楚了。"

蒂博先生一言不发,汗水自双鬓渗出,下颌不停地发抖。他被灌肠折磨着,同时也被害怕折磨着。

"拿便盆来。"他低低地叫着。

过了一分钟,在两次剧烈的腹痛和呻吟间隙,他朝修女报复地看一眼,断断续续地说:

"我身子一天不如一天了……一定要和神父见一面！"

嬷嬷正在烧盆里的水，并不知道他在一旁观察她的脸色。"您一定要这样想的话。"她含糊不清地说，放下热水，把手指伸进去试试水温，接着眼睛都不抬一下，似乎在嘀咕什么。

蒂博先生仔细听着："……不要太过谨慎……"

他的头垂到胸前，紧咬着牙。

没过多久，灌完肠，他换了衣服，继续平躺在新铺的床上，等着痛苦到来。

嬷嬷坐了下来，接着数念珠。天花板的灯已经关掉，房间里就亮着一盏低处的灯。病人排解不了烦心事，神经痛苦也减轻不了。那疼痛越发厉害，由大腿底部发作，朝着其他方向散开去，仿佛有把小刀在一些固定的位置扎似的：腰上、骶骨和踝骨。停下来的片刻，疼痛依然持续，只是没那么剧烈而已——褥疮发炎令他得不到真正的歇息——蒂博先生把眼睛睁开，看着前方。此时他很清醒，脑海里还想着同样的事："他们心里想的是什么，自己处于危险之中却不知道？如何弄明白呢？"

修女瞧见病人疼痛剧增，决定现在就注射剩下的半剂吗啡，不等晚上了。

他不知道嬷嬷走出了房间。当他察觉房间里只有他一个人，被黑暗的魔鬼纠缠着，一下子感到恐惧。他想喊人，不过疼痛又加剧了。他猛按响铃，铃声发出绝望的声音。

进来的是阿德丽爱娜。

他一句话也说不出来，下巴在抽搐，发出嘶嘶的叫声。他想直起身子，可胸肋仿佛裂开一样，痛苦不堪。他含糊不清地嘟囔着，又倒回枕头上。

终于,他叫出一句:"莫非我就这么死了?叫嬷嬷去找神父!不对,去叫昂图瓦纳!马上!"

姑娘吓蒙了,瞪大了双眼直视老人,这加剧了他的惊恐。

"快叫昂图瓦纳来,现在!"

嬷嬷拿着装了吗啡的注射器。她不清楚出了什么事,就瞧见女仆匆忙跑了出去。蒂博先生瘫在床上,疼痛使他扭曲起来,姿势恰好方便打针。

"不要乱动。"嬷嬷说着,把他肩膀的衣服掀开,立即打了一针。

昂图瓦纳准备出门时,在拱门下撞见了阿德丽爱娜。

他迅速跑上楼。

蒂博先生瞧见他,便把脸转过来。他是感到无助时叫的昂图瓦纳,可并没有指望他会来。儿子的出现给了他慰藉。他不连贯地说:

"哦!来了?"

注射后,他觉得好受很多。他倚着两个枕头坐起来,胳膊张开,吸着嬷嬷滴在手绢上的几滴乙醚。昂图瓦纳从衬衫的开口处瞧见了他干瘦的脖子,喉结在两条紧绷的筋骨间很显眼。下巴不停地发抖,额头看上去阴暗、沉郁。那宽大的脑袋、开阔的太阳穴和两只耳朵,现在宛如一只厚皮动物。

"爸爸,发生什么事了?"昂图瓦纳说。

蒂博先生不说话,怔怔地看着儿子,随后合上双眼。他原先想这么说:"快跟我说实话,你们都在欺骗我,我不久就会死掉,是不是?昂图瓦纳,救我!"不过,出于对儿子与日俱增的害怕,以及对迷信的担心,害怕所说的变成事实,便选择不说。

昂图瓦纳瞥了一眼嬷嬷，嬷嬷往桌上递了个眼色。他走到桌边，体温计显示的是38.9℃。体温骤升令他吃惊不已。病情发展到现在，体温几乎没有升高过。他走回床边，握住病人的手。这是为了使病人宽心。

"脉搏很正常。"他马上说道，"哪里难受吗？"

"我跟个受罪的人一样，痛苦死了。"蒂博先生高声喊，"每天都很痛苦。我……是不是快要死了？"他向修女狠狠瞥了一眼，随后，眼神变得害怕，用另一种语气说："昂图瓦纳，我很害怕，不要弃我而去。……又开始疼了。"

昂图瓦纳觉得他可怜，刚好没有紧急的事情要出门，便应允陪他到晚饭前。

"我先打个电话，说我有事忙。"

电话放在书房，赛林娜跟在他后面走进去。

"白天情况如何？"

"不容乐观，第一针是在中午打的，刚刚打了第二针的一半。"她接着说，"昂图瓦纳先生，要紧的是他的思想！他想的东西过于恐怖：'你们都在欺骗我，我得见神父，我就要死了。'不知道他怎么了！"

昂图瓦纳透过担忧的眼神准确地问她："您觉得他有所怀疑？"

修女点了点头，没有勇气说不。

昂图瓦纳继续思考，他认为这解释不了体温骤升。

"紧要关头，"他坚定地挥挥手，"应该消除他全部的疑虑。"心里一下子有了想法，他极力隐藏起来，这样说道："夜晚得让他好过些。我找您的时候，您再帮他注射另一半……一会儿我去找您。"

"到晚上七点前，我都有时间了。"一回到房间，他便愉快地说。

683

他语气坚定,脸色跟在医院时一样,紧张果断。不过,他是微笑着的。

"好多事情都是这样的!我刚才打电话给小病人的祖母,悲哀的老人非常绝望。她在电话里颤抖着说:'医生,您今晚不能来了?'"他一下子扮成慌乱的模样:"'很抱歉,太太,我得陪在父亲旁边,他病得很厉害……'"紧张感浮上蒂博先生的脸。"和女人说话真麻烦,她一直问:'唉!您父亲?老天,他情况怎样?'"

昂图瓦纳很满意自己的大胆计划,他几乎毫不犹豫地说:

"您猜我怎么回答她?……我不假思索地告诉她:'太太,他得的是前列腺癌!'"他高兴地笑了笑:"有何不可呢?我心里明白得很。"

他瞧见嬷嬷正往杯里倒水的手猛地停下了,他才察觉自己说得太大胆,并因此感到不安,不过后悔不了。

他大笑着说:

"爸爸,您应该清楚,我是为您撒的谎。"蒂博先生直起身,认真地听着,双手在床单上颤抖。再肯定的承诺,也不会跟目前一样彻底而快速地解除他的焦虑!昂图瓦纳大胆的计划出乎意料地打倒了恐惧,病人突然满怀希望。他睁眼看着儿子,年老的心里,产生了一种新的情感——温暖的火焰。他想说几句,不过觉得晕乎乎的,又闭了双眼。昂图瓦纳恰好瞥见他细微的笑容。

换作别人,一定会擦擦额头上的汗,心想:"太惊险了……"可昂图瓦纳仅仅是脸色稍稍苍白些,对自己的计划很知足,他只是想:"做这样的事,最重要的是有取得胜利的决心。"

过了几分钟。

昂图瓦纳没看嬷嬷。

蒂博先生晃晃手臂,似乎在继续一场讨论:

"那你跟我说说,疼痛怎么愈加剧烈了?难道是你的血清让我更难受的?"

"没错,血清会加深疼痛。"昂图瓦纳打断他,"这是血清起作用的结果。"

"是吗?"

蒂博先生很想相信儿子,说真的,下午也不是很难受。他甚至为痛苦的时间太短而感到遗憾。

"此刻感觉如何?"昂图瓦纳问,父亲突然发烧让他担心。

蒂博先生要是说真话,就应该说:"好多了。"但他却嘟囔着:"腿很痛……腰也很沉……"

"三点的时候插了一次导管。"嬷嬷加了一句。

"这里也很沉……压得人难受……"

昂图瓦纳点了点头。

"怪了,"他跟嬷嬷说(眼下他想不到撒谎的理由了),"我想再观察一下交替使用药物的效果。交替用药对皮肤病而言,能取得良好的效果。可能泰里维埃跟我连续使用新血清十七号是不对的……"

"一定是你们弄错了!"蒂博先生确切地说。

昂图瓦纳温和地打断他:

"不过爸爸,这可是您的错。您着急痊愈,我们的治疗就匆忙了些。"

他认真地问嬷嬷:

"前天我带来的安瓿液D.92,您给放哪了?"

她傻傻地摆摆手,不是她狠不下心去隐瞒病人,而是她分不清昂图瓦纳依据病情随时发明的各种"血清"。

"您立即再注射一剂D.92。一定要在十七号没有失效前。我得

685

观察混合用药在血液里是什么疗效。"蒂博先生发现护士迟疑了。

昂图瓦纳瞥见父亲询问的眼神,为了消除所有疑虑,他马上说:

"爸爸,D.92注射起来会很痛,因为它流动不畅。用不了多久就会过去的。倘若我没弄错,今晚您会很舒服。"

"我反应越来越快了。"昂图瓦纳心想。他对业务取得这样的进步感到满足。并且,在这悲伤的游戏里,难度不断加大,还存在危险,昂图瓦纳不禁觉得很有吸引力。

嬷嬷又回到房间。

蒂博先生心事重重地等着打针,他在针头扎进胳膊前喊出了声。一注射完,他就嘟囔:

"唉!你的血清越来越浓了!跟打进一团火一样!闻见了吗?还有气味,之前那个可没有。"

昂图瓦纳坐着,没有说话。上一针和这针没有任何差别。都是安瓿液,而且是同一个人注射的,只是杜撰出不同的标签罢了……当改变病人的思路时,全部的感官都会兴奋不已。感觉就是普通的工具,可是人们从不怀疑它!……到最后,还是要满足我们不成熟的理智需要!尽管对病人而言,不去了解就是最大的悲哀。只要我们可以给现象加以命名,找个说得通的理由,只要我们不幸的脑袋可以将表面的逻辑串联两种想法……"要理智,理智,"昂图瓦纳想,"在旋涡里,理智就是个固定点。没有它,就什么也没有了。"

蒂博先生已经合上双眼。

昂图瓦纳朝嬷嬷摆摆手,让她离开(他已经察觉,两个人在病人旁边,他脾气会更差)。

即使年轻人每天都见到父亲,今天却不一样。皮肤透着琥珀色的透明,预示着不好的事情。浮肿扩散了,眼窝周围出现松垮的眼袋。与此相反,鼻子瘦得只剩一条鼻梁,甚至脸色都发生变化,看上去很奇怪。

病人动了一下。

他的脸色渐渐欢乐了,不像刚才那样夹杂着愁容,眼睛眨来眨去,晶莹的眼球十分明亮。

"两针开始产生效果,他马上话就多了。"昂图瓦纳心想。

说实话,蒂博先生觉得好受很多,他需要歇着,由于伴随着疼痛的疲惫已经消失。不过,死去的想法一直萦绕在他脑海里。他觉得自己还不会死,那么聊聊死亡的话题也没什么大碍,他甚至觉得这是件轻松的事。在吗啡的兴奋作用下,他想要给自己、也给儿子营造一场感人至深的临终告别。

他突然问:"昂图瓦纳,你在听着吗?"语气严肃,随后直奔主题:"我死后,你会看到遗嘱写着……"(几乎只感到停顿了一会儿,好像演员在等别人接茬一样)

"不过,爸爸,"昂图瓦纳欢快地打断他,"我觉得,您不会那么快死的!"他微笑着,"我想提醒您,不久前您还着急痊愈呢!"

老人很知足,抬起手说:

"亲爱的,听我说。站在科学的角度,我或许还死不了。不过我觉得……我快要……不就是死嘛……我活着时多做些善事,倘若马上就要离开……"

他看看昂图瓦纳,瞧见使人不相信的笑容还在,说:"……没错,倘若那天快来了……你可以干什么呢?要充满信心……上帝的恩惠是没有界限的。"

昂图瓦纳安静地听着。

"昂图瓦纳，我要跟你说的不是这个。我遗嘱的结尾有一份遗赠名单……都是老仆人……亲爱的，你要注重这个追加部分。那是几年前就写好的。可能我不太……大方。我想起了沙斯勒先生。不用说，这个老好人从我这里得到很多惠赠，我是他全部的依靠。即使这样，他对我的忠诚……应该得到回报……就算是追加的也行。"

咳嗽总是打断他的话，只能时刻停下。昂图瓦纳心想："肯定是病情扩散了，咳嗽增多，呕吐也增多，病毒应该都自下而上生长到了肺部……胃部……仅仅发生一次病变，情况就复杂了。"

蒂博先生继续说着，药物让他清醒，又让他说话断断续续："我为自己是富裕阶级的人感到自豪，一般宗教、国家都是在这个阶级上建立起来的……但亲爱的，富裕也带来某种义务……"他又说到其他地方去了。"至于你，有种令人讨厌的个人主义倾向！"他向儿子投去愤怒的一瞥。

"等你成熟了，你会变的。"他换了语气，"……你成熟了，会成家。"他重复一遍："成家。"这个词语从他嘴里说出来一直很夸张，在他内心唤起了含糊不清的记忆，那是他前不久说过的话语。思路又拐去别处。他高声说："亲爱的，说实话，倘若家庭被认为是社会组织的基本单位……难道它不能组成这样一个……汇聚了优秀人物的平民贵族阶层吗？家庭……你谈谈你的看法，我们不正是资产阶级国家的轴心吗？"

"爸爸，我赞同您的观点。"昂图瓦纳轻声说。

老人似乎听不见，语气不自觉地显得缓和很多，中心意思也明白了：

"亲爱的，你会改变自己的主张的。神父和我一样，早就预料到了。你会改变自己的主张，但愿时间不会太久……昂图瓦纳，我盼望着你几乎已经改变……我儿子要是在我弥留之际……我会非常伤心……你在这样的生活家庭长大，应该……还要满怀宗教热情！要有坚定的信仰，要遵守教规教义！"

"倘若他知道我的想法。"昂图瓦纳想。

"谁也说不准上帝会不会原谅我……会不会宽容我……"蒂博先生叹了口气，"哎呀！要履行神圣的基督徒义务，你美丽的母亲走得太早……太早了！"

两行眼泪流出来，昂图瓦纳瞧见眼泪变圆，随后沿着脸颊流下。这出乎他的意料，不由得感动起来。听见父亲接着用低沉、亲切和着急的语气说话，昂图瓦纳几乎没有听过他这种说话语气，感动更加强烈了。

"我还要说一下其他事情，关于雅克的死。不幸的孩子……我履行全部义务了吗？……我只想坚定一些，可做得太严苛了。老天啊，我为严苛对待孩子感到自责……一直以来，他都没相信过我。昂图瓦纳，你也没有相信过我……别辩解，这是实情。这是上帝安排的，上帝没让孩子相信我……我一共有两个儿子，他们敬我、怕我，然而从四岁起，他们就不愿意和我亲近……不过，我已经做到了我能做到的一切。我从小就将他们托付给教会，我关心他们的教育和成长。不会报恩……老天啊，您来评评理吧，到底是不是我的错？……雅克反对我的所有，一直到他死的前一天！……我怎么能赞同那件事？……没门……没门……"他不再说话。

没过多久，他突然喊了一句："滚吧，混账儿子！"

689

昂图瓦纳诧异地盯着他。父亲不是在跟他说话，难道在胡言乱语？他下巴朝前绷着，额头淌出汗水，手臂抬着，似乎非常生气。

他接着喊："滚吧！你忘了父爱，忘了身份地位！忘了家庭荣耀和灵魂救赎！做出这样的举动……跨越传统道德，侮辱身份！我和你不存在任何关系，滚吧你！"他又被咳嗽打断，喘个不停。随后声音低下来："老天啊，我不清楚您是否原谅我……您会怎么处置您的儿子呢？"

昂图瓦纳鼓起勇气喊："爸爸。"

"我没有好好保护他……他受了于格诺派诡计的影响。"

"哦！又是这个教派。"昂图瓦纳想。

这个想法在老人心中根深蒂固，谁也说不清为什么。昂图瓦纳这样猜想，或许是雅克出走后，大家开始寻找他时，不小心让蒂博先生知道：去年夏天，雅克和别墅区的丰塔南家来往十分密切。自那时起，老人不明就里地憎恶新教徒，或许经常想起雅克是和达尼埃尔跑去马赛的事，将之前的事和现在的弄混了，觉得丰塔南家该担负全部责任，谁也不能转变他的想法。

"你要去哪？"他又喊了一声，并且想坐直身子。

他抬起眼，瞧见昂图瓦纳没离开，便放松下来，转过泪眼模糊的眼睛看着儿子。

他嘟囔着："我可怜的孩子，被于格诺教徒骗走了，亲爱的……是他们拐走了他，从我们身边拐走的……就是他们！是他们使他走向了自杀之路……"

"爸爸，不是的，"昂图瓦纳大声说，"你为何一直认为他自杀……"

"他就是自杀，他就是去自杀了……"昂图瓦纳仿佛听见他低声说:"……真该死!"可能是他听错了,为何要这样说? 没有任何意义。老人陷入绝望中,甚至无声地哭着,之后是一阵咳嗽,不久便归为平静。

昂图瓦纳觉得父亲进入了梦乡,保持静止状态。

过了几分钟。

"你说句话!"

昂图瓦纳感到害怕。

"嗯……你认识姑妈的儿子吗?……就是吉尔勃夫的玛丽姑妈她儿子……你肯定不认识他。他也是自杀……发生这事时,我只是个小孩。在一个去打猎的夜里,他用自己的枪自杀的,没有人知道为什么……"

蒂博先生走神了,回忆充满整个脑袋,笑着:

"……他总是用自己的歌声惹怒妈妈……没错……小战马……小战马哟,是怎么唱的了?……等吉尔勃夫放假时……你对尼格老爹的破烂马车不熟……哈哈!……那天女仆们的箱子都摔下来了……哈哈!"

昂图瓦纳一下子站起身,父亲此时的笑声比哭泣还让他忧虑。

几个星期以来,尤其在注射后的夜里,老人经常想起生活中没有意义的事情,它们在他空荡荡的脑海里扩散,似乎声响在空洞的涡形贝里回荡。过后的几天中,他多次重复着这件事,宛如孩子一样独自发笑。

他开心地朝昂图瓦纳转过来,用一种年轻人的腔调唱起来:

欢乐的小战马哟,

小战马哟,特里贝……

啦啦啦！……拉木蕾特……

约会去咯！

"哎呀，忘词了。"他气恼地说，"韦兹小姐对这首歌很熟，她从小就唱……"

他没有再想起自己的死亡，也没有想起雅克的死亡。一直到昂图瓦纳离开时，他都在不厌其烦地回忆着吉尔勃夫的旧事，想着那首古老的歌曲片段。

3

只有赛林娜嬷嬷一人在时，他才是严肃的。他说要吃药，沉默地任人喂他。接着，与嬷嬷一起做完祷告，让嬷嬷闭了天花板上的灯。

"嬷嬷，请把老小姐和女仆们都叫进来，我有话告诉她们。"

韦兹小姐因为这时候受到打扰感到不开心，迈着小碎步进来，在屋里喘着气。因为驼背，她不能直视病床，只能看到家具腿和地毯亮处的织补。嬷嬷要给她搬一张椅子，可老小姐向后退了一步。比起让裙子粘在满是微生物的座椅上，她宁可跟高脚禽一样，单腿站十小时。

两个女仆人焦虑不安地站在一起，缩成黑黝黝的一团，火光偶尔照在她们身上。

蒂博先生沉思了片刻。和昂图瓦纳的谈话不能令他知足，迫不及待地想再谈一场。

他咳嗽着说："我很快就会离开人世了……趁着现在没那么痛苦，

我要跟你们道个别……"

正叠着餐巾的嬷嬷诧异地住了手。老小姐和两个女仆也吃惊不小,一言不发。此时,蒂博先生突然察觉,他宣告自己面临死亡,别人并不奇怪,这让他紧张不安。还好嬷嬷鼓起勇气喊了一声:

"先生,您的情况慢慢好了,怎么还说离开的话?倘若大夫听见了……"

蒂博先生的精神一下子坚定起来。他皱皱眉头,机械地挥挥手,阻止那个多话的女人。

他跟背书一样:

"在上天庭接受审判前,我恳请谅解,恳请大家的谅解。我对待别人可能不够宽容。严厉可能令……全部生活在我家的人都受到伤害。我知道……我欠你们的……对所有人都亏欠……亏欠克洛蒂德和阿德丽爱娜……更亏欠你们的妈妈,眼下她和我一样卧病在床……二十五年来,她为你们树立了对主人忠诚的榜样……我也亏欠你,老小姐。"

此时,阿德丽爱娜哭出声来。蒂博先生感到慌乱,几乎也要哭了,不过他哽咽着强打起精神,一字一字地说:

"……那时候我家正办丧事,您放弃了自己简单的生活,来我家里……熬夜……照料我家,使灯长亮。没有人比您更合适……陪着孩子……替代您亲手养大的死者。"

他说完一句就停一下,女人们抽泣的声音在间歇时显得很清楚。老小姐的后背越来越弯,头部晃来晃去,嘴唇发颤,安静中能听见她轻轻的抽泣声。

"幸好有您的照顾,我的家庭才会保持安康……在上帝的关注下保持良好的运行轨道。我正式向您致谢，顺便提出最后的要求。在我离开的时候……"他被这些话吓得不轻，为了使自己平静，必须要停下，想想眼下的情形和注射后的舒服感。他接着说："小姐，在我离开的时候，我想请您大声诵读那篇美妙的祷告文，您知道是哪篇，就是《善终连祷文》……在这个房间里……我曾经和你……一起为我不幸的妻子读过的……你记得吗？……就在十字架下面……"

他用目光打量着黑暗的卧室，里面摆着桃花心木家具，装饰的是蓝色棱纹布。若干年前在卢昂，同样的房间里，他亲眼看见父母离开人世……后来，他在巴黎也装饰了同样的房间，作为他年轻的卧室，也是他的婚房……在一个寒冷的冬夜里，昂图瓦纳出生在这间房里，没过十年的另一个冬夜，雅克出生，妻子却离开人世。他仿佛又瞧见她的遗体躺在满是紫罗兰的大床中间……

他颤抖着说：

"……我祈祷，我们所爱的圣洁的人……在天上帮助我……赐予我胆量……和忍让……她身上具备这样的胆量……没错……"他闭上双眼，不自然地合上手。

他似乎进入了梦乡。

此时，嬷嬷摆摆手，让两个女仆轻轻离开。

退出前，两个人仔细盯着主人，仿佛躺在床上的人已经离开。阿德丽爱娜在走廊里抽泣。克洛蒂德扶着老小姐的胳膊。她们不知道该去哪里，无意间进到厨房，围着坐下，又抽泣起来。克洛蒂德提议，得小心听着，一有动静就去叫神父，她现在要去磨些咖啡。

这种事，只有嬷嬷清楚如何处理，她早已司空见惯。她觉得，病危的人显示平静，表明病人内心深处并不觉得自己病危，尽管他的想法常常是错的。所以,她整理好屋子,封好火后,便将叠床打开,爬上去睡了。十分钟过去后,嬷嬷一言不发,和每天一样,安静地边祷告边进入梦乡。

蒂博先生还醒着。注射两针后,他的舒服感变长,不过却不能入睡。他没有动,感到轻松。各种各样的念头和计划充满他的脑海。他将恐怖传给身边的人,自己反倒觉得淡然。护士睡着的喘息声令他不愉快。不过,他开心地假设,等他痊愈时,他会向她致谢并辞退她——再捐赠一大笔钱给她的修道院。要捐多少呢?以后再好好考虑吧……不久了,哦!他好想快点痊愈,没有他,他的慈善机构会变成什么样呢?

有块柴火掉到火堆里,他看了看。一股新的火苗再次燃烧,黑影在天花板上跳来跳去。他似乎一下子瞧见自己站在吉尔勃夫湿漉漉的走廊里,手里举着蜡烛。那里四季都飘着硝石和苹果的气味。他眼前出现了更大的黑影,投射在天花板上跳来跳去……玛丽姑妈的小屋,夜里会看见恐怖的黑蜘蛛!……(那时只是个胆小的小孩,眼下已经是耄耋老人,两者合为一体,需要打起精神,才可以分清。)

挂钟敲了十下,不久又敲了十下半。

吉尔勃夫……破旧马车……家禽养殖院……莱昂蒂娜……

不经意间心底的记忆坚持要浮上表面,再不愿意沉回去。那首古老的儿歌调子不时给童年的记忆伴奏,歌词他几乎忘得差不多了,只有开头一节,一点一点地回忆起来,结尾出乎意料地显现出来:

欢乐的小战马哟,
小战马哟,特里贝,

你是我的情人，
比矫捷的战马更棒！
……
哦！哦！哦！快跑哦！
约会去咯！

挂钟敲了十一下。

欢乐的小战马哟，
小战马哟，特里贝。

4

次日，四点左右，昂图瓦纳在两次出诊的间隙，从家门口过去时，进去看了看蒂博先生。他早晨就发现父亲身体很虚弱，而且高烧不退。难道是病情恶化了？或者只是一般的病变？昂图瓦纳不愿让父亲知道他多来了一次，担心会导致病人情绪不稳定。他由走廊进入盥洗室。嬷嬷在里面，她悄声告诉他，要他安心，白天情况还好。才给蒂博先生注视完，吗啡在发生作用（只有不断地打镇痛剂，他才能忍受疼痛）。从没关严的门缝里传来含糊不清的歌声。昂图瓦纳静静听着，嬷嬷耸了下肩膀：

"他一直要我去叫老小姐，给他唱一首什么儿歌。从早晨开始，他就不停地说这个。"

昂图瓦纳抬起脚，轻轻地靠近。老小姐衰老的声音在安静中响着：

欢乐的小战马哟，
小战马哟，特里贝，
你是我的情人，
比矫捷的战马更棒！
罗齐娜最可爱，
两只眼睛好迷人。
哦！哦！哦！快跑哦！
约会去咯！

此时，父亲沙哑的声音传进昂图瓦纳耳中，仿佛破碎的钟声，断断续续地重复后面两句：

哦！哦！哦！快跑哦！
约会去咯！

接着，又响起衰老的声音：

你看花儿多可爱，
长在草地边。
我要把它戴上公主的头！
我把花摘下，你却要吃草！

（每个人的口味不一样。）

蒂博先生骄傲地喊："没错，就是这样，玛丽姑妈也是这样唱的。"他唱道：

哦……哦……哦……你要吃草!
哦……哦……哦……你要吃草!

两人合唱:

哦!哦!哦!快跑哦!
约会去咯!

嬷嬷说,只有唱歌时,他才不叫疼。
昂图瓦纳很担心,走开了。
到门房时,看门女人叫住他,并递给他几封信件。昂图瓦纳随意地接过来。心里还挂念着楼上:

欢乐的小战马哟,
小战马哟,特里贝。

他自己都说不清对病人是什么情感。一年前,他知道蒂博先生病入膏肓时,原先以为并不爱父亲,后来发现自己对父亲怀有一种让人疑惑和否认不了的情感,仿佛那是崭新的情感,不过又似乎是存在许久的温柔,只有到病情无法控制时才会燃烧。在漫长的几个月里,医生对将死病人的关心强化了这种情感,就他自己清楚病情,他要尽力照料父亲,一直到他离开人世。
昂图瓦纳已经走上了街道,眼睛看向手里的信封,他一下子停下来:

大学路四号乙

雅克·蒂博先生开启

有时候，一些书店目录和广告会寄给雅克，不过这是一封信！蓝色的信封，男人的字迹——也可能是女人的——字迹优雅、潇洒、骄傲！……他转过身，先沉思了一会儿。随后走回诊室。在坐下前，他就拆开了信封。

才看前几行[①]，他就已经十分兴奋：

先贤祠广场一号乙

一九一三年十一月二十五日

亲爱的雅克先生：

我读完了您的短篇小说……

"难道雅克在写短篇小说？"他立即确定，"他没死！"每个字都充满活力，昂图瓦纳激动万分，开始找寄信人的名字："雅利库。"

我带着极大的热情读了您的小说。您应该想到，我这个老教授可能会保持自己的观点……

"原来是雅利库！瓦尔第厄·德·雅利库。大学教授，院士……"昂图瓦纳知晓这个著名的人物，他有他的两三部作品。

您应该想到，我的传统修养和个人大部分的兴趣与您浪漫的风格有隔阂，因此我会保留自己的观点。我不赞同其中的内容，也不赞同它的形式。不过，我认为文章虽然写得过分夸张，但却有着诗

[①]法语写信的格式，一般都把日期和发信人的地址写在最前边。

699

人和心理描写家的特点。读您的小说常常让我想起，我曾经的音乐大师朋友说的一句话，他是个年轻的革命作曲家（或许和您是一类人），有着惊人的勇气，他说："先生，把它拿开，不然我会对它产生兴趣。"

雅利库

昂图瓦纳两条腿在颤抖。他坐上椅子，眼神一直看着在桌子上铺开的信。说实话，他并不是因为雅克没死而觉得诧异，他想不到一个原因说明雅克已经自杀。拿到这封信，他第一感觉和猎人一样，刹那间，他心底恢复了猎犬一样的本能。三年前，正是这种本能让他一连几个月按照线索去追踪弟弟。也就在那时，他心中满是对弟弟的温柔，迫切地想与他见面，几乎不知道如何是好。这几天里——今天早晨也是——他一个人在病人床前时，必须压着痛苦的心情，打起精神。在如此沉重的担子面前，弟弟却离家出走，他对他肯定有怨气。不过，这封信！

他心中燃起了希望，得赶紧把雅克找回来，他不再是一个人独当一面了。

他再次将信纸拿起：

先贤祠广场一号乙
雅利库

他瞥一眼挂钟，又朝记事本看了一眼。

"晚上要看三个病人。四点半在萨克斯林大街，那是个急症，一定要去。阿尔图瓦路的病人，猩红热初发，也得去，不过没说好时间。

最后一个是康复期病人，可以延后。"他站起来，"现在去萨克斯林大街，接着去找雅利库。"

五点左右，昂图瓦纳达到先贤祠广场。这是栋老房子，没有电梯（他正处于幸福中，就算有电梯他也不会坐）。他快步跑上楼。

"德·雅利库先生不在家。周三……五点至六点他要在高师上课。"

"冷静，"昂图瓦纳走下楼时想，"可以趁这个时间去看猩红热病人。"

六点不到，他就从出租车上跳下，站在高师面前。

他记得弟弟失踪后，来找过校长。也记得在很久以前的一天，他、雅克和达尼埃尔一起，来到这幽暗的楼房，等待入学考试结果。

"下课时间还没到，您去二楼楼梯口那吧，学生一出来就能瞧见。"

运动场的顶棚下面、楼梯口和走廊中间，总是有穿堂风吹过。仅有的几盏电灯散发着阴沉沉的光。石板地、拱门、吱吱作响的门，以及宽敞、阴暗、古老的楼梯，加上脏兮兮的墙壁，被风撕碎的标语牌，所有的东西都严肃、庄重、慌乱，令人联想到外省永久变了用途的主教府。

过了几分钟，昂图瓦纳站在原地等待，一动也不动。石板上响起轻微的脚步声，一个头发蓬乱、衣衫不整的学生，穿着旧鞋，手里拿着书，瞧一眼昂图瓦纳，走过去了。

又安静了，忽然传来喧哗声，教室的门开了，学生三三两两走出来，有说有笑的，挤来挤去，从走廊里匆忙地走过。

昂图瓦纳站着等待（很明显，教授是最后出来的）。他觉得闹哄哄的教室空了时，朝前走去。教室的一边装着细木护壁画，还有一些直立胸像，光线很差。一个头发花白的高个老头弯腰立着，懒洋洋地整理课桌上的讲义。不用说，他就是德·雅利库先生。

他觉得只有他一个人，当听见昂图瓦纳的脚步声时，站直身子，皱了皱眉。他身材高大，差不多是转过脸来朝前看，因为他只有一只眼睛是好的，得透过厚厚的单边眼镜来看东西。他瞧见来人，便礼貌地走向他。

昂图瓦纳原先觉得他是个老教授，眼前的他却穿着素净，似乎刚从马背上下来，而不是从讲台上，他吃了一惊。

昂图瓦纳介绍自己：

"……我是您学院的同事——奥斯卡·蒂博的儿子……雅克·蒂博是我弟弟，您昨天给他写了封信……"老教授眉毛扬起，温和且骄傲，一言不发。昂图瓦纳直截了当地说："先生，您知道雅克的下落吗？"

雅利库的额头疑惑地动了动。

昂图瓦纳接着说："先生，您会理解的，我唐突地打开了您的信，我弟弟已经失踪很久了。"

"失踪很久了？"

"已经三年了。"

雅利库猛地把头朝前伸，用敏捷的近视眼从单边眼镜里仔细观察年轻人。昂图瓦纳听见了教授的呼吸声。

"没错，已经三年了。"他又说了一遍，"他什么也没有说，就离开了家。没有给父亲、我来过一封信。只有您，先生，您现在知道了吗？我来这里……甚至，我们都不知道他还在不在人世！"

"当然在，因为他不久前发表了短篇小说！"

"在哪里发表的？时间是？"

雅利库沉默着。刮过的尖下巴,有道深深的沟,假领高傲地耸在那里。细长的手指抚摸着长长的、光滑柔软的白胡须,他嘟囔着:

"说实话,我并不确定。小说的作者写的不是'蒂博',是我猜测,那个署名是……"

昂图瓦纳紧张地说:

"署名是什么?"失望已经笼罩了他。

雅利库察觉到他的变化,很感动,改口道:

"但是,先生,我觉得我的推算是对的。"

他依然坚持被动,不是因为担心承担什么责任,而是他生来就讨厌嚼舌,怕干涉了别人的私事。昂图瓦纳知道得消除他的不信任感,他说:

"这一年来,我父亲病入膏肓,病情还在恶化。过不了几个星期他就要离开人世了。他就我们两个孩子。所以,我才拆了您的信。倘若雅克活着,倘若我找到他,跟他说这些话,以我对他的了解,他肯定会回来的。"

雅利库想了想,脸抽了一下,接着主动伸出双手,说:

"这得另当别论了,我会尽力帮忙的。"他看一眼教室,露出迟疑,"先生,这里说话不方便,您乐意去我家吗?"

两个人迅速从空旷的校园走过,没有交谈,只有北风呼呼地吹。

等走到安静的于尔姆街时,雅利库温和地说:

"我愿意帮助您。署名是雅克·博蒂,这是不是很明显?加上我认得他的字迹。我曾收到你弟弟写来的信,我会把我知道的都告诉您。现在你先跟我说说……你弟弟离家出走的原因?"

"哦!其实我也说不清是什么原因。他个性顽劣、暴躁……我不愿意说他沉迷于幻想。他做的很多事都令人难以捉摸。你觉得很了解他，可是每天他都和昨天不一样……我一定要说，先生，雅克十四岁时就曾离家出走过。那天早晨，他和一个同伴一起走的。三天后，我们在去往土伦的路上找回了他们。我是个医生，从医学上看，这样的逃走早就有记载，而且特征明显。雅克第一次离家出走时，严格意义上说，已经算是病态了。不过，这次一走就是三年……我们从他的日常生活里，找不到任何理由导致他出走。他似乎和我们一样快乐，而且当时正在安静地度假。当时他考上了高师，预计十一月开学。这次出走并不是预先计划好的，因为他什么也没带，连钱也没有，只有一些证件。他没跟任何朋友说，就给校长写了一封申请退学的信。我看过那封信，是他走那天写的……当时我出门两天，正是我不在家的时候，他失踪了。"

"但是……要不要进高师，你弟弟很犹豫，对吗？"雅利库问了一句。

"您觉得是这样？"

雅利库不再说话，昂图瓦纳也打住了话头。

一说起那段不幸的日子，他总是很动容。他说起拉雪尔，还有"罗马尼亚"号，依依不舍……他失望地回到巴黎那天，家里乱套了：弟弟在前一天出走，爸爸异常愤怒，已经报了警，并高声喊："他要去自杀！"他嘴里除了这句，什么也不说。家庭和爱情的悲剧连在一起，现在，他觉得这样的变故对他来说是好的。他集中力量去寻找出走的人，另一件烦心事就显得渺小了。医生本来就是个繁忙的职业，剩下的时间就在警察局、太平间和私人代办处跑来跑去。他要承担一切，父亲生病不喜欢吵闹，吉丝因为担心雅克，身子不好，朋友的来访、日常的信件，甚至得托人去国外调查，而调查带回的只有失望。不管怎么说，这累人的生活使他恢复过来。一连几个月的寻找，都没有结果。那时，他也接受了没有拉雪尔的生活。

他们迈着快步，但影响不了雅利库说话。雅利库因为礼数，不能什么也不说。他用温和却又骄傲的语气随便说着话。不过，他越是温和，别人越觉得他有距离感。

两人达到先贤祠广场。雅利库快步爬上五楼，脚步都没有慢下来。在五楼楼梯处，老教授站直身子，脱下帽子，转过身，推开了昂图瓦纳前面的房门，似乎这门是通向宫殿的一样。

前厅都是蔬菜的味道。雅利库没有驻足，礼貌地请客人从客厅走过，进到工作室。工作室很小，里面都是镶嵌的细木家具，铺了毛毯的椅了，小装饰和久远的画像。工作室十分阴暗，看上去很狭窄，因为最里头的整个壁板都挂着一幅奢华的壁毯，上面绣着萨芭女王前往所罗门皇宫的阵势①，壁毯和墙壁的高度没有形成比例，需要把边角叠起来，画里的人比现实的人要大一些，他们的小腿被折断，王冠顶到了天花板。

雅利库先生请客人坐下，自己坐上安乐椅扁平的褪色垫子，后面是没有收拾的桃花心木桌子。那是他工作的地方。他将头靠在橄榄色的绒垫上，面容显得更加消瘦，鹰钩鼻，头靠后，花白的头发仿佛撒了粉一样，很有特色。

他边转着修长手指上刻着姓名的戒指，边说："我先想想……我和你弟弟最开始是通过信件联系的。应该是四五年前吧，你弟弟在准备高师考试。他写信给我，信的内容和我早前发表的一本书有关。"

①这是《圣经·列王纪上》第十章的故事情节。

昂图瓦纳说:"没错,那本书叫《在世纪之初》。"

"那封信我应该还留着,因为信上的语气令我诧异,我也回信了。我还叫他来和我见面,不过他没来——反正当时没有。他可能是等到录取时才来吧。那是我俩联系的第二个阶段,非常短暂就谈了一小时。三年前的一个深夜,你弟弟没有预约就来了,那是十一月初,刚好开学不久。"

"也就是他出走前。"

"我接见了他,只要是年轻人,我都会见的。那天夜里,他满脸朝气,热情洋溢,近乎狂热,我对他印象深刻。"(他认为雅克太激动,甚至自负)"他拿不定主意,是按部就班地上学,还是寻求别的出路?——出路是什么,他自己也不清楚。我觉得是放弃考试、写作什么的。"

昂图瓦纳低声说:"我一点也不了解。"他回忆起拉雪尔坐船离开前一个月里,他自己的生活状态,他因为不关心雅克而自责。

"说实话,"雅利库优雅中夹杂点客套接着说,"我都忘了当时对他的建议。应该是建议他继续上学……像他这么固执的人,我们的建议无关痛痒。他们会根据自己的本能做出选择。他们——如何说才好?——本质上就是不受约束,不会由着别人摆布的。高师只对那些胆小鬼和谨慎的人才有诱惑力……而且,我认为,你弟弟来找我,只是礼貌而已,因为他已经有了主意。这就证明了他的兴趣,十分强烈的兴趣。是吗?他怀着年轻人的……激情,和我谈论大学精神、纪律、一些教授。倘若我记得没错,他还跟我谈起家庭生活和社会交往……您感到诧异吗?我热爱年轻人,他们帮助我保持年轻的心。他们推测,我这个文学老教授存在老诗人的恶习,他们敢和我谈论。

706

倘若我没有记错,你弟弟也是这样做的……我对年轻人的固执十分赞赏。那正是青年人反抗天性的预兆。我教过的学生里,只要有作为的,都具有这种反抗精神。就像我的老师勒南①说的一样:'嘴里都是骂人的话,走进生活……'继续说您弟弟的事,我不知道我们是怎么道别的。后来,大约是三天之后,我收到他写的字条,出于编撰者的习惯,我还保留着……"

他起身,把壁橱打开,取出一个卷宗放在桌上。

"他写的不是信,而是一首手抄的惠特曼的诗,没有署名。不过,你弟弟的字迹很精美,一看就忘不了,对吗?"

他说着把便条打开给昂图瓦纳,昂图瓦纳一看吃惊不小,字迹简洁有力、浑圆坚实!是雅克的字……

"很抱歉,信封不知道让我丢去哪里了。找不到他从哪个地方寄来的。"雅利库继续说,"……直到现在,我才知道他抄录惠特曼这首诗的真正意思。"

"我英语不好,看不明白。"昂图瓦纳说。

雅利库接过字条,拿起单边眼镜,翻译道:

"A foot and light-hearted I take to the open road……我愉快地踏上广阔的道路,无拘无束,身体强健,世界在我前方!

"褐色的道路,在我前方……wherever I choose……我向往的地方!

"现在,我不寻求财富……我不追求运气,我自己就是最大的幸运儿!

---

① 勒南(1823—1892),法国历史学家、哲学家。

"现在,我不再苦闷,我……post pone no more ……不再迷茫,什么也不要!

"心里的痛苦、书籍和争辩全部走开!

"充满朝气,满心欢喜……I travel……我奔向……I travel the open road……我踏上广阔的道路!"

昂图瓦纳感叹了一下。

安静一会儿,他说:

"他的短篇小说呢?"

雅利库从卷宗里拿出一本杂志。

"小说发表在九月的《卡利奥普》①上,这是本年轻人的杂志,充满朝气,出版地是日内瓦。"

昂图瓦纳拿起杂志,用颤抖的手打开。猛然间,他再次瞧见了弟弟的字迹。小说题目"索莱丽娜"②上面,雅克手写了几行字:

那个印象深刻的十一月晚上,您告诉我:"全部东西都受两极的作用力。真理也有两面。"

爱情,有时候同样如此。

雅克·蒂博

昂图瓦纳看不懂,以后再想吧!出版地在日内瓦,难道雅克在瑞士?《卡利奥普》杂志社……罗纳街161号。

倘若找到杂志社,肯定可以找到他。

他一秒也不想待了,站起来。

---

①卡利奥普是希腊神话中缪斯中的一位,司史诗、辩才。这里指的是一本杂志名称。
②索莱丽娜为意大利文,原意为小妹妹。

"我是假期快结束时接到杂志的,"雅利库说,"我没有立即回信,直到昨天才有时间。原来我打算寄到《卡利奥普》杂志社。但是,我没那么做,因为给瑞士的杂志投稿,作者不一定就在那里……"(他没说邮费太贵改变了他的主意)

昂图瓦纳没心思听他说话,他非常着急,脸上红通通的。这一句、那一句谜一样的词句。他愣愣地翻着杂志,这是活着的弟弟写的。他想去一个安静的地方,独自阅读弟弟的小说,想从中找到蛛丝马迹,便匆忙道别。

雅利库把他送到门口,尽量说了许多安慰的话,言语和动作似乎都是出于礼貌。

走到前厅时,他停下,用手指了指昂图瓦纳放在腋下的《索莱丽娜》说:

"您肯定会看到……我认为小说充满才气。可是我承认……不对!……我老了。"昂图瓦纳鞠了个躬,"确实,我理解不了新的东西……一定要说出原因的话……不能前行……在音乐方面,我还有发展空间,我以前迷恋瓦格纳[1],不过,我也可以看懂德彪西[2]的东西。您觉得我欣赏不了德彪西吗?……先生,今天可以说,在文学上,我是欣赏不了德彪西的……"

他直起身子。昂图瓦纳诧异且敬佩地盯着他:老教授颇有气质。他头顶是天花板的大灯,脑门和头发泛着光辉。眉毛下面是两个深深的酒窝,戴着单眼镜片的那个闪着亮光,仿佛夕阳照在窗户上。

昂图瓦纳还想致谢,不过,雅利库好像打断了全部客气话,他

---
[1] 瓦格纳(1813—1883),德国著名作曲家。
[2] 德彪西(1862—1918),法国著名作曲家。

优雅地张开双手阻挡客人的话："请帮我向蒂博先生问好，有什么进展要告诉我。"

5

天空飘着小雨，风已经停下，雾气将灯光蒙上一层光晕。很晚了，这件事得放一放，昂图瓦纳现在就想回家。

因为没有出租车，他只好沿着苏弗洛路走回去。他把《索莱丽娜》紧紧夹着，走着走着，他想看小说的心情愈加急迫。

大街转弯处，大啤酒店的灯还亮着，里面肯定不止他一人，不过算是昂图瓦纳可以接受的安静地方。

门口处，他看见两个未长胡子的年轻人，挎着对方，有说有笑。应该是在谈恋爱吧？昂图瓦纳听见自己的心声："错了，兄弟，倘若人类的思想可以想象出两个字的联系……"他知道自己现在身处拉丁区的中心。

底层的桌子都有人，需要从那团热烈的雾气走过，才能走到楼梯。中间的二楼是打台球的，人们围着台球桌子又喊又叫的，还有争辩："十三！十四！十五！""没运气！""又失手了！""欧仁，要一杯啤酒！""欧仁，要一杯比尔酒[①]！"闹哄哄的一片，台球碰撞的声音仿佛莫尔斯电报机发出的嗒嗒声。

每个人的脸上都充满朝气，才冒出的胡子遮住了泛红的脸颊。夹鼻眼镜后的眼神清澈真诚，傻愣愣的，满是精力，笑容带着柔情，预示着等待花儿绽放，对一切都充满希望和生活的愉悦。

---
①比尔酒，一种烈性开胃酒，含有金鸡纳。

昂图瓦纳在打台球的人中走来走去,想要找个安静的地方。年轻人的喧闹让他暂时忘了内心的忧愁,他第一次觉得三十多岁真的不小了。

"一九一三年……"他想着,"这个年代的年轻人真幸福……比十年前那代,也就是我那代,可能更健康、更精神……"

他去过的地方很少,可以说他并没有考虑过自己的国家。可今夜,对法兰西,对民族未来,他怀有一种信任和自豪的新情感。一下子又产生了苦闷:雅克应该是这群大有作为的年轻人中的一个……他在哪个地方?做着什么?

大厅里头,空着几张桌子,用来放衣服。他觉得在一堆衣服后面坐着,又有壁灯,还不错。四周也没什么人,就一对安静的男女。男的还是个孩子,嘴里含着烟,看自己的《人道报》,不理会女伴。女的边小口喝着牛奶,边饶有兴趣地剪指甲,数钱,在镜子里看自己的牙齿,同时用眼角瞥一眼进来的人:一个满怀心事的大学生,没有点吃的,就坐下看书,让她觉得很奇怪。

昂图瓦纳开始翻开小说,不过他专心不起来,不自觉地摸摸自己的脉搏,跳得飞快!他很少出现这样不能自控的情况。

小说的开头部分写得让人不知所措[①]:

天气很热。干燥的泥土气味,有灰尘。街道朝上伸展。马蹄之下,石头迸发火光。西比尔走在路上。圣保罗教堂的钟声响了十下。悠长的海岸线在幽蓝的海水中凸显。深蓝和金黄交融。右面,是那不勒斯无边无际的海湾。左边,似乎凝固的金块漂浮在化了的金水之中,

---

[①] 下面的内容是雅克小说和作者文字的交替出现,阅读时请注意分辨。

那里是卡普里岛。

难道雅克去了意大利？

昂图瓦纳急切地跳了几页。写作风格太奇怪了……

他爸爸。乔塞普对父亲的情感。他内心深处的禁地，长满荆棘，火在燃烧。十年里，莫名的崇拜，热烈，固执。所有自然的情感都被丢弃。他忍受了二十年的仇恨。过了二十年，他才明白，不得不憎恨二十年之久。

昂图瓦纳看到这里，心里很难受。乔塞普到底是谁？他又翻到前几页，极力让自己平静。

开头描写的是两个青年骑马去郊游，而乔塞普和雅克很像，另一个姑娘西比尔应该是英国人，因为她这么说：

在英国，必要的时候，我们会临时采取措施。这样有利于我们做决定和准备行动。你们意大利人，一开始就想制订好计划。她心想："不过，关于这个问题，我倒想成为意大利人，这没必要跟他说。"

走到坡顶，两个青年人下马歇息。

她在乔塞普之前跳下马，用马鞭抽一下焦黄色的草，驱逐蜥蜴，接着直挺挺地坐在热辣辣的草地上。

"西比尔，要晒太阳吗？"

乔塞普在墙角窄小的影子躺着，把头倚在炙热的灰泥土上，遥望着，心想："她努力使动作迷人，只是一直成真不了。"

昂图瓦纳内心焦虑，一段段往下看，想先知道个梗概，再细细品读。他注意到这样的句子：

她来自英国，新教徒。

他看到这段：

在他眼里，她的全部都和别人不同。可爱却又可恨。她的出身，曾经的和如今的生活，他都一无所知。西比尔惆怅，纯真。这些情谊。她的笑容。不对，她不用嘴巴笑，用的是眼睛。他对她的情感，又严肃又炙热，一触即发。她一直伤害他，仿佛希望他比自己低贱，不过又感到苦恼。她说："你们意大利人，你们南部人。"她来自英国，是个新教徒……

难道这是雅克相识的女子？他爱上了她？……可能已经同居了？

沿着葡萄园和柠檬地向下走。有海滩。一个孩子赶着一群牲畜，孩子眼神忧郁，衣服破旧，肩膀露在外面。他吹起口哨，两条白色的狗跟在后面。带头的母牛颈上的响铃叮叮作响。无穷无尽，阳光热烈。水坑上留下脚印。

昂图瓦纳看到这些很郁闷，他跳了两页。

西比尔在自己家中。

吕那多罗的别墅。陈旧的房子，四周都是玫瑰。一个长满玫瑰的两层花坛……

昂图瓦纳跳过这页文学描写，在下一段停下：

满园玫瑰，成堆成堆地垂着，芳香四溢。阳光一晒，香气沁透心脾，渗进血液，模糊双眼，心跳变慢或变快。

玫瑰坛令他想起一些事，花坛通向大鸟笼，笼子里有跳跃的白鸽。难道是拉菲特别墅区？肯定是的！那么新教徒西比尔就是……他接着看：

穿着骑马装的西比尔，一屁股坐上长凳。两只手臂摊开，嘴唇紧闭，两眼没有焦距。她一个人的时候，所有事情都会变得清晰，她是为了让乔塞普幸福才活着的。不过，当他不在时，我才会爱他。那些日子，我痛苦绝望地等待他，当时他也十分难熬。荒唐又冷酷。可耻！可以哭泣的女人真好，至于我，心已经变硬、堵塞。

变硬？昂图瓦纳笑笑，这是医学词语，肯定是从他这里学的。

他能猜到我心中所想吗？我希望他可以猜透。不过，当他表现出猜透的样子，我会不知所措。我会转过头，撒谎，不管怎样，我要逃脱。

下面一段是写她母亲的：

鲍威尔夫人从台阶上走下来。阳光洒在白发上。她把手搭在眼睛前，没等看见西比尔，话也不说，就笑了。她说："威廉写信来了，写得很好。他现在动手研究两个项目，得继续在帕埃斯敦住几个星期。"

西比尔咬了咬嘴唇，十分失望。难道她是在等哥哥回家，向他诉苦，也解剖自己？

没有疑虑了：丰塔南夫人、贞妮、达尼埃尔，所有的记忆都拼凑起来。

昂图瓦纳翻过去。

他往下翻一页，想找到描写父亲塞雷诺的内容。

应该是这里……错了，这写的是塞雷诺府邸——一所临海的旧房子。

……长长的拱形窗户，周围是彩色的花叶壁画。

下面这段写的是海湾和维苏威火山。

昂图瓦纳翻过几页，这里看一句，那里看一句，想知道大概内容。

乔塞普与仆人们在消暑的别墅里住着。妹妹安内塔去了国外。母亲已经过世。父亲是个参议员，在那不勒斯担任要职，周日会回来一趟。偶尔不是周日，他也会来住一晚。

昂图瓦纳记得："跟爸爸去拉菲特别墅区的情况一样。"

他走下船，回到家里吃晚餐。饭后，会含着烟在前厅闲走以帮助消化。清晨，会去查看马夫和园丁的工作。随后，默默地搭上第一班船。

写的就是爸爸！……昂图瓦纳在发抖，往下看：

在社会上，参议员塞雷诺取得一些成就。他所有的东西，交融在一起。家庭安康，生活富裕，业务顺畅，组织能力强。权势兼有，待人严苛。刻薄正直、品德强硬。外表也一样严肃。自信满满，肩膀结实。性格暴躁，咄咄逼人，但总是会克制住。仿佛严肃的漫画，让人尊敬却恐惧。教会的忠诚信徒，又是公民表率。不管是在梵蒂冈还是官廷，在法院或者办公室，家里或者饭桌上，永远表现出精明能干、无可挑剔、称心如意的样子。这是一种能量。同时也代表着一份压抑。这力量不是鞭策别人行动的力量，而是让人知道重量是可以静止不动的，是个十全十美的结合体、完人、纪念碑。

哦！他的轻笑带着冷酷，那是他心底里的笑……

此时此刻，昂图瓦纳泪眼模糊。他为雅克的直白感到诧异，同时，想到唱歌的爸爸，觉得这样报复的描写太残忍：

欢乐的小战马哟，
小战马哟，特里贝。

这一瞬间，弟弟和他的距离变远了。

哦！他的轻笑带着冷酷，那是他心底里的笑。笑容中夹杂着让人难熬的沉默。二十年来，乔塞普一直忍着这种沉默和轻笑。心在抗议。

没错，乔塞普过去所有的日子都是仇恨和抗议。他只要想到青春时代，复仇情绪便占满整个心灵。从小，伴着本性的形成，他便用一切本性和父亲抗争。因为抗议，他不尊重所有人，并将自己的懒惰公布于众。他是坏学生，并因此觉得可耻。不过，正是这样，他才可以激烈地违抗可恨的规章制度。干坏事就像抵制不了的诱惑。不听话就会产生复仇感。

大家都说他冷血。不过，当听见受伤的野兽呻吟、要饭人拉出的小提琴声，或者看见在教堂走廊里对他微笑的小姐，都会让他夜里趴在床上哭泣。独自一人，无聊，社会不接纳的儿童时期。早就成年，可除了小妹妹夸他之外，别人一句好话也没有。

"没有我吗？"昂图瓦纳心想。

一说到小妹妹，语气就会充满柔情：

小妹妹，安内塔，安内塔。她可以在这干瘪的土地上绽放，简直就是奇迹。

小妹妹，他不幸童年里的乖妹妹，抗议里的妹妹。那个时期里仅有的光亮，清澈的泉眼，黑暗干旱里仅有的妹妹。

"没有我吗？"这段的下面，写到一个大哥哥：

偶尔，哥哥的眼里会有尽力表现出来的可怜……

尽力表现？忘恩负义的家伙！

他的可怜带着宽容。不过他们差了十岁，这是距离。恩贝托不跟乔塞普说真话，乔塞普也对哥哥有所隐瞒。

昂图瓦纳停止翻阅。他最初的不愉快已经不见。这些描写只是雅克的主观感受，并无大碍。他心里嘀咕着：雅克的观点如何？总的来看，他写的所有东西，加上有关恩贝托的话语，都是对的。不过语气里都是埋怨！分别已经三年，一个人生活，三年来不和家人联系。雅克这样的语气，肯定是仇恨自己的过去！昂图瓦纳感到焦虑：

倘若找回弟弟，又能否找回走进他内心的道路？

他大致浏览了小说剩下的内容，企图知道恩贝托……除了一句简单的描写，什么也没有。他好失望……

不过其中一段吸引了他，他带着好奇心看下去：

一个朋友也没有，四处流浪，心灵受伤，精神打击……

乔塞普一个人生活在罗马，由此看来，雅克应该在某个国外的城市。

某天夜里，屋子的气氛过于沉闷。书掉在地上，他把灯吹灭，仿佛小狼一样跑进黑暗。梅萨琳①的罗马，充满诱惑和脏乱的街道。在不知廉耻、低垂的窗帘后面，闪烁着暧昧不清的亮光。背后的人影，背后的诱惑，背后的淫荡。他顺着充满陷阱的墙垣前行。难道是在躲避？怎样驱散这种欲望？过了几小时，他脑海里还有没有付诸行动的胆量。他继续流浪，没有知觉，眼里冒火，两手火热，喉咙干渴，似乎灵魂和肉身都被卖掉，自己都不知道自己是谁。身上流下担心和肉欲的汗水。他在小巷里徘徊，在捕鸟笼一样的房子上触摸。过了几小时，又过了几小时。

夜很深了。有疑惑的窗帘后面已经熄了灯。街上什么也没有。只剩他一个人，还有他的魔鬼。他时刻做好掉进任何陷阱的准备。夜很深了。虚弱，脑里过分的欲望把他的力量都吸干了。

黑暗走到了尽头。安静的纯洁来得太慢，这是黎明前虔诚的寂寞。夜很深了。

---

①梅萨琳，罗马皇帝克劳狄一世的妻子，著名的荡妇。

心情低落，无精打采，满足不了，让人蔑视。他拖着疲惫的身子走回房间，爬上床去。没有后悔。被人捉弄。回想没有行动的胆量，直到天亮。

昂图瓦纳看到这几段内容很不舒服。他推算弟弟经历过这些事情，并因为多次艳遇败坏了名声。他想说："没事！"甚至想说："很好！"不过……

昂图瓦纳快速跳过几页，他无法一句一句地看，只大概知晓情节发展就行。

鲍威尔家的别墅就在海边，离塞雷诺家很近。乔塞普与西比尔在假期中就是邻居。骑马郊游，晚上泛舟……

乔塞普每天都去吕那多罗别墅与西比尔约会，西比尔也从来没有拒绝。西比尔宛如一个谜，乔塞普内心焦虑地围着她转。

全都是乔塞普的爱情，昂图瓦纳觉得一点意思也没有。

可是他依然强迫自己选择性地读了很长的一段，讲的是两个青年表面上的情感破裂：

下午六点，乔塞普出现在别墅里。西比尔。满园的玫瑰香消除了一日的燥热。仿佛传说里的王子一样，乔塞普走过如火的花墙。小路两旁是盛开的石榴花，夕阳西下。西比尔，西比尔，去了哪里？人影都没有。窗户是关紧的，窗帘也没拉开。他站住了。四周是飞来飞去的燕子，发出冲破天空的声响。难道在屋子后面的绿荫下？他控制自己，没有跑去。

别墅拐角处，传来一阵钢琴的声音。西比尔。客厅的门是开的。

她弹的是哪首曲子？撕心裂肺的叹气，幽幽的疑惑飘荡在傍晚温柔的空气中。仿佛人的心语，仿佛人说出的话，但又不知道其中的意思，不能用确切的词语表达出来。他边走边听，跨过门槛。西比尔没有听到响动。他放肆地瞧她的脸。眼皮垂着，嘴朝前伸。流露出爱情的姿态。面具之下就是灵魂。灵魂和爱情共同构成了面孔。孤独是透明的，秘密被公开，跑进屋里，私下拥抱。她在弹琴，乐曲美妙。哽咽被迅速压下去，忧愁慢慢消失。不过，在完全消失前悬在半空中，仿佛逃跑的小鸟，飞过天空，不见了。

西比尔把手举起来，钢琴还在颤动，倘若把手放在琴键上，便会感受到一颗活生生的心脏在跳动。她觉得没有别人，回头。他没见过的悠悠娇俏。一下子……

又是文学描写！用这样简洁、粗犷的语言，太讨厌了。

雅克真的爱上了贞妮？

昂图瓦纳的联想飘到了书的前面部分。他继续看下去。

小说再次提到恩贝托这个名字。那是发生在塞雷诺府邸的事情。有一天晚上，大儿子陪着参议员，突然回家用晚餐：

餐厅很大。有三个拱形窗户，外面的天空是玫瑰色的，能看见维苏威火山冒出的烟雾。灰色的墙壁，绿色的柱子托着装饰的屋顶。

参议员张着厚厚的嘴唇进行饭前祷告。他冲着大厅的空气画了个十字。恩贝托也合乎礼仪地画了十字。乔塞普直挺挺地站着，没有画。大家坐好。巨大的纯白色桌布十分庄重。三个人的餐具距离很远。菲力波脚上穿的是毡鞋，手里托着银盘子。

跳过几行：

他从来没有在父亲面前提过鲍威尔家。他不想认识威廉。他是个外国画家。不幸的意大利人，十字街口，游走人口的地方。去年，他做出果断的决定："我不允许你和这些异教徒来往！"

难道他知道别人没有服从他吗？

昂图瓦纳没有耐心了，跳过几页。

再次写到哥哥：

恩贝托说完几则小新闻，又恢复了安静。恩贝托长得俊美，眼神充满骄傲与想法。显然，他依旧年轻、热情。他从事研究职业，前途光明。乔塞普深爱着他的哥哥。恩贝托不像他的哥哥，更像一个长辈、一个朋友。倘若他们待在一起的时间长一些，乔塞普应该会说的。然而，两个人交谈的时间太少了，并且内容都是提前安排的。和恩贝托的关系，不会变得亲密。

昂图瓦纳想："很明显，因为拉雪尔才会这样的，是我不好。"一九一〇年夏天的事情浮上他的脑海。

他不再往下看，心里静静地想着，疲惫地把头靠在椅背上。他感到失落：这些烦琐的文学描写中什么也没有，关于他出走的秘密依然没有揭露。

乐队弹奏着维也纳轻歌剧的复调，每个人都低声应和，大厅某个角落里有不知谁吹起口哨给曲子伴奏。刚才那对安静的男女还坐在那里，女的已经喝光牛奶，在抽烟，看上去没事做，间隔不久就将裸露的胳膊挎上男朋友的肩膀，无所事事地玩他的耳垂，同时仿佛猫一样打着哈欠。男的把一份《人权报》打开。

昂图瓦纳发现，这里女性居于少数，但都是年轻女性。……地位不明显……游戏的陪伴者罢了。

两张桌子周围的大学生在辩论，他们争论的主题有关贝吉[①]和若莱士[②]。

有个年轻的以色列人走过来，下巴刮得发蓝，在看《人权报》的男人和母猫似的女人中间坐下，女的有事可做了。

昂图瓦纳想继续把小说看完。他已经忘了刚刚看的是哪页，他随意翻着，翻到了小说最后几行：

……在这里，生活与爱情都很艰难。再见！

……陌生的吸引力，崭新、诱人明天的吸引力，沉浸其中，忘记曾经，一切从头再来。

……坐上开往罗马的第一辆火车。再从罗马坐上开往热那亚的第一辆火车。接着从热那亚坐上第一艘游船……

短短几行字，就吸引了昂图瓦纳的目光。静下心来，雅克的秘密肯定在这几行字里！要耐心往下看。

他把书翻回前页，用手支着脑门，全神贯注地看下去：

安内塔小妹妹回家了，她从瑞士的一个女子学校完成学业，回家了。

小妹妹有些变化。以前，女仆人以她为傲。她是真正的那不勒

---

① 贝吉（1873—1914），法国著名作家。
② 若莱士（1859—1914），《人权报》创始人，法国社会党领袖之一。

斯女孩。那不勒斯的小女孩。肩膀结实，皮肤黑黝黝的，嘴唇很厚。无论瞧见什么，就算很小的事情，她的眼睛也会展现笑意。

小说里为什么把吉丝写成乔塞普的亲妹妹？昂图瓦纳从读到兄妹两人相处的第一个画面就觉得别扭。

乔塞普去接的安内塔，两个人坐车回到塞雷诺府邸。

夕阳已经下山。陈旧的马车在晃动，马车的遮阳伞也在晃动。时候不早了。凉气逼人。

安内塔挽着乔塞普的胳膊说个不停。他微笑着，一直到今天下午前，他都觉得孤独。西比尔没赶走他的孤独。西比尔，西比尔，宛如永远透明干净的幽深的清水，有着令人眩晕的纯洁。西比尔。

从马车里看见的东西越来越少。黑夜即将来临。

安内塔和以前一样，缩成一团。迅速地热吻，嘴唇富有弹性，上面有些尘土，显得有些粗糙。和以前一样。在女子学校的时候，他们也有说有笑，亲吻对方。和以前一样，他们是亲兄妹。乔塞普深爱西比尔，小妹妹的爱抚让他觉得热情柔软。他在她眼睛上、头发上，任何地方留下回报的亲吻。这是兄妹的亲吻，发出响声。车夫在微笑。她继续说个不停，说女子学校，是吧？还有考试。乔塞普也断断续续地说起爸爸，说起今年秋天，说起遥远的未来。他不让自己说起鲍威尔家的名字。安内塔是个虔诚的基督徒。她房间的圣母祭坛前，总是亮着六支蓝色的蜡烛。耶稣被犹太人钉在十字架上。他们预想不到那是上帝的儿子。不过，异教徒却知道真相，只是不愿承认。

爸爸出门在外，兄妹两人在塞雷诺府住下。

723

其中几页让昂图瓦纳从开头都结束都不开心。

次日，没等乔塞普睡醒，安内塔就进来了。她确实有些变化。她的眼神依旧纯净热情，带着些许好奇。不过更加朝气热烈，只看见小小的事情，她就慌乱不已。她走到他床边，身子保持着刚出被窝的温暖。头发没有整理，没有精心装扮，还是个孩子的模样。和以前一样。她从箱子里拿出了在瑞士买的礼物。呀！是画片。她的嘴唇张开又合上，两排整齐的牙齿露出来。她膝盖上有一块疤，那是她滑雪时摔在雪地的尖石头上留下的。瞧瞧，她的小腿和大腿都露在外面。她摸摸那块疤痕，褐色皮肤上的白点。没有刻意。她喜欢抚摸自己的皮肤。喜欢在每天的早上和夜里照镜子，对着自己微笑。她不停地说话，脑袋里想到很多可以说的事情。学着骑马，我只想跟你一起骑，或者骑小型的马。穿着骑马装，在海滩上奔驰。她没有中断抚摸，光滑的膝盖弯着又伸直。乔塞普眨眨眼睛，躺在床上。梳妆衣服终于穿好。她向窗边跑去。阳光已经布满了海滩。九点了，懒虫，我们去游泳吧。

如此亲密的关系持续了好多天。乔塞普偶尔和小妹妹，偶尔和难以捉摸的英国女孩在一起玩。

昂图瓦纳没有中断地看了几页。

一天，乔塞普去找了西比尔，想和她一起去海滩走走，一次具有决定性意义的场面发生了。

虽然中间有许多夸张的细节描写，昂图瓦纳还是捺着性子看下去。

西比尔在绿藤下站着,阳光照在上面。她在思考,手放在白柱子上,阳光晒着。她在等待?——昨天我等了您一天。——昨天,我和安内塔在一起。——那为何不把她也带来?语气让乔塞普不舒服。

昂图瓦纳跳过一些:

……乔塞普停下桨。两人周围的空气都静止了。安静在蔓延。海滩的水是银色的。美丽壮观。温柔地冲击小船。——您想什么呢?——那您呢?寂静。——西比尔,我们想的事情是一样的。寂静。两人的话交替出现。——西比尔,我在想您。寂静,长长的寂静。——我也是。他浑身颤抖。——西比尔,会永远想吗?哦!她把头抬起来了。他瞧见她难过地张开双唇,手紧紧握着船帮。差不多是忧伤的默许。阳光直射海面,波光粼粼。阳光反射回来,使人眼花缭乱。热辣辣。寂静。时间、生命都静止了。空气安静得不能忍受。还好有群海鸥飞过,震动了他们四周的空气。海鸥飞上飞下,从水面掠过,嘴扎进水里,再次飞向高空。翅膀被阳光照得闪闪发光,击剑的声音。西比尔,我们想的事情是一样的。

没错,雅克在那年秋天,常常前往丰塔南家。难道雅克是因为和贞妮的恋爱无果而离家出走的?

又翻过几页,事情进展似乎一下子变快了。

这些生活细节的描写让昂图瓦纳回忆起雅克和吉丝住在别墅时的情景。他看着兄妹两人的情愫逐渐向着爱情方面进展。他们知道这种关系意味着什么吗?安内塔肯定知道,她全部生活都向乔塞普靠近。她十分真诚,真心实意地给自己的情感披上自然的、能够接受的感情面具。至于乔塞普，他的爱情完全给了西比尔，对西比尔的爱让他变得盲目，分不清妹妹对他身体的吸引力。不过，他陷入这种模糊不清的爱情有多久了？

有天下午，乔塞普对小妹妹说，你愿意出去走走，然后找个旅店吃饭，一直在外面散步到晚上吗？她拍拍手，我爱你，龙皮诺，只要你开心，去哪里都行。

乔塞普已经想到他会做出哪些事情了吗？

在渔村中吃完饭，他拉着她，走上小女孩不知道的大路。

他走路的速度飞快。从柠檬园里穿过去，这些地方他和西比尔曾经走过无数次。安内塔感到诧异。你知道怎么走吗？他朝左边拐了一下。一个斜坡、一道旧墙以及低矮的圆形门。乔塞普停下脚步，笑着说，你过来瞧瞧。她安心地走近门口。他把门推开，铃铛发出响声。你是不是疯了？他微微一笑，将她拉到枞树下面。花园里黑乎乎的一片。她觉得有些恐怖，不知道这是哪里，乔塞普。

她已经到了吕那多罗别墅。

矮小的圆形门，铃铛声，还有枞树林。这些细节描写非常真实……

鲍威尔夫人与西比尔两人都在绿廊底下。我来介绍一下，这是我的小妹妹。请她坐下来，和她交谈，盛情款待她。安内塔认为自己是在梦里。她在两个异教徒中间坐着。母亲热情欢迎她，她的白发，她的笑容。孩子，跟我到这边来，我要送你几朵玫瑰。玫瑰花坛，阴暗的圆形拱顶，周围都是沁人心脾的芬芳。

只有乔塞普和西比尔两个人了。要不要拉着她的手？她一定会挣脱的。她刻板的态度比意志力、比爱情还顽强。他心里想:"她很难陷入爱情。"

鲍威尔夫人送给安内塔许多鲜红色的玫瑰,小朵小朵的,每个花瓣都包得紧紧的,没长刺。花蕊是黑红色的。亲爱的,以后常来。西比尔内心如此孤独,安内塔认为自己是在梦里。难道这就是被诅咒的一家?她曾经怎么会像害怕妖魔鬼怪一样对这些人充满了恐惧?

昂图瓦纳翻过这页。

这里描写兄妹俩往回走的情景。

月亮藏在云后面。夜色更加浓重了。安内塔心里美滋滋的。鲍威尔一家人。安内塔把自己全部的重量都靠在乔塞普的胳膊上。乔塞普抬着头,拉着她往回走。心飘向远方,飘进自己的梦里。要不要把心里话说出来?他不想再隐瞒了,俯过身。你知不知道?我去那里,不只是找威廉。

此时此刻,她看不清他脸上的表情,只是从他的语气里感受到些许深情。不只是找威廉?她血管里的血在沸腾。她什么也不知道。西比尔与乔塞普?她快要喘不上气了,她挣脱他,企图跑开,心似乎被利箭射中。浑身无力,牙齿在抖。往前走几步,踉踉跄跄,脖子朝后仰去,瘫在高大的菩提树下的草地上。

他跪在地上,不知道发生了什么事。到底怎么回事?她把手伸过来,跟伸出触手一样。哦!他一下知道了。她把他紧紧抓住,直起身,缩在他怀里,轻声哭泣。乔塞普,乔塞普。

这是爱情的声音。他以前没有听过,一直都没有。西比尔躲在自己的迷宫里。西比尔变得如此陌生。安内塔就这么悲伤地抱着他，紧紧地抱着。她的身体这么年轻、丰满、充满诱惑。各种思绪汇集在脑海中，他们相互珍惜的童年时期，充满温柔，充满信任。他应该爱她，她与他的成长环境相同，他应该安抚她、治愈她。她如野兽一样热烘烘的身子纠缠着他，突然，她两腿间的热浪吞没了全部，包括思想在内。他鼻子下面是熟悉且新鲜的发香，嘴唇下面是淌着汗水的脸孔，乱动的双唇。黑色的夜、芳香、血液交融在一起。克制不住的冲动。他张开情人的嘴，粘住湿润的、半开的唇，那不知道在等待什么的唇。她接受他的亲吻，可却没有回报给他，不过，她陷在这个吻里。两张嘴紧紧地纠缠在一起，欲望一触即发。悲情的肃穆、柔情、呼吸、身子、欲望交织着。头顶上，树木摇曳，星星慢慢隐去。衣服掀开，凌乱，克制不了的诱惑。两具陌生的身体，相互挤压，触碰，男人的挤压，散乱的服从……痛苦的、新婚的沉醉。

哦！除了呼吸，什么也没有了，连时间都停滞不前。

安静中，回响在耳朵边的鸣响，所有的焦虑都不见了，一动不动。男人喘着气，伏在温暖的胸口上，两颗心剧烈地跳动着，发出不能结合的响声。

一道耀眼的月光猛地照在他们身上，仿佛挥着一道鞭，两人赶紧分开。

两人迅速站起身。眼神迷乱，嘴唇歪曲。他们颤抖着。不是因为害羞，而是因为开心。开心并且诧异。

月光下，凹进去的草地上，玫瑰散落了一地。此时，安内塔捧起花瓣，撒在印着人体形状的草地上，多么浪漫。

昂图瓦纳不再读下去,他气得浑身颤抖。

可恶!吉丝?这是真的吗?

不过,这段描写真实感十分强烈。陈旧的围墙、小铃铛,还有玫瑰花坛,以及他们纠缠在一起时,完全没有想象的成分。没有在意大利的石子小路里,也没有在柠檬树下的阴凉地中,是在别墅的茂密草地上。昂图瓦纳记起来了,那是百年老菩提的绿荫下。没错,雅克曾经带吉丝去过丰塔南家,在那样的夏天夜里。回家的时候……幼稚过头了!距离他们如此近,几乎就在吉丝的身边,竟然什么也不知道!吉丝?她纯净、美好的身体里竟然藏着这样的秘密。不会的,不会的……

昂图瓦纳内心深处不愿相信,抗拒着。

不过,那些细节描写!玫瑰……红色的玫瑰!哦!他一下子醒悟过来:为何吉丝收到一个由伦敦花店寄来的匿名包裹时那么激动。依据这样一个没有意义的线索,为何吉丝非要叫别人前往伦敦调查。不用说,自从在菩提树下倒下后,一年又一年,只有她自己知道红色玫瑰代表什么。

这样算来的话,雅克应该在伦敦住过。或许是意大利,又或许是瑞士……他现在会不会在英国呢?……在那也可以给日内瓦的杂志投稿……

其余部分也在这一瞬间明朗起来,就像模糊的火光四周,大片黑暗慢慢消失。吉丝坚持要离开家,前往英国的女子学校!肯定是去找雅克了!(昂图瓦纳为碰了一次壁就放弃伦敦花店的线索而感到自责。)

他尽量把事情连起来,不过各种想象和回忆都涌上来。今夜,他从新的角度审视过去全部时光。眼下，他终于明白，为什么吉丝为雅克的失踪而伤心欲绝。曾经，他不清楚其中的全部原因，只是尽力去抚慰她。他想起自己和吉丝的关系，他同情吉丝，而对吉丝的感情也是由这种同情产生的。当时，爸爸坚持雅克已经自杀，老小姐每天都在祷告，读《九日经》，昂图瓦纳和他们说不了雅克的事。可吉丝不一样，他认为她亲切、热情。每次吃过晚饭，她就来到楼下探听消息。他开心地把自己的期望和寻找计划都告诉她。正是因为那些亲密相处的夜晚，他才会对这个藏着爱情秘密的活泼女孩产生情愫。说不定他在不知不觉里已经被这个献身给别人的身子迷住了。他记得女孩温柔的动作，仿佛孩子一样娇俏，内心同时承受着悲痛。安内塔……她欺骗了他！拉雪尔离开后，他的感情处于真空状态，因此，他迅速地觉得……太失败了！他耸了耸肩。他对吉丝的爱，来自感情的创伤和无所适从。他原以为吉丝也爱他，因为她的爱情没有结果，以为她会爱上唯一能帮她找回情人的人。

昂图瓦纳尽量驱散这些想法。"写到这里，"他想，"雅克出走的原因还是没有找到。"他坚持往下看。

两人把玫瑰瓣撒在草地上，往塞雷诺府邸走去。

乔塞普拉着安内塔走回家。他们会走去哪里？简短的拥抱仅仅代表开始。他们向长长的黑夜走去，今夜，他们的房间，会出现怎样的场景？

昂图瓦纳看着这几行，觉得热血涌上了脸。

说实话，他内心的感受不是责怪。在确定的激情面前，他的观点不再尖锐。不过他依然感到诧异，并且有点埋怨。他依稀记得，那天他只是害羞地靠近吉丝，可她的反应如此激烈。看到这里，唤起了他对吉丝的欲望，仅仅是肉体上的欲望，放肆的欲望。所以，要继续专心看小说，必须驱散那朝气蓬勃的、褐色的年轻身体的影子。

……他们向长长的黑夜走去，今夜，他们的房间，会出现怎样的场景？

他们被迫服从于爱情。两人静静地往前走，仿佛被下了蛊，愣愣的。月光时亮时暗，一直陪着他们。整个塞雷诺府邸被月光笼罩着，灰色的柱子在黑暗中显现出来。他们走过第一个高台。走着走着，两人的脸靠在一起。安内塔的脸红扑扑的。小女孩的身子里，已经存在大胆的、出自本性的罪恶。

两人一下子分开了。父亲出现在柱子中间。

父亲一直在那里等，他没有按计划坐船回来。看不见孩子。于是，他一个人在大厅用完晚餐，接着在走廊里走来走去。孩子们依然没有回来。

黑暗中，他大声问：

——你们去哪了？

乔塞普一下子想不到原因，抗议心理涌上来，高声回答：

——鲍威尔夫人家。

昂图瓦纳吓得半死，难道蒂博先生要……

安内塔从柱子中间跑开了，她走过前厅，奔向楼梯，进到自己的房间。把门闩插好，爬上自己黑暗里的狭小的处女床。

楼下，儿子首次顶撞父亲。而且，他认为这样做充满乐趣，这点令他诧异。他把连自己都不再相信的爱情公布于众——我带安内塔去鲍威尔夫人的家了。他停了一会儿,一字一字地说——我和西比尔已经订了婚。

父亲放肆地大声笑着。恐怖的笑声。他直挺挺地站着,影子把他的身形拖得修长,看上去高大,而且夸张,仿佛披着月光的提坦[①]。他还在笑。乔塞普搓了搓手,笑声消失了。——明天,你们两个和我一同回那不勒斯。——不回。——明天出发。——不回。——乔塞普。——我不是您的奴隶。我和西比尔已经订了婚。

父亲以前没有遇见过他摆平不了的反抗。他佯装镇静。——闭上你的嘴。他们来这里吃我的面包,买我的土地。现在又要拐走我的儿子。想得美!你要让一个异教徒女人进我们家。——使用我的姓氏!蠢蛋,你想都不用想。那是于格诺教徒的阴谋诡计。这关乎灵魂的救赎,关乎塞雷诺家的名誉。他们想不到我还在,我在保护你们。——爸爸。——我要把你的意志打碎,断绝你的生活来源,送你去皮埃蒙的军团。——爸爸。——我要把你的意志打碎。先回房间去,明天,我就带你走。

乔塞普握紧拳头,他好想……

昂图瓦纳忍住呼吸:

……他好想……父亲快死!

因为要表达蔑视,他尽力笑出声。他说:"您太可笑了。"

他从父亲眼前走过去,头仰着,嘴唇咬紧,发出冷笑,向台阶走去。

"你去哪?"

[①] 提坦,希腊神话里的巨人。

孩子停住脚步，在离开前，他要射出厉害的毒箭，本能让他说出最狠的一句："去自杀。"

他纵身跳下台阶。父亲抬起手："滚，不知死活的家伙！"乔塞普头都没回。父亲的声音从后边传来："该死的！"

乔塞普跑过高台，走进黑暗，消失不见。

昂图瓦纳想停下来思考一下，不过就剩四页了，他迫不及待。

乔塞普在黑暗里没有目的地跑着。站住，喘气，觉得奇怪，不知所措。远处，一家旅店的走廊下，几把曼陀林正在合奏一曲思乡的甜美的调子。让人心碎的慵怠。在舒服的浴缸里，血管张开。

西比尔讨厌那不勒斯的曼陀林。她是外国人，是不真实的存在，非常遥远，仿佛他钟情的、一本书里的女主人公。

他的手掌里还留有安内塔胳膊的温度。耳朵嗡嗡作响。干渴难熬。

乔塞普做好了计划。黎明时分，返回家，带上安内塔一起走。他悄悄进入房间，她一下子跳下床，光腿欢迎他。他再次触摸她光滑温暖的皮肤。她的香气包围了他。他似乎觉得安内塔已经扑进自己的怀里。她半张着嘴，温润的嘴唇，她自己的嘴唇。

乔塞普走进一条捷径。血管在膨胀。一口气攀上一道岩石斜坡。月光下，乡间的气息使人心旷神怡。

他平躺在斜坡上，环着胳膊。手从微微敞开的衬衣抚摸自己强健的胸膛。头顶，繁星点点的天空。宁静，纯洁。

洁净。西比尔。西比尔，心灵深处，仿佛清冷幽深的泉水，清冷纯洁的北方夜晚。

西比尔？

乔塞普站起身来。大踏步由山坡走下。趁天亮时，最后一次去见西比尔。

吕那多罗别墅。围墙和圆门已经出现。泥灰墙是他们亲吻的地方。他首次说出自己的爱情，也是这个地方。同样的月夜。西比尔送他出门。她的影子清晰地印在白色的灰泥墙上。他鼓起勇气，弯下腰，亲吻墙上的影子。西比尔跑开了。同样的夜晚。

安内塔，我为何再次回到小门跟前？西比尔那张毫无血色的脸，坚毅的脸。西比尔，就在眼前，触手可及，真实可靠，不过，又非常陌生。把西比尔丢弃？哦，不可以！应该用柔情来解开这个心结。打开它封闭的内心。内心封闭着怎样的隐私？纯洁的梦，来自本性，那正是真正的爱情。很爱西比尔，很爱。

安内塔，目光为何如此肯定？双唇为何如此温顺？含有炙热欲望的献身。过分短暂的欲望。毫无秘密、深度。没有界限、没有未来的爱情。

安内塔，安内塔，把轻浮的爱抚忘掉，回到曾经，变回孩子。安内塔，娇俏的女孩，惹人疼爱的小妹妹。小妹妹。

双唇微微张开，潮湿的、柔软的双唇。哦！这种乱伦的欲望，不为人接受的欲望。谁可以帮我们逃脱？

安内塔和西比尔。两个女孩，到底选择哪一个？为何要有所选择？我不想干坏事。两种诱惑，本质上几乎达到神圣的均衡。两种不可抑制的冲动，都来自我的心灵，难道不合情理吗？现实中，为何协调不了？全部都是纯净的，就会被允许。倘若这一切在我心里是协调的，为何还要禁止？

只有一条路可行，三人里，肯定有一个是多余的。是谁呢？

西比尔吗？哦，西比尔会伤心，那种情景太痛苦了，不可以是她。只能是安内塔。

小妹妹，安内塔。很抱歉，亲吻你的眼睛、眼皮，很抱歉。

既然两个一定要选择一个，那两个都不要。放手，忘记，死掉。不是死掉，而是已经死掉了。离开这里。这里有魔法，跨越不了的阻碍，禁令。

在这里，生活与爱情都很艰难。再见！

陌生的吸引力，崭新、诱人明天的吸引力，沉浸其中，忘记曾经，一切从头再来。

坐上开往罗马的第一辆火车。再从罗马坐上开往热那亚的第一辆火车。接着从热那亚坐上第一艘游船，前往美洲，或者澳大利亚。

他一下子笑出声来。

这是爱情吗？错了，我爱的是生活。

朝前走。

雅克·博蒂

昂图瓦纳把书狠狠地合上，放进口袋里，茫然若失地站起来，在亮光里眨眨眼睛，站了一会儿，察觉自己走神了，再次坐下来。

他读小说时，二楼的人几乎走光了。打台球的人也已经吃了晚饭，乐队没有演奏。待在角落里的犹太人和看《人权报》的男人在玩最后一局扔骰子跳棋。母猫兴奋地在一旁观战。男人含着已经熄灭的烟斗，他扔一下骰子，母猫就会靠上犹太人的肩，仿佛提前串通好一样，发出轻笑声。

昂图瓦纳把腿伸直，点上烟，努力集中思想。然而，几分钟过去了，他的思想和眼神还在飘忽不定。终于,他把雅克和吉丝的幻象都赶走,才平静下来。

现在,最要紧的事情是把小说里的真情实况和虚构的部分分开。真实的情况,肯定是父亲和儿子两人那场激烈的风暴。参议员塞雷诺所说的话,富有自己的特色,说实话,写得很逼真:"于格诺教徒的阴谋诡计,我要把你的意志打碎!要断绝你的生活来源!送你去皮埃蒙的军团!……"以及:"你要让一个异教徒女人进我们家。——使用我的姓氏!……"昂图瓦纳似乎听见父亲暴跳如雷的声音。父亲直挺挺地站着,冲着黑暗大骂。乔塞普的叫喊声同样也是真实的写照:"去自杀!"正因为这样,蒂博先生那个想法才会根深蒂固。从寻找雅克的第一天开始,蒂博先生就没有想过雅克还活在世上。他一天里亲自往停尸所打四个电话。那个叫喊声也表达了他含糊不清的内疚感,是他使雅克出走的。也许,他内心无声的内疚和患上蛋白尿症有着或多或少的联系。在做手术之前,这个病让老人身体衰弱了许多。这样算来,三年中的很多事情都具有了新的面貌。

昂图瓦纳再次将杂志拿出来,翻到手写的题词:

那个印象深刻的十一月晚上,您告诉我:"全部东西都受两极的作用力。真理也有两面。"

爱情,有时候同样如此。

他想:"很明显,他同时拥有两份爱情……很明显……倘若吉丝成了雅克的情妇,而雅克坚持认为自己爱的是贞妮,那么,他的生活确实太纠结了。然而……"

一些没有头绪的事情又充斥在昂图瓦纳的脑海里。总而言之,他不认为用他刚知晓的雅克的情感状况就能解释他出走的原因。肯定还有别的始料不及的、猛然出现的原因，让他做出离家出走的决定。不过，到底是什么呢？

突然，他醒悟过来。现在最要紧的不是理清这些事，而是从小说的迹象中找到弟弟。

倘若直接和编辑部的人联系，那太草率了。雅克没有跟别人说起自己还活着，那么他一定不愿意和我见面。倘若雅克知道自己的藏身处被发现了，他会跑去更遥远的地方。这样，就找不回他。只有一个办法，就是攻其不备——同时得亲自出马（昂图瓦纳从来都只相信自己）。他现在就想去日内瓦。不过，到了之后怎么做？倘若雅克在伦敦的话。还是让一个内行的人先去瑞士看看，等他把雅克的地址拿回来，我再去。他站起来："只要找到了他，看他能不能从我手里跑掉！"

那天夜里，他把事情委托给了一家侦探机构。

第三天，他接到首批情报。

（机密文件）

"经证实，雅克·蒂博先生就住在瑞士，但不在日内瓦，而是洛桑。他在洛桑住过很多地方。今年四月起，他一直住在市场楼梯路十号，卡梅辛公寓。

"现在还确定不了他何时到的瑞士，不过我们查到他服兵役的情况。

"从法国领事馆的一份密报中获悉，蒂博先生在一九一二年一月带着身份证和其他证件去领事馆武官处办手续。证件的名字是雅克·让·保尔·奥斯卡-蒂博。法兰西国籍，一八九〇年生于巴

737

黎。卡片上显示的面貌特征我们不能抄录（其特征和我们在别处获得的情报相符）。卡片上还写着，他由于二尖瓣关闭不全，一九一〇年，由巴黎第七区征兵体格检查委员会审核决定，推迟入伍日期。一九一一年，他交给维也纳（奥地利）的法国领事馆一份医疗报告，获得第二次推迟入伍。一九一二年二月，他在洛桑体检，结果由行政途径送到塞纳征兵体检委员会，主管办公室批准他第三次推迟入伍日期。也就是最后一次延期。经过这次延期，他获得和本国相关当局办理手续，因身体健康原因免服兵役。

"蒂博先生现在的生活很轻松，与他来往的都是大学生和新闻记者。他已经正式加入爱尔维修报业联谊会。听说，他给很多报刊写稿，同时也做其他工作，这样可以保证他的中等富裕生活。我们还查到，蒂博先生用过很多笔名写文章。倘若过后要查清这些情况，我们会对笔名进行核对。"

这份文件是侦探机构在周日晚上，一个办事员紧急送来的。

周一早晨去不了。可是蒂博先生的病情又耽搁不得。

昂图瓦纳看看记事本，又查了查火车时间表，决定明晚搭乘开往洛桑的快车。他一夜无眠。

6

次日白天，昂图瓦纳忙得不可开交，因为晚上要动身，他必须多增加几次出诊。整整一个白天，他都在巴黎市区奔走，午饭都是在外面吃的，一直到晚上七点才回到家，八点半的火车。

他趁着莱翁帮他整理出行包的时间，匆忙地上楼看了一眼父亲，从昨晚到现在,他都没来看过爸爸。

病情越来越严重。蒂博先生已经吃不了东西,身体无力,疼痛交加。

昂图瓦纳尽力平复心情,挤出一句:"爸爸,您好!"这是每天对病人的亲切问候。昂图瓦纳习惯性地坐上原来的地方,专心地询问,似乎在躲避陷阱。他面带微笑看着父亲,即使一个无法动摇的想法占满了他的脑袋:"他就要离开人世了。"

有几次,他察觉父亲深沉地看着他,似乎要问他什么。

昂图瓦纳想:"他有多担心自己的身体呢?"蒂博先生经常用隐忍和肃穆的话语说起自己的死亡。然而,他心里想的到底是什么?

在这几分钟里,父亲和儿子各怀心事——也许两人的秘密是相同的。他们说了些无关紧要的话——关于病情和最近的药物。接着,昂图瓦纳借口晚饭前有个急症,站了起来。蒂博先生疼痛难忍,也不想挽留。

昂图瓦纳还没跟任何人说起自己要走的事。最初,他只想跟嬷嬷说一声,他得离开三十六小时。然而,他走出房间的时候,修女正在照料病人。

时间紧急,他在走廊里等了一会儿,没见修女出来,只好去找韦兹小姐,她在房间里写信。

"哦!"老小姐说,"昂图瓦纳,你来帮帮我,有篮蔬菜不知寄去哪里了……"

他用了很多工夫,才让她知晓:今晚,他要去外省看一个重病人,他明天有可能赶不回来。然而不用着急,已经和泰里维埃医生说过,有事叫他,他马上就赶来。

八点才过,昂图瓦纳刚好可以赶上火车。

出租车飞速地开向车站,沿路已经见不到什么人,黑色发光的桥,卡鲁塞尔广场,宛如危险影片中的快速镜头,高速闪过。昂图瓦纳不常出门,夜里奔驰的激动,担心时间来不及,围绕在脑海里的千万思绪,加上他所冒的风险,全部合在一起,令他不自觉地充满力量。

他座位旁边已经坐满了人。他想小睡一会儿,可是睡不着。他浑身无力,数着站点。黎明时分,他正处于迷糊状态,火车发出凄厉的声音,速度逐渐减慢,进入了瓦洛布车站。办完海关手续,寒冷的大厅里人来人往,喝了口瑞士的牛奶咖啡。睡意全无。

十二月的黎明来得很慢,窗外的景物逐渐明朗起来。铁路顺着山谷延伸到远方,能看见两边的山丘。晨光里,除了黑白两种色调构成的木炭景色外,没有其他颜色。

昂图瓦纳没有心思看这些景色。山头被白雪覆盖着,融化一半的冰雪流进燃烧过的土壤深坑中。白色的背景下,出现了一棵棵枞树。接着,全部景物都不见了。火车在雾气里前进。乡村再次出现,雾气里闪着点点黄色亮光,向人们展现这人口众多的地方已经开始了清晨的生活。房屋形状变得清晰明了。房子不再幽暗,昏暗的亮光也减少了。土地在不知不觉中由原来的黑色变成绿色。没多久,平原上出现一大片富饶的牧场。积雪标出每道褶缝、水沟、田垅。矮小的农舍似孵卵的母鸡,伏在那里,和周围的土地连成一片,全部窗户的百叶窗都已经打开。天很亮了。

昂图瓦纳把头倚在车窗上,这些忧伤的异国风情感染了他,他觉得浑身无力。此行的目的能否达到,他一点把握也没有。加上一夜没睡,他现在十分难受。

740

洛桑就要到了。列车已经穿过郊区。他盯着那些窗户依然紧闭的楼房，房子两边都有阳台，相互隔开，仿佛小小的摩天楼。说不定雅克就在某个黄杉木的百叶窗背后，不知道此时此刻，他醒了吗？

火车停了。寒风吹过月台。昂图瓦纳打了个寒战。人群拥入地下通道。他又激动又麻木，猛地丧失了对脑袋和意志的控制力。他提着包，跟着人群，不知道接下来怎么做。"盥洗间、浴室、沐浴。"到底是洗个热水澡解乏呢，还是洗个冷水澡让自己振作起来？刮刮胡子，换件衣服，通过这些事情来提提神。

这个主意不错。他洗完澡就像洗了仙水一样，容光焕发。把包放在行李寄存处，没有了负担，他坚定地去迎接挑战。

天上下起了急雨，他跳上一辆开往城里的有轨电车。现在还没到八点，几乎所有的店铺都开了。穿着雨衣雨鞋、忙于赶路的人们一言不发，已经挤满了人行道，尽量不踩马路，即使马路的车还很少。昂图瓦纳这样归纳："一座忙碌的城市，不崇尚空谈主义。"他通过地图找到了前往市政厅小广场的路。他抬头看一眼钟楼的大钟，刚好八点半。雅克就住在广场尽头的那条街。

市场楼梯路应该是洛桑最老的街道之一。几乎称不上街，只能说是一段小胡同。街道一级级往上，房子建在左边。"街道"沿着坡上行，由一层层梯面组成。房子正对方向是一堵墙，沿着墙是一道陈旧的木头楼梯，这是中世纪时期的构造，涂了酒红色的漆。这样的楼梯可以提供一个绝好的观察地点。昂图瓦纳走进去。这条小街上只有几栋房子，而且都窄小陈旧，布局也不整齐。大约从十六世纪开始，这样的底楼就用作店铺了。由一个矮门跨进十号，门上面压着一个缝有线脚的过梁。开着的门扇上，隐约能瞧见门牌号。昂图瓦纳仔细辨认，这里就是伊赫·卡梅辛公寓。

整整三年没有音信，感觉和弟弟隔了一个世界。现在，雅克就在附近，几分钟后他就能看见弟弟……昂图瓦纳克制住内心的兴奋。医生的职业让他得到训练：越是集中注意力，越要保持镇定。他想："现在是八点半，他应该还没起，正是抓人的时刻。倘若他在家，我就说已经预约了，不用传话，直接敲门进去。"他撑开雨伞，步伐坚定，走过马路，又走过两道石阶。

穿过一段石板走廊，接着是带扶手的古老楼梯，楼梯宽阔而且卫生，不过很黑。也没有门。昂图瓦纳往楼梯上走，似乎听见说话声。他把头探出来，从餐厅的玻璃门上，看见十几个人围着一张桌子。他马上想："还好光线不亮，不然他们就能看见我了。"紧接着想："人们坐在一张桌上吃早餐，他不在，应该是下楼了。"这时候……雅克……雅克在说话……那是雅克的声音，他没死，千真万确！

昂图瓦纳举棋不定，一瞬间不知如何是好。他快步走下几级楼梯，感觉喘不上气。内心深处涌上一股温柔，在胸膛处膨胀着，令他呼吸不畅。他不认识那些人……如何处理？离开吗？他恢复平静，斗争的欲望驱使他往前，不要犹豫，要有所行动。他小心地抬起头，瞧见了雅克的侧脸，不过两旁的人常常会挡住他。坐在上席的是一位白胡子的小老头，五六个年龄不等的男人坐在桌子旁。老人的对面是一个年轻的漂亮金发女人，在两个小女孩中间坐着。雅克向前弯腰，说话飞快，语言激烈。昂图瓦纳的到来，仿佛一个急迫的威胁，围绕在弟弟的头上。他诧异地瞧见：人可以如此镇定，不用为即将发生的事情担忧，命运是由自己决定的。整个桌子的人都投入争辩中。老人微笑着。雅克似乎在和对面两个年轻人讨论。他一次也没转过昂图瓦纳这边。有两次，雅克用右手做出决断的姿势，加强他的语气，昂图瓦纳几乎忘了这个动作。双方讨论更加激烈，他猛地一笑——雅克的笑！

此时，昂图瓦纳不再犹豫，走上楼梯，来到玻璃门边，轻轻推开门，走进去。

十几张脸都看着他，他直接忽视掉。同时也没注意老头走过来问了他什么。他开心的、勇敢的眼神直直看着雅克。雅克惊呆了，半张着嘴，也盯着他的哥哥。他刚只说了半句话，愣愣的脸上保持着开心的神情，现在成了一副怪样。两人相互看了十几秒，雅克便站起来，当时只想着"第一得瞒住别人，不能引人注意"。

雅克做出不自然的可亲样子，连忙走向昂图瓦纳，让人觉得他等的人来了。昂图瓦纳努力配合他的笨拙，向楼梯口退去。雅克走近他，把玻璃门关上。他们机械地握握手，两人都想不到这个动作的出现，什么话也说不出来。

雅克看上去迟疑了一下，接着慌张地挥挥手，应该是叫昂图瓦纳跟着他，随后，两人走上楼梯。

7

走过第一层、第二层、第三层。

雅克迈着沉重的步子，抓紧扶手，头都没转过来一下。昂图瓦纳走在后面，再次克制自己。他惊讶地发现自己在这种时候，竟然没有兴奋过头。有几次，他焦虑地问自己："这么轻易就保持平静，代表了什么？意志坚定还是冷漠无情？"

走到四楼的楼梯口，雅克推开仅有的一道门。两人才进到屋子，他就反锁住门，抬眼看了一下哥哥，用他沙哑的语气低声问："找我做什么？"

他高傲的眼神碰到的是昂图瓦纳温和的笑容。此时，尽管昂图瓦纳满脸温柔，但依然小心翼翼，决定等待机会，做好应对一切的准备。

雅克低下头，重复一遍：

"怎么了？找我做什么？"语气十分可怜，充满怨恨，不安地颤抖。昂图瓦纳内心平静得奇怪，却努力装出非常激动的样子。

他走近弟弟，低声说："雅克。"一边演好自己的角色，一边用清醒锐利的眼光观察弟弟。他惊奇地发现，雅克的肩膀、面容和眼神，都不同于以往，与他想象中的弟弟相差很多。

雅克皱了皱眉头，极力站直身子，不过都没用。他噘着嘴，克制住哽咽。随后，发出一声叹息，怒气全消。突然，他仿佛因为软弱失去了勇气，靠上昂图瓦纳的肩膀，从牙缝里挤出：

"你找我做什么？做什么？"

昂图瓦纳觉得机会来了，直截了当地说：

"爸爸病得很重，就要死了。"停顿一下，接着说，"我是来找你的，弟弟！"

雅克没有反应。爸爸？难道爸爸的死会对他的新生活产生影响吗？要把他从这个栖身之地拉回去？能够改变那些逼迫他出走的事情？昂图瓦纳的话中，只有最后两字让他感动万分："弟弟！"他已经很多年没听见这样的称呼了。

气氛安静得有些尴尬，昂图瓦纳接着说：

"没有一个亲人在我身边……"他猛然想道，"老小姐算不上，吉丝远在英国。"雅克抬起头：

"英国？"

"没错，她去了伦敦附近的一所女子学校，现在准备毕业文凭，回不了家。只剩下我一个人，我需要你。"

雅克的固执，不知不觉地开始动摇了。虽然还没有确定，但回家的想法不再是完全不可能。他从哥哥的怀里挣脱，迟疑地向前走几步，似乎干脆让自己陷在痛苦里，跌坐在书桌前的椅子上。昂图瓦纳走过来拍他的肩膀，他没有感觉，只是把头埋在手臂里，哭了起来。他似乎瞧见，自己在困苦、高傲和寂寞中一砖一瓦建造起来的藏身地瓦解了。然而，他在苦恼中依然保持着清醒，敢于正视命运。清楚不管怎么抗议，也无济于事。亲人总会让他回家的。他明白，美妙的独身生活就要结束。知道避免不了，只好任由他去。不过，这么轻易地任人左右，让他呼吸不畅。

昂图瓦纳站在一边，不停地观察、思考，似乎内心的温柔藏了起来。他盯着哭到发抖的脖颈，想到了雅克小时候伤心的样子。这时，他安静地掂量着运气。雅克情感发泄的时间越久，他越有把握雅克会接受。

他已经把手缩回来，四处看看，各种思绪涌了上来。房间很干净，而且舒服。天花板很低，应该是由顶楼隔出来的，但宽敞明亮。房间的色调是讨人喜欢的金黄色。地板的颜色是金灿灿的蜡黄色，偶尔还会发出响声。不用说，那是白瓷小炉子冒出的热气引起的。炉子中的柴火烧得很旺。两张印着花色的扶手椅。几张桌子，上面放着报纸。书不多，五十多本，放在床头的书架上。床没铺好。没有一张照片，没有曾经的记忆。自由自在、孤独单身，没有回忆！——

昂图瓦纳责备中带着些许嫉妒。

雅克逐渐安静下来。已经胜利了吗？他就要带弟弟回巴黎了？他从来没有想过自己会在这件事上失败。此时此刻，他的温柔仿佛决堤的洪水淹没了他，这是爱的潮水。他好想抱住这可怜的孩子。他挽向弟弟耷拉的脖子，轻轻叫他：

"雅克……"

雅克挺直腰杆，气恼地擦擦眼泪，看着哥哥。

昂图瓦纳说："你恨我。"

没有说话。

"爸爸就要死了。"昂图瓦纳话锋一转。

雅克转过头，漫不经心地问："什么时候？"表情痛苦。他瞧见哥哥的眼神，才发现自己刚刚说的是什么。把头低下来，改口道：

"什么时间……动身回家？"

"越快越好。情况很危急……"

"明天怎样？"

昂图瓦纳迟疑了一下。

"如果可以，今晚就走吧。"

两人对看半天。雅克稍稍耸了耸肩。今晚和明天，已经没有什么区别了。

"那就坐夜间的特快车吧。"他低声说。

昂图瓦纳清楚，他们两人要一起回去。不过，他极力盼望的结果已经实现，所以他不诧异，也不兴奋。

两人还站在房子中间。街上很安静，仿佛在乡下一样。水轻轻地从房顶的斜面流下来。偶尔有阵阵风声，怒吼着钻进阁楼的瓦片之下。尴尬气氛在两人之间滋长。

昂图瓦纳觉得雅克可能想一个人平静一下，便说：

"你应该有事要忙，我先走了。"

雅克的脸一下子通红：

"没有，我没有事情要办。"他连忙坐下来。

"真的吗？"

雅克点点头。

"这样的话，"昂图瓦纳说道，尽力表现自己的诚恳，却显得有些做作，"我再待一会儿……我们已经很久不聊天了。"

说实话，他好想问问雅克的近况，可是他没有勇气。为了打发时间，他详细地介绍了父亲的病情，每个阶段都说得很清楚，而且不自觉地用到很多专业术语。讲述这些的时候，他不仅想到父亲的绝症，还想到了那个病房、那张病床、毫无血色的脸、疼痛不止的身子、抽筋的脸庞、呻吟声、止不住的痛苦。他的声音在发抖，至于雅克，蜷缩在扶手椅上，气愤地看着火炉，似乎在说："父亲快死了，你来把我带回去。没事，我跟你走。但除此之外，别想让我再做什么。"有那么一刻，昂图瓦纳认为那颗冷漠的心柔软了。当他说到那天，他在门外听见老小姐和病人断断续续地唱着那古老的儿歌时，雅克依然记得那首歌，尽管他目不转睛地看着火炉，可是脸上露出了微笑。这是忧伤的苦笑……是雅克的笑！

昂图瓦纳几乎要断言："他活着也是遭罪，死了倒是解脱。"雅克一直沉默着，此时，他语气生硬地说：

"对我们来说，肯定是解脱。"

昂图瓦纳觉得生气，不再说话。这样口不择言，昂图瓦纳知道他是在挑衅,也知道他心里的恨还没有完全消除。对自己的病人,一个将死的人,竟有这么深的怨恨,昂图瓦纳有点受不了。

他认为这样的怨恨不公平。不管怎么说,他认为这种仇恨落后于事实。他记得,那天晚上,蒂博先生哭着责怪自己,说儿子的自杀是他导致的。他也知道,雅克的失踪对父亲的身体产生了重大影响:悲伤、内疚引发了最初的神经性抑郁,后来抑郁导致身体机能紊乱。如果不是这样,病情也不会恶化得那么快。

雅克似乎没心思听完哥哥的讲述,他一下子站起身来,问:"你是怎么知道我在这里的?"

逃避不了的问题。

"因为……雅利库。"

"雅利库?"他听见这个名字吃惊不小。他一字一字地念了一遍:"雅——利——库?"

昂图瓦纳取出钱包,抽出前段时间打开的雅利库的来信,递给了雅克。这样做是最简便的方法,也免去了任何解释。

雅克接过信,大致瞥一眼,接着走到窗户前,不慌不忙地读起来,眼皮垂着,嘴巴紧闭,让人猜不透。

昂图瓦纳盯着他。三年前,这张脸还存在年轻人的迟疑,如今胡子刮得光溜,看着和以前有些不同,这些引起了他的注意。不过,他又确定不了这张脸出现了什么新东西。难道是比以前更具朝气和坚定,少了骄傲、焦虑和固执?很明显,雅克脸上已经没有了可爱的神情,不过却拥有了坚毅。如今,他是个矮壮的男子汉。头大了些,在宽宽的肩膀上显得不对称。雅克习惯把头朝后仰,姿势有些自傲,至少是好斗的。下巴宽阔,嘴唇结实,可线条忧伤。他的嘴变化很大。

皮肤还是苍白的颜色，脸上有几粒雀斑。浓而厚的头发由原来的褐色变成了栗色，乱蓬蓬的一团，围在神采奕奕的脸庞，显得脸很大。一小撮暗褐色的头发，反射出金光，落在两鬓上遮住了一小部分额角，他时常厌烦地往上一撩。

昂图瓦纳瞧见额角在颤抖，眉毛皱起两道深深的沟痕。他推测雅克已经看完信，正想着什么。这时，雅克拿信的手垂下来，转过身，听见雅克的问话，他并不意外。

"你，是不是……也看了我的小说？"

昂图瓦纳仅仅是抬了抬眼皮，眼睛露出比嘴角还多的笑意。他和蔼的眼神让弟弟不再生气。雅克换了一种语气，又问：

"其他人……看过吗？"

"没有。"

雅克露出怀疑的目光。

"我敢保证。"昂图瓦纳说。

雅克把手伸进口袋里，一言不发。说真的，他马上就习惯了哥哥读过他的《索莱丽娜》。甚至，他想请哥哥谈谈自己的感想。就他自己来说，他对这篇写于一年半之前的小说，怀有极大的激情和严格的态度。他自己觉得，从那时候开始，他已经大有长进。可放在今天，他认为那种年轻人的探索、诗意和夸张的写法已经令他无法忍受。最怪异的是，他不再去思考小说的主题与自己个人经历之间的关系。当他把这段曾经的日子用艺术的手段表达出来后，就觉得这些事已经和自己没有关系了。尽管他偶尔也会想起这些不堪的回忆，不过很快就会断定："我早就克服了这一切。"所以，昂图瓦纳跟他说"我是来找你的，弟弟"时，他的第一感觉是："不管怎么说，我早就克服了。"没多久，他又想道："而且，吉丝又在英国。"（必要情况下，说起吉丝，他还能接受。不过，对于贞妮，他不允许哪怕是一点点的提及。）

他伫立窗前，看向远处，一动不动地。安静了许久，他转过身，问道：

"你跟谁说过你要来这里？"

"谁也没说。"

这次，他追问道：

"爸爸呢？"

"不知道！"

"吉丝也不知道？"

"不知道，谁也不知道。"昂图瓦纳犹豫了一下，为了让弟弟彻底安心，"事情已经发生，吉丝还在伦敦，最好先别告诉她。"

雅克盯着哥哥，目光中闪过一丝怀疑，转瞬即逝。

再次安静。

昂图瓦纳讨厌这样的安静。他想打破它，可是却找不到时机。他肯定有许多问题要问，然而又没有勇气冒险提出。他想找个普通的、无须冒险的问题，可以加深两人的亲密关系的，然而，实在找不到。

气氛更加尴尬了。此时，雅克忽然把窗户打开，又往后退了几步。一只迷人的暹罗猫，浑身灰毛，嘴巴和鼻子是黑色的，温柔地跳到地板上。

"谁家的？"昂图瓦纳问了句，刚好可以转移话题，他感到愉快。

雅克笑着说：

"它是我的朋友，名贵的品种，偶尔才来一次。"

"从哪里来呢?"

"不知道,肯定是遥远的地方。这里的人都不认识它。"

美丽的雄猫像模像样地绕着房子转了一圈,并且直打呼噜。

昂图瓦纳说:"它全身都湿了。"他觉得空气里都是寂静。

"下雨的时候,它就会来。"雅克说,"有时半夜来,用爪子抓着窗户进来。然后在火炉前把自己烘干,立即离开。我一次也没有摸过它,也不能喂它吃点东西。"

雄猫绕完一圈后,重新回到了开着的窗户边。

"看看,"雅克似乎很高兴,"它不知道你在,要离开了。"猫真的跳上锌皮窗槛,头都没回一下,爬上房顶。

"它的离开让我觉得自己来得不是时候。"昂图瓦纳半认真地说。

雅克趁着关窗,什么也不说。不过,他转过身时,脸变得红扑扑的。他小声在房间里走来走去。

安静得让人呼吸不过来。

此时,昂图瓦纳也没有其他话题。他很希望转变雅克的感情,同时他牵挂着病人,因此,又说到了父亲。尤其强调蒂博先生做完手术之后,性格变了许多,甚至鼓起勇气说:

"倘若你和我一样,三年来目睹他一点点变老的话,可能你对他的看法也会发生变化。"

"可能吧。"雅克没有正面回答。

昂图瓦纳继续说:

"还有,偶尔我会思索,以前我们是否知道他心里真正想的是什么……"他围绕这个话,想跟雅克说一件才发生不久的小事。"你还记不记得我们家对面的理发师？就在木工家附近，没到普雷-奥-克莱克路……"

雅克低着头来回走着，一下子停下来。"福博瓦……普雷-奥-克莱克路……"原先他觉得早就遗忘的世界，又出现在故意制造的黑暗里。他清楚地知道那里的每个细节，人行道的每块石板，每个店铺，褐色手指的老木工，苍白脸色的古董店老板和他的女儿。然后是自己的"家"，他曾经生活的地方，虚掩着的大门，门房，小小的底层房间，以及李斯贝特，再远一些，置之脑后的童年生活……李斯贝特，他的首次经历……是在维也纳，他知道另外一个李斯贝特。她丈夫因为嫉妒心自杀了……突然，他想起得把自己要离开的事情跟卡梅辛老爹的女儿索菲亚说一声……

昂图瓦纳继续说下去。

一天，因为太忙，他去了福博瓦的理发店，他和雅克两人都不喜欢去那里理发，原因是两年多里，福博瓦每周二都会帮父亲刮胡子。老头儿看见昂图瓦纳，立即和他聊起了蒂博先生。昂图瓦纳放松下来，脖子围上毛巾，从理发师的讲述里，他诧异地发现，父亲原来是这样慈祥。他解释道："爸爸喜欢跟福博瓦说起我们，尤其是你……福博瓦什么都记着，夏天的某日，'蒂博先生的小顽皮'——也就是你——顺利通过了中学会考，爸爸把他的门推开，跟他说了句：'福博瓦先生，我的小儿子被录取了。'福博瓦说：'这慈祥的爸爸神采奕奕，看上去非常开心。'你肯定想象不到吧？……然而，我最不明白的，是这三年里发生的……"

雅克的脸稍稍抽搐一下，昂图瓦纳思索着要不要接着说。

他选择继续说：

"没错,自从你走后,爸爸没有告诉邻居事实,而是编造了一个谎话。比如说,福博瓦这么跟我说:'确实,旅行是件好事。您的爸爸承担得了国外的学费,那么,送他出去挺好的。现在通信技术也发达了,他告诉我,小顽皮每周都会给你们写信……'"昂图瓦纳并不看雅克,他决定说点别的。

"爸爸也跟他说起我:'我的大儿子,他以后肯定能成为医学院的教授。'他也会说起老小姐和女仆们。福博瓦知晓我们全家人的情况。对了,还有吉丝。你也觉得奇怪对吧?爸爸似乎经常说起吉丝!(如果福博瓦的女儿还活着,也有这么大了。)他跟爸爸说'我女儿这样做',爸爸也跟他说'我女儿那样做',令人难以置信。福博瓦的话让我记起许多顽皮的事、淘气的话。那都是爸爸跟他说的,我自己几乎忘得差不多了。谁也没有想到爸爸会留意这些。福博瓦原话是这么说的:'您爸爸因为没有女儿感到遗憾。不过他经常跟我说起这个小女孩,福博瓦先生,仿佛是我自己的女儿一样。'原话就是这样。说实话,我听了很诧异。总之,他是个敏感的人,也许没什么胆量,而且非常痛苦,谁也想不到他会说出这样的话。"

雅克低着头,走来走去,一句话也不说。即使他一眼也没看哥哥,不过昂图瓦纳的每个手势、动作都被他看在眼里。他没有兴奋,只是觉得有股强烈且矛盾的冲动感袭来。最让他承受不住的是——他觉得曾经的日子又闯进了他的生活。

面对一直沉默的雅克,昂图瓦纳也丧失了斗志。他没有能力引起任何话题,只是死死地看着弟弟,试图从他一直阴郁且没有情感的脸上找到一些代表思绪的痕迹。可是,他没有权利和弟弟置气。他爱这张失而复得的脸,尽管脸上毫无表情,且不看他。昂图瓦纳觉得世上没有哪张脸这样亲切。一阵柔情涌上心头，可他没有勇气通过某个动作或者言语表现出来。

还是沉默——胜利的、服从的、沉闷的沉默。只有雨水流过屋檐的声音、火苗的声音，偶尔还有雅克踩着地板发出的声响。

没过多久，雅克走到炉子旁，添了两块木柴。然后单腿跪在地上，转过身看着哥哥。昂图瓦纳也看着他。他低声说：

"你对我的看法太绝对了。反正我不是那样的，我不在乎你那样说。"

"不是的。"昂图瓦纳连忙纠正道。

"我有按照自己的方式获得幸福的权利。"雅克接着说。他一下子站起身，停了一会儿，一字一字地说："生活在这里很幸福。"

昂图瓦纳靠近他：

"真的幸福吗？"

"真的！"

两个人每说一句话就相互看上一眼，表情充满好奇又夹杂着些许公开的、沉思的保留。"我相信你。"昂图瓦纳说，"但是，有关你离家出走……以及其他一些事……我还弄不明白……哦！"他小心翼翼地高声说，"弟弟，我来找你，并没有要怪你的意思……"

这时候，雅克才瞧见了哥哥的笑容。印象中，哥哥永远精神紧绷、刚强坚决。此刻看见这样的笑容，对雅克来说很新奇。他害怕自己会心软。于是握紧拳头，挥挥双臂说道：

"昂图瓦纳，别说了，我不想听以前的任何事……"他补充一句，似乎在更正："至少，现在别再说了。"他的脸上浮现出痛苦不堪的神情。他把头转到背光的地方，耷拉着眼皮，小声说："你理解不了。"

之后又安静下来。不过气氛没那么尴尬了。

昂图瓦纳站起来，不做作地问道：

"你抽烟吗？介意我抽一支吗？"他觉得最好不要将事情夸大，应该用热情和亲切慢慢驯服他的野性。

他深吸几口烟，接着走近窗户。整个洛桑市的旧房子屋顶都斜向湖边，黑乎乎的屋脊毫无秩序地拥挤着，水雾模糊了房子的轮廓。长满地衣的瓦片，仿佛片片沾了水的毛毯。远处的山脉遮住了地平线，背对着光线。满是积雪的山峰融进灰蒙蒙的天空，铅灰色的小山坡流着晶莹的白雪，仿佛阴暗的火山吐出的奶油。

雅克走近他，指着山脉说："那是奥什山的险峰。"

大片城市挡住了附近的湖岸，湖的另一边背着光，那是隔着雨帘的悬崖。

"你这好看的湖，波涛汹涌，真像大海。"昂图瓦纳说。

雅克得意地笑了，没有动弹，他想一直站在窗口，看着湖岸。他曾在梦里瞧见湖那边青葱翠绿，村庄、停在浮桥边的小船、延伸到乡间旅店的小路……这里是用来冒险和流浪的。可是，他不得不离开一段时间——多长时间呢？

昂图瓦纳试图转移他的注意力，说：

"我敢肯定，今早你需要处理一些事，因为……"他想说"因为晚上我们就出发了"。不过他忍住了。

雅克不开心地摇了摇头，说道：

"没有什么事要处理。我一个人生活，喜欢做什么就做什么，自由自在的——管好自己就可以了……"他的声音在安静中回响，接着换了忧伤的语气，同时看着哥哥，感叹道："你是理解不了的。"

755

昂图瓦纳心想："到底他在这里过得怎样？没错，他有自己的工作……然而，他靠什么生活呢？"他做了许多假想，思索半天，低声说道：

"自从你满十八岁后，本来可以继承妈妈留给你的那份遗产……"雅克的眼里闪过一丝戏谑。他几乎想问一声。他心里有些遗憾。心想：那时候，自己本来可以不做一些事……比如在突尼斯的码头……在特里埃斯特，在"阿德里亚蒂卡"号的煤矿，以及在因斯布鲁克的印刷厂……不过这个想法一闪而过。他没有想过，蒂博先生的离世最终会让他生活富裕。不行！不需要他们的钱！自己挣自己花！

昂图瓦纳鼓起勇气问："你怎么维持自己的生活？挣钱容不容易？"

雅克扫了一眼房间，说："你不是都看见了吗？"

昂图瓦纳接着问：

"你平时做什么工作来挣钱呢？"

雅克的脸上闪现出倔强，额头上还出现一道皱纹。不过很快就不见了。

昂图瓦纳赶紧解释："弟弟，我这么问你，并不是想干涉你的事情，我只是希望你的生活舒适、幸福！"

"至于这个……"雅克嘀咕道，语气是这样的，"至于幸福，我做不到。"接着，他耸了耸肩膀，迅速换上不耐烦的语气说道："昂图瓦纳，不要再说这些了……我的生活，你是理解不了的。"他挤出一丝笑容，犹豫地走了几步，又走向窗边，笃定地说了句："在这里的生活，真的很幸福……真的。"眼神茫然若失，似乎没有发现自己的话是矛盾的。

接着他看了看表，转身对着昂图瓦纳，不给他接话的机会，说：

"我一定得介绍你认识卡梅辛老爹。倘若她在,也让你们认识一下。接着我们一起去外面吃午饭。"他边说边把炉子的门打开,往里扔了几根木柴,继续说:"……他以前是个裁缝……如今当上了市参议员……同时是个积极的工会活动家……他自己创办了一份周报,上面差不多都是他一个人的稿子……他是个正直的人,你一会儿就能见到。"

老卡梅辛只穿了贴身的衣服,坐在温暖的办公室里。戴着一副奇怪的方形眼镜,镜腿仿佛发丝一样柔软,夹在他小小的耳朵上。他正在校对,样子有些天真,不过包含着些许狡猾。他说话简短有力,不过充满幽默,时刻保持着微笑。他透过眼镜仔细地打量来访者,让人送来啤酒,喊昂图瓦纳"亲爱的先生",立即又改口"亲爱的小伙子"。

雅克面无表情地说,父亲病重,他必须离开"一段时间"。晚上就走,房间先保留下来,房租先预付一个月,"所有的东西"都原封不动地留下。昂图瓦纳静静地站在一旁。

老头子拿起眼前的校样,不断说着为了"党"报一起合作的印刷计划。雅克似乎挺重视的,提出了反对意见。昂图瓦纳静静地听着。雅克似乎并不着急再找个只有他们两个人的地方。难道他在等一个没出现的人?

终于,他与主人告别,离开此地。

8

屋外北风呼呼地刮着,吹起融化的积雪。

雅克说:"好像飞花。"

他尽量不让自己显得寡言少语。经过一座公共建筑物旁宽阔的台阶时,他主动说道:"这里是座大学。"语气里满是对所选城市的自豪。昂图瓦纳赞美了几句。不过,阵阵袭来的雨雪让他们不得不加快了速度,赶紧找个歇脚的地方。

在两条不宽敞的街道拐角处,自行车和行人来来往往。雅克直接走进底层一家饭店,玻璃门上用白色字母写着招牌:

"美食店。"

大厅中镶嵌着老橡木护壁板,地板都上了蜡。店老板是个胖子,活泼热情,精力充沛,呼呼地喘着热气。他对自己的健康、饭店员工、菜单都非常满意。他接待各色客人,仿佛在招待贵客一样。饭店的墙上,写满了哥特字:"本店的烹调不是化学!"以及:"本店的芥末罐口不粘干芥末!"

经过刚才与卡梅辛的见面,加上在雨里走了一段,雅克已经放松下来。他瞧见哥哥兴高采烈的模样,自己也开心地笑了。昂图瓦纳对外界如此好奇令雅克意外。他四处打量的眼神,仿佛想要看透和品尝任何一个吸引人的食物。兄弟两人曾经在拉丁区的便宜饭馆一起用过午餐,当时环境嘈杂,昂图瓦纳什么也没心情看。只是放下带来的医学杂志,倚在水瓶上。

昂图瓦纳觉得雅克一直盯着他。

他问道:"你是不是觉得我变化很大?"

雅克含糊不清地摆摆手。没错,昂图瓦纳变化很大,不过到底是什么地方变了呢?三年来,雅克不是已经忘掉哥哥的很多特征了吗?此刻,他慢慢地找回了。昂图瓦纳的习惯性动作——耸耸肩膀,眨眨眼睛，张开手试图解释什么的样子——这些动作让雅克动容，似乎再次与曾经相当熟悉，之后又彻底在记忆里遗失的面孔重逢一样。然而，如今的昂图瓦纳还有了另外一些特征，令他想不明白。他不清楚哥哥曾经是不是这个样子，他脸上总体表情和姿势充满了自然、平和、亲切、和蔼。眼神也不生分，也不严肃。所有的一切都很新奇。他想用几句模棱两可的话概况出来。昂图瓦纳面带微笑。他明白这都是拉雪尔带来的。连续几个月，获得胜利的激动一直被他压制着，不愿流露出来的幸福神情在脸上留下一种自信、乐观。可能那是拥有情人的知足感——这样的痕迹依然存留至今。

饭菜很好，啤酒也清爽，环境又舒服。昂图瓦纳觉得很开心，连声赞美此地的特色风味。同时，他发现雅克在这种地方不再刻意不说话。（尽管雅克一张嘴就跟带着悲苦一样，说起话来迟疑不决，时而中断，时而不理智，没有逻辑。偶尔又非常激动，边说还边用深邃的眼神盯着哥哥。）

"昂图瓦纳，错了。"昂图瓦纳开了个玩笑，雅克提出反对意见，"你要是这么想的话，肯定是错的……不可以说瑞士……总之，我去了许多国家，说实话……"

他猛地发现昂图瓦纳满脸惊奇，便一下子停下来。然而，他似乎为自己的多疑感到后悔，很快又接着说道：

"你看看我们右边这位，正在和老板交谈的单身客人，他就是瑞士人的典型。长相……言行……说话的样子……"

"有很重的鼻音？"

雅克皱了皱眉，更正道："不对，我说的是他的重读音调，会稍稍把尾音拖长，说明他经过了思考。最重要的一点却是，他脸上自省的表情，完全不理会周围的事物。这就是瑞士人的特征。以及在任何地方都觉得很安全……"

昂图瓦纳表示同意："眼神很精明，不过没有灵气，简直难以置信。"

"没错，洛桑人普遍都是这个样子。一天到晚，不慌不忙，不会浪费一分钟。该做什么就做什么。他们和别人的生活轨道相遇，但从来不会干涉别人的事务，也不超越自己的生活范围。每个时刻，他们都全身心投入正在做的事或接下来要做的事。"

昂图瓦纳听得很认真，没有插话。雅克看到哥哥如此入神，倒显得局促不安，但也鼓励着他，激发了他内心的自豪感，使他继续说下去。

"你刚说了灵气……有人说瑞士人呆傻。这样的说法太片面，不符合事实。他们的个性……和你不一样……可能比你感情集中。紧急关头，他们也会灵活应对……所以他们不愚笨，而是成熟稳重，两者有本质区别。"

昂图瓦纳从口袋里掏出一支烟，说："我最诧异的地方是，你可以在那么多人中生活得称心如意。"

"没错。"雅克高声回答，把空杯子往旁边推推，差点碰倒。"我在很多地方都生活过，比如意大利、德国、奥地利……"

昂图瓦纳盯着火柴，头低着，鼓起勇气说了句：

"也在英国……"

"英国？我没去过，为什么要说它？"

安静了一会儿，两人都在思索对方的心思，昂图瓦纳依旧低着头，雅克有点无所适从，但还是接着说：

"我觉得这些国家中，没有哪个能让我安心住下，心静不下来，无法工作。只有在这个国家,我的心才能平静……"

没错,此时此刻,他的神情姿态几乎都平静下来。他采用似乎已经成为习惯的姿势,斜坐着。头偏向那缕顽皮的头发,好像是被头发的重量压过去的一样。右边肩膀朝前倾,上身弯着,支在右臂上,右手大张着,稳稳地按住大腿。左胳膊肘只轻轻压着桌面,左手手指拨弄着桌子上的面包屑。他的手已经是大人的手,青筋明显,有表现力。

他在想刚刚说过的话。

"这个国家的人会让人沉静下来。"他用感谢的语气说道,"很明显,没有热情只是表面的东西……这里和其他地方一样,热情弥漫在空气里。正如你知道的,这种热情平时是被压抑着的,不存在巨大危险……传染性也不强……"他突然停顿一会儿,脸一下子红通通的,接着小声说:

"你也知道,这三年里……"

他不看哥哥,用手背一下子把那缕头发撩起来,换了个坐姿,不再说话。

难道他要开始诉说心里话了?昂图瓦纳静静地等着,用期待的眼神看着弟弟。

然而,雅克果断转移了话题。他站起来,说道:

"雨没有停的意思,我们还是回去吧。"

他们走到饭店门口时,有个骑自行车的人在他们面前停下,猛地跳下车,来到雅克身边。

他招呼也没打,上气不接下气地问:"你有没有看见那边是什么人?"来人身穿乡下人的披风,已经让雨淋得很透。他双手交叉护在胸前，防止风把衣服吹开。

"没看到。"雅克说，脸上没有丝毫奇怪的神情。他瞧见有家房子大门是敞开的，便说："我们先去那里避避雨吧。"

昂图瓦纳小心翼翼地向后退了几步，雅克回头把他也叫上。三人都到达门口时，他什么也没有介绍。

来人晃了晃头，将遮住眼睛的风帽抖在肩膀。他三十岁出头，尽管说话直奔主题，但眼神充满柔情。脸被冻得红红的，上面有道伤疤，没有血色的疤痕让右眼变小了一点。伤疤把眉毛斜切开，一直延伸到帽檐下面，消失不见。

他情绪激动地说："他们不断地指责我。"似乎不在意昂图瓦纳也在场。"不过，我一点儿也不该受到指责，不是吗？"他好像非常看重雅克的评判。雅克安抚地挥挥手。"他们还想怎样？是他们自己说花钱雇的那些人。这事是怪不了我，如今他们都走了，也知道我们告发不了他们。"

"他们这样做肯定会失败的。"雅克想了想，说道，"总共两件事，其中一件……"

那人还没等他把话说完，立即带着突然生出的感谢之情和热情喊道："没错，就是这样，一定不能让政治报刊的煽动跑在我们前面。"

雅克低声说："只要有响动，萨巴金就会消失不见，比松也是，不信，你等着看吧。"

"比松也是？可能吧。"

"手枪怎么处理了？"

"这个简单，她曾经的情夫买的，死后又卖给了一个军火商。"

"雷伊埃，听我说完，"雅克说，"最近几天我帮不上什么忙，从现在开始到一段时间内,我都写不了东西。但是,你可以去找里沙德莱。请他拿些证件给你。你告诉他,是我要用的。倘若需要签名,你就叫他给马克·拉埃尔打电话,明白了吗?"

雷伊埃紧紧握着雅克的手,没有说话。

"卢特情况如何?"雅克拉着雷伊埃的手问。

雷伊埃低下头。

"我毫无对策。"他羞涩地笑笑,把头抬起来,激动地又说了一遍,"我毫无对策,我爱她。"

雅克把手松开,想了想,嘀咕道:

"再这样发展的话,你们两个会是什么样子!"

雷伊埃长叹一声。

"因为难产,她身体再也恢复不了了,而且不能工作……"

雅克打断他的话:

"她曾经跟我说过:'倘若我够勇敢,我会想办法结束自己的生命。'"

"你如何看待?你觉得我该怎么做?"

"施尼巴赫如何?"

雷伊埃一下子恶狠狠地摆摆手,满眼的仇恨。

雅克将手搭在雷伊埃的胳膊,表达着一种和善,同时也是坚决,甚至命令一样的力量。他用严肃的口吻又说了一遍:

"再这样发展的话,你们两个会是什么样子!"

那人气恼地耸了耸肩。雅克拿开自己的手。安静一会儿后,雷伊埃举起手,郑重其事地说:

"我们的下场和他们一样,都是死路一条,可以这么说,"他低声进行总结，无声地笑了，似乎他说的都是事实。"否则，活着就跟死了一样，死了也跟活着一样……"

他一把抓住自行车坐垫，单手提起车子。脸上的疤痕涨得发紫。接着，他压低风帽，伸出手说道：

"谢谢了。我现在就去找里沙德莱。你真是个大方、高尚的朋友。"他说话的语气变得自信、开心："蒂博，每次和你见面，我几乎就能和世上——和人、和文学……甚至和报刊和平相处，这是真心话……我先走了！"

昂图瓦纳不知道他们说的是什么。不过，他注意着两个人说的每一句话、每个动作。一开始，他观察到明显大过雅克的人的态度，他的态度表明了只对一些知名的长辈才会有的尊重热情。最让他诧异的是，两人交谈的时候，雅克的脸充满热情，脑门完全放松，同时还在思考，还有那成熟的眼神，身上洋溢着想象不到的威望。这是昂图瓦纳才发现的。雅克在这几分钟里的表现，是他以前不知道的。几分钟之前，他完全料想不到雅克会有这样的一面。不过，对每个人来说，这才是真正的雅克，今天的雅克。这点毋庸置疑。

雷伊埃抬腿蹬着自行车，也不和昂图瓦纳说句话，便冲进了水里，两旁溅出泥浆。

9

兄弟两人接着朝前走。对于此次相见，雅克没有说过什么。而且现在风呼呼地钻进他们的衣服里，仿佛故意把昂图瓦纳的雨伞吹得摇晃不止，说话非常不便。

他们走上里波纳广场时——周围的风似乎都聚集在这里。雅克不顾落在身上的雨滴，猛地放慢速度，问：

"刚吃饭的时候，你为什么提到……英国？"

昂图瓦纳发现他在逼问，不知如何是好。他含糊不清地搪塞几句，不过都淹没在风里了。

"你在说什么？"雅克听不见，大声问道。肩膀迎着风，斜着身子向他靠近，用疑惑的眼神盯着哥哥，一副打破砂锅问到底的架势。昂图瓦纳无可奈何，只能说实话。

"因为……因为……红玫瑰！"

语气里夹杂着出乎他意料的愤怒。乔塞普和安内塔的乱伦情景一下子浮现在他脑海里：他们在草地上纠缠，那熟悉的想象画面持续让他忍受不了。他十分气恼，没来由地迎着不断吹来的狂风前进，低声诅咒了一句，接着恶狠狠地关上雨伞。

雅克愣愣地待在原地。很明显，这个答案在他意料之外。他紧咬嘴唇，往前赶了几步，什么也不说。（他曾经很多次因为这样不合时宜的软弱瞬间感到后悔，觉得不应该拜托朋友从遥远的英国买一篮玫瑰——表达一个拖累自己的消息：在全家人都认为他离开人世的时候，他告诉吉丝："我还活着，我想念你。"他以为这不周全的行动引不起别人的注意。他想不到、也理解不了吉丝会告诉别人。这让他很气恼。）他控制不住心底的难过，冷笑一声：

"你真不该当医生，你有当侦探的天赋！"

这样的语气令昂图瓦纳更加生气，他讽刺道：

"老弟，如果想保护自己的隐私，拜托不要公开在杂志上。"

雅克觉得很受伤，朝着哥哥喊：

"哦!你的意思是从小说里知晓送花的事情?"

昂图瓦纳再也忍不住,故作镇静,用挖苦、难听的语气一字一字地说:

"错了,但是,我从小说里知道了送花的所有意思。"说完这句,他迎着风,大踏步向前走去。

然而,他很快就明白自己犯下大错,甚至连呼吸都不顺畅了。话说得太重,肯定会影响全局的。此刻,如果雅克再次离开的话……他怎么一下子忘了最重要的目的?怎么就克制不住,冲他大喊大叫呢?莫非是因为吉丝?接下来怎么做?去和他解释或者道歉?不知道能不能挽回?不管了,只要可以缓和,什么他都愿意尝试……他正准备转向弟弟,用最温和的语气承认错误时,他感到弟弟一下子抓住了他的胳膊,用力拉住他,显得很激动。这出乎意料的友好接近,瞬间消除了刚才的隔阂,也拉近了分别三年的距离。雅克颤抖地说道:

"昂图瓦纳,你是不是想歪了?你觉得我和吉丝……真的?……你觉得可能吗?……你是不是疯了?"

他们看着对方。雅克的眼神悲痛,但干净、有活力,他脸上满是受伤的羞耻和气氛。而在昂图瓦纳看来,这代表了一缕开心的光亮。他十分高兴,紧紧抓住弟弟的手臂。难道他真的对两个孩子产生过怀疑?他自己也被弄糊涂了。他兴奋地想起了吉丝,一下子觉得解脱了,放松了,十分幸福。他终于找到了曾经的弟弟!

雅克没有说话。曾经难以启齿的回忆映入眼帘:那晚,在拉菲特别墅区,他发现了吉丝对自己的爱,也察觉到吉丝会引发他体内的肉欲。黑夜里,树下慌忙的亲吻,接着是吉丝代表浪漫的动作,将玫瑰花瓣撒在地上——他们互相承诺爱情的地方……

昂图瓦纳也沉默着,他想活跃气氛,但心里担心,什么也说不出来。不过,他紧紧挎着弟弟的胳膊,似乎在说:"没错,我疯了,此刻,我完全信任你。我真的很幸福!"弟弟也紧挎着他,两个人无须任何语言就更加了解对方。

两个人迎着风雨继续前行,紧紧靠在一起,非常热情,时间很漫长。兄弟俩的心都静不下来,但谁也没有勇气最先松开手。他们途经一堵挡风墙时,昂图瓦纳打开雨伞,似乎表明两个人靠在一起是为了躲雨。

他们保持着沉默,一直走到公寓。到门口的时候,昂图瓦纳停下来,缩回手臂,自然地说:

"晚上之前,你肯定要处理一些事。我就不上去了,我可以去参观城市……"

"下着雨呢,怎么参观?"雅克说完,笑了笑。昂图瓦纳看出了其中的迟疑(两人都害怕整个下午干坐着)。"我就需要二十分钟写两三封信而已。可能五点前会出去一下。"说到这个,他脸上闪过一些烦闷。不过,他马上站直了身子:"在这之前,我没别的事要做,一起上去吧。"

他们出去的时候,房间已经打扫过了。炉子添了许多柴火,烧得很旺。两人怀着全新的情感帮对方把湿漉漉的外套晾在火炉旁。

有个窗子没关,昂图瓦纳走过去。正对着湖岸倾斜下来的层层屋顶中,有座高高耸起的塔楼,最上面是个钟楼,灰青色的塔顶在雨水里发着亮光。

雅克指着钟楼说:

"那个是圣弗朗索瓦教堂,你能看清上面显示几点了吗?"

钟楼的一面，有个涂成红色和金黄色的大挂钟。

"两点十五分。"

"你眼神真好。我的不行了。而且我不喜欢戴眼镜，我有些偏头痛。"

"偏头痛？"昂图瓦纳喊了一声。赶紧把窗户关上，转过身来，一脸关心的询问让雅克笑出了声。

"没错，医生。我有很严重的头痛，到现在也没痊愈。"

"哪个位置痛？"

"这里。"

"一直都是左边吗？"

"不一定……"

"头晕不晕？有没有觉得看不清事物？"

这样的对话令雅克无所适从，他说："别担心了，现在好很多了。"

"不行！"昂图瓦纳说道，他非常认真，"得仔细给你做个检查，还得看看你消化好不好……"

尽管他没有马上检查的意思，不过还是习惯性地走近雅克。雅克下意识地往后退了一步。他已经习惯了没人关心的日子，只要受到点滴关怀，似乎就入侵了他的独立领地。不过，他立即恢复理智。毕竟，这样的关怀令他温暖，仿佛一阵清风吹过内心深处，滋润了每条麻木不仁的神经。

昂图瓦纳又问："以前有没有发生过类似的情况？怎么引起的？"

雅克因为刚才的后退感到后悔，他想清楚地回答这个问题。但他可以说出实情吗？

"生了一场病之后就出现的……应该是抽筋……还是流感？我记不清了……也可能是疟疾……我住了将近一个月的院。"

"在哪住的院?"

"在……加贝斯。"

"加贝斯?是突尼斯吗?"

"没错。听说最开始是昏迷不醒,乱说话,之后头就非常疼,持续了几个月。"

昂图瓦纳没有说话,很明显,他心里想着:"巴黎有个温暖舒适的家,哥哥是医生,却偏偏跑去遥远的非洲,还几乎丢掉性命……"

"是恐惧心理救了我,"雅克想说点其他的,"我担心死在那个火炉一样的地方,我想念意大利,仿佛在木船上漂浮海面的遇难者,对陆地和泉水的渴望……那时候,我只有一个想法:无论是死是活,我一定要乘船去那不勒斯。"

那不勒斯……昂图瓦纳一下子记起吕那多罗、西比尔、乔塞普漫步在海滩的场景。他鼓起勇气问:

"为什么一定要去那里?"

雅克的脸涨得通红,内心挣扎着,到底说不说?他蓝色的眼睛盯着某个地方。

昂图瓦纳连忙开口:

"我认为你那时最需要的是好好休息,然而,那样的高温天气……"

雅克不理会哥哥的话,接着说下去:

"第一,我得到一封介绍信,找到一个那不勒斯领事馆的人。外国推迟居留期很容易。我希望所有东西符合程序。"他耸了耸肩,继续说:"还有就是'我宁愿被当成逃兵,也不要回法国让人丢进兵营'。"

昂图瓦纳静静地听着,问了句:

"不过,要去这些地方,你……你的钱够不够?"

"这种问题也只有你才问得出口!"他把手伸进口袋,来回踱步。"我一直缺钱,从来没有足够的钱。最初,在那样的地方,什么都做……"他的脸再次红通通的,眼神躲闪着,"有那么几天……你也知道,很快就熬过去了。"

"你都做些什么工作?"

"很多……比如去初级学校教法语……夜里就到《突尼斯邮报》或《巴黎—突尼斯报》校对……这份工作令我的意大利文章写得跟法语一样流利……没过多久,我开始给他们写稿子。先是给一家周刊编写报刊摘要,后来做社会新闻,甚至杂活……有可能的话,还会去采访!"他两眼放光,"哦!倘若我身体强健,我会继续待在那里……那边的生活非常刺激!记得在维泰尔布①的时候……(你坐下来吧,不用,我喜欢走来走去)……我被派去维泰尔布,没有人有胆量去报道卡莫拉②罕见的案件,你对那个案件有印象吗?一九一一年三月……非常危险!当时,我住在一个那不勒斯人的家里。那是个土匪窝点。十三日夜里,警察来了,结果他们都跑光了,只有我一个人在睡觉,我必须……"他猛地停下来,昂图瓦纳听得入神,可正是因为他太专注了,雅克才不想继续说下去。如何用一些话,让人大概了解那几个月里杂乱无章的生活呢?尽管哥哥用诚恳的眼神期待着,他却转过头,说了句:"这些事都已经过去很久了……不提也罢!"

为了驱逐这些不堪的回忆,他不得不接着说话,同时还要保持镇定:

---
① 维泰尔布,意大利的一个城市。
② 卡莫拉,那不勒斯的一个黑社会组织。

"你刚刚说……我头痛是怎么引起的？没错，你瞧瞧，一直到现在，我还很难适应意大利的春天。一旦有可能，一旦挣脱束缚，"他皱了皱眉，很明显，痛苦的回忆又涌了上来，"一旦不受牵绊，"他挥了挥手臂，"我立即回到了北边。"

他再次停下来，站定，双手插在口袋里，眼睛下垂，盯着炉子。

昂图瓦纳问："意大利的北边吗？"

"当然不是！"雅克颤抖了一下，喊道，"是去维也纳、佩斯特……以及萨克森、德累斯顿。接着是慕尼黑。"他脸上的表情一下子阴暗很多，这次，他用锋利的眼神看着哥哥，似乎下不了决心，嘴唇还在发抖。几分钟过去了，他咬咬牙，小声嘟囔，刚好可以听见：

"哦！慕尼黑……那真是个恐怖的城市。"

昂图瓦纳连忙插话：

"不管怎样，你至少……尽量找到引发头痛的原因……偏头痛它是个症状，不是病……"

雅克根本不听哥哥的话，他马上停下来。这个情况已经发生很多次了：雅克突然察觉要说出某个难堪的秘密时，嘴巴动着，几乎快要说出来了。可一下子，又把到了喉咙的话吞了回去，没有下文。而昂图瓦纳每次都因为莫名的担忧不知如何是好，不仅帮不了弟弟走出障碍，反倒把自己弄得晕头转向，躲闪冒失。

他在思考怎么把雅克引回正题，此时，楼梯传来轻轻的脚步声。有人在敲门，门立即被推开一点。昂图瓦纳瞧见一张孩子气的脸，头发乱糟糟的。

"很抱歉，打扰你们了。"

"快进来。"雅克走到门口说。

他不是个男孩，而是个个子矮小的男人，看不出年龄，下巴刮得很干净，奶白色的皮肤，乱蓬蓬的头发是亚麻色的。他在门口犹犹豫豫，用担忧的眼神看着昂图瓦纳。他眼睛里有一层稠密的无色眼睫毛，别人很难看出他的眼珠是转动的。

"靠近炉子来。"雅克边说边把客人淋透的外套脱下来。

他似乎又不打算给哥哥介绍。但他很自然地微笑着，好像昂图瓦纳在场并不影响他们。

"我是来跟你说，米托格到了，而且带回一封信。"客人开口说，语调夹杂嘘声，语速很快，好像很害怕。

"一封信？"

"对，是弗拉基米尔·克尼亚布罗夫斯基的信！"

"克尼亚布罗夫斯基的信？"雅克喊出来，神采奕奕，"你看上去累坏了，请坐。要不要喝点啤酒或者茶？"

"不用，谢谢了。米托格今天晚上才到，他从那边回来……我要做什么？您觉得我应该什么做？要不要尝试一下？"

雅克想了很久，终于说：

"那就试一下吧。现在，这是仅有的办法。"

来人非常兴奋。

"太好了！我想到您肯定会这么说的。伊涅斯让我放弃，谢纳冯也是。只有您支持我，太好了！"他冲着雅克，小脸洋溢出信任的光芒。

"但是……"雅克伸出手指，严肃地说。

白化病患者赞同地点了点头。

"要一步步来。"他庄重地说。他脆弱的身子里，散发出钢铁一样的刚毅。

雅克看着他。

"范赫德,你吃苦了吗?"

"没有……就是有点累。"他补充了一句,无奈地笑了笑,"您也知道,我在他们那个大破屋里,感到难受。"

"普勒泽尔现在还在那里吗?"

"在呢。"

"基勒夫呢?……你帮我跟他说一声,他的话太多了,你有没有同感?他会理解的。"

"哦!基勒夫,我曾经这么跟他说:'你这样做,跟坏人有什么区别!'他甚至没看《罗藏加德宣言》就撕烂了它,事情都乱套了!"他又说了一遍,"事情都乱套了!"语气愤怒低沉,但他如同小女孩一样的双唇,却掠过一丝天使般魅力、宽容的笑容。

他接着用尖细的声音说道:

"萨弗里奥、杜尔赛、柏泰尔松以及苏珊娜!都散发着腐烂的味道!"

雅克摇了摇头,说:

"玉才华可能是,苏珊娜是不会腐烂的。你瞧瞧玉才华那个贱货,把你们弄得鸡犬不宁。"

范赫德安静地看着他,两只手机械地在膝盖上动来动去,他的手毫无血色,瘦弱得让人不敢相信。

"我很清楚。那又能怎样?难道现在直接把她丢进河里?您说说,您做得出来吗?这是必然的?不管怎么说,她也是个人,本质上也不坏……而且,她在我们眼皮底下活动。慢慢来吧,一步一步地……"他发出一声感慨,"我有很多次遇见和她一样的女人!……

都堕落了。"

他又长叹一声,偷偷瞄了一眼昂图瓦纳,站了起来,靠近雅克,一下子满腔热情地说:

"弗拉基米尔·克尼亚布罗夫斯基的信写得很好,您也明白……"

雅克问:"那他接下来有什么计划?"

"他在处理自己的私事,他现在已经找到了母亲、妻子还有孩子。他打算继续活着。"

范赫德开始在火炉边走来走去,偶尔还没来由地握紧双手,神情凝重,似乎在自言自语:

"克尼亚布罗夫斯基拥有一个纯粹的心。"

"非常纯粹。"雅克用同样的语气附和着说。

没过多久,他又开口:

"他准备什么时候把书出版呢?"

"他没跟我说过。"

"卢斯基诺夫觉得到那时肯定会引起轰动。您很清楚。"

"那是肯定的。那是他在监狱里写出来的!"他来回走了几步,"我今天没把他的信带来,而是先给了奥尔加,我叫她拿去让社团里的人看看。晚上信才会传回来。"他没看雅克,仿佛一团鬼火,轻盈飘逸,头昂得高高的,走来走去。他看上去似乎在跟天使微笑。"弗拉基米尔说,只有在监狱的时候,他才是真正的自己,独自享受孤独。"声音慢慢地平和了,但也慢慢变低。他说,他住的单身监狱很舒适,有足够的光亮,而且是顶层。他爬上木板床时,额头刚好够着铁窗下沿。他说,他可以连续待在那好几个小时,静静地思考,看漫天飞舞的雪花。他说,他眼里再没其他,没有屋顶,没有树顶,什么也没有,永远也没有。从春天一直到夏天,每个傍晚的一小时里,几缕阳光会照着他的脸。他说,他每天都在等待这个时刻的到来。您肯定会读到他这封信的。他还说,有一次,他听见远处传来孩子的哭声……另外一次,他听见了爆炸声……范赫德又看了一眼昂图瓦纳,昂图瓦纳听得很认真,不自觉地注意他的举动。

"我明天就把信带来。"说完,他坐了回去。

"不行,我明天不在这里。"雅克说。

范赫德脸上没有诧异的表情,他再次看了看昂图瓦纳,过了一会儿,他又站起来。

"很抱歉,打扰您了。我只想第一时间告诉您关于弗拉基米尔的消息。"

雅克也站了起来。

"范赫德,你工作太辛苦了,应该歇歇。"

"没办法。"

"你现在还在熊见袼和里厄特那边工作吗?"

"是啊。"他狡猾地笑了笑,说道,"每天都说:'是,先生。'从早到晚都在打字。我还能做点其他事吗?夜里,我才回家去。到那时,我才自由地想:'不,先生。'每天晚上都这样,一直到白天。"

这时,矮个子范赫德抬起小脑袋,乱糟糟的亚麻色额发让他看上去笔直了些。他做了个手势,这次似乎在跟昂图瓦纳说:

"先生们,我挨了十年饿,可由于这些念头,我熬过来了。"

接着,他转向雅克,并且伸出手,尖细的声音一下子变得焦虑不安:

"您是不是要走?……赶巧了,我这次来是对的,是吗?"

775

雅克感动得什么也不说，热情地与白化病人拥抱了一下。昂图瓦纳想起刚才骑自行车的人。雅克也对他做了同样的动作，亲切，令人振奋，像在保护。那些神秘的团体中，雅克似乎处于独特的地位。人们向他请教，寻求帮助，担心他责怪。并且，显然也从他这里获得心灵慰藉。

昂图瓦纳自豪地想："这才是蒂博家的人！……"不过，他立即又惆怅起来："雅克不可能永远留在巴黎，他肯定会回到瑞士，这点毋庸置疑。"他转念一想："我们可以通信，我也可以过来探望他，如今的情况不同于三年前了……"他依然忧心忡忡："和这些人在一起，他干什么工作？他生活怎么办？他主要从事什么？这里就是我为他想象的美好未来所在地吗？"

雅克此刻紧紧挽着朋友的胳膊，慢慢把他送到门口。范赫德转过身，冲昂图瓦纳羞涩地点点头，消失在楼梯拐角处。雅克跟在他后面。

昂图瓦纳最后还听见他夹杂着嘘声的说话声：

"……全都堕落了……围在他们旁边的人都是势利小人，任人摆布的狗，他们都在遭罪……"

10

雅克回来了，和遇见脸上带疤的人一样，他没有跟哥哥做任何解释。他倒了杯水，自顾自地喝着。

昂图瓦纳镇定自若地点了支烟，起身给炉子添了块木柴，去窗口看上一眼，又反身坐下。

安静了几分钟，雅克又开始在房间走来走去。

"你会怎么想?"他突然说道,脚步都没停下,"昂图瓦纳,你一定要尽量了解我,我怎么会浪费三年时间在高师上呢?"

昂图瓦纳十分窘迫,但做出全神贯注倾听且理解的样子。

雅克继续说:"那是变相延长的中学生活!……课程、课文、没完没了的文章注释,每样都被认为是权威的……那种混乱不堪的环境!各种各样的思想杂糅在那些旧房子里,被人们踩躏着。整天都是老师这类词语!什么辅导老师!不要,我不会过那样的生活!

"昂图瓦纳,你了解我说的意思吗?……我的意思不是……确实,我敬重他们……教师这样的工作,只能由拥有正直信念的人来承担。确实,因为他们的尊严、精神上的努力以及得到少量报酬的忠诚。没错,然而……"

没过多久,他又嘀咕道:"昂图瓦纳,你没有理解我。我这么做除了不想入学,讨厌学校的教育机构外,最主要的是……那样的生活毫无滋味!"

停顿一会儿,他又说了一遍:"毫无滋味!"固执的眼神看着地面。

昂图瓦纳问了句:"你是不是在去拜访雅利库之前,就下定决心……"

"不是。"他定定地站着,眉毛皱起来,死死地盯着地板,竭尽全力回想往事。"哦,十月的时候,我从拉菲特别墅区回来,心情非常……糟糕!"他的肩膀倾斜着,好像担着什么重物,他小声说,"好多事情都协调不了……"

"没错,是十月。"昂图瓦纳说着,拉雪尔又跑进他的心里。

"那时候,正值开学之际——我面临进入高师的威胁,我很害怕……直到现在,我才清楚在拜访雅利库之前,我仅仅是担心罢了。

当然，除了这些之外，我也几次想过放弃入学，然后离家出走……没错……不过那都是没成形的想法，根本实现不了。那晚，去拜访雅利库后，才决定了所有的行动。——你肯定很诧异吧？"他抬起头来，瞧见哥哥惊住的脸，"我现在给你看看，那晚我回家后写下的感言。前不久我才找到的。"

他又开始来回走动，表情阴沉。那次拜访已经过了好久，但回想起来，他的心情还是很复杂。

他晃晃脑袋，说："每当我想起……可你呢？你和他之间有什么关系？写过信没有？难道你去拜访过他？有印象吗？"

昂图瓦纳含糊不清地摆摆手。

"没错，"雅克说，心想哥哥肯定对他没什么好印象。"你应该理解不了他在我们这代人中所代表的意义！"他变换语气，直接坐到火炉边的扶手椅上，昂图瓦纳的对面。"哦！雅利库，"他一下子面带微笑，声音也温柔了许多，把两条腿舒服地靠近火炉，"昂图瓦纳，我们很多年都这么说：'等成为雅利库的学生之后……'甚至，我们想这么说：'成为他的弟子。'至于我，每次只要生出对高师的迟疑，我就会想：'没错，然而有雅利库。'我们看重的只有他。你能理解吗？我们可以背他的诗作，四处说他的玩笑话，还引用他说的话。听说，他的同事嫉妒他。但他依然有办法长时间待在大学里，那是因为他擅长用抒情方式授课，内容大胆奔放，自由发挥，忽然地吐露心声，露骨的词语，还因为他幽默、儒雅，他的单边眼镜，甚至他的充满傲气的毡帽！他是个激情四射、脾气怪异、语言超凡的人，大方、高尚，代表了伟大的现代意识。在我们眼里，他可以触碰到最敏感的位置。我有写信给他。而且我留着他的五封回信，这是值得我骄傲的财富。这几封信里，应该有三封，不，应该是四封，直到现在我都觉得写得非常好。

"在一个春天的早上，大概十一点，我和一个朋友看见了他……我永远也忘不了那个场景。他大踏步往苏弗洛路的方向走去，步伐矫健。我至今记得，风轻轻吹着他的衣袖，他当时穿的是浅色的护腿套，大帽子下面是他白花花的头发。他的腰挺得笔直，没戴单边眼镜，鹰钩鼻朝前突出，高卢人的白髭须……仿佛准备觅食的老鹰，他就像与涉禽杂交后，生出来的猛兽。同时，具备老爵爷的气质。让人印象深刻！"

昂图瓦纳说："他仿佛出现在我面前。"

"我们跟在他后面，直到他走进家门，仿佛被迷住一样。我们一共去了十家店铺，就为找他的照片！"雅克猛地收回双腿，"哦，每次想到这里，我就好恨他。"接着他向前够了够，两只手伸向炉子，想了一会儿，补充说道："但正是他给了我离家出走的勇气。"

昂图瓦纳说："我敢肯定，他一定想不到这点。"

雅克不理会哥哥的话，自顾自转向炉子，嘴角扬起不易察觉的笑容，心不在焉地说：

"你想继续听下去吗？……那天晚上，吃过饭，我临时起意去拜访他。跟他说说……所有的事情！我果断地离开家……九点时，我到达先贤祠广场他的家，按响门铃。你应该还有印象吧？前天一片漆黑，有个傻乎乎的布列塔尼女人，穿着裙子闪进了餐厅。餐具都收拾干净，上面摆着一个针线筐以及需要修补的衣物。还有烟味、饭菜味，很热。门开了，雅利库和苏弗洛路上的老鹰一点也不像。和写信的人、诗人、伟大的思想、众所周知的雅利库一点也不像。

779

与此相反，雅利库驼背，没戴单边眼镜，穿着满是头皮屑的旧式短上衣，含着个熄灭了的烟斗，嘴巴耷拉着。他应该是在嚼白菜，大鼻子冲着蝶蝶炉①呼呼地吸气！如果女佣没开门，他肯定不会见我的……他冷漠地请我到他的书房去。

"我突然非常激动：'我找您，稍等一下……'那时，他直挺挺地站着，有了精神：我瞧见那老鹰又出现了。他戴好单边眼镜，请我坐在一个椅子上，老爵爷的气质也出现了。他诧异地问道：'提建议？这么说，您没有其他人可以出主意了吗？'说实话，我没有想过这个问题。昂图瓦纳，你怎么想的？没有其他办法了，我差不多没听过你的意见……也没听过其他人的意见……我喜欢自己做主，天生就这样。我这么跟他说，他的重视给了我勇气。我彻底放开了说：'我想当个小说家，一个了不起的小说家……'原本这是我的开场白。他没有说话，我就接着说，把所有事情都跟他说了！我跟他说，我觉得自己身上有股力量，那是深沉的、凝练的东西，是我独有的。那么多年接受的教育中，几乎对这种深刻的素质都是有害的。我讨厌学习、学校、知识渊博、讨论、闲聊。这种讨厌出自我保护的本能冲动，我挣脱了全部束缚！我告诉他：'先生，所有的东西都使我感到压抑，令我窒息，它们让我偏离了自己的人生轨道。'"

雅克注视着昂图瓦纳，眼神来回变换，时而冷酷，时而激动、柔和，接近妩媚。他高声说道：

"昂图瓦纳，这是事实，你明白吗？"

"弟弟，我懂。"

"哦，这真的不是自大。"雅克继续说，"我没有任何突显自己的

---

①蝶蝶炉，燃烧很慢的取暖炉。

意思，也没有别人所说的野心。我现在的生活就是最好的证明。昂图瓦纳，我对你发誓，我在这非常幸福！"

安静了一会儿，昂图瓦纳突然问：

"后来怎么样了？他给你出了什么主意？"

"稍等一下，他什么主意也没出。倘若我没记错的话，最后，我念了一小段《源泉》……那是我最早写的一首散文诗，好幼稚。"他红着脸说道，"'终于可以窥视自己的内心，仿佛在岸边俯视泉水……扒开草丛，露出一个洁净的酒杯，水四处溅开……'这时，他打断我：'您描绘的意象很迷人……'这便是他所有的感受！这个可爱的老东西。我想直视他的眼睛，不过他躲开了，低头玩他的戒指……"

昂图瓦纳说："他仿佛出现在我面前。"

"……他开始说话了：'不能过分看轻常规道路……纪律会约束人，让人变得听话。'原来他和其他人一样！他什么都不知道！他打算告诉我的都是别人探讨过的东西！我为自己的到来，以及刚才说的那番话感到生气。他用相同的语气说了好长一段时间。他似乎只有一个想法：总结出我的特征。他跟我说：'您应该是……年轻人你应该是……我要把你归为……'我觉得愤怒：'我讨厌归类，讨厌喜欢归类的人！他们借助归类，把你限制在条条框框里。在他们的归类下，你会变得渺小、残缺不全！'他笑了，应该是想控制住场面吧。此刻，我朝他喊道：'先生，我讨厌那些教授，所以我才来找您的！'他保持着笑容，做出激动的样子。因为要表达亲切，他问我，我都做过什么？'我什么都没做过。'还问我以后想做什么。'我什么都想做！'这个老学者，连冷笑都没有勇气发出，他太害怕一个年轻人对他的看法。因为他整天都在思考年轻人的看法。从我进门那一刻起，他只想着一件事：就是他正在创作的那本书《我的经验》（可能以后有出版，不过我不会看的）。他一想到自己的书不能出色地完成，便担心得要命。那个想法一直在他脑海里，所以他一见到年轻人，心里一定在想：'这个年轻人会对我的书有些什么看法呢？'"

昂图瓦纳说："不幸的老头！"

"没错，我明白，或许很可悲！然而，我去拜访他并不是要看他颤抖的。我怀着希望，等待着我心里的雅利库。不论是哪个，只要是我心里的诗人、哲学家中的任何一个都无所谓。只要不是眼前这个就行！最后，我站了起来，当时非常搞笑。他还在自我吹嘘：'给年轻人提意见真困难……适合所有人的真理是不存在的，人们必须自己去寻找真理,等等。'独自走在前边，你应该想象到了！走过客厅、餐厅，还有前厅，我在黑暗中摸索着，开了门，撞在他老式的家具上，他差点没来得及打开电灯！"

昂图瓦纳笑了笑，想起了房间里的装饰、镶嵌家具、壁毯，还有一些小玩意。雅克接着说，一丝惊恐浮上他的脸：

"稍等一下……我搞不清楚事情是怎么发生的。难道他一下子知道了我离开的原因？他沙哑的声音从后面传来：'您不需要建议，您也看到了，我身心疲惫，没有多余的精力。'我们走到前厅，我惊愕地转过头，好可悲的一张脸！他又说了一遍：'我身心疲惫，没有多余的精力！'我提出了反对意见。我当时非常真诚。我突然不恨他了。可他坚持说：'只有我自己知道，我什么都没干，什么都没干！'因为我还在傻愣愣地表示不同意，他仿佛疯了一样：'到底什么让你们有了幻想？我写的书吗？里面根本什么都没写，我可以写的，我都没写。还有什么？你说来听听？是我的头衔？我的课程？还是我所在的科学院？到底是什么？难道是这个吗？'他拽着衣领，上面别着一枚玫瑰花状的勋章，他很激动，不停地晃着衣领说道：'是不是这个？你倒是说话啊。'"

雅克越说越激动，站了起来。他更加投入地还原那个情景。昂图瓦纳也在回想他在相同的地方和雅利库见面，他直挺挺地站着，天花板的灯光将把他照得神采奕奕。

"他猛地安静下来，"雅克接着说，"我觉得他是害怕别人瞧见。于是，他打开一间配膳室的门，一下子把我推了进去，里面还有橙子和地蜡的味道。他冷笑着，单边眼镜后面的眼神非常严肃，眼球里有血丝。他把手支在一块木板上，上面还有几个杯子和一个高脚盘，我不知道他是怎么做到没把那些东西碰倒的。三年了，我依然忘不了他当时的语气，非常低沉：'好吧，事情是这样的。我在和你一样大的时候，可能比你还大一些吧，高师毕业以后，我也有成为小说家的理想。我也有那种想自由取得成功的力量！我也有走错路的感觉。同时，我也想去找人帮我出主意。我真的去找了个小说家，你猜猜，我找的是谁？你肯定不知道。你想象不出他在一八八〇年我们那批年轻人心中的地位。我去到他家，他听我诉说，用锐利的眼神注视着我，还不停地摸他的胡子。他总是没等我说话就要站起来。还有，他说话断断续续，甚至发前颚擦音 S。他告诉我，对我们来说，只有一种方法：去做新闻事业！没错，他就是这么跟我说的。那时，我二十三岁，我像进来一样跑出去了。那个先生就像个傻瓜！我又回到我的书、我的老师、我的同学周围，相互竞争、先锋派杂志的争辩——多么美好的前途！多么美好的未来！'雅利库'啪'地一下拍了拍我的肩膀。我至今还记得他的眼神，单边眼镜后面的眼睛闪闪发光！他站直身子，口水都喷到我身上：'先生，你到底找我干什么？给你提意见？听好了，按照你的本性去发挥！一定要记好了，先生，倘若你还有天赋，就要用自己的力量来发展它，从内心去发展它！……趁还来得及，快行动吧！去体验生活，不管通过什么方式，去什么地方！你今年十九岁，眼睛也好，体力也好，听我的话，去报社报道，采访社会新闻。听懂了吗？我没有发疯，就是社会新闻！放手去做吧！其他东西你都学不到什么！你得从早到晚，不停地奔走，不要放过每个新闻：一次自杀、一个惨案、一场社交里的悲剧、一宗妓院的罪行！睁大你的眼睛，看看文明世界带来的所有东西，不论好坏，想象不到的！只有这样，以后你才有可能对人、对社会，甚至对自己说出你的看法！'

"昂图瓦纳，我不单单是看着他，我几乎要把他吃进去了，我似乎彻底醒悟了。然而，全部东西没一会儿就消失了。他默默地把门打开，差不多是赶走了我。走过前厅，走到楼梯拐角处。我也不知道这是为什么？是他清醒了？……为自己的冲动感到后悔？……还是怕我会告诉别人？……我永远也忘不了他宽大的下巴在颤抖。他小声嘀咕道：'行了……行了……行了！……先生，回您的图书馆去吧！'

"门猛地关上了。我飞快地从五楼奔下，跟匹小马一样在黑暗的大街上奔跑起来。"他兴奋得几乎喘不上气。倒了杯水，一下子喝光。手还在发抖，把杯子放下时，碰到了长颈瓶。清脆的声音在安静中格外响亮、绵长。

昂图瓦纳十分激动，不过他想把弟弟出走前的事情理清。还有许多环节，他没弄清楚。本来，他想套套弟弟的心里话，把乔塞普的三角恋弄清。但这个话题……"好多事都协调不了。"刚刚雅克这么感叹,表明他不想再说下去。同时也说明弟弟在决定离家出走时,情感的因素起了重要影响。昂图瓦纳心想:"如今,爱情又在他心里是什么分量呢?"

他尽量做了个总结。十月,雅克从拉菲特别墅区回来。那时候,他和吉丝是什么关系?和贞妮见过多少次?他想和她们断绝关系?也可能是做了实现不了的承诺。昂图瓦纳开始想象弟弟在巴黎的情况,没有学习的束缚,只有自己,自由自在,他不停地思考着这个解决不了的问题。他的生活肯定非常激动,并且有许多烦恼。马上就要开学了,高师的住校生活,这是当时唯一的出路,让他厌恶!所以,他去找雅利库。一下子有了别的出路,天际出现一个广阔的缺口。摆脱一切束缚,出去冒险,出去生活!一切从头再来。因为要从头再来,就要忘记所有——还有让大家忘记!

"没错,"昂图瓦纳心想,"这就可以解释他为什么离家出走,并且整整三年都不和家人联系。"

他接着想:"可是他竟然不等我从勒阿佛尔回来,跟我道个别,就耽误他一天时间而已!"心底生出一股怨气,不过他努力克制住,为了知道下面的事情,他说:

"第二个晚上发生了……什么事?"

雅克重新走到炉子旁,坐下,手肘支在膝盖上,两个肩膀垂下来,耷拉着脑袋,嘴里还轻轻地吹着口哨。

他抬起头:

"第二天晚上,"接着声音又变得犹豫起来,"发生了……"

对,和爸爸有一场激烈的争辩,就是塞雷诺府邸那个场景。昂图瓦纳差点忘了这个。

他连忙说：“爸爸没跟我说过。”

雅克很惊讶。他转过身，似乎在说：“不说了……我不想再提它。”

昂图瓦纳开心地想：“这就是他不等我回来的原因！”

雅克重新恢复过来，还吹起了口哨。眉毛皱得很紧。他和父亲那场悲剧又跑进脑海里：他和父亲两人在吃午饭，快结束时，蒂博先生提到了开心的事。雅克直接宣布他不去了。两人你来我往，说了很多恶毒的话。父亲的拳头狠狠地砸在饭桌上……雅克也在气头上，放任自己的言行，还挑衅地说出了贞妮。接着，愿意承受一些威胁，自己也发出威胁。说了一堆挽回不了的话，直接把后路斩断了，回头已经不可能。他沉浸在反抗和绝望里，大声喊出"我去自杀！"，走出家门。

全都历历在目，让人心痛。他像被什么蜇了一下，猛地站了起来。这时，昂图瓦纳刚好瞥见弟弟眼里的迷茫。然而，雅克很快就恢复过来。

"四点多了，"他说，"我还得出去一趟……"边说边穿上外套，他似乎想赶紧跑掉。"你就在房间里吧？我在五点前回来。我的行李收拾也很快，然后我们去车站餐厅吃晚餐，这样方便。"他把几叠文件放到桌上。"看看，"他接着说，"倘若你感兴趣……这里面的文章、小小说……都是我这几年写的……"

他已经走到门口，不过又转过身，低声说：

"你好像没和我说起……达尼埃尔？"

昂图瓦纳有些印象，以为他要说："……丰塔南一家？"

"达尼埃尔？我们已经成了好朋友，你走后，他对我非常真诚、友好……"

雅克出于掩饰惊慌，做出诧异的模样。昂图瓦纳也不拆穿他。

786

他笑了笑:"你很惊讶吗?虽然我们两个有很大的不同点。不过,我接受了他的人生观,毕竟他是个艺术家,有那种人生观不足为奇。你知道吗?他取得了很大的成功。一九一一年,他在吕德韦格松举办了一次画展,由此出名。如果他愿意的话,他会卖出很多画,可是他不怎么画……我们有许多不同——尤其是和以前不同。"他说得很详细,很开心可以说一下自己,他想跟雅克说,他不再是那个恩贝托了。"你知道吗?我现在不都待在主任室里,我觉得没必要……"

雅克直接打断他的话:"他在不在巴黎?知不知道……"

昂图瓦纳控制自己,没有做出生气的手势:

"不在,他在吕内维尔服兵役,当班长。还要十几个月才结束呢。这一年里,我就见过他一次。"

他不说话了,弟弟看着他的眼神,非常郁闷,他觉得心里凉飕飕的。

雅克等到自己的声音不再慌乱的时候,说了句:"昂图瓦纳,不要让火炉灭了。"

说完,走出门去。

11

就剩昂图瓦纳一个人的时候,他走近桌子,好奇地翻开上面的文件。

好多材料杂乱地堆在一起。最上面的是从报纸上剪下来的时事文章,署名:宿命论者雅克[①]。接着是一组诗歌,似乎写的是山川,发表在一本比利时杂志上,署名:穆赫仑贝格。最后是一组小小说,

[①] 18世纪法国著名作家狄德罗曾写过一篇小说《宿命论者雅克和他的主人》。

题目是《黑皮笔记本篇什》，肯定是在采访的空闲写下的，署名：雅克·博蒂。昂图瓦纳翻开几篇：《八十岁老人》《孩子的自杀》《瞎子的嫉妒》《愤怒》的主人公都是日常生活里的人，特征明显，轮廓突出，没有《索莱丽娜》中的抒情手法，不过依然保留了阔达、时断时续的风格。这样的风格让这几篇小说富有真实感，很吸引人。

然而，虽然这些文章富有魅力，昂图瓦纳依然不能集中注意力。从早上开始，他遇到了很多想不到的事。特别是当他独处的时候，他总会想到昨天离开的那个病房，可能里面已经发生了恐怖的事情。他到底该不该来这里？答案是肯定的，他是来找雅克回家的……

有人小心翼翼地敲了敲门，打断了他的思路。

他说："请进。"

楼梯拐角出现了一个女人，他感到诧异。同时，他认出眼前这个年轻的女人吃早饭的时候见过。她提着一筐木柴，昂图瓦纳连忙帮她接过来，说了句："我弟弟才出去。"

她点点头，表示自己知道。也可能是说："所以我才上来的。"她好奇地盯着昂图瓦纳，没有丝毫闪躲的意思，这样的直接似乎经过考虑，而且有正当理由。昂图瓦纳好像察觉到她刚哭过。突然，她眨了眨眼睫毛，气冲冲地问：

"您想把他带走？"

"没错……我爸爸病得很重。"

她似乎没听见。

"为什么要带走他？"她激动地喊道，脚狠狠地踩在地板上，"我不希望他走！"

昂图瓦纳又说了一遍：

"我爸爸就要离开人世了。"

不过,她根本听不见这些解释。她满眼泪水,把身体转向窗户,双手交叉着,拧在一起,接着又放下手臂,低低地说:"他肯定不回来了。"

她体形庞大,肩宽,有些胖,动作局促不安。两条灰黄色的粗辫子,绑在低低的额角边,在脖子后面呈螺旋状发结。辫子以下,是她端庄、诚实的脸,有点古代皇后的样子,嘴角的线条曲折有致,有两条肉肉的纹路挡着,更加显得雍容华贵。

她重新面对昂图瓦纳:

"当着我面,对基督发誓,您不会阻止他回来。"

"我不会的,为什么要阻止他呢?"他温和地笑了笑。

她完全忽略他的笑容,透过晶莹的泪水,看着眼前的年轻人。衣服把她包得紧紧的,胸部上下浮动。她一点也不害怕别人盯着她看。她从胸口处拿出团成小团的手绢,擦擦眼泪,接着,擦擦鼻子。她的泪水在眼珠里打转,非常动人。眼睛仿佛一汪死水,涌动着猜不透的思想。她立即低下头,或者说转过头去。

"他跟你提起过我吗?我叫索菲亚。"

"没提过。"

蓝色的眼珠一闪。

"您别跟他说,我什么都告诉您了……"

昂图瓦纳又笑了笑:

"太太,您可什么也没告诉我。"

"哦!错了。"她把头朝后仰,半睁着眼。

她搬着一张便椅,急忙坐到昂图瓦纳旁边,似乎她只剩下一分钟时间。

她说:"您肯定是个演员。"他摇摇头。

"您和我一张明信片上的演员很像……他是巴黎一个杰出的悲剧演员。"说完她倦怠地笑了笑。

"您爱看戏剧?"他不想浪费时间跟她解释。

"电影、戏剧,我都爱!"

偶尔,她脸上的放荡损害了她的冷漠。这时,她一说话,嘴就张得很大,露出一排白色的牙齿和珊瑚色的牙床。

他小心翼翼地问:

"你们这里的剧团应该很好吧?"

她俯过身,说道:

"您曾经来过洛桑吗?"(她这么俯身的时候,语速很快,又放低声音,似乎要求和别人的距离更近些,自己似乎要这样对待别人。)

他说:"没有。"

"您以后还会来吗?"

"会!"

她盯着他,眼神一下子严肃许多。接着摇了摇头,说道:

"您不会来了。"

然后,她走到炉子旁,打开炉门往里放木柴。

"够了,"昂图瓦纳说,"房间已经很热了……"

"确实。"她说着,用手背抹了抹脸。可她继续往火炉里丢了木柴,一根、两根、三根。她辩解道:"雅克就喜欢热烘烘的。"

她在地上跪着,背对昂图瓦纳,看着火炉,火光照在她的脸上。天慢慢黑下来。昂图瓦纳打量着这健康的脖子、肩膀、后背、长发,它们都在火光的照耀之下。她似乎在等待什么！显然，她察觉到后面有道目光正盯着她。昂图瓦纳仿佛从侧面，看见她模糊的笑。她轻轻扭腰站了起来，用脚关上炉门。在房间里走了几步，瞧见放在桌上的糖罐，贪婪地取出一块，放进嘴里。接着又拿了一块，远远地递给他。

昂图瓦纳笑笑，说："我不吃，谢谢！"

"不吃要走霉运了。"她喊了一声，扔过去，他伸手接住。

两个人看着对方的眼睛。索菲亚好像在说："您是什么人？"或许还在问："我们之间会发生什么？"她的眼神没有活力，但散发着热情，因为透明的睫毛，她的眼珠看上去是金色的，好似夏天雨前的沙砾。不过，里面的忧愁躲过理想。昂图瓦纳想："像她这种女人，只要稍稍挑逗一下……她们会紧紧咬住你，过后还会责怪你，用最卑鄙的手段报复你……"

她好像知道他在想什么，自顾自地转过身，走向窗户。现在雨下得更大了。过了好一会儿，昂图瓦纳惊慌地问："您想什么呢？"

"哦，我不喜欢思考。"她直直地站着，回道。

他又问：

"那你思考的时候，会想些什么？"

"什么都不想。"

听见他的笑声，她离开了窗户，温和地笑笑。她好像不着急走的样子，随意地走了走，两只胳膊放下来，走到门口，手不小心碰到了锁头。

昂图瓦纳觉得她在关门，脸都红了。

"我走了，再见。"她轻声说，眼睛都没抬，打开了门。

昂图瓦纳很诧异，暗暗失望，弯下腰寻找她的眼神。他发出回声一样的声音，好像在开玩笑，用温柔的召唤声小声地说着：

"再见……"

门再次关上，她走了，没有转身。

他能听见裙摆摩擦楼梯栏杆的声响，以及她下楼时有意哼出的情歌。

12

整个房间黑乎乎的。

昂图瓦纳在座位上思考，不想去开灯。雅克已经出去超过一个半小时了。他尽量驱散情不自禁的怀疑，可怀疑却堵着他的思想。他越发焦虑不安。当听见楼梯传来弟弟的脚步声时，所有的不安都不见了踪影。

雅克回来了，什么也不说，似乎没发现房间没开灯，直接坐在门口的椅子上。透过炉子的火光，大概能看清他脸上的表情。他戴着顶帽子，手臂上搁着一副手套。

他嘀咕道：

"昂图瓦纳，你自己走吧，让我继续留在这里！差一点，我就不回来了……"没等昂图瓦纳说什么，他又喊道："什么也不要说了，我明白，我和你一起走。"

接着，他起来打开灯。

昂图瓦纳尽量不看他，小心翼翼地佯装看书。

雅克拖着疲惫的步子走来走去，他往床上丢了几件东西，把手提箱打开，装进一些衣服、别的东西。他嘴里还轻轻吹起了口哨——都是一个调子。昂图瓦纳瞧见他朝火炉里扔了一沓信件，打开挂着钥匙的壁橱，把桌上的文件都塞进去。接着，他缩在角落里，无缘无故地把头发撩到后面，在膝盖上写明信片。

昂图瓦纳非常动容，如果雅克现在跟他说："不要带我走，求你了。"他会安静地给他一个拥抱，自己回去。

雅克换上鞋，整理好行李箱，走近哥哥，先开口说：

"已经七点，我们得下去了。"

昂图瓦纳没说话，收拾好东西后，问了句：

"需要我帮忙吗？"

"谢谢。"

两人的音量都比白天小。

"我帮你拎手提箱吧。"

"不用，又不重……下楼吧。"

他们没说几句话，安静地走出房间，昂图瓦纳走在前面。他听见雅克在后面轻轻关灯和关门的声音。

在车站餐厅吃晚饭时，两个人都吃得很快。雅克什么也不说，只吃了一点，昂图瓦纳的焦虑不亚于弟弟，他也保持沉默，不再隐瞒此刻的心情。

火车来了，他们一边散步，一边等候车开。地下通道涌出大量旅客。

昂图瓦纳说："车厢快被挤满了。"

雅克开始并不接话，又突然开口说道：

"我待在这里有两年七个月了。"

"洛桑吗？"

"不是……是在瑞士。"往前走几步,他低声说,"一九一一年,那个难忘的春天……"

他们安静地再次沿着火车散步。雅克依然在回忆往事,他主动做出解释:

"我在德国的时候,头痛得厉害,于是拼命攒钱,好来瑞士,呼吸这里新鲜的空气。五月底,我到的瑞士,刚好是春意正浓的时候。我先是去的穆赫仑贝格山区,吕赛纳州。"

"哦,穆赫仑贝格……"

"没错,署名穆赫仑贝格的诗,差不多都是在那里写的,那时,我写文章很刻苦。"

"你待在那里多久?"

"半年,我住在农民家里。那家只有两个老人,没有孩子。那六个月,我过得非常惬意,春天和夏天都很舒服。我去的当天,从窗户看出去,好美丽的景色!视野广阔,起伏不平,画面简洁——壮丽崇高!我整天都在外面。鲜花开满草场,野蜂飞来飞去,山坡就是大片牧场:那里有母牛、小溪水、木桥……我一边走着,一边工作,一个白天都在走,偶尔晚上也会走,那里的夜晚……夜晚……"他双手慢慢抬高,在空气里划了个弧形,又放下来。

"那你的偏头痛好了吗?"

"哦!一住在那里,我就好多了!是穆赫仑贝格治好了我。甚至,我想说,我的脑袋从来没有那样灵活、自由过!"他陷进回忆里,满脸笑容,"自由,但满是灵感、计划,还有疯狂的行动……我觉得,那个夏天让我产生了写作的所有灵感。我还记得,那些时光我非常兴奋……哦!那时的我,真的沉浸在幸福的旋涡里!……有时候——

只能这么说——有时候，我无缘无故地跳跃、奔跑、倒在草地里……哭泣，愉快地哭泣。你觉得我夸张了？事实就是这样，我还记得，因为哭得很久，绕了一大圈，去小泉边洗眼睛，小泉是我在山里看见的……"他看着地面，安静地走着。没过多久，低着头说："没错，两年半之前。"

后来，他什么也不说了，一直到火车开动。

列车开出去的时候，没有拉响笛，很平稳，还有机器运转时发出的声响。雅克冷漠地看着远去的月台、点点灯火的郊区。接着，所有东西都融入黑暗中，什么也看不见了。他觉得自己也进入了黑暗中。

他透过拥挤的外国人寻找昂图瓦纳。昂图瓦纳站在离他几步远的过道，半背着他，似乎也在眺望黑暗里的田野。雅克突然很想走到哥哥身边，他再次有了吐露心声的感觉。终于，他挤到昂图瓦纳旁边，用肩膀碰了碰哥哥。

昂图瓦纳挤在旅客和满是行李的过道上，认为雅克仅仅想跟他说一句话，就没有转过身，只转过脖子，头朝下。他们仿佛羊群一样，在过道上挤着。列车在行驶，四周嘈杂。雅克凑近昂图瓦纳的耳边，低声说：

"昂图瓦纳，你听我说，你一定要知道……最初，我的生活……我的生活……"

他好想喊出，最初我过得一点也不好……我作践自己……当个翻译……导游……过一天是一天……阿什梅……还有更坏的情况，底层，犹太人街……和流氓交好，克卢杰尔老爹、卡拉多尼奥、卡罗利娜……有一天晚上，他们在港口用棍子打了我，之后去了医院，我的头痛就是这样来的……在那不勒斯的时候……在德国,有一对夫妻——凯特和小萝莎……在慕尼黑,因为维尔弗里德,我进了……进了拘留所……然而,一张嘴,那些难堪的往事便历历在目。于是,他更说不出来口——难以用语言表达出来。

最终,他放弃了,断断续续地说:

"昂图瓦纳,我过得……难以启齿……难以启齿!"(这个词语包含了所有的羞耻,它沉重,又软弱无力,他用绝望的语气又说了一次,慢慢地跟忏悔一样平复下来)

昂图瓦纳现在已经回过头。他觉得不舒服,四周的人阻碍了他,他担心雅克大声说话,对他即将说出的事感到惊恐,然而,他尽量做出放松的样子。

雅克把肩膀靠上隔板,似乎不想继续说下去。

周围的人走过过道,进到了车厢。没过多久,兄弟俩周围的人差不多走光了,说话别人应该听不到。

雅克安静许久,此时此刻,似乎并不着急打开话匣子。突然,他欠身冲着哥哥:

"昂图瓦纳,瞧瞧,最恐怖的是不明白什么……是正常的……错了,傻瓜才会不正常地生活……这样说吧……不明白自己的感情……换句话说,本能……你是医生,你应该清楚……"他皱紧眉头,看着黑夜,声音低沉,断断续续地说:

"仔细听着,有时候,人会有某些感受……对这种或者那种东西产生不同的冲动……来自内心的冲动……对吗?……他们无法知道其他人是不是也有这样的感受,不然,他们就是……魔鬼!……你能听懂我的话吗?昂图瓦纳,你见过很多人、很多病例,一定很清楚什么是……这样说吧……一般情况是什么？像我们这些不知道的人，非常郁闷，你懂吗？……所以，譬如，人到十三四岁时，之前从未有过的欲望持续冒出来，克制不了，只有羞耻，把它当作缺陷，悲哀地掩盖着……后来，某一天，突然发现这是很自然、很美丽的东西，而且……每个人都是这样的……你懂吗？……同一个道理，某些模糊的东西……来自本能……就算对我这么大的人来说，昂图瓦纳，对我这么大的人……也弄不明白……很苦恼……"

他的脸开始抽搐，其他念头一下子进入脑海：刚才，他发现自己在很短的时间里就和哥哥——这个永久的朋友紧紧依靠在一起。并且，从哥哥开始，和过去的日子有了联系。昨天，还存在着一条跨越不了的鸿沟……就用了半天的时间，足够……他紧紧攥住拳头，头低着，什么也不说了。

几分钟过去了，他保持沉默，头也没抬起来，直接走到车厢自己的位置。

昂图瓦纳感到诧异，试图追上他。然而黑暗中的雅克，一动不动，眼睛闭着，假装睡觉，泪水慢慢流了出来。

第六卷　父亲的死

1

在昂图瓦纳准备坐火车去瑞士之前的那一天晚上，他去告诉韦兹小姐，他会离开一天一夜，年老体迈的韦兹小姐刚开始并没太在意：这一个多小时以来，老小姐坐在书桌前，吃力地写着信，要求邮局查询由拉菲特别墅区向巴黎寄丢的一篮蔬菜。因为在写这个要求时她是非常气愤的，所以把别的事情都抛在了脑后。直到后来，她的信差不多写完了，梳洗完毕，准备祷告时，她突然想起昂图瓦纳对她说的话："你告诉赛林娜嬷嬷，已经通知了泰里维埃医生，只要喊他一声他就会来的。"虽然夜色已经很晚了，而且祷告也没做完，但她为了今晚就完成这个任务，于是穿过房间，把这件事告诉修女。

此时，都快十点了。

在蒂博先生的屋子里，灯光已灭；屋子里只有火光的微亮，炉子里燃烧着木炭，目的是让空气清新些——这种做法变得越来越不可缺少，可还是无法驱除糊剂的酸味，也无法驱除乙醚、碘酒、酚、止痛膏的味道，更无法驱除病体的腐臭味。

有时，病人暂时不疼了，就会似睡似醒，发出鼾声和病痛的低哼声。数月以来，他无法体会到什么是真正的睡眠，也没有真正地放松休息下。对他而言，睡眠不光是为了失去意识，而是为了让时间飞逝！睡眠就是肢体处于半麻痹的状态之中，可是他的脑袋里时刻都在闪现着回忆，在这些断断续续的回忆里，他往日的生活场景毫无规律地出现：这些场景的每一处回忆都是值得感动的，但它又像噩梦一样让人乏倦。

今夜，睡眠无法让入睡的人摆脱他压抑着的不适感，这种不适感和他的幻觉相互交织，不断地增加，就好像他被人追赶一样，从学校的走廊、操场、教堂、大操场，跑进大楼里……他蜷缩着瘫在了体育馆门口的圣约瑟夫塑像前，之前几天，这令人恐惧的东西只是在他头顶盘旋，然而现在却忽然从幽暗中向他袭来，好像要把他压垮，他吓醒了。

屏风后面，有一盏奇怪的残烛，使屋里平常都阴暗的角落变得明亮起来。两条长长的影子一直延长到天花板上突出的装饰。他听到细微的说话声。这是老小姐说话的声音。这已经是第二次了，第一次也是发生在和今晚相似的一个夜晚，老小姐跑过来喊他……雅克，他在抽搐……那孩子又生病了吗？……什么时候？

赛林娜嬷嬷的喊声让蒂博先生醒悟过来。他听不清说话的声音。于是他就停住呼吸，竖起耳朵认真地听。

他听到了几句："昂图瓦纳说，已经通知医生了，医生很快就会到……"

不对啊，他就是医生！还叫医生做什么？

那令人恐惧的东西又在他头上翱翔。他的病情不断地加重？发生什么了？他睡了吗？他觉察到病情在加重。在这漆黑的夜间，把大夫也喊来了。他完了！他将要死了！

他很严肃地宣布出自己将会死的话语（其实，当时他根本就不信），然而这次又出现在他脑海里，他吓得浑身大汗淋漓。

他想喊："昂图瓦纳！快来啊！快来救我！"他的嗓子刚勉强喊出几句，却是十分凄惨。赛林娜嬷嬷迅速地推开屏风，打开电灯。

她当时立马认为他的病又复发了。他那平常蜡黄肌瘦的脸，在此时却肿得红通通的，两眼瞪得大大的，嘴里却说不出话来。

然而，蒂博先生并没有留意发生在他四周的一切。而他脑中只有一个想法，这个想法的思路也非常清晰。用数秒的时间，他回忆了一遍他的病情史：手术、安稳的数月、病情复发；紧接着就是病情的恶化，病痛也逐步不受药物的控制了。把各个细节部分相互联系，就能寻得出一些意义。这一次，这一次，毋庸置疑！就在几分钟之前还觉得有安全感的地方，突然间又变得非常空虚，如果安全感消失了，也就可能活不下去了；突然到来的空虚，让一切都无法平衡了。连理智也消逝了，他不会再思考了。对未来的信心孕育着人类的聪慧，然而，未来一切的可能性都消逝了，每一处思绪都和死亡相撞，那就不会有思想再产生。

病人抽搐的手抓住被子。他非常害怕。他想大声喊，可是他却喊不出来。他感觉自己就像一棵枯萎的小草，被雪崩席卷，抓不到任何救命的东西。所有都在塌陷，所有都在和他一起坠入深渊……终于，他的喉咙放松了些，使惊恐获得了发声的途径，爆发出令人恐惧的叫声，但叫声马上又停止了。

老小姐是驼背的,无法挺直脊背去看发生的事。她怒吼地尖叫道:"善良的上帝,怎么回事?怎么回事?嬷嬷?"

因为嬷嬷没回答,老小姐就跑走了。

该怎么办呢?去找谁呢?如今昂图瓦纳没有在家。神父!韦卡尔神父!

女仆们什么也没听到,还依旧待在厨房里。等听到老小姐所说的事后,阿德丽爱娜就不停地画十字祈祷;而克洛蒂德麻利地系好围巾,拿起钱包和钥匙,向外跑去。

2

韦卡尔神父居住在格勒内尔大街,距离大主教府较近,目前,那里的慈善事业是由他主持的,现在他应该还在办公室工作。

过了一会儿,克洛蒂德喊来一辆出租车把他们送到大学路。

老小姐坐在前厅的椅子上,等待着神父,因为老小姐没戴发卡,头发散在背后并且垂在睡衣上,所以神父最初没有认出来。

她为了不让神父害怕,先喊了一句:"哎呀,快些,尊敬的神父。"

神父没有停留,跟她打了声招呼就直接进入了屋里。

蒂博先生掀起被褥,打算走下床来,离家出走,向黑夜逃去,躲避残暴的恐吓。他又重新获得了声音,满嘴都在说脏话:

"臭女人!母夜叉!贱人!……啊,母牛!娼妓!"

在灯光通亮的房间,房门是打开着的,忽然,他看到神父的身影。病人并没有显露任何诧异的样子,只是停了一会儿,又开始叫喊道:

"不需要你!……我要见昂图瓦纳!……昂图瓦纳在哪儿?"

神父把帽子扔在椅子上,很快地向前走去。他的面容依旧像平常那样平静,看不出半点激动;但他的两只胳膊微微向上抬起,半开着手掌,表示出他是来救赎的。他很快来到床边,一句话也不说,就直接为看着他的蒂博先生祈福了。

接着,神父开始在寂静中祈祷:

"天父啊!愿你更加神圣,愿你的意志和天一样高。"

蒂博先生停止了骚动,两眼先是看看神父,然后又看看嬷嬷。他的嘴角微微咧开,面容凝聚露出一种奇怪的表情,就像孩子哭的样子;他摇头晃脑的,紧接着倒在了床上。他断断续续地啜泣起来。然后,他停止了哭泣。

神父靠近修女低着声音问道:"现在他疼吗?"

"我刚给他打过针,不会太疼痛。按常理说,到后半夜病痛才会发作。"

"好的。你先出去吧,让我们单独相处一会儿……对了,"他紧接着说,"打个电话通知医生。"他挥了一下手好像在说"我也不是万能的"。

赛林娜嬷嬷和阿德丽爱娜静悄悄地走了。

蒂博先生好像睡着了。在韦卡尔神父还没到来之前,他好像有许多次都丧失了意识,不过这意识的丧失都是短暂性的。他突然间又变了回来,他再一次感到惧怕,又在另一种新的力量中苦苦挣扎。

神父觉得,这病痛停歇的时间不会太长,应该好好地利用。他顿时脸热了起来,因为,他最怕的就是履行陪伴将死的人这项神圣的职责。

他来到床前:

"我的朋友,你在承受着恐惧……你在经历令人恐惧的过程……把你的心扉向上帝打开,不要使自己孤单……"

蒂博先生转过身,非常焦虑地看着他的忏悔师,神父的眼睛禁不住眨了眨。从病人的眼里可以看出,充满了愤恨和轻蔑。就在这一瞬间,惶恐、焦虑又立刻显现。这次,惊恐的表情十分令人难以忍受。神父只好垂下眼皮,稍稍侧转身子。

快要死的人牙齿打战发出响声,口吃地说:

"哎哟……哎哟……我害怕。"

神父重新镇定起来,和蔼地说:

"我是来救赎你的,我们开始做祷告吧……祈求上帝庇佑我们,我的朋友,我们一起向上帝祷告吧。"

蒂博先生打断他的话语:

"可是!你看!我……我将……我要……"

(他不敢提到死亡这个词。)

他用异样的眼神看着屋里黑暗的角落,来救助他的人在哪里?围在他四周的黑暗不断地在加深。他在静寂中大叫一声,神父认为这是病人在释放痛苦的压抑。而后病人又尽全力地叫喊道:

"昂图瓦纳!昂图瓦纳在哪里?"神父挥了一下手,病人喊道:"你让开!……我要找昂图瓦纳!"

神父只好改变方式。他站起来,伤心地看着向他忏悔的人,猛地挥动一下手臂,好像是在驱魔一样,第二次给病人祈福。

蒂博先生看到神父这些动作就非常恼火。他强忍着腰部撕裂的疼痛,用手臂撑着身子,而又挥起另一个拳头:

"贱人!浑蛋!……还有你,你的胡编乱造!……够了!"又失望地说："我快……我快死了，我求求你！救我！"

神父站在一旁看着他，没有辩驳；老人这次确信自己将要死了，神父的沉默又给了他最后一次打击。他浑身颤抖，觉得筋疲力尽，甚至无法控制口水，流湿了嘴巴，他不断地重复着哀求，生怕神父听不清，或听不明白：

"我快死了……我快死……了……"

神父只是哀叹了一声，并没做出任何反对的动作。他认为，真的善良是不应该给临死的人不现实的幻觉，而在死亡到来之前，唯一能拯救人们恐惧的药，就是不否认已经到来的死亡；人本身就对即将到来的死亡有一种预感，所以要直面死亡，迎接它的到来。

他等了一会儿，然后鼓足勇气，非常清楚地说道：

"我的朋友，既然这样，你还有什么好恐惧的呢？"

老人的头就像被打了一棍，倒在床上叫着：

"哎哟……哎哟……"

他坚持不下去了。他觉得他被冷酷无情的狂风刮走，最后坠入无底深渊，他仅剩的一点知觉也只有来判断真假了！在其他人脑海中，死亡或许只是众多词之中的一个罢了。然而对他来说，就是全部存在，这就是实际！就是孤独的他！他睁大眼睛向悬崖看去，因为目眩而眼睛变大，他看到与他隔着一道深渊的神父的脸，活生生的脸——别人的脸庞。他感到孤独，被社会所抛弃。只剩下他一个人和恐慌，他落到绝对孤僻的底部。神父的声音在静寂中响起：

"看，上帝不愿让死亡像小偷一样那么快地袭击到您。那么，您一定要对得起这恩惠。因为上帝提前告知我们进入永生之门，就是对我们这些有罪过的人最高的恩惠……"

蒂博先生听到从远处传来的毫无价值的话,就像海浪撞击峭壁一样,撞击着他已吓傻的脑袋。也有一刹那,他的思维按照常规习惯试图回忆起什么是上帝,希望从中得到保护;可是这种想法还没开始就破灭了。永生、恩典、上帝——这些都很难释义:空洞的语言,同残酷的现实无法结合在一起!

神父接着说:"感激上帝,那些主动依附上帝意志的人有福了。祷告吧。我们一起祷告,我的朋友……真心实意地祷告,上帝会来救赎您的。"

蒂博先生把头扭了过去。他惊恐的内心里,仅剩的一点粗暴脾气也开始沸腾了。他很想痛打神父,假如可以的话。亵渎神灵的话涌到他的嘴边:

"上帝?什么?什么救赎?真滑稽,愚蠢!其实就是他,就是他想的这样……"他激动地说着。"既然这样,什么是,什么是救赎?"他发疯地吼叫道。

他忘却地争论着,他已经不记得一分钟之前,焦虑、恐惧使他还在否定上帝。他低哼地叫着:

"为什么,为什么上帝要把我变成这样!"

神父摇了摇头:

"《基督言行录》上说:'当你认为我们相距很远时,其实我们却很近很近……'"

蒂博先生听见了后。他沉思了片刻。接着把身子扭向忏悔师,这次带着苦恼的动作。

他苦苦哀求道:"神父,神父,行些善事吧,你做祷告吧!……这不是真的吧,你说呢?……救救我,不要让我死!"

神父拉来一把椅子，坐在上面，拿着他那臃肿的手，轻轻捏了一下，就出现一道惨白的手印。

老人叫喊道："嗨，神父，你迟早会明白为什么会这样的，因为总有一天你也会出现这样的情况！"

神父哀叹了一声：

"谁也无法保证：'我不会被这引诱。'……我会向上帝祈求，在我临死之时，给我派一个朋友在我身边，帮助我及时恢复镇定。"

蒂博先生合上眼睛。他刚才乱动触碰到了肩上的褥疮，他现在非常疼痛。他直躺着，一动也不动，时断时续地说着"哎哟……哎哟……"。

神父用小心难过的声调说："你是一个基督徒，你知道人生总会结束的。你是微尘……你忘了吗？凡世生命的所有权不是我们的。你的抗争，就好像你的财产就要被剥夺一样！但你是明白的，我们的生命是上帝赐给我们的。我的朋友啊，到了我们偿还的时候，再去讨价还价，就显得我们忘恩负义了……"

蒂博先生微微睁开双眼，满怀怨恨地看了神父一眼。紧接着，他缓缓地环顾四周，看着房间里的每一件东西，虽然光线很暗，但他依然看得清晰，因为这是他的，多少年来，他每天都看在眼里，占有着。

他小声地说道："我不想丢弃这所有！"他突然打了个冷战，而后又不断地说着："我很惧怕！"

神父不由得产生了可怜之意，身子弯得更低：

"神圣的主耶稣曾经也经历过磨难，也流过血，那一刻，极短的那一刻，他也曾回忆天父的仁慈。天主，天主，你为什么要抛弃我?①……我的朋友,你仔细想想:你经历的磨难和耶稣经历的磨难,难道你没发现有许多相似之处吗?不过,神圣的主,他立即又陷入祷告之中,他以热烈的情感呼喊,天主,我在这儿!天主,我信任你!我愿丢弃自己!愿意实现你的意志,而不是实现我的意志!"

神父觉察到那臃肿的手在自己手上颤抖。他停了一下,继续说,不过没提高音量:

"你有考虑过吗?自古以来,在这些世纪里,值得怜悯的人类在世界上完成了他们的使命……"他很清楚这空洞的理论起不到什么效果,又更加直白地说:"你设想一下你的家人,设想一下你的父亲、你的祖辈,那些和你有相同经历的,也生活过、斗争过、受过苦和同样希望过的人,他们从生到死都无法避免轮回。我的朋友,其实那里,就是我们来的地方,那你还怕什么呢?世间万物最终都要回到万能的天主的怀抱里,这难道不足以让人慰藉心灵吗?"

蒂博先生叹声说:"是的……但是……现在还没到时候!"

"你还埋怨呢!你知道吗?有许多人还不如你呢!你有福气活到那么大岁数,是上帝给你的恩惠,让你拥有那么长的寿命,来拯救自己的灵魂。"

蒂博先生蜷缩着颤抖。

他小声嘀咕说:"神父,这恰是令人恐惧的……"

"恐惧,好的。但你和别人相比,你没有权利害怕……"

病人迅速地缩回手说:

"不!"

神父温和地坚持道:"是的,是的。我看见过你行善。你一直都

---

①见《马太福音》第二十七章,提到耶稣临终的场面。

竭力把你的目标放在社会世俗利益之上。你秉承爱人之心，向贫穷和道德败坏勇敢抗争。我的朋友，像你的一生都在做善事。这样的人生更应该自信地直面死亡。"

病人小声地重复着"不"。神父想重新抓住他的手，他迅速地躲开。

这些语言刺激到他的痛处。不，他不是超脱世俗的人！这一点，大家被他欺骗了。包括神父、包括他自己，一直都被欺骗了。事实上，他牺牲全是为了获得别人的尊重。事实上，他的情感操守非常庸俗，自私，虚荣！追求财富，追求权力！只不过这些之前被他遮掩了起来！显扬自己的善行是为了博得尊重，以获取重要的地位！肮脏、虚伪、谎言——谎言！……他非常想擦除这所有的一切，重新开始！唉！他对自己作为善人的一生是多么惭愧啊！现在，他终于看清了自己原本的面目。但是晚了！清算的时候到了。

"像你这样的基督徒……"

蒂博先生吼叫道：

"住口！基督徒？不。我不是基督徒。这一辈子，我……我要……热爱别人？住口！我压根就不知何所谓爱！我压根就没爱过别人，从来都没有！"

神父说："我的朋友，我的朋友。"

他以为蒂博先生会再次自我责备，责怪是自己逼得雅克失踪。恰恰相反，蒂博先生这几天没有一次想到过失踪的儿子。当下他能回忆起来的只有最远的阶段：他雄心壮志的青年时期，刚踏入社会，最初的努力，最初的小有所成。有时候，想到他成年时的荣誉。可是在最后十年里渐渐埋藏在黑暗的夜色里。

蒂博先生忍着病痛，扬起胳膊。

他突然说了一句:"都怪你,为什么不及时告诉我?"

紧接着,悲痛又超过了愤怒,他泪流满面,痛哭起来,哭得一抽一抽的,像笑一样的哽咽声不停地让身子抖动着。

神父低下身子:

"无论是谁,在他一生之中总会有一天、一小时、一瞬间,上帝忽然出现,把手伸向他们。这也许是一生不信仰基督教之后,也许是在一个基督徒漫长一生即将结束时……又有谁清楚呢?我的朋友,或许今夜上帝向你第一次伸手?"

蒂博先生眼睁开了。在他疲倦的脑袋里把身边神父的手误认为是上帝的手。他举起手抓住那只手,气喘吁吁地小声说:

"怎么办?怎么办?"

声音和以前不同:没有了面对死亡的惊恐不安,有的是追寻答案的发问,有的是懊悔的恐惧,而上帝的宽恕可以消除这恐惧。

距离上帝越来越近了。

然而,对神父来说,这是最艰难的时候。他就像在台上说道那样,先是沉思了片刻。虽然蒂博先生没有发现,但实际上蒂博先生的责怪给了他很大的震撼。蒂博先生这么多年来一直都很信赖他,但他对蒂博先生的影响有多大呢?他是怎样履行自己的义务的呢?忏悔者和忏悔师都有所欠缺,不过这种欠缺还来得及补救。今天应该把这个战战兢兢的灵魂,送到基督的脚下。

这时,他从人生中汲取经验,寻取了一种虔诚而灵巧的方法。

他说:"急需怜悯的,不是你这尘世间即将结束的生命,而是你没有表现出来该有的价值……假若你的一生没有受到上帝感化,那么,将死时做个真正的基督徒,为后人留一个好榜样!希望你面对死亡的态度，对于认识你的人是一个典范，使他们从中受到感化！"

这个主意触动了病人的心，他的思想开始动摇了，拿开了手。是的！让人们可以称道："奥斯卡·蒂博像一个圣人一样死去。"他总算双手合十，合上双眼。神父看到他的嘴在念叨着，请求上帝给他恩惠，使他的死感化他人。

他已不再感到惊恐不安了，而是一种心衰力竭：他认为自己就是所有终将死去的东西里可怜的一个；这种自我可怜是紧接着惊吓之后，不过也自有其美妙的地方。

神父抬起头来：

"圣保罗曾说：'不要像那些毫无希望的人一样痛苦。'我可悲的朋友，这类人之中就有你。在这紧要关头，我看你彻底绝望了！你忘记了吗？上帝首先是你的天父，而后才是你的惩办者；可是你，却有失公正地否认天父的仁慈！"

病人用恐慌的眼神看着神父，叹息一声。

神父又说："镇静吧！要坚信天父是宽容的。仔细考虑一下，如果是真诚的忏悔，上帝会给你最后一次宽容的，这宽恕可以消除你一生的罪恶。我们是上帝所创造的，所以上帝更加了解我们身上的品行。他爱我们真实原始的面目。这个信仰应该是我们拥有自信和勇气的基本准则。对了，我的朋友，美好人生结束的所有秘密，都隐含在自信这个词里。天父啊，我把我的一切都依附于你……相信上帝，相信他的慈爱和无穷的善意！"

神父有他自己沉着安静的方式，在加重每一个字时，他的手都会半举着，显得说服力十足。在这乏味的议论中，他那长着大鼻子、冷漠无情的脸露出一点热情。这段神圣的语言非常有效果，并且是长期积累了实践经验，这些话非常符合临死之人的恐惧，所以能够迅速直接地对惊恐不安的人产生作用。

蒂博先生低下了脑袋，他的胡须碰到了胸膛。一种新的情感，悄悄地渗入他的内心，他不再以自我可怜、绝望无助的样子令人心神沮丧。眼泪又流满了他的脸颊。他激动地憧憬着这至高无上的神的慰藉，他愿意舍弃自己，将自己一心交付给……

他突然紧咬牙关：腿部出现了他非常熟悉的疼痛，从屁股到小腿。他没有继续往下听，绷紧身子，过了片刻，疼痛轻了一些。

神父接着说：

"……就好似登山者爬到了山顶，回头看走过的路那样。人生是多么可悲啊！总是在一个狭隘滑稽的地方，重复做着同样的努力！妄想的亢奋，鄙俗的快乐，对幸福不断的渴求，这些永远都无法获得满足！我的朋友，这就是你度过的一生，我言过其实了吗？我还会说，所有人的一生都是这样的，但这样的人生就能满足上帝的创造物了吗？这一切的，这所有的都不值得留恋。你能留恋什么呢？留恋你那个痛苦不堪的躯壳吗？这个皮囊一直都在逃避着自己应负的责任，但任何事物都不能给予它防护，让它免遭痛苦、萎缩。你要承认这些：这皮囊的死亡对我们来说就是恩典，因为我们一直都在做它的奴隶，被它所困，现在终于可以摒弃它、逃离它，像破烂衣服一样把它丢弃在路边，这是一种恩典！"

对临死的人来说，这些话显得非常现实，这种解脱的思想突然向他微笑着，似乎是对他许下了什么诺言……可是，那种已经浸透他内心的安适感到底是什么呢？难道是求生的欲望，通过另一种唯一而执着地对生的追求的表象所显现的吗？神父的脑海里闪现了一下这个想法。对来生的追求，是存在于上帝永恒的追求之中的，即使是死亡来临，也会像活着时追求生的希望一样强烈。

等了一会儿，神父又说：

"我的朋友，此时，让你的目光向天国望去吧！在你留恋过你那些即将别离的东西后，你再看看迎接你的将是什么。卑劣、不平等、非正义都将消失！考验与责任也会消失！平日的过失和所有的懊悔都将消失！罪人在善与恶间的尴尬也将消失！你马上就会寻找到静寂、安稳，那最美丽的国度！将会抛弃这短促柔弱的生命，最后获得永存！我的朋友，你知道吗？放弃往日，探寻长远……刚刚死亡让你害怕，是你的幻想给你带来了恐惧黑暗的东西；相反，基督徒的死是一个非常灿烂的远景！这死是宁静，是可以清修的宁静，可以永久清修的宁静。我该怎样说好呢？其实远比这些更加丰富，是生命的绽放，是完美的结合！我就是重生，我就是生命……死不光是解脱、沉睡、遗忘，还是觉醒、重生！死是重生！死亡是重新开始的生命，是在真知、在上帝的选民中重获新生。我的朋友，死亡不单是劳累一天后用晚上休息来做补偿，而是飞向敞亮和永存的光明！"

蒂博先生垂下眼皮，好几次表示赞同。他脸上略带微笑。往日那些非常辉煌的时刻清晰地显现出来。他看到自己年幼的时候，跪在母亲床边（就是他现在躺的这张床），用他年幼的手抓住母亲的手；在一个阳光明媚的夏日清晨，他背了几句经文，而恰是这些经文打开了他通往天国的大门：

"在天国的耶稣……"他好像看见孩童时的他在教堂里，第一次领圣体的场景，圣餐第一次端到他面前，吓得他浑身颤抖……他好像还看到了自己在圣灵降临节的那个早上做弥撒，在达纳塔尔花园的牡丹小路中订婚的场景……他看着这些明亮的场景而微笑，已然忘却了自己的身体。

他不再顾忌死亡，反倒因为还活着而感到不安，哪怕是多活那么一会儿。他不需要世界上的空气了。再忍耐一会儿，就什么都结束了。他好像重新找到了自己真正的重心，它再次占据着他自己的心灵，找回属于他本身的位置。也使他体验到他从没有感觉到过的舒适感。他的精气神好像消散在他的身体四周。没什么关系了，精气神和他没有关系了，那只不过是一个凡人的残余，他觉得最终会与它们绝离；看到更加彻底的绝离就在眼前，他感到慰藉，也只有这慰藉才能让他领会。

圣灵在他头上方飞翔。神父站了起来。他想感激上帝。他行善祈福的活动中夹杂着些人的骄傲，犹如律师胜诉那样的兴奋。在他觉察到这一点后有些悔恨，但是现在不是自我反省的时候：因为有一个罪人马上就要在上帝的面前进行审判了。

神父垂下头，在嘴巴下面双手合十，诚心诚意地高声祷告：

"噢，上帝，时候到了！我跪在你的面前，慈爱的主，善良的父，我要祈求你给予最后的恩典。噢，上帝，时候到了！请允许我在你的大爱中死亡。

"从悬崖深处……从幽暗深渊，在令我恐惧的颤抖的悬崖深处，我向你呼喊，上帝！主啊，我向你呼喊！……时间到了！我在你的永恒的边缘，我要正面仰望你，万能的上帝！聆听我的忏悔，接受我的祈祷，不要弃我于卑劣污垢之中！请关注一下我，当作对我的宽恕！上帝，我愿把我的生命交付给你！我信任你，我需要你的庇佑……时间到了！……主啊，主啊，不要丢弃我……"

那快死的人犹如回声不断地重复：

"不要丢弃我！"

沉静了很长时间，紧接着神父弯下身子说：

"我的朋友，明天早晨我给你带圣油来……今晚，虔诚忏悔吧，好让我有给你赎罪的机会。"

蒂博先生嚅动着臃肿的嘴唇，怀着从未有过的真诚念叨着，他那认罪的表情比他承认错误还要重要。神父对着他俯着身子，抬起手，喃喃地念叨着，事实上蒂博先生没有听见任何的话。

"我给您赎罪……以圣父、圣子和圣灵的名义……"

病人默不作声。他的双眼瞪得很大——好像一直要这样——眼中稍带些疑惑，不过倒不如说是诧异，透露出的纯真，使这个将死的老人瞬间变得就像挂在墙上电灯上面画卷里的小雅克。

他觉得，联系着自己心灵和世界的最后的纽带已经松懈了，不过他很高兴地体味着这即将逝去的枯竭、柔弱。在昏倒之前他仍有一丝喘息尚存。生命依然进行着，但又离开了他，就像洗澡的人爬上岸边，河流的水继续流淌一样。他不仅不在生命之内，而且好像也不在死亡之内，他觉得在飞升，向辉煌灿烂天空飞去，犹如夏日苍穹，闪耀着辉煌。

有人敲门。

在祷告的神父，这时画了个十字，向门口走去。

是赛林娜嬷嬷，医生紧跟其后。泰里维埃医生看见神父后，说道：

"祈祷吧，祈祷吧，神父先生。"

神父看着赛林娜嬷嬷，一边退走一边小声地说：

"请进,医生。我的祷告做完了。"

泰里维埃向病人走去。他觉得应该和平常一样,使用令人信服的信心和真诚的声调:

"怎么啦?今天晚上哪儿不舒适?……有些发烧?是新血清的效果反应吧!"他搓了搓手,捋了捋胡子,让嬷嬷证明昂图瓦纳很快就会回来。"放下心来,这是血清,你看,我会马上让你减轻痛苦。"

蒂博先生安静地看着这个人在撒谎。

曾经有许多次,他甘愿接受这些幼稚的解释欺骗,这所有的欺骗他都看得清清楚楚,他用手指去触碰那些欺骗,他终于戳破了几个月来耍弄他的把戏。昂图瓦纳真的就要来了吗?不可以什么都相信……再说,这和他也没什么关系。所有对于他都是一个样:最终一切都将失去作用。

这样把人看得更清楚了,甚至他与这个世界构成的整体格格不入,他都不觉得奇怪,他将要死去,这里已经没有他的位置了。他独身一人。独自和神秘同在,独自和上帝在一起。这样的孤单,即使是上帝也无法克服!

他的眼皮不知何时垂了下来。他不再关心什么是实际、什么是虚幻。他沉浸在悦耳动听的音乐中。他让人检查、触碰,没有不耐烦,安然淡漠,魂不守舍——他早已身处物外。

3

兄弟俩蜷缩在开往巴黎的火车的某一处角落里,他们被车厢中黑暗的气氛压抑得麻木了,不再想入睡,却又尽力去入睡,来保护和延长自身的孤寂。

昂图瓦纳一直难以合上眼。因为一旦感觉到是在归途上，心中就会想到撇下的病危的父亲，因此而感觉到惊恐不安。几小时以来，火车在黑夜里隆隆地响着，虽然倦乏但却睡不着的他，不由自主地沉浸在胡思乱想里。不过，越来越接近病人了，他那绷紧的神经也逐渐放松了；等不了多久，他又可以在现场行动了。但是，又有新的困难出现了。该如何告诉蒂博先生，他的儿子回来了呢？又该如何告知吉丝呢？他计划今天把这封信发往伦敦，但这封信很难写：一方面要告诉吉丝雅克还活着已经回到了巴黎，另一方面还要阻止姑娘跑回来。

别的乘客动了动，取下了灯罩，这动作惊醒了兄弟俩。他们的眼神相遇。雅克的脸抽动着，显得焦虑不安，昂图瓦纳对他情不自禁地怜悯起来。

他碰碰弟弟的膝盖说："没有睡好吗？"

雅克勉强地笑着耸了耸肩，然后，把头转向车窗，躲避到那昏昏欲睡的状态之中去，好像不愿意再打破这沉默。

当他们在餐车上吃早餐时，火车恰好穿过还被黑暗笼罩的郊区；火车停了，在即将结束而又非常寒冷的黑夜里下车走向站台；跟着昂图瓦纳来到了车站外面，走出车站，昂图瓦纳去找出租车。在茫茫大雾的笼罩下，这些行动很难辨清是真是假，前后相互连接。虽然这些都必须要做，但是雅克觉得好像和自己没多大关系。

昂图瓦纳很少说话，恰好可以避免尴尬，而且他对别人说的话，雅克也不需要回答。他从容地领着雅克归来，并且他们这样归来好像也是最为顺其自然的事情。

雅克不知不觉就已经来到了大学路,随后就走进了一楼大厅,脑袋里一片混乱,几乎觉察不到自己迟钝的反应。莱翁听见声响,跑来打开厨房的门,昂图瓦纳镇定自若地躲开用人的眼神,弯下身子看着堆着许多书信的桌子,得意地说:

"你好,莱翁。我把雅克先生找回来了。你……"

莱翁打断他的话:

"先生你还不知道吗?先生你还没有上楼吗?"

昂图瓦纳直起身来,面容瞬间苍白。

"……蒂博先生病况不见好转……泰里维埃医生在这儿待了一夜……女用人们说……"

昂图瓦纳已经迈出门口。雅克还在前厅站着,他不相信这是真实的。他迟疑了一下,随后紧跟在哥哥的身后。

楼梯里非常黑。

昂图瓦纳一边说着"快",一边急忙把雅克推进电梯。

铁门的咔嚓声、玻璃门的砰砰声、电梯的轰轰声,这些非常熟悉的响声——早已在他脑海里按照以前的顺序相互连接起来,纵使相隔一个世纪那么久,雅克依然能够记起——过去的生活不断地在雅克心中涌现。忽然,很清楚地回忆起一件辛酸的事:和达尼埃尔逃跑后,从马赛回来,被关在这个玻璃笼子里,也是昂图瓦纳待在旁边!

昂图瓦纳小声地说:"在楼梯口等我。"

周密的安排却被这偶然的事给搅乱。

老小姐在房间里不断地来回走动着,听到电梯的声音,认为只有昂图瓦纳回来了！她虽驼背但仍以最快的速度跑过去。她首先看见的是四条腿，她很诧异，直到雅克弯下身子拥抱她时，她才辨认出是雅克。

"仁慈的上帝！"音调很含糊地说。（自从前天开始，她就生活在惶恐不安中，无论任何的出乎意料的事情都不会再加剧她这种心情了。）

房间灯火通明，房门也是开着的。沙斯勒先生在书房门口，露出惊恐的表情。他诧异地看着雅克，不停地眨着眼睛，说出那句不曾改变过的话：

"啊，是你？"

"这次，估计病情十分严重。"昂图瓦纳不自觉地想，他不再顾及弟弟，一个人匆忙走进屋去。

幽暗笼罩着全部，非常寂静。他打开微开着的门，先是看到小灯的光亮，然后才是父亲的脸庞。紧闭着双眼，虽然一点动静也没有，但毋庸置疑：还活着。

他进了房间。

他刚迈进屋里，就看到泰里维埃、赛林娜嬷嬷、阿德丽爱娜和一个他没见过的新来的老修女站在床的周围，好似刚发生过什么事。

泰里维埃从人影中走过来，靠近昂图瓦纳，把他拉到盥洗室。

他急切地说："老兄，你回来得很及时。肾脏出现功能障碍，过滤功能丧失，一点作用也没有了……更糟糕的是，尿毒症发作时不断地抽搐。我待在这过的夜，不可能只让女人来看护；假如你再不回来，我就打算派人去请个男护士。已经发作三次了，最后一次发作得更为厉害。"

"从何时起肾脏出现功能障碍……"

"二十四小时前。嬷嬷是昨天早晨发现的。她肯定停止了打针。"

昂图瓦纳点点头说："是的……"

他们互相看着对方。此时昂图瓦纳的心情，泰里维埃看得十分透彻："我们曾经允许连续两个月的时间里，对只有一个肾脏的病人使用了毒素含量较大的药物，虽然现在有些晚了，毕竟……"他伸着头，张开双臂。

"老哥，无论怎样，我们不是取人性命的人……在尿毒症病发的时候，绝对不可以再继续使用吗啡了！"

的确是这样……昂图瓦纳也没有再说别的，明显是默认了。

泰里维埃说："我先回去，中午我会打电话来的。"顺便又不经意地问了句："你弟弟到底如何了？"

金黄色眼睛突然明亮了起来。他眼睛朝向下方，然后又抬了回来，划过一丝笑意：

"找到并带回来了，就在外面。"

泰里维埃用那肥肥的手捋着自己的胡须，用充满高兴的眼神看着昂图瓦纳。但是，此时不适合去提及那些事情。恰巧，给昂图瓦纳送白色卫生衣的赛林娜嬷嬷也走了进来。泰里维埃看了看嬷嬷，接着又看了看他的朋友，直接说了句：

"先这样，我先回去了，今天有的苦吃了。"

昂图瓦纳眉头紧紧地皱着。

他对嬷嬷说："不打吗啡，他肯定会非常疼痛。"

"我给敷上了许多带有芥子泥的热纱布，"昂图瓦纳露出怀疑的表情，嬷嬷紧接着解释，"这样最起码能减轻些疼痛。"

"你最起码也要在纱布上放些阿片酊吧？没放吗？"他很清楚，没有使用吗啡……可是他从不认为自己会无能为力。他对嬷嬷说："楼下什么药品都有，我马上去取来。"把泰里维埃推到门外说："回去吧！"

走过房间时他想道："雅克如何了？"但是，现在他也无暇顾及弟弟了。

两名医生一句话也没说就很快地走下了楼梯。在最后几个台阶时，泰里维埃的身子转了过来，把手伸出去。昂图瓦纳握着他的手，忽然问道：

"泰里维埃，你明确地告诉我……你认为接下来会怎样？现在应该是快了吧？"

"当然，假如尿毒症还没医治好的话！"

昂图瓦纳重重地握了一下朋友的手，当作回复。的确，他认为自己很有毅力、很勇敢。况且雅克已经找回来了，所以这只是时间问题了。

在楼上病房里，阿德丽爱娜和老修女陪在蒂博先生的床边，可是她们并没有注意到病人发病的前兆。等她们发现病人在喘息的时候，病人已经开始抽搐了，脖子紧绷绷的，头向后倾。

阿德丽爱娜冲向走廊喊：

"嬷嬷！"

没有人应声。她向前厅冲去："赛林娜嬷嬷！昂图瓦纳先生！快过来！"

待在书房的雅克和沙斯勒先生，听到声音，没有多想就向病房跑去。

门是敞开的。雅克被椅子绊了一下。他什么也没看到。只是看

821

见几个人在灯光下走动，最后，终于看清床上斜躺着的东西，两只手不停地在空中拍打。病人已经滑到了被子的边角。阿德丽爱娜和护士想把病人抬起来，可是力气太小没抬动。雅克跑来，用一只腿压着被子，抱着父亲的身子，最终把他抬了起来，放在床上合适的位置。他感到这温热的体温，感到这喘气声，他看到躺在自己怀里的父亲，面部朝向他，翻起的白眼珠，他凑近了看，才勉强认出是自己的父亲。他弯着身子，紧紧地抱住父亲抽动的身子。

神经质的抽搐减缓下来，血液又重新开始流通。眼珠飘忽不定，一会儿呆滞，一会儿转动！眼睛也慢慢变得有些生机，好像看到了朝向自己的那张年轻的脸。他会认出那是他已经失踪了的儿子吗？即便他有片刻的清醒，他还能辨别什么是真实、什么是虚幻吗？他的嘴在嚅动。眼孔在变大。突然间，这目光，唤起他的记忆：曾经，他的父亲要求他记起已忘记的东西，如忘记的日期、名字时，眼睛里就是充满了这种专注又迷离的眼神，并且眼睛还不断地偏向一边。

雅克用手撑着身子，嗓子紧张口吃地说：

"父亲，父亲，你怎么啦？……怎么啦？"

蒂博先生的眼睛慢慢向下看。微微嚅动着很难发现的嘴和胡子。紧接着是脸、肩膀、胸膛，这上半身剧烈地在抽动：他在哭泣。从他那无力的口中发出就像空瓶子掉进水里那样的声音：扑腾、扑腾、扑腾……老修女手拿着药棉去擦拭他的下巴。雅克不知所措，眼睛里已经充满了泪水，他弯着腰对着抽动的身子，用木讷的声音不断地问：

"怎么啦，父亲……怎么样？嗯？你怎样，父亲？"

昂图瓦纳来到了，赛林娜嬷嬷紧随其后，他看见弟弟时就停下了步伐。他也搞不清楚发生了什么，他也不想搞清楚。在他手里有一个量器，里面有半杯液体。嬷嬷拿了一个消毒玻璃盆和几条毛巾。

雅克站起身来。其他人把他挤到一边去，围着病人，掀开被褥。

他退向房间的角落。没人留意他，他会一直待在这看着父亲痛苦，看着父亲哀号吗？不会……他来到门旁，他一踏出门槛，就感觉压抑少了许多。

走廊里光线很弱。去哪呢？去书房？他已经体会过和沙斯勒先生在一起的尴尬了。沙斯勒先生呆傻地坐在椅子上，低垂着肩膀，两手放在膝盖上，就好像等待着上天的恩赐一样。老小姐更惹人烦，驼着背，脸朝向地，留神每一处声响，犹如丧家犬一样在屋里走来走去，只要有人从她身边走过，她就会紧跟别人身后，似乎这座院子里的每一处都有她娇小的身影。

只有一个房间是没人的，可以躲在那里：吉丝的房间。没什么打紧的！她现在身处英国！

雅克蹑手蹑脚地躲进了吉丝房间，插上门闩。

他的心立刻放松了下来。经过了这一天一夜不断的约束，现在终于可以一个人独处了！

屋子里有些阴凉。没有打开灯。从这百叶窗的缝隙中可以隐约看到，这十二月迟到的早晨。雅克并没有因为这阴暗的藏身处而想到吉丝。他碰到一张椅子，就坐了下来，蜷缩在那里，手臂相互抱着，脑袋里一片空白。

等到他清醒的时候，透过窗帘似乎能够看到光亮，他迅速地认出了窗帘的蓝色花枝图案。巴黎……吉丝……在他睡意蒙眬时，在他的四周出现了那被忘记的场景。他看着这一切。这里的每一件物品他都曾触碰过——曾经的生活……他的相片,现在该怎样了?难道是在墙上?在一个明亮的长方形相框里与昂图瓦纳的相片相对排列吗?难道吉丝摘下了?是因为愤恨?不可能!是被她带走了!带到了英国!唉,这一切还要重新再来吗?……他耸了耸肩,犹如被网住的猛兽,挣扎得越狠就被裹得越紧。庆幸的是,吉丝在英国。他讨厌她。他每每想到她,就感到自愧不如。

他真想驱除这些回忆,一跃而起,准备逃离这个屋子。他忘却了他的父亲,那个即将死去的人……在这个屋子里,碰到的只不过都是些回忆的阴影:在这里几乎是孤单的。他又回到了桌子旁,坐在那里。吸墨水的纸上留着吉丝的笔迹:紫色的墨水……他茫然了,突然间,他十分想辨别清楚那些反写的是什么字。然后他拿开了吸墨水的纸板。他的眼里再一次含满了泪水。唉,忘记吧,睡吧!他用手臂撑在桌子,低下头。洛桑,他的朋友们,他一个人独自地生活……走吧,走吧,快些走吧!

正睡意蒙眬的他,被开门声惊醒了。

是昂图瓦纳来了。正午吃饭时间早过了,趁着这片刻清静,吃些东西吧。

在餐厅里已经摆好了两套餐具。老小姐打发沙斯勒先生回家吃午饭。至于她自己,上帝!"太多的事情她都要考虑",没心思吃饭。

雅克不怎么饿。昂图瓦纳一声不吭饥饿地吃着。他俩互不对视。他俩不在一起吃饭已经很久了?一切都过得那么仓促,容不得他们有半点激动的空隙。

昂图瓦纳问:"他把你认出来了吗?"

"我不清楚。"

保持了一会儿平静,雅克拿开盘子,抬起了头。

"给我说说,昂图瓦纳,给我介绍一下……病情的进展。他接下来会怎么样?"

"肾脏,已经有三十六小时失去了过滤功能!你懂吗?"

"懂。那将怎样?"

"很难说啊……尿毒症假若没有得到控制,我认为或许是明天……或许是今夜……"

雅克本想叹口气,但又咽了回去。

"很痛吗?"

昂图瓦纳说:"肯定的。"此时他的脑袋昏沉沉的。

他止住声,因为老小姐端着咖啡过来了。当老小姐靠近雅克,准备倒咖啡时,手哆嗦得厉害,雅克准备从她手里接过咖啡壶。雅克看到她瘦黄的手,牵引起他许多儿时的回忆,让他内心澎湃。他给老小姐一个微笑的面容,但他弯下身子也无法与老小姐的目光交会。她一句话也没说,在雅克回来之后,这三年以来她为雅克的死伤心了多少次,雅克回来后,她还没准备好,该怎样仔细地看看这个幽灵。

昂图瓦纳在等到只剩他俩时,又张嘴说:"痛苦。"然后又接着说,"病情应该还会越来越严重。按常理来说,尿毒症会使全身麻木,死时应该不会太痛苦。不过,要是抽搐起来……"

雅克又问:"那为什么不再使用吗啡了呢?"

"因为他肾脏不起过滤作用,用了吗啡毒素就会不断地增加而导致死亡。"

门突然间被打开了,女仆露了一下那惊恐的脸就不见了,她大声呼喊，却喊不出声音。

昂图瓦纳跑过去紧跟着她。此时，他心中不自觉地有一种希望在刺激着他。

雅克也站了起来，心中也不自主地出现一种希望。他犹豫了一下，紧随哥哥身后。

不是的，这不是将要死的前兆。这只是病情又一次地复发，不过来得迅猛罢了。

牙齿狠狠地紧咬着，雅克在门口外就听到了咬牙的声音吱吱作响。脸憋得通红，两眼向内直翻。呼吸非常困难，就像接不上气一样，此时的雅克胆战心惊，转身看着他的哥哥，好像自己也无法呼吸了。病人的手脚搐动得更加严重了，身子紧绷达到了弓形，肌肉也达到了最强的紧张度，现在只剩下头和脚还在被子上，他现在处于搐动的平衡里，这瞬间也表现出了搐动最强劲的力量。

昂图瓦纳说：“拿些乙醚过来。”

雅克感觉哥哥的声音十分沉稳。

病还在发作。越来越大的吼声断断续续地从嘴里发出。脑袋左右晃动，四肢也胡乱地拍打着。

"摁着胳膊。"昂图瓦纳小声地说。他自己按着另一只手臂，两个修女也尽全力按住胡乱踢蹬、蹬掉被子的两只脚。

挣扎持续了一会儿，随后搐动情况得到好转，抽搐的动作断断续续地出现。头不再晃动了，腿也放松了下来，身子平直地躺着。

此时病人又呻吟了起来：

"哎哟……哎哟……"

雅克把摁住的胳膊放在床上，他看到自己的手印留在了父亲的胳膊上。父亲衣服的袖口已被撕破，领口的纽扣也掉了一颗。雅克的眼睛一动也不动直直地看着这软弱、浸湿的嘴唇，从这张嘴里顽强地发出微弱无力的病痛声："哎哟……哎哟……"他闻到这些乙醚味道，忽然间，有些呕吐的冲动，还好中午没吃饭。他想调整一下自己的状态，挺直身子。他觉得自己脸色非常不佳。他勉强晃悠悠地走到了门口。

老修女帮着赛林娜嬷嬷着手整理被褥。忽然间，她拿着床单转向昂图瓦纳。床单上被病人滚动的地方，有一大片带有血色的尿迹。

昂图瓦纳什么也没说，过了一会儿，他从床前走开，依靠着壁炉。肾脏的作用又重新恢复了，病情恶化暂停了——会有多久呢？当然，无法逃脱死亡，但是生命可以延缓了，也许是延缓几天……

他直起身子。他不愿多在这花费精力诊断，和死亡斗争的时间完全出乎他的预计。会有好的方法吗？既然生命继续延缓，就应该好好利用这宝贵的时间。首先，合理安排可以使用的人手。分为两拨人，轮番守护在奄奄一息的病人旁边。把莱翁也叫上来增加可使用的力量。他，昂图瓦纳，则是昼夜守在病人身边；他不愿意远离这房间一步。还好，在他去瑞士之前，他腾出几天空闲时间。假若有危及的病人——可以让泰里维埃前去医治。——还有别的吗？——告知菲力普。给医院打电话——还会有什么呢？他感觉自己把一件重要的事给忘记了（疲倦的特征，安排仆人备茶水）……对，还有吉丝！在今天晚上之前，写信给吉丝。还好，老小姐没有提到过让她侄女回来这件事！

在壁炉旁的他，两只手摸着大理石的边，两只脚不自觉地交换着向火炉伸去。人力调配，已经开始行动了。他的理智早已恢复。

827

在房屋的另外一处，蒂博先生正遭受着痛苦的折磨，病痛的叫喊声越来越大。两个修女已经坐下。他正打算出去利用这个短暂的时间打个电话，突然间又改变想法，走到病人跟前，察看病人。病人呼吸急促，脸色通红并且不断地加深……疾病又复发？雅克呢？

与此同时，走廊里传来微微细语。门开了，雅克跟在韦卡尔神父后面走了进来。昂图瓦图看到弟弟神色凝重，然而神父冷酷的脸上，两眼闪着亮光。蒂博先生病痛的低哼声越来越急促，忽然，他伸出手臂，手指抽搐，关节的响声犹如砸碎核桃的响声。

昂图瓦纳喊了一声："雅克。"而另一只手又去拿乙醚瓶。

神父迟疑了一下，小心地画了个十字，就悄无声息地走了。

4

在这一个整夜和第二天早上，昂图瓦纳调配两组人员每隔三小时，不停地轮守在蒂博先生身边。雅克、女仆和老修女分为第一组，赛林娜嬷嬷、莱翁、克洛蒂德和女厨师分为第二组，而昂图瓦纳却一直守护在父亲身边。

病痛复发的次数越来越多，而且病痛爆发得也越来越剧烈，每次复发后，守护病人的人和病人都被这病痛搞得筋疲力尽，守护者疲倦地坐着，无奈地看着病人遭受痛苦，提供不了任何帮助。在搐动停歇间，神经又十分疼痛；身上基本没有不痛的地方了，两次发作之中，不停地喊叫着。病人的脑子非常羸弱，根本无法觉察周围发生的事；有些时候，他忽然胡言乱语起来；但他依然有十分清楚的感觉，不断地用手指点着痛处。昂图瓦纳非常诧异，父亲卧病几个月了，竟然还这样有力量。经验丰富、见多识广的修女们此时也迷茫了。她们认为只有尿毒症才会导致这样的反应，一个钟头里来看过几次，床单依然没有尿迹，在这二十四小时里，肾脏功能没有再重新发挥作用。

自从第一天开始，看门人就来说为了避免病痛的嘶吼声传出来，能把窗户关上吗？病痛的叫声在整个院子回响，令整座楼都恐惧焦虑。住在四楼的是个年轻的孕妇，这个孕妇就住在病人的楼上，病人的惨叫声令她恐惧不安，她别无选择，夜晚她只好住在娘家躲避。所以，关上了所有的窗户。房间里只有床头灯打开着。房间里弥漫的气味使人无法呼吸，虽然通过不断地加旺火候，来净化空气，可是作用依旧不太明显。雅克经常被这房间的昏暗污浊搞得头昏脑涨，接连三天激动的喘息把他搞得疲倦不堪；有时，他举着手站着，也能睡着，然后等醒过来后，再接着完成手中的动作。

当他被轮换下来时，他就会来到自己的屋里，闩上门，一个人静静地待着。他来到曾经属于自己的那间屋子，没脱衣服，就直接躺在了沙发床上；不过这样也难以入睡。隔着窗帘，他看到飘落的雪花，十分密集，使人难以看清对面的楼房，也抵消了大街上的回声。此时，他的眼前好像出现了洛桑，楼梯巷，卡梅辛公寓，索菲亚，他的朋友们。所有都混淆了：实际和回想，巴黎的雪和那边的冬天，这个房间的热和瑞士小火炉的热，他衣服散发出的乙醚味和金黄色木地板散发出的树脂香……他打算再找一处地方，他站了起来，移动步伐来到了书房。他拖着疲惫的身体，摇摇晃晃地来到椅子旁，重重地倒坐在上面。他的心情十分低落，仿佛他白白等待了这么久，自己的愿望却毫无结果。对他来说，所有一切都已无法挽回，也显得和这些不相协调。

从中午开始,病痛不断地复发,好像就没有中断过,病况明显恶化。待到雅克这组人员值班时,自早晨以来病情的恶化让他非常惊讶:病人脸上的肌肉一直都在抽动,特别是因中毒而变得非常臃肿的脸庞,让人都很难辨认出病人原本的模样。

雅克打算向哥哥询问,可是危及的病情容不得哥俩儿注意力的分散。更何况此时,雅克早已身心疲惫,如果想要表达出让人听得懂的语言,必须要耗费很多的精力。在这病一次接着一次发作的间隙里,他非常可怜地看着不断遭受病痛折磨的病人,昂起头用充满疑惑的眼神看着哥哥。可是昂图瓦纳却强忍着紧咬着牙,把视线转向别处。

在经过一阵非常猛烈的痉挛后,雅克已经疲惫不堪,额头大汗淋漓,一时莽撞的他直接走到哥哥身边,拉起哥哥的胳膊来到房间的另一处。

"昂图瓦纳!不可以再耽搁下去了!"

他颤抖的声音里带有几分责怪。昂图瓦纳无奈地扭过头去,耸了耸肩,表示出无能为力。

雅克摇动着哥哥的胳膊说:"要想个好主意!一定要减轻他的病痛!应该有个好主意!一定要这样!"

昂图瓦纳不屑地挑起眉毛,又看看不断因病痛而呻吟的病人。

有什么好的方法呢?洗澡?很明显,这方法他已经想过许多次了。能行得通吗?洗澡室在这套房间的另一处,向右走,在那拥挤的走廊的最末处,离厨房比较近。这需要大费周折……不过……

他思考了半天,最后还是决定实施这个想法,在他脑袋里已经准备好了实施计划的步骤。通常,每次发作之后,有几分钟的时间是挣扎最弱的,唯有利用这片刻时间。所以,一定要周密地计划好。

他昂起头:

"这里你先别操心了,帮我把莱翁和赛林娜嬷嬷喊来顺便再让赛林娜嬷嬷拿两条被单。你,阿德丽爱娜,打满一缸38℃左右的热水。清楚不?你就一直在洗浴室,保持水温38℃左右,等我们到了后再去通知克洛蒂德,把毛巾烘热,向暖床炉添满木炭。赶快去吧。"

还在休息的赛林娜嬷嬷和莱翁,急忙赶来替补阿德丽爱娜离开后的空缺,抽搐又发作了,爆发得很猛烈,不过时间很短。

停止发作,病人开始喘息了,除了手脚不停地乱动之外,其他还都相对缓和。昂图瓦纳很快地环视一圈周围的人。

他说:"现在可以了。"接着又对雅克说,"不要紧张,我们不能浪费掉一分一秒。"

两个修女拉起被单。被单上飘起一片灰尘,令整个房间都充满了腐臭的烂肉味。

昂图瓦纳说:"快把他的衣服脱去。莱翁,快向火炉里加柴,准备好后面用。"

"哎哟……哎哟……"病人在低哼着。他的褥疮不断地恶化着,面积也不断地扩大,胛骨、臀部、脚跟,都结成了黑色疮口,虽然使用了爽身粉和纱布,但还是紧粘着衣衫。

昂图瓦纳说:"停一下。"他拿着刀子,直接划开了衣服。听到衣服被划开的声音,雅克不自觉地打了个寒战。

整个身体都裸露了出来。

身体很胖,肌肤苍白,虚软,看上去很消瘦,但又虚胖。在骨瘦如柴的胳膊上，挂着两只像拳击套一样的手。长得离奇的两条腿，犹如长了毛的干骨头。上身长了一片胸毛，下体被一撮毛遮住。

雅克转移了视线。第一次看到父亲裸露的身体，他突然间有一种莫名其妙的想法。这一刻，也许会令他在以后回想起来很多次。瞬间，他回忆起在突尼斯的场景，拿着记录采访的笔记本，相同地也是面对一个赤身裸体的人，也是一样虚胖臃肿。那个老头是一个淫棍，身体很庞大，刚被发现上吊自杀，被平放在太阳下。从附近跑来了许多孩子叽叽喳喳地叫着，围观。雅克瞧见那老头的女儿，估计还是个孩子，伤心地走过院子，赶走那些孩子，抱来许多柴草，撒在尸体上，也许是为了遮羞，也许是为了防止苍蝇。

昂图瓦纳轻声地说："雅克，过来。"

要求他从病人身体下，去捏住昂图瓦纳和嬷嬷从病人腰下递过来的被单。

雅克听从使唤。碰到了这湿漉漉的肉身，他惊得向后一退，这让人意想不到的反应，是人生理上很自然的条件反射。每个人对自己自私的情感是任何怜悯或同情无法比拟的。

昂图瓦纳嘱咐着："放在被单中间，对，把握好轻重。把枕头小心地拿开。嬷嬷，你将他的脚再抬高些，再高些，当心别碰着伤疤。雅克，揪住头部那边的被单，走在前面；我揪住这边，赛林娜嬷嬷和莱翁抓紧脚边的被单。都抓得牢固吗？来，先来试试看。一、二！"

被单被使劲地扯着，扯得非常紧。他们花了好大的力气，终于把病人的身子抬起来了。

昂图瓦纳非常兴奋地说："成功了！"此时，大家也都为成功地抬起病人而感到兴奋。

昂图瓦纳对老修女说：

"嬷嬷，把毛毯给他搭上，然后你走在前面去开门……都抓牢了吗？开始走。"

这组人抬着病人艰难地移动着步伐，走入窄小的走廊。病人在吼叫。沙斯勒先生在厨房的门旁探了一下头。

昂图瓦纳用低沉的嗓音说："那边的脚别抬得太高，还有那边有需要休息的吗？不用吗？那好，继续向前走……留意，小心别把壁橱钥匙弄丢了……坚持住。就要到了。注意前面的弯道。"很远时他就看到了洗浴室门前站着老小姐和两个女仆。昂图瓦纳大叫道："快让开，让开，我们五个就可以了。阿德丽爱娜和克洛蒂德，你俩，趁此时赶快整理铺床。把床暖暖……嗯，此时我们走。身子斜着方便过门槛。嗯……不要放在地上！倒霉！抬高些，再高些，要高过浴盆。紧接着轻轻地放进水中，肯定把被单一起放入！要稳住！轻轻地。放开些。再放些。对，就这样……哟，水太满了，流得满地都是水了。把他放进去……"

重重的身体在被单中间渐渐地沉入水中，将与他体积大致相同的水溢了出来，到处都是，先是打湿这些抬被单的人，然后又流向走廊。

"事情成了。"昂图瓦纳一边打掉衣服上的水，一边说，"好啦，有十多分钟的时间可以休息。"

蒂博先生肯定是受到了温水的刺激，有一段时间不再吼叫了，但是紧接而来的吼叫更加猛烈。他奋力挣脱！还好他的手脚都被床单裹着，挣脱不了。

慢慢地他不再挣扎了，吼叫也没有了，只是低声地哼着："哎哟……哎哟……"没多长时间，这低哼声也消失了，肯定是他觉得非常舒适了。即使有"哎哟"也是非常舒适的叫声。

他们五个人站在浴盆旁边,脚下都是水,他们都迫切地想知道接下来会发生什么。

忽然,蒂博先生睁开眼睛,放大了嗓门说:

"啊,是你?怎么现在才……"他向四周看了看,可是他没有认清周围的人都是谁。接着他又说:"放了我。"(这是几天以来他说的唯一一句让人听得懂的话了。)他不吭声了,不过嘴还在微动着,就像是在做祷告,仅能听见微弱的细语声。昂图瓦纳立起耳朵仔细地听,终于听到了几句:

"圣约瑟夫……将死者的主保圣人……"然后又是:"苦命的罪人……"

眼皮又渐渐下垂。面部祥和!呼吸均匀有力。再也听不到呻吟声了,可以说给了大家一个出乎意料的放松时间。

老人忽然发出一声天真清脆的笑声。昂图瓦纳和雅克相互看着对方。他思考着什么呢?他依旧闭着眼睛。因为之前竭力嘶喊,所以现在他的嗓子已经哑了,但还是很清楚地哼唱出,老小姐教会他的那首儿歌。

嗨,嗨,快些跑,
快些去,去约会!

他又重复地唱着:"嗨……嗨……"然后就没声了。

昂图瓦纳十分尴尬,没有勇气抬起头来。他心里想:"去约会……这悲哀的癖好……雅克会是怎样认为的呢?"

其实雅克也是同样认为的,他不是因为听到歌词而感到窘迫,而是因为他俩都在，所以才觉得有些窘迫。

已经过了十多分钟了。

昂图瓦纳静静地看着浴缸，脑子里早已思考好该怎样把父亲抬回去。

他轻声说："不可以用湿漉漉的被单抬他回去。莱翁，把床上的被褥拿过来。找克洛蒂德要在火炉上烘干的毛巾。"

把被子放在湿淋淋的地板上。接着，按照昂图瓦纳的吩咐，他们四个吃力地抬起被单，把病人从浴盆里抬出，湿漉漉地放在被子上。

"快擦干他的身子……"昂图瓦纳说，"行了。给他把毛毯裹上，拿些干被单放在他身下。赶快，免得着凉了。"

紧接着又想道："即使受凉又有什么打紧的呢？"

他环顾四周。到处都是湿漉漉的，被子、被单都被水浸泡着，椅子也斜倒在墙角，整个洗浴间就像刚发过洪水一样，一片狼藉。

他指挥道："大家准备好了，走。"

病人躺在拉得紧绷的被单上，就像躺在吊床上一样，晃晃悠悠的，后来这组人，蹚着水，艰难地移动着步伐，从走廊拐角处走了过去，身后留下一条长长的水迹。

一会儿之后，蒂博先生睡在早已打理好的床铺上，头放在枕头上，两手疲惫地搭在被子上。他一点动静也没有，脸色惨白。这么些日子以来，这是他第一次不再承受痛苦的折磨了。

好景不长。

四点的钟声响起，雅克走出房间，打算到楼下休息片刻，刚走到前厅，昂图瓦纳追了上来：

"赶快！他快停止呼吸了！……打电话给柯特罗。地址是赛佛尔

835

路，柯特罗，弗勒吕斯 54-02。让他们立刻送来三四只氧气袋……弗勒吕斯 54-02。"

"我需要坐出租车去一趟吗？"

"不需要，他们有送货的三轮车。抓紧时间打电话，这儿离不开你。"蒂博先生的书房里有电话。雅克急匆匆地跑了进去，惊得沙斯勒先生直接从椅子上蹦了起来。

雅克一边向他喊道"父亲快停止呼吸了"，一边急忙地拨打电话。

"喂……请问是柯特罗公司吗？……不是吗？是弗勒吕斯 54-02 号吗？"

"喂……小姐，有病人！劳烦你转接弗勒吕斯 54-02！"

"喂……柯特罗公司吗？好……这里是蒂博医生……对的……你可以……"

他弯着身子，胳膊撑在放电话的桌几上，背朝着房门。他一方面打电话，一方面不自觉抬起眼睛看向镜子。他看到门被打开了，吉丝诧异地站在门口，正注视着他。

5

就在昂图瓦纳去洛桑的当天，克洛蒂德建议应该提前通知吉丝，老小姐也认为应该这样。当吉丝小姐接到通知后，就立刻动身，在一小时之内就踏上了从伦敦返回巴黎的路程。她回来后，没有告诉任何人，自己搭出租车直接回到大学路，她也没敢向那个门房询问，心里怦怦地跳着，就直接上了楼。

给她开门的是莱翁。她瞧见莱翁也在这里，心里非常担心，口吃地说道：

"先生如何了？"

"还在，小姐。"

"那么……"此时听到有人在书房喊："你是弗勒吕斯54-02？"

吉丝不由得打了个寒战，难道是幻觉？

"喂……小姐，有病人……"

此时她完全惊呆了，两腿不停地颤抖，手里的箱子也无意识地滑落到地上。穿过大厅，两手打开那微微敞开的门。

是他，在那儿后背向着外面，手臂撑着小桌子。他的面容从变绿的镜子里一掠而过，眼睛是向下看的。从远处看到镜子的映射，似真似假。她一直都认为雅克没有死，果真，他又回来了，回到了父亲的身边……

"喂……这里是蒂博医生……对的……你可以……"

他们的眼神渐渐地碰触在一起。雅克迅速回过身，手里还握着电话，电话里还一直传来说话的声音。

他又说了一句："你能……"他的嗓子就好像被卡住了。他使劲咽了一下，用压低了的嗓音说："喂……"他全然忘却了身在何地，也不知为何打电话。他要重新打起精气神，昂图瓦纳、病危的父亲、氧气……他意识到："父亲快停止呼吸了。"

他的脑袋里乱哄哄的。

电话的那头不耐烦地说："喂，我正在听！"雅克顿时产生了一股怒气，对吉丝小姐的突然闯入感到十分恼怒。她为什么要来？她还想怎么样？为什么她依然还在？所有不都已经终结，终结了吗？

吉丝纹丝未动。在她那棕褐色的脸上，长着一双又圆又大、乌黑发亮的眼睛,在这美丽而又忠厚的眼睛里流露出温暖和爱意,在这诧异的情态中柔情就显得更加突出了。她明显消瘦了。雅克并没有多去想她变得更加美丽了,不过,这想法还是在脑海里一闪。

沙斯勒先生首先打破了这沉默,就像定时炸弹爆炸了一样。

他傻傻地笑着说:"啊,是你?"

雅克用力把电话按压在脸庞,心神不定的眼睛仍直勾勾地看着突然到来的美丽倩影,眼睛里根本没有显露出心里的愤怒。他吞吞吐吐地说:

"麻烦你……立即,送些氧气来……用三轮车……什么?……肯定是袋装的氧气……我们这里的病人快停止呼吸了……"

吉丝待在那还是丝毫不动,就像是钉在了那里,始终注视着他,眼睛连眨也不眨。

她原来无数次的假想当他再次出现在她身边的那一刻时,她会冲向他的怀抱。此时,这一刻来临了。他就在这里,就在距离她不超过三步远的地方,却没法靠近,他是别人的——被陌生人占有。从雅克的眼神里,可以看出吉丝好像遭到了坚硬的回绝。此刻,她还没有明白,她觉得这与她的设想是完全相反的事实,可能还会令她继续悲伤下去。

他一边说话一边继续审视着她。他们两个人的眼神就这样相互交结着。雅克挺直了身,他的声音再次变得坚毅,乃至更加坚毅:

"对的……三四袋氧气……需要立即送来。"

此时他说话的声音要比往常高出很多,语音有些微颤,还夹杂些鼻音,故作一种镇定自若的神情:"哦,抱歉,地址是大学路,四号乙,蒂博医生……不是,是四号乙三楼。先生,麻烦快些,万分着急!"

他不紧不慢，有些担心地挂上电话。

两个人还是都没动。

雅克终于开口说："你好。"

她全身一通颤抖，轻微地张开嘴唇想笑，想回应。但是，雅克似乎是顿时觉察到现实的状况，思索着赶快从这里逃脱。

他解释说："昂图瓦纳那儿还需要我。"就急忙穿越房子，又说："沙斯勒先生会给你说明所有的……他快没有呼吸了……你恰逢他病发最紧急的时刻……"

当雅克从她身边走过时，她努力振作起来说："是的，你赶快去吧！"

她两眼含满泪水。她没有任何确切的打算，也不觉得惋惜：仅仅只是感到难过、惊讶，然后无可奈何。她的眼睛盯着雅克进入前厅。她只要瞧见他行走，就愈加感觉到他仍旧生存着，愈加确定把他找回来了。待到一会儿他不见之后，她才用力地抓紧双手，轻声地喊了一下：

"雅克……"

沙斯勒先生目睹着此刻的场景，似乎就是一个木头，一句也不吭。当房间只有他和吉丝时，他立刻察觉到出于礼节应该第一个说话。

"吉丝小姐，我，就如你见到这样，我在这里。"他一边说，一边轻抚被他坐过的座椅。吉丝赶忙背对着他，省得被他发现自己在流泪。片刻之后，他再次说：

"我们等待着可以……"

他的音调是如此坦诚，让吉丝怔住了，问道：

"可以什么？"

小老头在眼镜后面眨了眨眼睛,小心翼翼地抿了抿嘴说道:"祷告,吉丝小姐。"

这次,雅克赶紧闯进父亲的屋里,就好像在寻觅保护一样。

屋顶的灯打开了。蒂博先生被人扶起,挺直着坐着,样子很让人害怕:头向后仰着,嘴唇张开,似乎没有任何感觉,眼睛睁得圆圆的、大大的,外凸着,直勾勾地睁开着,但没有一点精神。昂图瓦纳弯下腰扶住父亲,赛林娜嬷嬷用老修女给她的垫子垫稳蒂博先生的身子。

昂图瓦纳刚看见弟弟就赶紧连忙叫道:"打开窗。"

一阵风从屋里穿过,轻抚过那没有感觉的面颊。鼻子已经抖动,一些清新的空气开始被吸入。患者的气息非常弱小,不连续的,非常短促。这样的状况,没完没了,看到这样,每次都艰难地呼吸着,似乎都是结局。

雅克来到昂图瓦纳跟前,低声地跟他说:

"吉丝回来了。"

昂图瓦纳没有太大反应,只轻轻地挑了挑眉毛。因为他和死神正在进行着紧急的战斗,不愿意在任何时刻分神。如果稍微粗心,这弱得不能再弱的呼吸就会消失。就如正在搏斗的拳手,眼睛紧盯着对方,绷紧着神经,调起浑身的肌肉准备接招,他目不斜视地盯着病人。他无时无刻不在想着,在这两天里,他总是把父亲的死当作是一种解放,但此刻他竟然和死神进行着猛烈的斗争,他几乎忘了这病危的人是他的父亲。

"氧气就快要到了。"他在心里思考着,"氧气就快到了,还能挺住五分钟,也可能是十分钟。氧气袋一旦拿到……我就需要腾出手来。嬷嬷也……"

"雅克,去帮我喊些人来……阿德丽爱娜,克洛蒂德,是谁都行,和你一起扶住病人。"

厨房里没有人。雅克飞奔到衣物间,就看到吉丝和她姑母两个人。他迟疑不决,但时间紧急……

他说:"好,就你吧,来吧!"然后把老小姐拉到客厅说:"你守在楼梯口,等一下氧气袋送到后,你一定要立即送到楼上。"

雅克和吉丝走到床边时,蒂博先生早就晕过去了。他的脸发紫,嘴巴完全张开,嘴角边淌出褐色的液体。

昂图瓦纳轻声说:"快来,你们过来扶好……"

雅克替补到哥哥所在的位置,吉丝接替赛林娜嬷嬷的位置。

昂图瓦纳对赛林娜嬷嬷说:"扯他的舌头,垫块布……垫块布……"

其实,吉丝的护理能力之前就曾展示过:她曾在英国伦敦上过护理课。她一边防止病人晕倒,又同时抓住病人的手,她得到昂图瓦纳许可的眼神后,就和着嬷嬷扯舌头的节奏,开始摇晃病人的手臂。雅克抓住另一只手,也同样摇晃着手臂。但蒂博先生的脸依旧浮肿充血,犹如被人掐断了脖子。

昂图瓦纳整齐地喊着:"一、二……一、二……"

门被打开了。

阿德丽爱娜手里拿着氧气袋,急匆匆地跑过来。

昂图瓦纳拿到氧气袋,立即拧开开关,插入病人的口中。

接下来的这一分钟显得尤为漫长,时间似乎是不走了。但是病情获得了好转,嘴巴渐渐地开始呼吸了。不一会儿,血液就重新流动了起来,脸上淤积的血液渐渐消去了。

昂图瓦纳始终目不转睛地看着病人,用肘关节小心地按压氧气

841

袋！他向吉丝和雅克摆了个手势，示意他们停止摆动病人的手臂。

对吉丝来说，是该停下来了，因为她早已精疲力竭了。她觉得四周都在摇摆晃荡。她实在无法忍受这张床恶臭的气味。她向后撤了一步，牢牢抓住一把椅子，防止自己晕倒。

兄弟俩，依然弯着身子在床边。

蒂博先生依靠在垫子中间，在床上坐着。嘴里依旧含着氧气袋的输入口，他在休息，脸色十分平和。但是，还需要人守在旁边，留心观察他的呼吸状态。不过不用担心，暂时没有死亡的危险了。

昂图瓦纳坐在床边，准备给病人号脉，于是就把氧气袋拿给了嬷嬷；他也突然感觉到自己疲倦不已。脉搏十分不稳定，波动迟缓。他想："假若他就这样平静地死去……"他没有因为这个想法与他刚刚同窒息的抗争相矛盾而感到诧异。他昂起头，与吉丝的眼神相遇，向吉丝微微一笑。因为刚刚把她当用人一样使唤，没想到会是她。她突然间出现在自己的身边，他心里觉得一阵兴奋袭来。他的目光又看向病人。这次，他下意识地想："假若氧气迟到五分钟，那么，现在一切都结束了。"

6

给蒂博先生洗澡的确使他安静了一段时间，但是，窒息的来临，让这安静提前结束了。没多久，摇动又再次发作。病人在那蒙眬睡意中积攒的力量，似乎就是为了遭受这痛苦而准备的。

两次抽搐中间相隔半个多小时，但在这期间，内脏和神经又剧烈地疼痛起来，病人不停地呻吟，身体也不停地扭动。

十五分钟后,第三次病发又来临了,而后发作就持续不断,间隙也只有几分钟,只不过就是发作的程度不相同。

泰里维埃医生今天早晨曾来过,而且下午也打来了许多次电话,晚上九点之前又来了一次。当他来到房间的时候,正碰到蒂博先生剧烈地挣扎,泰里维埃眼看摁住他的人体力不济,就迅速过去帮忙。他前去按腿,但没按住,而且还被狠狠地踢了一脚,几乎被踹倒在地。谁也搞不清楚,这个老人为什么还会有这么大的力量。

病情一缓和下来,昂图瓦纳就把泰里维埃拉到房间的另一处。他打算说话,或者已经说了几句话(因为房间里太吵,泰里维埃没有听见),但昂图瓦纳突然又止住了声音,嘴唇打战。

泰里维埃发现他脸色突变,感到十分诧异。

昂图瓦纳努力恢复镇静,靠近泰里维埃耳朵,结巴地说:"老兄……你看……你看……真的无法忍受了,真的……"

他用诚恳的眼神注视着这个年轻人,希望能在他这得到援救。

泰里维埃垂下眼睛。

他说:"镇定,镇定些……"过一会儿又说:"你思考一下……脉象虚弱。三十小时没有尿液,尿毒症继续恶化,抽搐连续不断发作……我知道你已经疲惫不堪。坚持住,一切都快结束了。"

昂图瓦纳垂下肩膀,用迷茫的眼神向床那边看去,没有应答。他的面容完全变了,好像变得非常麻木了。"一切都快要结束了……"希望是真的吧?

轮换的时间到了,阿德丽爱德和老修女跟随着雅克走进了屋内。

泰里维埃来到雅克身边:"让你哥哥歇息一段时间吧,我陪同你在这守着。"

843

昂图瓦纳听到了。他很想从这个房间里出去，安静地待着、躺着，或许能够入睡，忘记所有，这句话十分具有引诱力。在那一瞬间，他想接受这个提议，但最终他还是坚定地拒绝说："不可以，老兄，谢谢，不可以。"他也不明白为什么拒绝，但坚定地觉得不应该同意。要独自一个人肩负起职责，独自一人面对命运。泰里维埃伸出手想说话。昂图瓦纳紧接着说："我心意已定，不要多说了。今天夜里我们加强人手，可以应付得了，你就不用过来帮忙了。"

泰里维埃无奈地耸了耸肩。他认为，估计还会拖延几天，而且，他早已习惯了服从昂图瓦纳的盼咐，他只有说：

"行吧。不管怎样，你答应不答应，明天晚上……"

昂图瓦纳没说什么，他清楚地知道，明天晚上还会继续痉挛、叫喊。可能后天也会这样。为什么不会这样呢？他的眼神与弟弟的眼神交会，只有雅克了解这其中的苦恼，与他有相同感受。

病人又叫喊了起来，是发作的征兆。他需要重新守护好自己的位置。昂图瓦纳伸手向泰里维埃握去，后者握了些许时间，好像要说："坚持住……"但是他没有勇气，什么也没说就走了。昂图瓦纳看着他离开。原来有许多次，他在离开一个病危的人身边时握住病人丈夫的手，挤出笑容，躲避病人的视线。那每次一转过身，就如释重负的场景，会和此时泰里维埃的转身离去相同吗？

夜里十点，不间断的搐动好像达到了最猛烈的程度。

昂图瓦纳觉察到身边的人的体力减弱，意志力也渐渐削弱，动作也开始迟缓了，也没有以前细心了。在往日里，他的干劲很容易被别人的松懈而激起。然而，现在的意志力无法再支撑体力枯竭的身体了。从他去洛桑的那天算起，这已经是第四夜没有合眼了。他没有一点食欲，今天逼迫自己喝了点牛奶。他依靠凉茶苦撑着，不时满上一杯。他紧张的精神越来越严重，看着他外表感觉精神很饱满，其实是假装的。事实上，在这种状况下，他需要一种毅力、一种忍耐，然而，这种毫无能力的感觉能使之瘫痪的虚假精力，是和他本质相抵触的，要求他做出最无法忍耐的努力。但是，他仍要不顾一切地挺下去，在同样的抗争中消耗体力，而且抗争持续不断地发生！

大概是十一点，刚发作完一次抽搐，四个人还在那里俯着身子，注意着末了的摇动，昂图瓦纳忽然挺直了身子，不自觉地做了个懊恼的动作：被单上有一片尿迹！肾功能又一次恢复了，并且尿量还很大。

雅克也有些恼怒，放开了病人的胳膊。太过分了。原本他们认为随着尿毒症的不断恶化，这一切很快就会结束了，所以他们才挺了下来。而这又是什么情况？真难以捉摸。这几天就好像死神在耐心地给他们布下圈套，设下陷阱。每当弹簧都拉得非常紧时，咔的一声，又回落到制动槽。然后，这一切又重来！

从此时开始，他都不想再去假装心痛不已。在病人两次搐动的间隙，他倒坐在距他最近的椅子上，疲倦中夹杂着愤怒。他用胳膊撑住自己的膝盖，拳头撑在眼部，眼睛眯了三四分钟。抽搐再次发作，需要别人去喊他，拍打他的肩膀，他惊得一跃而起。

在夜间十二点钟以前，病情十分危急，抢救难以起到有效作用。

抽搐连续三次都异常猛烈，然而这三次刚过，第四次又接踵而来。

这次来得更加凶猛，比以前都发作得厉害十倍。呼吸停止，脸上瘀血积聚，眼珠外凸，前臂抽搐内弯，看不见手，只能看到在山羊胡子下弯曲得像葱头一样的手腕。整个身子因为抽搐不停地抖动着，肌肉绷得非常紧，好像要胀裂一样。身体从来都没有出现过如此长的僵硬状态，时间就这样一分一秒地走着，丝毫没有缓和的迹象。昂图瓦纳的确认为死亡来临了。

紧接着，从嘴唇里发出喘息声，口水也从嘴里流了出来。手臂忽然放松，又开始胡乱地摆动。

胡乱的摆动变得非常猛烈，甚至到了只有用紧身衣才能阻止这骚动的程度。昂图瓦纳和雅克在老修女和阿德丽爱娜的帮助下，牢牢抓住了发狂病人的手脚。他们被摇得晃来晃去，相互撞击，乱成一团，就像是在踢足球一样。阿德丽爱娜迫不得已最先放开脚，再也没抓住。把老修女也撞得东倒西歪，重心不稳，这一条腿也被挣脱了。两条腿挣开后，四处乱踢，后脚跟被撞得满是血。昂图瓦纳和雅克汗水淋漓，弯着腰，使出最大的力气，阻止这庞大的身体踢打，以免挣扎到被子以外。

这猛烈踢打终于停止了（它的停止和它的爆发一样突然），最终还是把病人放到了床中间，昂图瓦纳退了几步。他紧绷着神经，紧紧地咬着牙齿，声声作响。他像怕冷一样靠近了火炉，睁开眼，再被炉火照亮的镜子中，发现自己精神萎靡，头发杂乱，目光充满了怒意。他扭过身来，瘫坐在一把椅子上，两只手紧抱着额头，开始哭泣。够了，真的够了……他身上仅剩下一点抗争之力都凝结成一个迷惘的期望："期望结束这一切！"无论怎样，他只希望不要再毫无能力地煎熬一夜又一夜，无奈地看着这犹如地狱般的场景！

雅克走了过来。假若是在往日，他早就拥向哥哥的怀抱了。但是此时，他的精力也开始衰竭了，动作变得缓慢，情感也麻木了。看到哥哥如此苦恼，不但没引起他的激情，反倒使他变得木讷了。

他待在那里，惊奇地注视着这张满是泪水、痛苦不堪的脸，突然间，他发现了一张往日的面容，他所陌生的一个挂满了泪水的童真的脸。

接下来，他脑海中闪现一个想法，这个想法已经在他的脑海中出现了许多次：

"无论如何，昂图瓦纳……你请医生来会诊如何？"

昂图瓦纳耸了耸肩膀。碰到难以解决的问题，我难道不会首先找来所有的同事吗？生硬地回答了几句话，雅克也没听清楚：悲惨的叫声又响了起来，这显示着在新的病发前总会有一个小暂停。

雅克生愤怒了：

"昂图瓦纳，无论怎样，也要想个办法啊！不会没有办法的！"

昂图瓦纳紧咬着牙，他的眼睛里不再噙着泪水。他昂起头，粗狂地审视着弟弟，轻声说：

"是的。总会有一个好办法的。"

雅克懂了。他低下目光，一动也不动。

昂图瓦纳用询问的眼神注视着他，小声说："你从没有这样想过吗？"

雅克迅速地点头，表示想过。他仔细地看着哥哥的眼睛，在那一瞬间，他觉得和哥哥有相同之处：眉毛之间有一样的皱纹，也有一样悲伤和坚强的面容，一样拥有"奋不顾身"的神情。

他们待在火炉映射的黑影里，在火炉旁边，昂图瓦纳坐着，雅克站着。病人依然在竭力嘶吼着，两个女仆跪在床边，累得好像失去了知觉，什么都听不到了。过了一会儿，仍是昂图瓦纳张嘴：

"如果是你，你会吗？"

问得坦率直接，但话语中有着让人难以察觉的差别。这一回，

847

雅克躲开了哥哥的眼神。最终他细声说道：

"我不知道……或许不可以。"

昂图瓦纳立即说道："那就我来吧！"

他突然站起身来。但没有动弹，只是站在那里，迟疑了一会儿。他向雅克挥了一下手，向前倾着身子：

"你会怨恨我吗？"

雅克态度坚决地轻声说道：

"我不会，哥哥。"

他们又相互对视了片刻。自从回来后，这是他们感情产生的首次共鸣。

昂图瓦纳靠近火炉。伸开胳膊，按在大理石台上弯着腰注视着炉子里的火焰。

决心已定，接下来的就是行动了。何时开始行动？怎样行动？除了雅克以外不能有任何人。夜里十二点就快要到了。等到一点的时候赛林娜嬷嬷和莱翁就会过来轮班，所以一定要在他们来之前完成。其实非常简单，先抽血让病人晕厥，这样就能安排老修女和阿德丽爱娜提前回去歇息。一旦只有他和雅克在的时候……他拍了拍胸膛，手碰到了口袋里的吗啡瓶，他是何时装进去的？他想起来了，就是他回来的那天早晨，他和泰里维埃去楼下找阿片酊，不经意间把这瓶吗啡装进了口袋，难道这针管也是不经意间放入的吗？……会这么巧合吗？显然这一切都是早已预定好的，现在只差具体行动的细节了。

可是病人似乎又开始发作了，雅克又重新振作起来，走到自己的位置上。昂图瓦纳一边走向病人一边想："这是最后一次发作了。"

848

他在雅克看他的眼神里，看到了相同的想法。

还好这次发作与前面相比时间短，但是搐动依然是那么剧烈。

在这病人口吐白沫，拼死挣扎时，昂图瓦纳对嬷嬷说：

"抽点血出来，可能会减弱他那剧烈的挣扎。待到他平静时，你就趁机把我的医药箱拿给我。"

很快就起到了作用。蒂博先生因为失血，而导致身体虚弱，看上去像是睡着了。

早已疲惫不堪的两个女仆，并没有继续坚持到轮班，一听到昂图瓦纳的吩咐，这两个女仆就去歇息了。

现在只有昂图瓦纳和雅克两个人了。

两个人都距离床很远。此时昂图瓦纳前去关上阿德丽爱娜没有关好的门，可雅克却不知为何来到火炉边。

昂图瓦纳躲开雅克的眼神，现在他不再需要同情，更不需要一个同伙。

他的手在衣袋里玩弄镀了镍的吗啡瓶，他还要多给自己两秒钟。他并不是要再考虑一次是行动还是不行动。他曾给自己立下一条原则，对已决定的事情，在行动前不再多加讨论。他凝视着在远处白色被单中的面孔，那张他日夜伺候的熟悉面孔。在那一瞬间，他的内心里产生了一种因怜惜而导致的悲痛。

又过了两秒钟。

他心想："假若此时正是病人发作的时候，就该不会这样悲伤了。"于是就快步走去。

他从口袋里拿出吗啡瓶，晃了晃，把针管装上针尖。他耸了耸肩止住步，向周围看看，紧接着，他习惯性地寻找酒精灯，把针头烧一下……

因为哥哥弯下的身子挡着,所以雅克什么也没看到。这样也好,但雅克还是决定向后退了一步。父亲好像睡了。昂图瓦纳解开衣袖上的扣子,卷起袖子。

昂图瓦纳想:"刚刚是在左臂抽的血,那现在就把针打在右臂上吧。"

他勒紧胳膊,拿起注射器。

雅克使劲用手捂住自己的嘴。

一下子针就被扎了进去。

睡梦中的病人轻哼了一声,肩膀抖了抖。昂图瓦纳的声音打破了这份宁静:

"父亲……不要动,这是为了使你免遭折磨……"

雅克想:"这是最后一次和父亲说话了。"

玻璃注射管里的药液注射得不是很快……假若此时来人了……注射完了吗?没呢。昂图瓦纳把针头留在皮上,他小心地取下注射器,再次加满。药液下降得越来越慢……假若有人过来……还有多少……多着呢!……只剩几滴了……

昂图瓦纳快速地拔出针,擦拭了一下肿胀的部位,那儿沁出粉红的一滴,接着扣好衣袖,盖上毯子。假若此时就他一个人,他肯定会把嘴伸向这惨白的额头。二十年来,他第一次想亲吻父亲……他站直身,往后走了一下,把打针用品放进口袋中,四处张望着检查是不是所有都没问题。然后,他转过身看着弟弟,双眼没有一点热情,还非常庄重,好像仅仅是说:

"可以了。"

雅克打算走上前，握住他的手，将他牢牢拥入怀中，当作说明……这时的昂图瓦纳早已背对着他，拿过赛林娜嬷嬷的小座椅，坐在枕头旁。

临死之人的胳膊放在被子上，手和单子同样白，而且还颤动着，微弱得似乎感觉不出来，好似磁针在颤抖。但是，药品发挥了功效，纵使遭受了那样长时间的痛苦，他的面容也已舒缓：这将死的麻木似乎只有睡觉才能获得补偿的安逸。

昂图瓦纳没有办法明确地思考这所有的事。他把手放在脉搏上，脉搏急速而细弱。他聚精会神，没有思想地数着：46、47、48……

至于刚刚完成了什么，他的思想愈加不清晰，世界的含义也不清晰了……59、60、61……放在脉搏上的手拿开。轻松地跌进无意识的状态中，遗忘犹如水浪吞噬着所有。

雅克害怕坐下，只怕吵醒了哥哥。他站着不动，疲惫至极，眼睛一动也不动地看着将死之人的嘴。它不断地变白、变白，现在呼出的气息似乎碰不到它了。

雅克有些胆怯，但还是动了动。

昂图瓦纳猛然惊醒，注视着床和父亲，又慢慢按住他的手腕。

沉默片刻后，他说："去把赛林娜嬷嬷找来。"

在雅克领着嬷嬷和厨娘到来的时候，病人的呼吸似乎又有点力量了，频率也鲜明了许多，但是喉咙却发出了奇怪的声音。

昂图瓦纳站着，抱起手臂。他早就打开了屋顶的灯。

"脉象察觉不到了。"赛林娜嬷嬷靠近他身边时，他如此地说着。

修女觉得病人死亡，医生是不了解的，这一定要有经验才行。她没有回应他，直接坐在了椅子上，号起脉来，对那个容貌认真地

851

盯了片刻，而后扭头对着屋里的另一边，点点头，克洛蒂德立刻离开了。

呼吸非常急促，听的人都觉得要濒临崩溃了。昂图瓦纳看到，雅克的面部表情难过得已不是原来的样子了。他来到弟弟跟前，对弟弟说："不用恐惧，他已经没有知觉了。"这时门被打开，传来微弱的话语，韦兹小姐上身穿的是塑形衣，弯腰驼背，被克洛蒂德扶着，阿德丽爱娜跟在后面，而最后是沙斯勒先生。

昂图瓦纳非常气愤，暗示让他们站在门前，结果他们早已跪在门前。寂静中，忽然老小姐发出喊叫声，掩盖了将死之人的急促而又不连续的呼吸声：

"啊，善良的主啊……我站在你的跟前……怀着一颗碎裂的心……"

雅克胆战心惊，冲向哥哥：

"赶快制止她！"

昂图瓦纳阴沉的眼神令他立刻安静了。

"随她吧，"他慢慢地说，随后又低着腰跟雅克说，"快要结束了，他已经无听觉了。"他记起某一天夜晚，蒂博先生非常严肃地叮嘱老小姐在他将死时诵读《善终连祷文》。他记起来了，同时也深深地触动了他的心。

两个修女亦分别跪在床的两边。赛林娜嬷嬷的手依旧放在垂死之人的手腕上。

"……在我嘴唇发白、冰冷、发抖，只能再喊你一次令人尊敬的姓名时，善良的耶稣，希望你可怜我！"

（老小姐辛苦地付出了二三十年，贡献了一切，今夜她凝聚精力，来完成这项庄严的承诺。)

"当我脸颊惨白,令现场的人觉得怜悯和害怕时,善良的耶稣,请同情我吧!

"在我将死之际,头发沾满了汗水……"

昂图瓦纳和雅克的眼睛一动也不动地盯着父亲。下颌张开,眼皮没有力气地微开着,眼睛早已呆滞。要结束了吗?赛林娜嬷嬷的手始终放在他的手腕上,目不转睛地瞧着临终者的面容。

老小姐那呆板的嗓音,上气不接下气的,犹如破旧的手风琴,再次绝情地叫喊着:

"在我眼里鬼影幢幢,沉浸在非常痛苦中时,善良的主啊,请可怜我!

"当我衰竭的心……"

病人始终张开着嘴,能够瞧见一颗发光的金牙。三十秒过去了。赛林娜嬷嬷毫无动静。最终她松掉了他的手腕,昂头看着昂图瓦纳。病人的嘴依旧张着。昂图瓦纳立即弯下身子:心跳停止。接着他把手放在岿然不动的脑袋上,随后,用拇指轻柔地按顺序合上逝者的眼皮。他不想将手拿开,似乎这温柔的轻抚可以伴随着逝者来到死亡之门,他转身面对着修女,差不多是疾呼:

"把手绢拿来,嬷嬷……"

两个女佣失声痛哭。

老小姐跪在沙斯勒先生的身旁,趴着,像老鼠尾巴似的发丝在白色紧身衣上拖着,全然不顾其他人在干吗,接着倾诉:

"我的灵魂在嘴边停留,在将要和世界诀别的时刻……"一定要搀起她,扶着她离开,直至她背过身去,才似乎清楚,像小孩一样

853

开始抽泣。

沙斯勒先生同样在啜泣，他用力握住雅克的胳膊，就好像猴子那样晃着脑袋，反复地说：

"雅克先生，不该发生这样的事……"

昂图瓦纳想，吉丝在何处？与此同时他把全部的人赶出屋去。

在他将要走出屋内时，他又转过身，看了一下。

经过了几个星期，宁静又再次弥漫了这间房。

蒂博先生依靠在枕头上，由于明亮的灯光笼罩，忽然觉得更高大了，再加上帽子上打个滑稽的蝴蝶结在脑袋上，他的样子很类似于传奇人物：具有传奇色彩，难以捉摸。

7

昂图瓦纳和雅克并没有事先相约，但是却在楼梯前遇见了。整栋房子都处在沉睡中，楼梯上铺的地毯踩在上面也没有响声，他们前后走着，脑袋里空无一物，但内心却填满了愉悦感，抵抗不了入侵他们浑身最原始的舒服感。

早他们下楼的莱翁，已经打开了电灯，擅自做主在昂图瓦纳的书房里安排了夜宵，随后就小心翼翼地离开了。

在灯光的照耀下，这张小桌子，这块白桌布，这两副餐具，让人觉得有一种如同临时准备的节日气氛。但是他们都不愿意承认察觉到了这样的气氛，仅仅是默不作声地坐在桌旁吃饭。吃饭时就像饿狼一样，他们感觉有些害羞，就装作忧心忡忡的样子。白葡萄酒口感很好，面包、冷肉、黄油眼看着要没了，他们同时把手伸向了奶酪盘子。

"吃吧。"

"不，你吃吧。"

昂图瓦纳将所剩的格律耶尔干酪一分两半，一块儿给了雅克。

"这干酪非常油，非常可口。"他低声说，似乎为自己进行辩护。

这是他们首次的谈话。他们互相看了对方一眼。

雅克把手朝上来指明蒂博先生的房间，说道："此刻要收拾吗？"

昂图瓦纳说："不用，此刻都去睡觉。不到明天，楼上的事情就什么都不要做。"

他们即将要在雅克房门前分开时，雅克顿时好像在想什么似的轻声说：

"昂图瓦纳，你看见他后来嘴一直张着、张着……"

两兄弟静静地相互看着，眼睛里早已噙满了泪水。

早晨六点的时候，昂图瓦纳的精神体力基本都恢复了，修整了一下胡子，然后走上三楼。

他一边想："要把需要通知的人都告诉沙斯勒先生。"而一边又向楼上走去，目的是活动筋骨。"到政府机关去申报死亡，不急于九点之前去……要通知亲属……还好亲戚不多。让雅纳罗家通知母亲方面的亲戚，然后还有卡西米尔姑妈。接着再向卢昂的堂兄弟发一封电报。对于那些朋友，明天在报纸登载一则讣闻。再给迪普雷老爹写封信。我今天晚上给在吕内维尔的达尼埃尔·德·丰塔南写一封信，他母亲和妹妹还在南方，这样事情就变得很容易了……但是，雅克会同意帮忙吗？……关于慈善机构嘛，我会给莱翁列个名单，让他按照名单打电话。至于我嘛，我前去医院……菲力普……啊，

855

哦对,差点忘记研究院!"

阿德丽爱娜告诉他:"殡仪馆已经来过两个人了。"她又有些勉强地说道:"殡仪馆的人七点还会再来……还有,吉丝小姐身体有些不适,你知道吗……"

他们一同前去敲吉丝的房门。

吉丝小姐已经睡下。她两眼酸痛,面颊红热。还好,不算严重。在她精神萎靡的时候,收到了克洛蒂德发来的电报,遭到了一次打击;其次是匆忙往回赶,特别是碰到雅克,使她的情绪变化非常大,她那瘦弱的身体受到了极大的震撼;在昨晚她从临死的病人床边走后,突然身体一阵搐动,她没什么好办法只能倒在床上,这一夜她都非常痛苦。她无法起床,只好仔细认真地听着响动,猜想事情的进展。

昂图瓦纳看她心不在焉地回答,也就没多加询问。

"泰里维埃今天早晨会过来,到时让他来给你诊断一下。"

吉丝把头朝蒂博先生所在房间的方向点了一下,她并不是很伤心,也不知该说些什么好。

她怯生生地问:"难道……断气了?"

他低头不语,突然间他明确地想道:"是我让他的生命结束了。"

他告诉阿德丽爱娜:"在泰里维埃没来前,使用汤壶,进行热敷。"然后向吉丝笑了笑,就走了。

他不断地想道:"是我让他的生命结束了。"到目前为止,这种想法第一次在他脑海里闪现。他立即又想道:"我这样做是对的。"但是他的思维很清晰:不要自我欺骗了,还是有些胆怯。"我的身体需要从这梦魇中逃脱。因为他生命的结束对我有利,还有什么好恐惧的呢?"他不去避讳他应承担的职责。"很明显,授予医生这样的职权是十分危险的……盲目依从规则，即使是荒诞不经或不合乎道德的，由原则上来说，也是显得'很必要……'"他越是用规则的效力和合法性说服自己，就越是表明他是在有意违反。"这是良知和评判的问题，"他想，"我这是个特例。我只能说：现场环境决定我那样做是对的。"

他来到逝去者的屋里。他轻轻地推开门，好像已经养成了习惯，以免惊动病人。看到已经去世的人，他猛地一惊。尸体对他来说应该早已习惯了，但是现在看到尸体却联想到父亲平日里的形象，这还是非常奇怪的，他惊慌失措了。他停在门口止住呼吸。他的父亲，已经逝去了生机……手臂微微张开，两手稍稍合拢。那么高尚，那么祥和！……把灵床四周的一切都移走了，椅子也挪到了墙角。死者两边侍奉着身着黑衣的修女们，她们不停地在打着哈欠，就像两个被寓意的人物；逝去者静静地躺在那里更显得这环境愈加沉重了。奥斯卡·蒂博……曾经声名显赫，清高自傲，然而最终还是无法逃脱命运的安排。

昂图瓦纳不敢乱动，生怕打破这宁静。然后，他想到是他一手制造了这宁静。他的眼神在这熟悉的面容上游走，是他把这面容和这宁静协调起来，想到这些他差点笑了起来。

他一走进房间，就大吃一惊，他发现雅克躲在这边，沙斯勒先生也待在这，他一直都认为雅克还在睡觉呢。

沙斯勒先生看到昂图瓦纳后，跳下了椅子，走到昂图瓦纳的身边。他噙着泪水的眼睛在镜片后不停地眨着。他两手紧抓着昂图瓦纳，不知道用什么语言来形容他对逝者的拥护之情，他一边抽泣着鼻涕，一边说："敬爱……敬爱的……敬爱的人……"每说出一个词语，都会用下颌朝向床那边点一点。

他紧接着小声说："早该对他熟悉了。"语气十分坚定，犹如有一个人在反驳似的，使他十分恼怒。"是，他平时是有些咄咄逼人，但那是非常公平的。"他张开双手，好像在发誓。他说："这是一个真正拥有正义感的人。"然后又坐了回去。

昂图瓦纳也坐下了。

这间屋子里的气息重新勾起他内心深处的回忆。除却这些在昨天已变得清淡的药味和这新燃起的蜡味，他还嗅出蒂博家祖辈留下的蓝色桌布的古老气息：那是干燥的羊脂味，又夹杂着五十年来打蜡的家具上散发出的树脂味。他清楚，假如打开带镜子的衣柜，一定会有一股洁净的衣物味散发出，打开抽屉柜又会散发出旧报纸、油漆过的木头以及樟脑丸的味道。他对这祷告用的凳子更不陌生了，因为他还在孩童时就开始接触了，也只有这个凳子才适合他的身高。那上方的布，经由两代人的接触，已经仅仅是底布了。

非常寂静，烛火也没有一丝摇摆。

他和来到这里的其他人一样，傻呆呆地注视那逝者的身体。在他早已疲倦的脑子里，有一种思维变得越来越清晰：

"支撑父亲和我一样还活着的那种无形的力，昨天还在，现在会去哪呢？会怎样？消逝了吗？还是在别处存在？但又会借助什么载体存在呢？"他后悔自己打断自己的思维："竟然会思虑这些傻事！我都不知道看过多少逝去的生命了……我很清楚，用'虚无'这个词汇来形容是最为精确的，因为可以说这是生命的积聚，生命永恒的延续！"

"的确……我常常都这样说。然而，面对这具尸体时，我就迷茫了……我不自觉地认可了虚无的观点……归根到底，只是有死亡是存在的：它压倒一切，超过一切……显得荒诞不经！"他耸了耸肩说，"不对，不可以有这种想法……一旦有了这想法，就会任其摆布了……这不是重点，这不重要！"

他努力打起精神，挺起腰，站起身来，霎时，觉得身体被亲昵、迫切和激烈所占据。

他把弟弟招呼到了走廊。

"决定接下来该怎么做，先跟我来，看看父亲的遗书吧。"

他们来到蒂博先生的书屋。昂图瓦纳打开挂灯和壁灯，在这间屋里亮起了往常不曾有的灯光，之前这里开着的只有罩着绿灯罩的台灯。

昂图瓦纳靠近写字桌。他从口袋里拿出钥匙，钥匙清脆的响声打破了这宁静。

雅克站在一边。他突然间意识到自己和昨天待在同一个地方……昨天吗？从吉丝出现在门口到目前为止，只过了十五小时……

他用敌意的眼神，横扫在他心中曾经最威严神圣的殿堂，然而在这一瞬间，无论是何人都可以自由出入了。他看到昂图瓦纳，像盗贼一样跪在抽屉前，畏首畏尾的，他的内心觉得非常纠结。父亲的遗言，这一切，和他有什么关系呢？

然后他默不作声地就离开了。

他回到逝者的房间，因为这里的回忆吸引着他，在这现实和虚幻之中，他安安静静地度过了大半夜。他知道，等会儿这将聚集很多人，所以他将被迫离开。他珍惜这每分每秒，去回忆那激情澎湃的少年时刻，他总发现这个有威严的人物是他人生路途的阻碍，然而，忽然间这个人永久地逝去了,那些过去日子不会回来了,就像这个逝者无法复活一样。

他轻轻地迈着脚尖,小心翼翼地打开房门,走进去坐下。打破了这宁静,不过很快又安静了下来。雅克再次以饱含喜悦的感情端量逝者。

纹丝不动。

在这七十多年里,这个脑袋每时每刻都在思考转动着,然而现在再也不会转动了。心脏也停止转动了。但是这脑袋停止了转动,对雅克的触动非常大,他曾经常抱怨脑袋不停运转,令他非常痛苦(即使是在夜间,已经熟睡,他仍觉得脑袋像马达一样不停地运转,那万花筒般的虚幻不断地东拼西凑,在他偶然想起这些杂碎的幻想时,他叫这"梦")。还好有一天这疲倦的热情会停止。最终他也会逃脱那思忖的困扰。静谧终究还是来临了,在这静谧中长息!他回忆起在慕尼黑的河堤上,他不停地在那徘徊,满脑子都是寻死的想法。突然间,他脑海里闪现出,他在日内瓦看过的俄国剧中的一句音乐台词:"我们即将歇息……"①那女演员甜美的歌声在耳边环绕不绝。这个女演员是斯拉夫人,长着一张孩童般的脸蛋,眼睛纯真可爱,摇着脑袋,不停地唱着:"我们即将歇息……"她的歌声就像是身处幻境,这动听悦耳的歌声犹如连续的谐音,但是,眼睛透露出疲倦,很明显是在忍耐多余的渴望。"你在生活中不曾有快乐了……你需要耐心些,万尼亚舅舅,耐心些……我们即将安歇……我们即将安歇……"②

----
①指的是契诃夫的剧本《万尼亚舅舅》。
②指的是《万尼亚舅舅》剧本中的一段台词。

8

中午还没到,就陆陆续续来了些客人。其中有本楼的邻居,还有接受过蒂博先生恩惠的人。

在这第一批亲属还没来之前雅克就离开了。昂图瓦纳也因有要事缠身离开了。凡是蒂博先生所参与的慈善机构他都会有许多朋友。哀悼的人来了很多,一直到晚上才结束。

沙斯勒先生搬来了一张椅子到死者的房间,他把这椅子叫作"座椅",因为这么多年他一直坐在这把椅子上工作;这整整一天他都陪在"逝者"跟前。最终,把他同大烛台、黄杨树枝和祷告的修女划为一类。但凡有前来悼念的人,他都会从椅子上站起,向来者致意,然后再回到椅子上。

许多次,老小姐都想赶他走。可能是因为妒忌吧,看到他这样尽职尽责,非常生气。不同的是,她无法长时间待在某一个地方。她非常伤心(毋庸置疑,这里只有她是最难过的人)。这可悲的老女人长期寄居在别人家中,什么也没有,这可能是她第一次拥有强烈的占有欲:逝去的蒂博先生归她所有。她不时地靠近尸体,驼背的她无法看全整张床。她扯了扯被单,铺平褶皱,喃喃地祷告。骨瘦如柴的双手合十,好像不太相信似的摇着头说:

"他竟然走在了我的前面……"

这个神经衰弱的老人几乎对外界的刺激没有任何反应了,不管是雅克还是吉丝的回来,都没有触动这个老人的神经。或许他们失踪太久了,老人已经丧失了对他们的思念。在她的脑海里剩下的只有昂图瓦纳和两个女仆。

然而，今日她非常生昂图瓦纳的气，真是不可思议。昂图瓦纳在和她商定入殓的日子时，昂图瓦纳认为应该尽快办完丧事，让大家都早些安心。这样的话，逝者就会被装进棺木里，然而老小姐竭力反对。昂图瓦纳这样做可以说夺取了她唯一的财产：注视主人遗体的最后一段时间。她似乎认为，蒂博先生的离世对逝者自己和对她而言，是最终的结束。然而，就别人而言，特别是对昂图瓦纳而言，这是另一个新的开端、新的阶段。而她对将来不再抱有任何希望了：昔日的崩裂就等于一切的破灭。

临近黄昏，昂图瓦纳快步地向家赶来，神情自若，舒适地呼吸着那刺眼但振奋精神的冷气。昂图瓦纳在家门口碰到了身着孝服的费利克斯·埃凯。

外科医生说："我今天来的目的是向你表示安慰的，既然在这里见到你，我就不进去了。"

图里埃、诺朗、布卡尔来过都把名片放在了那里。洛瓦齐尔打来过电话。昂图瓦纳非常感激医学界的慰问，今天早晨，他看到菲力普亲自前来哀悼，此时昂图瓦纳很清楚地知道，不是因为逝去的是蒂博先生，而是因为逝去的是昂图瓦纳的父亲。

埃凯用沉重的声调说："朋友，节哀顺变。对我们而言，我们最熟悉不过的就是死亡了。然而，在死亡真正出现在我们身边时，我们又发现对死亡很陌生了。"他紧接着说："这些我很清楚。"随后站起身，把戴着黑色手套的手伸了出来。

昂图瓦纳送他到了汽车处。

在他心中首次做出了对照……到现在为止，他仍无法及时考虑"整件事"，但他模模糊糊地感觉到，"整件事"归根结底都要比他之前估计的更加严重。他清楚地知道,他昨晚如此冷漠地下定决心要成功的事情(他始终对这抱有全部同意的心态),此刻,从一些方面说,他一定要将这件事放在自己身上,把这事作为自己的一半,犹如让一个人拥有不断前行的主要经历一样:他明确知道,如此深重的压力必将会让他改变自己心中最重要的一点。

他忧心忡忡地回到他的家里。

在大厅,有一个小孩,没戴帽子,围着围巾,耳朵红红的,等候着。看见昂图瓦纳走进来,他挺直身子,紧张得满脸通红。

昂图瓦纳认出是事务所的小实习生,他觉得很愧疚,一直没有去看望那两个孩子。

"你好,罗贝尔。近来哪里不适啊?"

男孩使劲地动了动嘴,可是他太紧张了,不知道该说什么。随后,他勇敢地从衣服里拿出一枝蝴蝶花。昂图瓦纳立刻知道了。走到他身边,接过花:

"谢谢,小东西。我马上将你的花放到上面去。你能考虑到,我很感谢你。"

男孩快速地辩解说:"嗯,这是路路想到的。"

昂图瓦纳轻轻笑了下:

"路路,他的状况还好吗?你始终是那么机智吗?"

罗贝尔非常爽快地说:"这个嘛……"

他根本没想到,这种日子里昂图瓦纳还会有笑容,他的忐忑忽然消散了,很想畅聊一会儿。但是今晚,昂图瓦纳还有没做完的事,不可以和他闲聊。

"哪天你带路路一同来,和我聊聊你们都在做什么。找个星期天,可以吗？"他突然觉得，他对这个只见过一面的男孩，产生了最真实的怜爱之心。他又补充说："可以吗？"

罗贝尔的脸瞬间认真了起来：

"可以，先生。"

昂图瓦纳在陪着男孩来到大厅时，听见了沙斯勒先生正在厨房里和莱翁谈话的声音。

他厌烦地想："又一个要见我的人。唉，直接解决好了。"他让沙斯勒先生进到他的书房里。

沙斯勒先生连蹦带跳地进入房间，慢慢地坐在最靠边的椅子上。

尽管目光中仍充满着忧伤，但是脸上却狡猾地笑着。

昂图瓦纳说："你有什么要和我说，沙斯勒先生？"他的声音非常和善，但始终站在那，拆着他的信。

沙斯勒先生挑起眉头："我吗？"

昂图瓦纳把信看完后再折起，头脑中思索着："行吧，我明天找个机会从医院回来，就去这家。"沙斯勒先生盯着自己晃动的脚，认真地说：

"昂图瓦纳先生，发生这种事，真不应该。"

"什么事？"昂图瓦纳又接着打开一封信件。

沙斯勒先生犹如回音似的又说一遍："什么事？"

昂图瓦纳不厌其烦地再次问道："不应该发生什么事？"

"死亡。"

他这样的回答出乎昂图瓦纳的意料，迷惑地抬头看着他。沙斯勒先生眼眶充满泪水。他拿下眼镜，掏出手绢，拂拭着双眸。

"我见过圣罗仆教堂的那些神父。"他时断时续地说，还不停地哀叹，"我和他们约好做几场弥撒。昂图瓦纳，目的是心安理得，不是其他原因，因为，对我而言，在知道更多的事情之前……"他的泪水不断在流，犹如细小的大雨；每当他擦干眼睛之后，就将手绢平放在膝盖上，按照之前的纹路折好、叠平，放入口袋里，就像放钱包一样。

他直截了当地说："我曾存了有一万法郎的积蓄。"

昂图瓦纳立即插断他的话：

"我不清楚父亲生前有没有来得及给你一个好的安置，沙斯勒先生，你请放心，我和我弟弟，我们一定会在你终老之前让你始终都能拿到薪水的。"

自蒂博先生离世后，这是他处理的第一笔钱财，使用接班人的权利。昂图瓦纳在心中想，如此地担负责任直到沙斯勒先生死之前，也算是够大方了，他很开心可以将这件事处理得那么好。随后，他又情不自禁地偏离了思绪，他准备计算一下父亲的财产，哪些是属于他的，但他一点确切的情况都不清楚。

沙斯勒先生脸涨得通红。肯定是为了掩盖尴尬，他在衣兜里拿出刀子，好像剪指甲似的。"我不要终身薪水！"他用力地说清楚，头也不抬一下。并且用一样的语调说："我想要的是一笔钱，不是要终身薪水！"然后又充满深情地说："是因为黛黛特，昂图瓦纳先生，她是被你做过手术的小女孩，你还能记起吗？……其实，她很像我的下一代。终身薪水，唉，我能遗留给她什么呢？"

黛黛特、手术、拉雪尔、充满阳光的屋子、凹室黑暗中的身体、龙腹香项链的香味……昂图瓦纳的嘴角出现朦胧的微笑，丢掉手中的书信，漫不经心地听着，眼神不自觉地盯着老头儿的动作。突然，他飞快地扭过头：剪指甲的老头儿，拿刀用力地剪掉大拇指的指甲，他镇定自若，不停往下剪，就好似剪塞子一样，手一按，剪掉一片指甲。

昂图瓦纳气愤地说："好了，够了，沙斯勒先生！"

沙斯勒先生离开座椅，结结巴巴地说：

"是的，是的，我太贪……"

在他看来，事情是非常重要的，他必须要再次发起进攻。"我只要一点点本金，昂图瓦纳先生，这样对我最好。我要用到的是一笔本金……我已经有小算盘了。我告诉你……"他犹如做梦似的低声说，"等到未来……"突然，改换了音调，没有任何神态的眼神看着门口，"假如你同意，就可以让人来做弥撒，但在我看来，死者什么也用不到。逝者是不可能随水而去的。在我看来，木已成舟，昂图瓦纳先生，如今……"他连蹦带跳地进入前厅，边晃动着灰白的头，边使用肯定的语调反复说道，"此刻……此刻……他早就进入天堂了！"沙斯勒先生刚走，昂图瓦纳就要招待裁缝，试穿自己的丧服。原本就已疲惫，却还要无趣地站在镜子前，让他很厌烦。

他下定决心在上楼以前先睡一刻钟。但是，在把裁缝送出门时，却恰巧碰到了打算按铃的巴坦库太太。她刚刚打过电话，约定看病时间，有人和她述说了这"不幸的事"。因此，她改变了今天的计划，立刻就来了。

昂图瓦纳在门口非常文雅地接见了她。她和他握住了手，声调很高地说着话，她对此事深表难过，这样做很明显带有讨好的样子。

她一点儿也没有要走的样子，再让她站在门口也不好，尤其是被她逼迫的年轻人后退一步，她早已抢占了位置。雅克一下午都没有出过房间，他的房门距离这非常近。昂图瓦纳认为他的弟弟听到这个女人的声音，肯定能知道是谁。他也不知道，他为什么会如此难受。他装作镇定自若的模样打开诊室的房门，并且急忙穿上外套。（他此时恰巧没有穿外套，此时被打搅，让他觉得更加厌烦。）

近来几个星期的事情，让他和这个俊俏的女主顾的关系有点儿轻微的改变。因为她借口要把小病人的音信告诉他，所以来的次数更多了；那个小病人同她的丈夫，还有女教师一起去帕-德-卡莱过冬去了。（西蒙·德·巴坦库没有任何留恋地从自己家里离去，舍弃猎人的生活，在贝尔克家住，好方便照料他夫人带着的女孩——然而巴坦库的夫人却来往于巴黎和贝尔克之间，每一个星期都能找到原因到巴黎住几天。）

她不想要坐着，只想要再有机会抓住昂图瓦纳的手。她朝昂图瓦纳弯着身，两眼细眯着，胸部附和着叹息而波动。她一直喜爱看男人的嘴唇。此时，透过睫毛，她瞧见昂图瓦纳也一直盯着她的嘴唇看。她的心被搅得很乱。她认为今晚的昂图瓦纳很美，感觉到这张面容比以往更加有男子气概，好像他的心中做出了什么决定，因此面容上显现出果断刚毅的踪迹。

她用可怜的眼睛看着昂图瓦纳：

"你肯定很悲伤吧？"

昂图瓦纳哑口无言。从她进入开始，他虽然略微装出严肃的模样，让自己不那么窘迫，却也让自己很难受。他仍然面不改色地盯着她。看见她的胸部在衣裳里坚强地波动着，一股炽热冲上他的脸颊。他仰起头，忽然看见安娜的目光中有一闪即逝的欢笑，此时，她的身上似乎埋藏了一种渴望、一种安排、一种放肆的想法，只不过她在奋力地控制，不显露而已。

她忧伤地说:"最空虚的是过了这件事以后生活还会再次回归平静,然而那时有的都是寂寞……你愿意让我经常来看你吗?"

昂图瓦纳观察着她,内心突然升起一阵仇恨。他嘲笑似的微笑了一下,硬生生地说:

"你请放心,太太,我一点儿都不喜欢我的父亲。"

他立刻咬住嘴唇。这种想法比他说出这话更让他恐慌。他在心里想:"这个娘们儿引诱我说出口的,有可能是真心的话。"

她惊恐不已。令她震惊的不是这句话的含义,而是他的语气伤害了她的颜面。她往后一步走,再次冷静下来。

她说:"是这样啊!"装模作样一会儿后,她尖厉地笑了起来,显出爽快的样子。

在她总算戴起手套时,嘴唇上隐隐约约地显露出不清晰的纹路,既像扮鬼脸,又像在微笑,而步步进逼的昂图瓦纳,依旧用诧异的目光凝望着她嘴唇上那让人沉迷的嚅动,那嘴角上的口红涂得厚厚的,如同被划伤一样。此时,假如她继续厚颜无耻地微笑,昂图瓦纳很可能情不自禁地将她赶走。

但他还是情不自禁地嗅着她衣服里散发的香味。他再次看见她上衣里那丰满的乳房在颤动。他突然在幻想着看到那裸露的乳房,觉得自己的内心波涛汹涌。

她扣好皮大衣的纽扣,两人离得更加远了,她脸向上仰着,不以为意地看着他。那样子似乎在问:"你是在害怕吗?"

他们相互审视着,内心都充满了无情的愤怒,乃至憎恨。可能不止这些,他们可能还有相同的扫兴,更甚是因为丧失机会而觉得惶恐。他依旧没有说话,她就背过身,自己打开门,没有再理会他,直接离开了。

门在她背后咚的一声。

他背过身。却没回他的诊所，只是静静地站着，手心汗涔涔的，脑袋乱哄哄的，血液涌上太阳穴，冲击着耳朵，他心思烦乱地嗅着那极具诱惑力的香味，香味停留在屋内，就像那人依然在似的。他像疯了一样背转身来。脑袋中几乎出现了难以察觉的想法，犹如挨了一记鞭子，把这个脾气凶暴猛烈的女人招惹到这种地步，再想把她降服，是非常危险的。他的眼神看到了挂在墙上的衣帽，快速地取下来，迷茫地看了看雅克的房门，就急速地离开了。

9

吉丝仍躺在床上。她似睡似醒，整个身子都觉得不舒服，动一下就很痛苦，她隐隐约约听到头后方的墙外，吊唁的人在过道里不停地走动着。仅有一个想法在模糊中凸现出来："他回来了……他在那儿，在家里……任何时间里他都可能要来……他就要来了……"她聆听着，期盼着他的脚步声。

然而星期五一整天过去了，剩下的星期六这一天也即将过去，依旧没有看到他来。

实际上，雅克一直都在想她，以至于这种想法让他非常厌烦。然而，他害怕和她见面，无法下定决心找个时间和她见面，仅仅是不急不慢的等候。此外，从昨天晚上开始，他害怕和吉丝相遇再被她认出，因此就没出过底楼。只是在晚上，才蹑手蹑脚地穿过房间，进入安放逝者的房间里的一处角落坐下来，一直到第二天早晨才离开这里。

但是，星期六吃晚饭的时候，昂图瓦纳顺口问他，去看望过吉丝吗？他决定晚饭结束之后，前去吉丝的房间。

吉丝病况已好转了许多。发烧几乎都退了，泰里维埃医生告诉她再过一天就可以下床了。她睡意蒙眬，在这昏暗之中等待着沉睡。

他用清凉的嗓音问道："怎么样？你的神色还不错！"她圆圆的眼睛在罩着金黄色灯罩的光影下闪烁，看起来，她好像完全康复了似的。

他没有向床边走来。她怔住了一会儿，然后伸出手来。从肥大的衣袖里，可以看到她裸露的整个胳膊。他没有握她的手，只是像医生那样，轻轻地捏了一下，皮肤还是烫烫的。

"还有些发烧？"

"没有，没有烧了！"

她瞄了一眼开着的门。他是故意没把门关上的，他准备只在这待一小会儿，然后就离开。

他先说："你冷吗？那我把门关上吧？"

"不冷……你想关就关吧！"

他很高兴这样做，关上门，省得有人打扰他俩。

她通过微笑向他表示谢意，随后又把头躺回了枕头上。她的头发黑黑的一大片。从她衣衫的领口里，露出脖根，所以她摁住衣领免得张开。雅克看到在被褥的映衬下，她那优美的手腕和深色的皮肤，泛出一种美丽的杏色。

她问："你每天都在干什么？"

"我吗？我什么都没有做。我藏在屋里，不愿看到这些前来哀悼的人。"

此时,她才想到蒂博先生去世了,雅克在服丧。她为此深深地感到内疚。雅克伤心吗?她觉得应该和他说些亲昵的话。她心里想:"蒂博先生去世了,雅克就自由了,那他应该不会再离家出走了吧?"

紧接着她说:

"你应该出去散散心。"

"是的。恰巧今天一整天头都昏沉沉的,就出去散了散步……"他迟疑了一会儿,又说:"去买报纸……"

然而,实际上更为复杂:到四点钟时,这漫无目的的等候把他搞得心烦意乱,在一种当时迷糊接着就清楚的思维的鼓动下,走出门去,的确去买了份瑞士报纸,但却迷茫地走着……

过了一会儿,她又问:"你经常在那边户外露宿吗?"

"对的。"

他对忽然提及关于"那边"的事感到有些诧异,所以他回答的话不自觉地就非常生疏了。随即他又感到很懊悔。他心里想:"自我迈进这个屋子里后,我所说、所想以及做的,都有一种虚假的成分!"

他的眼睛不自觉地向集中灯光的床上看去。他注视着白色的羊毛褥子,这褥子很轻薄,勾勒出这美少女身上的每一个凸凹之处,丰满的臀部,长而美的大腿,稍分开略凸起的膝盖。他想伪装出轻松自然的神态和声调,然而越这样越生硬。

她原打算说:"你坐吧!"但是,没有看到雅克的眼神,她也就没好意思说。

他为了能够保持镇定自若,他四处打量着屋里的家具、小玩意、小祭坛,还有闪闪发亮的镀金器物。他记起那天早晨,他躲避到这间房子里的场景。

"你的房间很漂亮。"他温和地说,"你的房间非常美丽,这把长背椅之前好像没有吧?"

"这就是在拉菲特别墅楼梯口挂钟下的那张啊!是你爸爸送给我十八岁生日的礼物,你忘记了吗?"

别墅……他突然记起了那个楼梯,被穿过玻璃的阳光照射着,每到夏季时,全是苍蝇,在夕阳中,犹如一群蜜蜂嗡嗡地飞着。他又回忆起挂着链子的时钟,每个钟头都会学着布谷鸟的声音滑稽地叫四次……这足以表明,在他离开的这些时间里,对他们来说,什么都没有改变。自己呢,不是也察觉到自己还和以前一样,又或者说几乎一模一样吗?从他回来开始,他每次都是在自己的条件反射的行为中,忽然发现和以前的行为非常相似。他往楼下走去,在房门口的垫子上蹭蹭脚,用力地打开门,在打开灯之前先将外套挂在和以前一样的挂钩上,全是以前的行为……当他在自己屋内踱来踱去时,他任何的行为,不都成了不经意的记忆吗?

吉丝在阴暗处悄悄地观察着他不安的脸颊,这下巴,这脖颈,这双手。

她轻声说:"你现在很健壮了啊。"

他扭过身来,轻轻地微笑。在他心里一直都为自己的健壮而自豪,由于儿童时期身子的消瘦,吃了很多苦头。顿时,他根本就没思考——再次的条件反应吧——自己都不清楚为什么会有这些记忆,他将声调调高地说道:

"参谋范·德·居伊普体力过人。"

吉丝的面容愉快地浮动着。这是原来他们喜欢的一本书中图画底部的题目，他们一起看的次数超过二十次：故事发生在苏门答腊岛的森林中，一个荷兰参谋很轻松地，将一只令人害怕的大猩猩打倒在地。

"参谋范·德·居伊普粗心大意地熟睡在猴面包树下。"她开心地继续说，将头向后仰着，紧闭着眼，张开嘴巴，模仿那个参谋打鼾。

他们相对而视，大声地笑着，将其他的事全忘了，他们愉快地在他们孩童时代诙谐的宝库里探寻着，这些仅仅是他们所拥有的。

"还有画着老虎的图片，"她接着说，"有一次你生气把它撕掉了！"

"对，那是因为什么呢？"

"因为我对着韦卡尔神父就像疯子似的大笑！"

"吉丝，你的记忆力很强！"

她又说："自那以后，我也想拥有一只小虎崽，每天在睡觉时，就幻想着抱着小虎崽，哄它入睡……"

安静了片刻。他们仍旧非常高兴地笑着。是吉丝先表现出神思恍惚。

她说道："虽然这样，但每当我回忆起那段时间，我都觉得时间很漫长，非常乏味……你呢？"

当她回忆起生病、疲惫、那些往日的场景时，表情露出一丝悲伤，这种懒怠恰好与她躺着、温和的眼神、热带地域的肤色相协调。

看见雅克皱了下眉头，默不作声，她继续说："一个小姑娘有那么多的忧愁，真的很令人恐惧！这忧愁，直到十四五岁时才消逝。我也不清楚是什么缘由。是心的感觉。现今我再也没有忧愁了。以至于……"她心想："以至于为了你而悲痛时。"但是，她只说："以至于碰到伤心的事情时……"

雅克埋下了头，两手放在口袋里，一声不吭。想起曾经，他是一心的愤恨。在他过往的生活里，没有任何美好的回忆。他无论在何时何地，始终都没有像哥哥那样找到属于自己的天地。他只是居无定所地流浪。不管是在非洲、意大利、德国，还是在洛桑，情况都一样……不光是流浪，还包括受到的追逐。遭到亲人、社会、生活环境的追逐……和他自身难以言表的无形的力的追逐。

吉丝接着说："参谋范·德·居伊普……"她仍然陶醉于孩提时的回忆里，因为她不愿意多想最近伤心的回忆。她停住了声音，她知道她无法再调动那热烈的气氛了。

她继续静静地打量着雅克，无法弄清这其中的缘由：他为何抛开他们曾经共同的美好，不告而别呢？昂图瓦纳磕磕绊绊的解释，不仅没有让她理解，反倒是让她更加焦躁不安。雅克这三年里会变成什么样？从伦敦寄回的红玫瑰又是何寓意？

她忽然想道："是别人改变了他！"

这一次，她再也按捺不住激动，轻声地说：

"雅克，你的变化很大！"

看见雅克游离的眼神、敷衍的微笑，她知道雅克并不喜欢她这样激动的反应。她迅速改换了神态和声音，高兴地说起了她在英国女子学校的故事。

"在那里的生活非常有规律……先是在操场做晨练，等吃完早饭后大家劲头十足地工作！"

（她没有提及，找雅克是她在伦敦生活下去的唯一希望，并且也有没提及在那时期她的勇敢一个钟头一个钟头地逝去，待到夜里，她在宿舍蜷缩在被窝里，遭受着悲痛的浪涛一次次地侵袭。）

874

"英国人的生活习惯与我们大不相同，趣味无穷！"谈到这个大家都不陌生的话题，使她放松了不少，她就紧抓这个话题，免得大家沉默无话，"英国人经常保持着自己的微笑，而且常常都因为一些小事情。他们不希望每天都是忧伤的生活。你清楚吧，他们尽量不多加思考。他们在游戏，他们认为生活就是游戏的开始！"

　　雅克听着源源不断的叙述，没有插话。因为在将来，英国、俄国、美国他都会去。他前行的道路十分宽广，可以去别的国家，四处探寻……他赞成地点着头笑着。她并不呆傻。经过三年的磨炼她稳重了不少，而且也变得非常美丽、迷人……这妖娆的身姿紧紧地抓住了他的眼球，这褥子好像被她的体温融化了一样贴在身上。他忽然回忆起曾经的生活，那场景历历在目：他一时冲动的欲望，他们在别墅的大树下热情相拥。是纯真的拥抱，然而，已经过去了许多年，也经历了许多事，但他的臂弯里仍觉得拥抱着那柔顺的身子，嘴里似乎还含着那没有一丝经验的唇！瞬间，理性、毅力，所有都崩塌了。为何没有呢？……以至于他好像在不幸时那样，期望她在他身边，娶了她。然而，他这种思想很快就被他内心一个很模糊的东西阻挡了，而且在内心深处的这个阻碍物是无法跨越的。

　　他的眼神又一次注视着那床上娇柔惊艳的优美的玉体，在他满脑子的回忆里忽然出现了在另一张床，也是在被子下面有一个凸凹有致、线条优美的身段，所以他本显现的欲望瞬间化为了怜爱。那个躺在铁床上十七岁的雷申豪①的小妓女，始终固执地要悄悄自杀，在人们发现她时，她已经吊死在那插在壁橱上系着活结的绳子上了。雅克是首先来到这房间里的一群人中的一个。他记忆中那充满房间

----
①雷申豪，城市名，现在属于德国。

的是油脂燃烧发出的恶臭！印象深刻的就是那个稍平、妩媚的脸蛋，她在房间的最里端。给了她一点钱就把她收买了，说出了其中的真实缘由，而且说得非常精准。当雅克问及是否与那死去的姑娘相识时，她以让人无法忘怀的神情肯定地回答："认识，因为我是她的妈妈！"

雅克几乎就快要把这些事说给吉丝听了，但是，一旦提及"那边"的事情，就难免会涉及其他更多的事情。

她在床上躺着，用那半睁开的眼睛透过睫毛凝视着他。她再也无法抑制了，但还是要保持镇静，不然的话她就会喊出："快说！现今的你到底是什么样？而我又是什么样？这一切你都忘记了吗？"

他徘徊地走着，心神不宁，摇头晃脑的。每当他的眼神和吉丝炽热的眼神交织时，他就觉得两人之间非常格格不入，所以他就立即假装出淡漠的样子，而且掩盖得十分逼真。这姑娘纯真的样子，躺在白床单上，再加上裸露着脖颈，都让他心神不宁！他怀着兄长的情怀，来关心这个小姑娘的病情。但是，在两个人的回忆中总出现些不纯真的片段！他开始觉得自己早已变老了——精神衰竭了，肮脏不堪了！

他含糊其词地问道："你的网球技术应该很好吧？"因为他刚刚留意到大柜上的网球拍了。

她忽然换了个神情，脸上不禁露出骄傲自豪而又纯真的微笑："以后你看到就知道了！"

她立刻又开始焦虑不安，刚刚只是随便一说："以后看到就知道了……"何时？何地？……多愚蠢呀！

但是雅克似乎什么也没有发现，因为他压根就没注意吉丝。网球，拉菲特别墅区，白色连衣裙……她以非常干净利落的动作在俱乐部门口跳下自行车……但是为什么天文馆林荫道的达尼埃尔家的窗户都紧闭呢？下午，他走出门去，迷茫地走着来到了卢森堡公园，接着又走到天文馆林荫道。夜幕渐渐来临，他立起领口，快速地走着。他总是急切地屈服于自己的期望，以便尽快地脱离出来。最后，他停下了步伐，急忙四处探视了一下，整条街上的窗子都是牢牢闭合的。昂图瓦纳曾说，达尼埃尔在吕内维尔服役，然而别的人呢？这天色还不是太晚，这些窗户不该关闭的呀……不过，也没什么打紧的，不打紧！……接着就扭过身，走近路回家了。

她似乎觉察到雅克的思维已经距离她很遥远了，她下意识地伸出手臂，似乎是要碰触到他，抓紧他，拽他回来。

他身心愉悦地说："这风！"他似乎并没有留意到吉丝伸手的动作。"这壁炉挡板总是在摇晃，你不厌烦吗？稍等一会儿。"

他蹲下去，在两块铁板中间夹了一张旧报纸，把它牢牢固定。他做的这一切都尽收吉丝眼底，吉丝难以表达出心里的感情，只能被他这样搞得疲倦不堪。他边站起来边说："固定牢了。"然后又叹了口气，没有仔细地考虑这句话："是的，这风！真希望冬天快些离开，春天早些到来……"

很明显，他在留恋他曾经在远方生活过的春天。她也觉察到他心里的想法："待到五月，我就去那里，到那里去。"

她想："在这春天里，我在他心目中的地位是什么？"

此时钟声响了。

雅克说："九点。"似乎准备要走。

吉丝也听见了这挂钟的响声。她想："曾有多少个夜晚，我是守候在这灯下，等候，盼望，这钟声同样是和现在一样响着，但是却没有雅克陪伴。现今他在这儿,在这间屋子里,在我身边,陪同着我一起听着响起的钟声……"

雅克来到她的床前。

他说:"就聊到这吧,我不可以再耽误你睡觉了。"

她不停地想:"他就站在这儿。"她眯着眼,仔仔细细地瞅着他,"他就站在这儿!没有改变的是生活,是世界,是我们身边的所有。这一切的一切都没有一丝变化……"她觉得——好像是一种令人不痛快的回忆——无论如何,她也没有改变,她没有彻底地改变。

他不愿展示出急切要离开的样子,他站在床边,轻轻地抚摸着搭在床上的棕褐色的小手,他的心十分平和。他嗅到印花布窗帘的味道,今晚掺杂了一种酸味,他认为这味道是发烧引起的,所以不太喜欢。当看见摆放在床头柜上的被切开的柠檬时,便非常舒心地闻着这酸味了。

吉丝纹丝不动,她的眼睛里含满了晶莹剔透的泪珠,挂在上下眼皮中间。

雅克却好像什么也没觉察到。

"好吧,晚安!明天你就康复了……"

她勉强微笑,叹息了一声:"唉,我可没敢抱太大希望。"

其实她自己也搞不清楚,自己说的是什么意思。对于身体的康复她不以为然,说明了她的疲倦!已没有勇气正视明天的生活,这足以表明她内心的悲伤。因为她日日夜夜渴求的甜蜜的相聚,是那样美,但又这样缺憾地结束。她全力打起精神张开那早已激动僵硬的嘴唇,用甜美的腔调说:

"雅克,感谢你前来看我!"

当她准备伸手出去时，雅克已经到了门口，他扭过身，微微点头，就离开了。

她熄灭了全部的灯，钻到被窝里。她的心怦怦直跳。她紧抱着双手，牢牢地抱住那难以言表的不舍，就像她曾经牢牢抱住那只已经驯顺的老虎一样。

她的嘴里小声地念叨着："圣母玛利亚，你指导和主宰着我的一切……我把我的期望和慰藉以及苦痛和灾难都交到你的手里……"她怀着迫切真诚的敬意向圣母祈求，双臂紧紧地抱住前胸，希望能在祈求中缓和自己那糟乱的思路。仅仅是一心一意虔诚祷告，就令此时的她觉得无比幸福。好像眼前的物体都在摇摆，眼睛也睡意蒙眬的。她觉得自己缩成一团，缩在暖和的被窝里用力地抱着的，是一个小孩子，独属于她自己的。她弓着身子，空出一个地方用于给小孩躲藏。她蜷缩着身子，两臂牢牢地抱住这用泪水浇灌的爱情的幻想，渐渐地睡着了。

10

昂图瓦纳一直在等候雅克从吉丝的房间离开，下楼睡觉！今夜他准备将蒂博先生遗留的私人稿件逐一核审，而且只能他一个人逐一核审。并不是要故意躲开雅克，而是因为在父亲离世的第二天，在去了解父亲遗言时他无意中发现了一张注着"雅克"的信纸，虽然他没能抽出时间浏览，但他很清楚不可以让雅克知道，不然会使雅克很痛苦的。他在核审时，很可能会出现同样的稿件，所以目前来看，还是不让雅克参与核审比较好。

在没去书房前，昂图瓦纳经过餐厅，看看沙斯勒先生的工作有没有新的情况。

这刚送来的许许多多的书信和讣闻，堆满了加长板子的长桌。令人奇怪的是沙斯勒先生并不是在记地址，而是在拆开一捆捆信件，清点着数目。

昂图瓦纳诧异地走向跟前。

老头昂起头说道："耿直的人很少有啊，一个标准的包裹应该是五百整份。然而这个多了三份，另一个多了一份。"就在他说话间，这些多余的通知单就被他撕碎了。又很大度地说："这倒是不打紧，但是，如果留下来，空间很快就会被这些单子占满了。"

昂图瓦纳一头雾水，问道："多余什么？"

沙斯勒先生竖起手指诡异地笑着说："嘿嘿，肯定的。"

昂图瓦纳也没多说什么，扭头就走了。他微微一笑，心想："毋庸置疑，假若自己和这人多相处一会儿，就觉得自己是更加愚笨！"

他走进书房，打开全部的灯，拉紧窗帘，关紧门。

蒂博先生的文书稿件是分类存放，井然有序。"慈善机构"的文件是单独存放的。保险柜里放着契约票据，是旧账簿和所有财产的单据。书桌左边的抽屉里存放的是公文票据以及正在进行的交易文书，而昂图瓦纳最感兴趣的就是右边的抽屉，因为这里几乎都是私人文件，就是在这个抽屉里找到的遗嘱和有关雅克的记录。

他知道这些文件被他放在哪了。是以《圣经》中的一个章节为开头的：

《申命记》二十一章

假若有一个人的孩子冥顽不灵、忤逆，不愿听从父母的规劝，父母就会逮住他，把他绑到城门或者长老那里，父母就会向本城的长老说："这是我们的儿子，不听劝诫，冥顽不灵。"这样全城的人就会拿着石头砸向他。于是，恶人就被除掉，全部以色列的人也都得以告诫。

纸上的主标题写着：雅克。副标题写着：冥顽不灵。

昂图瓦纳情绪激昂地看着。看看这抄录的引文字迹十分工整，而且最后的字母也浑圆有力，所以很容易辨别出是最近几年所写的。这一份稿件展现出父亲在道德上的十足自信、熟虑精算、坚强的意志。但是，这份文件和他遗嘱放在一起，可以说明，老人有意而为之，也恰恰佐证了老人内心的不安，证明自己的行动是对的吗？

昂图瓦纳又重新拿了一份父亲的遗言。

这是一篇大作，编印了页码，划分了章节，还细分段落，犹如一篇巨幅报告。最后还附着表格一张，外面还有个硬纸盒套着。日期：一九一二年七月。也就是说是在蒂博先生首次病发，动手术前的几个月拟写的。只有提及"我的儿子""我的继承人"[①]。没有一言提及雅克。

昂图瓦纳开始认真仔细地读下去，因为昨天他只是粗略地看了一遍这题为《葬礼仪式》的文章。

但愿在本区的圣托马斯·达甘教堂为我做弥撒后，再把我的遗体送往克卢伊。我期望能在教养院的教堂里为我举行葬礼，更期望

---

①这里的"儿子""继承人"都是单数。

受教养的孩子全都能参加。我期望在克卢伊的葬礼仪式要和在圣托马斯·达甘教堂举行的葬礼仪式完全不同。首先要经过治丧委员会的表决，选择一种对我极其尊重的方式举行。我期望我穷尽毕生所贡献的慈善事业的代表和让我引以为豪的受到帮助的法兰西学院的代表带领我的送丧队伍。我更期望，假若符合规定，请用我在荣誉勋位团的级别，向我行军礼，我穷尽一生通过我的言辞、著作和公民权利投票来保卫军队的利益。还有就是，但愿不要限制任何人来参加我的葬礼。

我立下这些遗嘱，不是为了在我死后留下名利，因为想到有一天我会接受上天的审判，我就早已惊恐不安了。受到静默思悟和祷告的感化，我认为此时真正的价值就是克制谦卑推让，在我死亡之日，通过这些让上帝感知到我的存在。也希望能为后世留下标榜，用以勉励法兰西大资产阶级中的基督徒，激励他们积极投身于主的信仰和慈善事业中。

另附一章：《治丧细节》。

这样昂图瓦纳对治丧仪式就不必劳神费心了，因为父亲都已安排好了丧礼仪式。就在这生命尽头，父亲还在发挥家长的权力。这就如同他本人，一直都在执行着坚强的意志。昂图瓦纳认为这也许就是父亲的伟大之所在吧。

蒂博先生甚至在生前就拟写了讣闻，而昂图瓦纳只是遵照遗言，告知殡仪馆。蒂博先生经过深思熟虑后按照顺序把自己的职衔荣誉排列出来。共有十二行之多。学院院士字母大写。提及的有法学博士、前议会议员、巴黎教区天主教慈善机构委员会名誉主席、社会保护慈善机构创建人兼经理、儿童保护协会行政委员会主席、天主教团结中央委员会法国分会前司库。然后还有些职衔让昂图瓦纳百思不得其解：圣约翰·德·拉特朗教堂慈善会通讯会员、本堂神父理事会主席和圣托马斯·达甘教区虔诚教徒协会活动分子。这赫赫的职衔表后面是受封的荣誉称号，也有荣誉团勋位排在圣格雷戈尔勋级、圣伊莎贝尔勋级和南方十字架勋级之后的。这全部的荣誉勋位都要挂在棺木上。

其实这列着的一长串名单，才是这遗书的主要内容，上面写着受赠的人和单位，其中有许多昂图瓦纳不知道的。

吉丝的名字吸引住了他的眼球。蒂博先生写着："吉赛尔·德·韦兹小姐，是我一手把吉丝带大的，视如自己的女儿。现在我要给韦兹小姐一笔财产作为吉丝的嫁妆，但是吉丝必须赡养她姑母安享晚年。"所以，以后吉丝和她姑母就有了物质保障。

昂图瓦纳停了一会儿，他兴奋得满脸红涨。他从不敢相信自私的老头，安排得如此大方和细致。在他心里油然产生了一种对父亲的敬爱和感激，后面的内容更加印证了他的敬爱是正确的。他好像是真心帮助别人：女佣、女门房、拉菲特别墅区的园丁，任何人都没有被遗漏。

这份遗书的最后一节提及了各项基金的设立，但这些基金都要以奥斯卡·蒂博命名。昂图瓦纳对此感到非常新奇。奥斯卡·蒂博捐献给法兰西科学院的基金，用于道德品行奖。——自然而然也就命名为奥斯卡·蒂博奖，每隔五年颁奖一次，由道德科学协会颁发给"对在与卖淫行业做斗争中付出巨大贡献的……"——理应如此，这成了"法兰西共和国不再允许出现此种现象"的伟大著作。昂图

883

瓦纳显出一丝笑意。遗赠给吉丝的那笔财产促使他偏向宽宏。昂图瓦纳在这字里行间看到了隐藏的秘密，就是遗言中不断提到的要服务于精神事业，想要永世长存。昂图瓦纳虽然还不够老练，但也深有感触，也萌生了这种念头。

其中最让人意想不到的就是成立的基金每年要拨付给博韦主教一笔巨额财富，用于出版《奥斯卡·蒂博年鉴》，"份数越多越好，而且销售时还要低于市场价"，而书名为《农业实用》的书，其发挥的作用就是："希望每个天主教家庭都会拥有一本，看着里面有益心智的趣事，打发周末和冬夜睡觉前的时间。"

昂图瓦纳放下遗书。因为他还要快速地把这些都审核一遍。于是他就把这厚重的遗书放入纸盒中，此时他表现得非常高亢，他想："他如此大方，那留给我们的财富必将非常巨大……"对于这种思想，他自己也非常惊讶。

在第一个抽屉有一个大皮包，包上写着"吕丝"（蒂博先生的妻子）。

昂图瓦纳内心虽然有些不安，但还是打开了！

先有的是些杂乱的小物件。绣了花的手巾、装着首饰的盒子、小姑娘戴的耳环，在一个镶嵌着白缎象牙边的钱袋里，有一封折了四折的悔过信，字迹已经模糊不清了。还有几张褪了色的照片，是母亲童年时和十七八岁时的相片，这些他从来没有看见过。他很诧异，父亲平日像个木头似的，竟然一直珍藏着母亲的物品，并且这些东西都放在他最常用的抽屉里。昂图瓦纳看着母亲年轻时快乐的样子，心中不由得产生出一种亲近感。他仔细地观察着这个早已淡忘的面容，无意之中就想到了自己。生下雅克，蒂博夫人就离世而去了，而那时的他还只有九岁。他当时什么也不懂，只是个固执、用功和自顾的小男孩。他不愿意多在这令人伤感的回忆上花费时间,于是就去打开包中的其他口袋。

他从里面拿出几乎同等厚重的两摞书信:

"吕丝的信。"

"奥斯卡的信。"

后一摞信用布条捆着,信皮上的笔迹是一种女寄宿生的斜体字。很明显,这是蒂博先生在已故妻子的书桌里发现的,然后一直十分宝贵地珍藏着。

昂图瓦纳一直在犹豫着,并没有立即拆开这一摞信,因为以后他还有很多机会来看。当他把这一摞信推开时,这一摞信因系得松散而撒开,他的眼睛瞥了几段,虽然不完整,但真正体现了生活的意义,他从没有窥探过,从没有觉察过的往昔在暗淡的光影中凸现出来。

……亲爱的,我在奥尔良,在这代表大会没有开之前写信给你。亲爱的,我真的很想把我怦然跳动的心,在今晚邮寄到你面前,安慰你要耐心等待,今天已经是星期一了,星期六很快就来了。亲爱的,早些休息吧。你可以把儿子抱来陪伴着你,那样可以减少一些寂寞。

昂图瓦纳先来到门前,插上了门闩,然后又继续阅读下去。

……亲爱的,我对你的爱是真诚无比的。别离犹如他国冬天的冰和雪,使我的心寒如冰雪。我不愿意在布鲁塞尔等候邮车了,因为想尽快在周末之前回到你的身边紧紧抱着你。我亲爱的吕丝,别人永远无法体会到这其中的秘密：不会有人超越你我对彼此的爱……

昂图瓦纳看见这样的语言非常吃惊，没想到这竟是出自他父亲的笔下，他因此下决心不再把这些信扎起来。

但是，语言不全是那么热忱：

……我想说，你写给我的信中有一件令我很不开心的事情。吕丝，我恳请你，当我不在家时，不要花费时光去练钢琴。你就相信我吧，音乐所激发的那种热烈的激情会对妙龄少女的情感产生错误的引导，音乐不仅会让人习惯于游手好闲和胡思乱想，更可能让女人做出与身份不相符的事情……

有些时候，语气甚至更加严肃：

……你不明白我，我觉得你一点儿也不明白我。你责怪我吝啬，可我却把我的今生都奉献了出去！假如你有胆识，就去努瓦耶尔神父那问问他的建议！你应当感激上帝，并为我真诚忠心地奉献于生活感到自豪，你本应该能明白其中的含义、高尚的品德和精神的目标！然而，你不仅没有这样做，反而卑鄙地忌妒，只是为了自己的一念之私，让急需得到我帮助的慈善机构遭受到了损失……

不过，还是有很多信是体现浓浓的深情：

……昨天没有收到你的信，今天也一样。我是那么需要你，因此我非常珍惜你每天清晨的来信，当我睡醒后，如果缺少这份精神的慰藉，我就无法精神饱满地工作。没有收到新的信件，我只能再次翻阅你星期四的来信。那么率真、纯洁，又款款深情。啊，你就是上帝送给我的天使！我怪罪自己没有像你爱我那样爱你，我明白你对此毫无怨恨。但是，假若我故作忘记自己的过错，向你掩饰我的懊悔，那样我将是多么下流卑鄙啊！

代表团非常受欢迎，人们也非常敬重我。昨天，出席了有三十人参加的晚宴、祝酒活动等。我认为我的致辞有很好的作用。但我并没有因为这荣耀而得意忘形，在开会期间，亲爱的，我的心里只有你和孩子……

昂图瓦纳非常感动，他将这些信放回到原处时，双手有些颤抖。蒂博先生还活着时，每次在饭桌上想起与妻子的过往时，他总是有着特殊的叹气声，并且眼睛还瞥向吊灯，说道："你们伟大的母亲。"匆忙地阅览了这意想不到的领域，让昂图瓦纳对父母青年时代的了解超过了这二十年中父亲说到的事情。

在第二个抽屉里又装满了其他的信件：

"孩子们的信。"

"监护儿童和被监禁的孩子。"

昂图瓦纳心想："这是家的另一处。"

他对过去的这段时间，感觉更加自由，但还是很诧异。蒂博先生竟然存放着昂图瓦纳和雅克所有的信，即使是数量不多的吉丝的信件也存有。谁会想得到呢？他把它们都捆绑在一起，写着一个标题："孩子们的信。"

在最下面露出一张没有日期的信纸，似乎是小孩子由母亲手把手教着写出的拙笨的字迹：

我爱你，祝你圣诞节快乐，我亲爱的爸爸。

昂图瓦纳

他看着这孩童时代的信件感叹了一会儿,才将它翻过去。"监护儿童和被监禁的孩子"的信似乎很乏味。

主席先生:

今天晚上我们离开监狱,将会坐船去雷岛,在离开之前,如果不能感激你对我全部的恩泽,我将会非常后悔……

尊敬的恩人:

给你写信并署上自己名字的是一个洗心革面的人,因此特地请求你给予举荐。在此另附一封我父亲的信件,请你不要介意他的语法和文笔……我的女儿把你称作"爸爸的教父",每晚她们都会为你祈福……

主席先生:

我进监狱已经二十六天了,令我失望的是:在这二十六天中,我清清楚楚地记得,我仅仅见过一次法官……

弄脏的信纸,盖上了"新喀里多尼亚,蒙特拉韦尔岛"的印章。发黄的字迹在信的末尾显现着这样的话:

……在我等待美好日子的期间,我请求你接受我真挚的感激与敬爱。

4843号流放犯

昂图瓦纳看到这些向他父亲求助和表示感激与信赖的文字,非常感动。

"一定要让雅克看一下。"他在心里想。

在抽屉里端，有一个没贴标签的纸袋，里面有三张已经卷折了的摄影业余爱好者的相片。其中有一张是一个三十多岁的女性，背景是山，身旁是一棵枞树。

昂图瓦纳离灯光更近些，但还没有认出这个人是谁。而且，装饰有丝带的女式帽，缝有衣领的长裙、硕大的袖口，这全部都是过时的装扮。第二张相片还是那个女士，就是尺寸有些小，有可能是在简易公园或者宾馆花园拍摄的，姿势是坐着的，没戴帽子。在这位女士的脚旁，就是凳子的下面，有一条白色鬃毛狗像斯芬克斯一样卧在那里。在最后一张照片上只有那条头上系着丝布的狗，昂着头，站在公园桌子上。文件夹里还有个信皮，里面只有一张底片，是那张风景图，没有标注日期和姓名。细细观察这女人的身段虽然还是非常婀娜多姿，但也能看得出是四十有余的人了。虽然面露笑容，但是眼神非常认真严肃，面容十分美丽诱人。昂图瓦纳非常不解，仔细地看了一遍又一遍，似乎若有所思，迟迟没能合上文件夹，他不确定曾经看到过这个人。

第三个抽屉里除了有一本破旧账簿之外，什么也没有，原本昂图瓦纳是不准备打开的。这是一本摩洛哥封面的旧本子，上面印刻着蒂博先生姓名的字母缩写，虽然是账簿，但从未记过账。

在册子的第二页，昂图瓦纳看到：

吕丝赠纪念结婚一周年，一八八〇年二月十二日。

在第三页的中间看到和上一页同是红颜色的笔迹，蒂博先生写道：

笔记

用于每一年的记录

《父亲的尊严史》

后来估计是放弃了这个想法,在这个题目上画了个叉。昂图瓦纳心想:"结婚刚满一周年,第一个儿子还都没有出生,就有这种构思太不可思议了!"

他一打开这个笔记本,好奇的欲望就迅速膨胀。本子记录得满满的,看到字迹的变化,足以证明这本子用了很多年。昂图瓦纳在没看之前认为这是一本日记,但读下来感觉像是摘抄记录。

这记录的摘抄的语录应该精辟深刻,昂图瓦纳用欣赏的眼光细读了几篇:

对既定的秩序进行改革比任何事都可怕得多。(柏拉图)

大智慧。(布封)①

安于现状,守本分,按常规生活,自己满足自己,不有求于人,等等。

有些记录非常出人所料:

有些人生性刁钻、苛刻、冷酷,同样把他们接受的一切变得刁钻、苛刻、冷酷。(圣弗朗索瓦·德·萨勒)②

人世间再没有什么人的心比我真挚、温和、钟爱,爱已经充满了我的全身。(圣弗朗索瓦·德·萨勒)

---

① 布封(1707—1788),18世纪法国著名的博物学家、作家,著有《自然史》。
② 是指日内瓦的主教圣弗朗索瓦·德·萨勒(1567—1622),著有多种宗教著作。

"上帝赋予人类祈祷的权利,也许就是为了每天都能发出爱的呼唤,并且也不必羞怯。"这一句语录未标明出自何处,字迹潦草,昂图瓦纳猜测应该是父亲所写。

自这一句起,蒂博先生似乎在每一句的摘抄中都会标注自己的见解。昂图瓦纳在读得津津有味之时,似乎又有一丝觉察,发现册子的用处早已远离起初的设想,几乎成为专用的思想记录册。

起先,大多数的名言都带有政治色彩或社会情感。毋庸置疑,在这里记下他平日的思想,有助于以后更为便利的寻找,书写演说文。在这里昂图瓦纳也经常能看到符合父亲思维特点的说话句式:"难道不可以吗?……不应该?……"

企业主的威望是一种权能,管理权能够促使他更加合法化。然而不可以再深入一个层次吗?为了促进生产,难道不应该在工人们之间树立一种精神道德关系吗?而企业主恰恰也是工人们精神道德建设的一个有机功能体。

无产者为条件的不公进行抗争,认为上帝赋予的多样性是不公正的。

现今不是有一种思想观点,忘却了"行善"的人从本质上说,或者从近乎本质上说也是一个有"财富"的人?

昂图瓦纳随手多翻了两三年的笔记,发现宏观的思考逐渐减少,逐渐增加的是个人思维的感悟:

自我认为是基督徒,所以内心有一种巨大的安全感,这不正是因为教会也是这世俗社会的权力层吗?

昂图瓦纳露出一丝笑意，心想："这些一本正经的人，只要他们有一丝狂热和胆量，通常就会变得比恶人要更加凶险！……他们总喜欢让别人屈从于他们的意志，尤其是那些杰出的人物。他们始终都坚信真理掌握在他们手中，所以为了达到自己的意志，他们从不会退缩……不会退缩……我知道我的父亲曾为了他所推崇的派系的利益，为了他所从事的慈善事业获得成功，使用过一些下流手段……假若是为了他私人的事务，为了权力，他肯定不会这样的！"

他逐篇泛读，忽然间看到这样一段：

难道自私自利主义不可以拥有一种合乎情理、有利的方式吗？换种说法，难道就没有一种方法可以把自私自利转用于真诚的目的，假如使它服务于基督教，服务于基督信仰？

那些对蒂博先生不熟悉的人，看到这些评断，可能会觉得是恬不知耻：

慈善事业，我们的天主教慈善事业（慈善机构、圣万桑·德·保罗修女会等）的伟大，特别是无法超越的社会效应，其实就是发放救助物。救助那些贫穷者、心地善良者，而不是救济那些贪婪、悖逆、不安现状提出各种无理需求的人。

真的善心并不只是令别人欢乐。

天主赐我权力，使我能够对那些需要救助的人实施粗暴的武力。

数月之后这种思维依然伴随着他：

只有对自己严厉，才可能对别人严格。

在人类还没有认知的道德中，对处在初学层次的人来说，难道不应该把我在祷告中称为顽固死板的品质,放在第一位吗?

后面的一句单独写在一张空白页上,语气严肃:

践行高尚品德,博取他人尊重。

昂图瓦纳心想:"冷酷无情!"他还觉察到,父亲不光呆板,而且还有意冥顽不灵。虽然发展到不合乎情理,但他并不抵触,因为他在这种束缚中看到一些压抑的美。他心想:"故意磨灭怜悯心?"蒂博先生也常常为他辛苦博取的美德而感到伤痛。

敬重可能会产生友情,但是因敬重而产生的友情少之又少。仰慕不可能代表友情,德操虽然能获得别人的尊重,但却无法进入别人的心田。

这种难以言表的痛苦,他在后几页这样描写出来:

行善者是缺乏友情的。天主,给他一些被救济的人作为补偿。

昂图瓦纳非常吃惊,在某些地方会发出人本性的呼唤:

假若不是由本性的出发点行善,而是因为绝望行善也可以,最起码不是行恶。

昂图瓦纳思考道:"这里面的有些语言与雅克很相符。"这无法说得明白。父子俩都是同样地把怜悯之心暗藏于心,同样地隐藏着本性的粗暴脾气,是那么冷酷无情……他思考着:难道正因为父子俩的生性有相通之处,所以父亲才对其冒险性格极其厌倦吗?

在以下众多的语录中都在行文前加以五个字：魔鬼的陷阱。

魔鬼的陷阱：偏向真理。通过自我的信任，始终执着地信任早已松动的意志，这比自负地去推倒建筑支柱，冒着建筑倒塌的危险，还要艰难，还更需要胆识和勇敢。始终如一，这种毅力难道不比对真理的坚持价值更高吗？

魔鬼的陷阱。掩盖自己的自负，这不是谦逊的表现。倒不如尽是显现自己难以压制的隐藏的弱点，拧成一股力。难道这不比掩饰自己的弱点欺骗他人，从而削弱自己的形象更好吗？

（每一页都会反复出现自负、虚名、谦和这些词。）

魔鬼的陷阱。谦和的自我评价、自我贬低，难道这不是用另一种形式来表现自己的高傲自大吗？只有对自己避而不谈。然而，能够这样做的人，是因为他们知道别人对自己是如何评价的。

昂图瓦纳抿嘴一笑，一副嘲讽之意，但很快这笑容在嘴边僵住了。后面这句迂腐空泛之词竟是蒂博先生所写，该是多无奈啊：

会有谁，包括圣人，他们能够做到在每天的生活中都不用撒谎吗？

此外，这与昂图瓦纳对父亲晚年的假设完全相反——这颗自信的心一年接一年逐渐失去了静谧：

一个人一辈子的成就，他们的作用和奉献，并不是如人们所设想的那样，而是决定于内心的世界。一些人荣誉一生，然而却没有在后世留下与其名声相符的贡献，是因为他们缺少被人拥护的诚挚。

有时可以揣测出一丝一毫的忧虑：

未触犯的过错，不是和触犯过的罪行一样扭曲人性和伤害心灵世界吗？所有的一切，即使是懊恼的疤痕也无法避免。

魔鬼的陷阱。在我们与他人交往时所产生的情感，不要同我们对别人的爱混为一谈……

虽然后面一段的半行已经被擦除，昂图瓦纳侧光一看，那句子还依然清晰！

……年轻人……孩子们。

在页边的空白处用铅笔写着：

七月二日。七月二十五日。八月六日。八月八日。八月九日。

跳过几页，又有一种新的口气：

啊，上帝，你了解我的悲惨和卑微。我没有资格获得你的饶恕，因为我依然还带有肮脏的罪行。主啊，请你赐予我力量，让我脱离魔鬼的陷阱。

昂图瓦纳突然忆起，父亲在发病时，有两回说了些不文明的语言。这样反躬自问，一直在夹杂着对上帝的呼唤：

上帝，爱你的人患病了！上帝，不要抛弃我，若你放纵我，我会背叛你的！

昂图瓦纳又掀了几页。

有一页纸上用铅笔标注的日期吸引住了他的眼球：一八九五年八月。

爱人的关怀，书桌上搁着一本朋友的书，书中有一页夹着一小条被撕下的报纸作为标记，今天清晨，来那么早的人会是谁呢？一枝矢车菊，这枝用作书签的矢车菊和昨晚挂在她胸前的那枝一样。

昂图瓦纳非常诧异，陷入沉思之中，回忆着一八九五年八月，这一年他才十四岁。那一年，蒂博先生带着全家来到沙莫尼克斯①的周围。会是在旅馆的偶然相识吗？随即那个牵着白色鬈毛狗的妇人闪现在他的脑海里。或许下面会有关于那位恋人的介绍？没了。没有一个字提及那个"恋人"。

随后，又掀了几页，又出现一枝花——或许就是那一枝，只不过已经被压得扁平了，而这枝花的旁边有一句名言：

她身上有一种非常完美的恋人的气质，也有一种使你超脱友情的品质。（拉·布②）

在这一年的十二月三十一日，还有一句语录，但很容易让人想起那是他以耶稣会老门徒的口气说的：

久违的爱情，通常会来得更加猛烈。

昂图瓦纳尽管努力地回想一八九五年八月的场景，但依然徒劳，

---

① 沙莫尼克斯在法国的上萨瓦省，处于勃朗峰山脚下，是著名的旅游和休养胜地。
② 指法国作家拉·布吕耶尔（1645—1696）。

没有回想起一丝关于那硕大的球形袖口和那白色鬈毛狗。

今夜睡前看完是不可能的了。

而且，当蒂博先生在慈善界成了知名人物后，公务很繁忙，在近十一二年中，好像逐渐地减少了这种笔记。他几乎只是在假期里才写几句，越来越多的宗教性语言充斥在文字中。结束的时间是"一九〇九年九月"。自从雅克失踪后，一个字都没有写过，即使在病时也都没有写过。

在最后，有一页的字体不是那么浑圆有劲，这字迹显现出一种看破世间尘俗的思忖：

当一个人获得了荣耀之后，就不再配得上荣耀。但是，善良的上帝不是还一直在大方地施与荣耀吗？这无疑是帮助了他忍耐对自己的藐视，如此的藐视不仅让他的生活被毒化，还让快乐的泉水枯竭，让善良精神的泉水枯竭。

在笔记簿的最后几页是没有任何字迹的。

最后，昂图瓦纳发现在褶皱皮面里的口袋里放着几张废旧的纸片。昂图瓦纳从里面拿出两张吉丝儿时让人喜爱的照片，还有就是一九〇二年的日历上的每个星期天都被钩上了记号，还有一封淡紫色的信件：

一九〇六年四月七日

亲爱的 W.X.99：

你给我介绍了你自己，如果我给你谈论我自己，我觉得和你的情况也可能是相似的。不，我也不清楚我为什么会这样做。我是一个受过教育的人，怎么会刊登出这种征婚广告，现在的我同你一样感到很吃惊，你不由自主地在看见那则征婚启事之后就给只留下姓名缩写并具有神秘感的人写信。因为我自己也是遵循教规的天主教徒，对教会的规则也是一直认真地遵守着。这是个浪漫的机遇，你会这样觉得吗？但是对我来说，这就是上帝给我的机会。上帝令我们有一时的柔弱，这个时候，我刊登了征婚广告，同时你看见并把它剪了下来。我一定要给你说，在我做寡妇的七年中，没有温暖柔情的生活，感受到的只是不断增加的痛楚。特别是没有孩子这种弥补温情的方式。但是，这也不能算是弥补，你虽说只有两个儿子，但也算是有个家，我推测，你应该是一个忙于公务的人，但是，你对生活的枯燥和孤独也感到很痛苦。

是的，我和你有同样的感觉，是上帝赐予我们对爱的需求。我每时每刻都在祈求上帝，希望它赐予我忠贞的爱情，让我得到一个对我无私奉献的男人，而我会对这个上帝派遣来的男人奉献出我全部的身心和青春，这是幸福的圣洁庄严的保证。虽然我很抱歉给你带来了麻烦，但我仍然不能把你想要的东西送与你，尽管我非常明白你的要求。你不了解我是个怎样的女人，不了解我的父母，虽然他们已经亡故，但在我看来他们依旧在我的祈祷中活着。还有我现今的生活环境你也不清楚。我只是在爱情中有一时的柔弱，才刊登了那则征婚广告，希望你不要因此对我妄加评判。希望你能理解，像我这样的性格，虽然我很开心，但还是不会送你照片的。我会愿意做的，也只有请求我的神父——自圣诞节起，他被委任为巴黎某个教区的第一副本堂神父——去探访这个韦神父，就是你在第二封信中谈及的，我的神父会详细叙述我的情况。如果说想要知道我的样貌，我也能够亲自探访这个韦神父，他受到你如此的信赖，他可以随后……

在第四页最后写了这一句。昂图瓦纳在口袋里没有寻找到下一页。

这封信是给他父亲的？不用怀疑：两个儿子，韦神父……去问韦卡尔？他什么都不会说的，虽然他也参加了这件寻求婚姻的事件。

难道是那位带着白色鬃毛狗的太太？不可能，这封信的日期是一九〇六年的，就是不久以前，昂图瓦纳在菲力普医院做见习大夫的那一年，雅克到克卢伊教养院的那一年……然而较近的时间与那照片里过时的女式帽、紧身腰、球形袖口是不相符的。没办法，只能在假设中得到满足了。昂图瓦纳把笔记簿放回抽屉，合上，看看时间：十二点半。

"只能在假设中满足了。"他边站起来，边低声说着。

他心想："一个人一生的遗物……不论怎么样，他的一生还是很充足的！每个人的一生总是比其他人懂得多！"

他凝视着刚刚脱离的桃花心木皮面座椅，似乎能从那里窥探些秘密。如此多的春秋中，蒂博先生总是在这个座椅上安稳地坐着，上身往前倾着，面部表情一会儿像是嘲讽，一会儿又像是严肃，还不停地说着他的格言。

他内心思量："我知道他什么？知道的只是他作为父亲的责任而已。连续的三十年里，他对我，对我们，总是主动地使用上帝的权力，因此对我们虽然动机是好的，却是暴躁又死板的。他的责任就是与我们之间的关联……我对他还知道些什么呢？一个让人产生尊敬与畏惧的社会威严。但在他独居时，他会是一个怎样的人呢？我就全然不知了。他在我面前时，我看不出他有任何的情感和思想，唯一可以被我看出一丝真正内心的东西，就是在他身上所存在的一些深入、揭掉所有表皮的东西！"

昂图瓦纳触摸了这些笔记，揭开了他的一角，也猜想出某些事。此刻的他怀揣着烦恼，觉察到在那副道貌岸然的面具下，不仅仅是一个普普通通的人，还有可能是一个令人怜悯的人。而这个人就是自己的父亲，刚已亡故，他却对这个人一无所知。

他突然想到自己：

"他懂我吗？懂什么呢？他对我不仅仅是懂得少，而且是根本不懂！同班同学即便是十五年没见，无论哪一个也比他对我了解得多！这是他的错吗？是我的错吗？这个有才学的老人，如此多的知名人物，都觉得他严谨慎重，很富有经验，是非常好的参谋家，而我，他的儿子，即便我求教于他，也只是个样子而已，事实上在他有答案之前我已经和其他人研究好了。我们父子面对面时，两个人在一起是有血缘关系，并且具有相同本性的人。但是，在我们之间，却连相互交流的言语都没有，是两个不能沟通想法的陌生人！"

但是，他来回走了几步后，又想道："事实上并不是这样。假若我们之间并不生疏，那就更加令人恐惧了。毋庸置疑我们之间是有联系的。是的，我们是父子关系，父子关系。只要仔细想想我们的关系，就感觉到很好笑，虽然这样，这种独一无二的关系在我们的内心都是实实在在存在着的！以至于我此时由于这样的关系而感到非常惊讶：这是我此生以来首次清楚地感受到在这完全不了解的底下，有着一些神秘的、被掩埋的东西，相互能够明白，或者相互非常明白。我此时此刻才真正地感受到，不管怎样——虽然我从没有察觉到我们之间有任何的情感沟通——虽然这样，但是，在世上向来没有，而且再也不会有比父亲更加被我深知其本性，更加一下子能够深知我本性的人了（即使雅克也不能）……只因他是我的父亲，因为我是他的儿子！"

这个时候的他走到了前厅门口，一边在心中想道："算了，睡觉吧。"一边在转动锁孔里的钥匙。但是他又转过身，在灭灯之前，看了看这空荡的书房觉得像是洞穴一样。

他感慨道："已经晚了，已经永远结束了。"

一丝光线从餐室的门缝里透过来。

"你应该赶紧回家，沙斯勒先生！"昂图瓦纳打开门，大声地说道。

沙斯勒先生弓着身子埋在两摞讣闻通知单中间，写着信封地址。

他头也没抬只说道："啊，是你？刚好……你现在有空吗？"

昂图瓦纳认为他是要审核地址，就毫不怀疑地走了进来。

沙斯勒先生边写边说道："只要占你片刻时间，可以吗？想和你说说之前我跟你说过的——就是那笔本金的事情。"

他没有等昂图瓦纳回答，就把笔放下了，遮掩住他那口假牙，显现出愉快的神态，盯着昂图瓦纳，让人无法对他生气。

"难道你不累吗，沙斯勒先生？"

"噢！不累！需要想的事情太多，所以就不困了……"他向前弯着瘦小的上身，昂图瓦纳仍站在那里，"我在写地址，我在写……然而这个时间，昂图瓦纳先生……"他犹如一个忠厚的魔术师，似乎是要大展身手，而狡猾地笑着，"然而在这个时间里，这个一直转，一直转，畅心所欲！"

昂图瓦纳还没想到逃脱之计。

"昂图瓦纳先生，假若我获得了你之前说的那一小笔资本，我就可以达成我的一个愿望。对的，我打算开办一个店铺。店铺，也可以这样称谓。也可以说是营业所。总而言之就是一个店铺。店址选在街上最繁华的地方，不过店铺只是表面形式，真正的主意，还在里面。"

此时他的内心只有这一个想法，而一旦他这样想时，他就会说话结结巴巴、气喘吁吁，两手紧握，一会儿伸出一会儿缩回，身子一会儿向左摇一会儿向右晃。每说一句都会暂停一会儿，方便给自己的大脑留下思考的空当。然后说出一句，身体晃动一下，好似做好吐出句子的准备。接着又停歇下来，好像每一回就只能产生一种想法。

昂图瓦纳细细一想，最近沙斯勒先生忙于各种事务，又加之几宿没睡，脑袋肯定比平时反应更慢。

沙斯勒先生又说道："还是让拉托什介绍吧，他会比我说得更加明白。我们相识很久了，我对他的过去非常熟悉，他是一个非常优秀的人才。和我一样总会有些新奇的思想。我俩共同拥有一个好的主意：就是开办店铺，名为现代敏捷技艺服务店铺……你了解了吗？"

"不太了解。"

"总而言之，就是关于一些实用性的小发明、小创造！……就是那些有新奇的创意但不知道如何实践的人，我们把他们聚集在一起。然后我们在一些报社刊载广告……"

"什么地方？"

沙斯勒先生注视着昂图瓦纳，好像没搞清楚他问这句话的含义。

等了一会儿，他说道："蒂博先生在世时，因为有些羞愧，就没敢提这类事。昂图瓦纳先生，现如今……此事我已经计划了十三年。这个计划自那年的展览会就开始了。其实，我自己也创造了些小有成就的发明。例如，计算步伐的鞋跟记录器、自动化邮票浸湿器等。"他跳下了椅子来到昂图瓦纳面前。"其实我最重要的发明是鸡蛋。发明的方形鸡蛋。目前还需要研究一种液体。为了能够成功研究出这种液体，我与许多研究员共同探究寻找。那些研究人员多是乡村本堂神父，以后都将会成为技术好手。冬季的时候，诵完《三钟经》，他们就有空闲钻研探究了，是吧？我鼓励他们去研究寻找这种水剂，假若成功研制出这种水剂……其实，研制出水剂并不困难，难的是能想到这个好主意。"

昂图瓦纳的眼睛眨了眨：

"假若你有了这水剂呢？"

"如果拥有这种水剂，我就会把鸡蛋放进里面……这种水剂的溶蚀程度要达到软化蛋壳而不损伤鸡蛋……你听懂了吗？"

"没有。"

"把鸡蛋放在方形模子里固化……"

"就变成方的了？"

"那是肯定的！"

沙斯勒先生犹如断成两截的蚯蚓不停地弯曲扭动。他这副怪样昂图瓦纳从没看见过。

"数以百计、千计地放到水剂中浸泡！开办一个加工厂，加工方形鸡蛋！以后就告别了鸡蛋架了！方形鸡蛋自己就可以放稳。鸡蛋壳还可以别有他用，装火柴，做芥末盒！而且方形鸡蛋更利于装箱打包，有如肥皂块那样，整箱托运，你懂了吗？"

然后,他又重新回到"座椅"上,但立即又像是椅子上有钉子一样忽地跳下椅子,瞬间满脸红涨。

他一边向门口跑,一边细声地说:"抱歉,待会儿我再来。"又嘀咕道:"不争气的膀胱……真是神经质……一提鸡蛋就来反应……"

11

第二天是星期天,吉丝睡醒后已不再倦乏了——病热终于退下了——虽然内心很焦躁,但十分坚毅。由于身子骨还很柔弱,所以就没去教堂,在屋里待了一上午,祷告,静默深思。她非常懊恼,竟没有仔细地思虑雅克归来后她该如何面对。只觉得眼前一片模糊。直到今天早晨,她还没搞清楚,昨晚雅克来到她的房间,到底给她留下了何物使她灰心,以至意志消沉的回念。一定要找个合理的答案,冰释前嫌,接着,所有都将会非常明晰了。

可是,雅克一上午都没有来,而昂图瓦纳自从蒂博先生出殡后,几乎都没有上过楼。只有吉丝和老小姐在一起吃午饭,吃完饭后吉丝再回到自己的闺房。

整个下午都被雾气所笼罩,十分阴冷,也显得时间尤其悠长。

吉丝单独一人,闲来无事,心中许多的想法难以平抑,令她焦虑不安。都已经快四点钟了,老小姐依然在教堂做祷告。无奈之下,她披上大衣,一鼓作气来到楼下,找莱翁领她去雅克的住处。

他正坐在窗前的椅子上阅读报纸。

那泛白的玻璃上映着他的背影,吉丝看见后觉得非常惊讶。在她的脑海里雅克依然是三年前在那别墅下拥抱她的少年,而不是如今她早已忘却的体格健壮的成年男子。

她瞄了一眼，没有多去思考在她心里的形象，只是看到雅克在椅子上的坐姿。房间里乱糟糟的，在地上的箱子是开着的，已经停了的钟表上挂着帽子，书桌上也堆得乱七八糟，两双鞋搁在柜子前面，似乎只是在这里临时住下，没有任何准备整理的迹象。

雅克站了起来对她表示欢迎。当她靠近他时，发现在他的瞳孔里有一丝诧异的眼神凝视着她，此时的她惊慌失措，把早已准备好的言语忘得一干二净！只有一个想法在脑袋里不停地闪现：无法平抑的自己，一定要把这一切都来问个明了。所以，她就不再寒暄客套，她面容惨白，憋足了勇气，站在房间中心说道：

"雅克，我们彼此需要交谈一下。"

她碰巧看到，她来时雅克用那含情脉脉的眼神欢迎她，是那样严肃认真，但又十分短暂。他随即眨了眨眼睛，又把这眼神给掩盖了起来。

他笑了，故意提高声音：

"天主，是那么严肃认真啊！"

这一句话可以说是深深地伤透了她的心。但她依然保持微笑：微笑是抖动的，但很快就成了难过的抽动，两眼噙满泪水。她扭过脸，走到了沙发前，坐下去。泪流满面，让她必须不停地擦拭着泪水，虽然她已经尽可能地用愉快的语气说话，但言语中还是夹杂着一些责怪的腔调：

"啊！你看，你把我说哭了……我多笨……"

雅克觉得内心的怨恨开始产生。他一直都是这个样子：自孩童时起，他的心底就含有一种愤懑——他认为，有些像地心的岩浆一样——无声的愤懑，这怒火，随时都可能迸发而出，没有任何东西可以阻挡。

他故作敌视愤恨地大喊道："是的，你说吧！我也想有个了结！"

这暴躁的态度完全出乎她的意料，其实他那愤恨不已的样子，已经是她所提出的问题最明显的答案了，她无力地靠在椅背上，惨白的嘴唇微微张开，犹如被打了一样，吃力地伸出手来，悲痛地说："雅克……"雅克听到这撕心裂肺的声音，猛地一转身。

他恍恍惚惚的，把什么都抛在脑后了，他瞬间由盛气凌人转变为温柔和蔼的温情冲动：他径直来到沙发前，倒坐在她的身旁，紧紧地拥抱着哭泣的吉丝。他木讷地说道："我可怜的小家伙……我可怜的小家伙……"他靠近她，看着她脸上暗色的斑点，眼袋下那透亮的黑眼圈，使注视着他的那含满了泪珠的眼睛显得更加悲伤和哀痛。可是，理智又快速地占据了他，而且是变得更加理智了。他俯身弯向吉丝，鼻子贴着她的发丝，他很清醒地知道他被一个混沌陌生的肉体诱惑着。好了！上次，在那满是爱怜之情的滑溜溜的路上，为了不伤害彼此，他已经只能选择停止——快速逃脱开（而且，现在他还能估摸、分析、辨别他们所历经的毫无价值的危险，也证实了鲁莽行事是没有任何价值的，也证实了欺骗是不牢固的，并且差一点把他们推到了危险中）。

他没有被像英雄胜利那样的成就冲昏头脑，立刻止住了亲吻脸颊的唇，其实已经微微碰触到了。然后让吉丝的头靠着自己的臂膀，手轻轻地触摸着那红热、嫩滑、浸满泪水的面颊。

吉丝偎依在他的身边，她昂起脸，挺直脖子和脊背，任他轻抚。她纹丝不动，有一种扑向他脚边搂住他腿的冲动。

而他，却截然相反，只觉得心跳渐渐缓和了，再次恢复了平和。有时他竟然会怨恨吉丝勾起他那低俗的欲望，因此而鄙视吉丝。贞妮的影子突然出现在他的脑海里，使他的内心翻涌不已，但很快又消失了。随后，他又否定了这一切，扪心自问：他觉得内疚。她那犹如忠实的猎犬般对爱情的忠贞，虽隔别三年，但依然是坚定不移，她献身于爱情，献身于这悲惨的爱情命运，并且选择的是那样盲目的方式——很明显，这份爱情比他所觉察到的更加激烈、更加纯真。他含着淡漠的思想来揣摩这些，实际上是由心底产生的漠然，只有这样他才能毫无邪念地表露出对吉丝亲切的关怀……

这就是他的思想，由这个跳到另一个，然而她却始终如一地思考着一件事，仅有的一件……就是她思考的那唯一的爱情，她对他的一举一动都是那么敏感，也看得非常透彻。所以雅克虽没说一句话，依然保持着那种身姿，依然抚慰着她的脸颊，但吉丝从他的手毫无温情地在嘴和脸颊间游离中，忽然间看清了所有：她知道，他们曾经的情感已经荡然无存，他的心已不再被她占据。

她就好像在证明一个早已确定的事实一样，虽然没有一丝希望，但她仍要用更加明确的方式去证实。她忽然挣开他的怀抱，凝视着他的眼睛。他没能及时遮住淡漠的眼神，这一次她深信过去的曾经都不会再回来了。

然而，她又怀揣着一种纯真的担忧，担忧挑明实情，捅破了这张薄薄的隔膜后，他俩以后就不能再隐藏这份回忆了。她不能再柔弱下去，要坚强起来，避免让雅克发现她的焦虑和懊恼。她坚强地离他稍远一些，笑着说话。

她用手不自然地指着屋里，夹杂着支支吾吾的声音说：

"这个房间我多久没来过了呀！"

其实截然相反，她很清楚地记着她在这房间里的最后一次，就是坐在这，当时在她身边只有昂图瓦纳，那一天，她非常伤心。她确信雅克的离开，使她的思想痛苦不堪，遭受着恐惧的煎熬。但是，那些苦痛是无法和今天她所承受的苦痛相比拟的。一旦她合上眼，满脑子都是雅克，正如她所期望的那样，很是服从她的吩咐。现在，他就出现在她的面前，她反而领悟了什么是缺少他的生活！她想："怎么会是这样？怎么会发生这样的事？"她感觉到痛苦不堪，不得不闭目休息一会儿。

他起身去开灯，顺便来到窗前拉上窗帘，但没有坐回来。

他问道："你很冷吧？"看见她直哆嗦。

吉丝赶紧找了借口："是你屋子里没有加暖，我还是待在楼上比较好。"

她的声音很高，打破了安静，让她自己也受到了些鼓励，也更加坚毅了。她从假装的镇定中获得的鼓励瞬间消逝，但她还要继续扮演下去，随后她吞吞吐吐地说出几句话，犹如墨鱼吐汁的样子向外吐字。他待在那里，面露微笑表示认可，也许心里在美滋滋的，因为现在他不需要解释了。

此时，她最终站起身来。两个人相互注视了一下。两个人身高不相上下。她心想："我始终，我始终都无法忘掉他！"她这样是为了不愿正视比这更加冷酷无情的思绪："他是强者，他完全可以抛弃我。"她瞬间明了，雅克身上含有男人的那种无情，有命运的抉择权。然而，她在自己的命运前无能为力，就连为命运寻个方向都是不可能的。

于是，她就干脆果断地问：

"你什么时候启程？"

她确信自己的语气很淡漠。

他把持住了自己，心不在焉地走了两三步，然后把身子转过来说："你呢？"

这样已经很明确地承认了：他还是要走，而且认为吉丝不会在法国驻留。

她心神不定地耸了耸肩，努力想在最后笑笑——她终于显露出了能够说是非常镇定的笑容——接着，她把门打开，离开了。

他没有拦阻她，仅仅是眼神忽然带着纯真的温存送她离开。如果可以的话，他很愿意将她抱住，疼爱她，保护她……让她不受任何的侵犯。预防着她自己，预防着他，预防着他对她造成的伤害（但是，他只是隐隐约约地察觉到这伤害）。预防他会继续对她造成伤害，但他还是对她造成了伤害……

他站在杂乱无章的房间中，双手插进口袋里，双腿叉开。在他的身旁，贴着各种颜色海关标记的箱子开着口在地上放着。他感觉自己似乎是在安科纳①——也可能是在的里雅斯特②，在一间忽明忽暗的船舱里，旁边是一群移民在用不熟悉的语言骂着人；强烈的轰隆声把船震动得直颤抖，然后，一阵铁器的碰撞声压过了吵架声；起航了，船身摇晃得更加严重，随处都是突如其来的安静。邮船启动了，朝着黑夜驶去！

雅克的前胸紧绷起来。在他自己也困惑的抗争、创造、充足的

---

① 安科纳，意大利中部滨亚得里亚海的港口城市。
② 的里雅斯特，意大利亚得里亚海北岸的港口城市。

对生活的病态的憧憬中,经常撞到这栋房子上,无论是已经死去的父亲、吉丝,还是那充满圈套和铁链的昔日。

他用力地紧咬牙齿大叫道:"走吧!走吧!"

依靠电梯中的长凳支撑的她,还能走回自己的房间吗?

她那么热切期待过的解释,这样就完了,完了,彻底结束了。"雅克,我们彼此需要交谈一下!"他立刻就回应道:"我也这样觉得,我也想有个了结!"还有两句两个人都没有回答的话:"你什么时候启程?""你呢?"她惊惑地来回说着这四句话。

如今,该怎么办?

回到了安静又宽敞的房子里,在最里面的房间,有两个守灵的修女。就在这,她半小时前一丁点的期待已经消失殆尽了。她那么悲痛,尽管虚弱得应该休息,但是她更加害怕只有自己一个人。因此她去了姑妈的卧室,并没有着急回到自己的房间。

老小姐已经回来。同往常那样,在满书桌的发票、样品、广告说明书和药品前坐着,她知道这是吉丝的脚步声,把驼背的身躯扭转过来。

"啊!是你?……正巧……"

吉丝跌跌撞撞地奔向老小姐,在披开的白发间亲吻了一下满是皱纹的额头。吉丝如今长得高了,已经不可以再蜷缩在老小姐的怀抱中,只能是像小孩似的坐在她的膝盖上。

"刚好,我要问问你,吉丝……对于怎样清理房间,他们什么也没说吗?……要不要消毒呢?……对于这些事,总要有些制度规则吧!你问问克洛蒂德,或者说你直接去和昂图瓦纳说说……先由卫生局前来消毒。为了更稳妥的话,就要用药剂师的烟熏。克洛蒂德知道。要把门窗的缝隙全部堵住。到那时，你要前来帮忙……"

吉丝眼里噙满了泪水，轻声地说："但是，姑妈，很抱歉，我得离去了……那边……还有事情等我去做……"

"那边？出了这样的事之后？你要把我一个人留在这里，自己离开吗？"老小姐的脑袋神经质地摇晃着，说话也断断续续，"我已经七十八岁了，在这种状况下……"

吉丝心想："我一定要走，雅克也会走。所有都会和之前一样，但是期待却毁灭了……什么期待也没了……"她忽然感觉到太阳穴很疼，脑袋里也一片混乱。之前，虽然雅克离自己很远，但自己总是觉得很了解他，可是此刻，突然一点都不了解了，怎么会这样呢？

她在思量："进修道院？"然后得到永久的安宁，耶稣的安宁世界……但要放弃全部！放弃……她能做到吗？

她终于抑制不住放声痛哭起来，紧接着又慢慢站起来，突然用力地拥抱着姑妈。

她用颤抖的声音说道："啊！这不公平，姑妈！这一切不公平！"

"怎么，什么不公平？你说什么呢？"老小姐既难过又担心地嘀咕着。

吉丝疲惫不堪地坐在地上。她想要找个支撑，找个依存，她的面颊磨蹭着小老太太膝盖上一小片外凸的粗毛裙。老小姐晃动着脑袋，用争吵的口气说道：

"我已经七十八岁了，在这种状况下，让我一个人留在这……"

12

在克卢伊，很多人都拥挤在教养院的小教堂里，尽管天冷地寒，但门却打开着，一个钟头里，在这所院子里，教养院的两百八十六个监护儿童都已经站好了队。院子里的雪都已被踩成了泥糨糊，他们纹丝不动，都穿上了新的教养服，没有戴帽，腰间系上铜牌的皮带。周围都是身穿制服，并在腰间佩带着手枪套的警卫。

韦卡尔神父主持了弥撒，追思祈祷是由嗓音低沉而有力的博韦主教来做。

寂静庄重的小教堂里飘满了赞美诗的歌声。

"我们的天主啊！"

"祈求上帝赐予他永远安息……"

"让他安息吧……"

"阿门！"

然后，最后的乐曲由在祭坛上的六重奏乐队演奏。

从早上开始，昂图瓦纳的脑袋就一直在胡思乱想，眼前的场景也让他三心二意。他想着："在葬礼上总是要奏肖邦的这首乐曲，但它又不能算是悲伤的乐曲！因为这乐曲中短暂的哀伤过后，就是愉悦，是对于幻想的要求……一个结核病人在想到死时也不会内心不安了！"他再次想起小德尔尼将要死亡的最后几天，也有个音乐家在住院。"当我们听到这首曲子时，总是容易受到感触，认为它显现的是当临死之人发觉到天国时陶醉其中的状况……事实上，那只是发病的预兆，就好像是病变的象征如同体温那样！"

但是，他也承认在这样的场合上，如果过分伤痛也是不适合的：

哪一个葬礼都没有这个盛大隆重。沙斯勒先生刚到就混进人海里，亲属只有昂图瓦纳一个。表兄弟和远房亲戚觉得在参加过巴黎的仪式后，就不需要再到大寒天的克卢伊了。只是有死者的同事和慈善机构代表来参加了。"全部是'代表'，我一人'代表'家属。"昂图瓦纳用愉悦的心情想着。但是他又想道："一个朋友都没有。"不免有点忧伤。他要表达的意思是："我没有一个朋友可以谈心的。"（当父亲死了之后，他渐渐地察觉到了他没有朋友。或许除了达尼埃尔，其他的都是同事。这是自己的错误。那么多年以来，自己就很少关怀他人！不仅这样，他竟然还孤芳自赏。如今他已经开始觉得难过了。）

他新奇地看着主祭徘徊，又看见教士们走进圣器室。"这是要做什么？"内心疑问地想着。

所有人都在等待着殡仪馆的工人把棺材抬到教堂门口的悼念台上。主祭此时走过来，犹如差劲的芭蕾舞老师，姿态非常生硬。他对昂图瓦纳深鞠一躬，又用黑木手杖击打着地板，使地板产生出悲痛的声音。然后，送葬的人群到门廊下听缅怀词。昂图瓦纳直直地站着，仪表得体，准备顺从地参加仪式，因为他觉得自己是万人瞩目的对象。在一旁的人员自觉地排成了两排，相互拥嚷着看出殡队伍。副省长、孔皮埃涅市市长、指挥军队的将军、种马场场长、克卢伊市议会的议员全都身着礼服，还有一个"代表"巴黎宗教区红衣主教阁下的还没有职位的年轻主教，都在蒂博的儿子身后跟随着。人们窃窃私语着所知人物的名字，其中有几位道德科学院的院士，以好友身份来参加这位友人的葬礼。

"各位先生！我首先代表法兰西学院沉痛地……"一个明亮的声音说道。

这个身着毛皮大衣，光着头的胖子，就是法学家卢登-科斯塔。他的责任就是说述逝者一生的事迹。

"……他少年时就读于卢昂中学，非常刻苦学习，并且这所学校距离他父亲工作的地方很近……"

昂图瓦纳回忆起一张相片，相片里是一个中学生把胳膊肘撑在一本印着奖章的书上。他心里想着："父亲的少年时期……曾经又有谁可以预料呢？……待到逝者入土后方才去论定。"他总结道："假若一个人仍在人世，他以后的作为是别人无法预知的，正因这些个未知，导致了计算的错误。只有死亡了，这个人的作为才算是停止了，也就不会再有未知发生了。而此时，他也就成了一个完整的独立体，这样他人就可以对他进行全方位的评价……我始终都是这样考虑的。"他又隐晦地笑着，想道："在没有进行尸检之前是不可以做最后的决定的！"

他很明确地知道他对父亲的品性和生活的思忖还没有结束，将来他还会有更多的时间自思自忖，这样做将会获益匪浅并且也会很有趣味。

"……他应邀，来到这备受褒奖的法兰西学院与我们并肩工作，我邀请他不单是只为了他的奉献、意志和博爱，也不单是为了无可比拟的名誉，还因为他是那最具有代表性的灵魂人物之一……"

昂图瓦纳心想："他也可以称为一个'代表'。"

他听着这些赞美的缅怀词，也有些触动，以至于他认为，很久以来对父亲的评价都过低了。

"……诸位先生，让我们怀着崇高的心向这颗伟大的心灵致敬，这颗心在临终之前，依然坚持为博爱公正的事业搏动着。"

院士读完缅怀致辞后，折起稿子，快速地把手放进毛皮大衣的衣袋里。随后谦卑地走下台回到同事们的队列中。

随后，那个芭蕾舞教员又庄重地宣读道："请巴黎教区天主教慈善事业委员会主席先生致悼念词。"

一个令人尊敬的年迈老者，耳朵里佩戴了助听器，身边有一个和他同样年老体迈的人搀扶着他，走向追悼台。他不单是接替蒂博先生出任教区委员会的下一届主席，并且也是逝者生前的私交挚友，也是当年和蒂博先生一同前来巴黎学法律的那群青年人中唯一活着的人了。他的两耳早就失聪了，所以儿时的昂图瓦纳和雅克就称他为"消音器"①。

这老者高声地说道："先生们，我们来到这里不单单是为了缅怀……"这颤抖尖亮的嗓音使昂图瓦纳记起，前天也是这个"消音器"由老用人搀扶着，在门口就发出同样颤抖尖亮的嗓音："俄瑞斯忒斯很早就准备对皮拉德表示最后一刻的友情②！"别人搀扶着他来到逝者的身边，他两眼红肿，直直地端详着逝者。接着就挺起身子，和昂图瓦纳说话，就像距离三十米远一样。他夹杂着哭泣大喊道："二十岁时他是那么帅气！"（如今回想起那段时光，昂图瓦纳仍旧觉得很有趣。他想："事物变化得真快。"他目睹了这一切，想起前天他在逝者身边，他非常悲伤。）

老者大喊道："……这种能量的奥妙在哪？奥斯卡·蒂博是从何处的清泉中汲取这永不枯竭的镇静、这豁达的心胸，那种轻蔑一切坎坷，确保他在艰难的工作中取得胜利的信心的呢？

---

①法语中的比喻：失聪得像个消音器。说明失聪得严重。
②俄瑞斯忒斯是希腊神话里阿伽门农的儿子，皮拉德与他是共患难的朋友。

"先生们,一个人的一生有如此成就,岂能不是天主教恒久的荣耀吗?"

昂图瓦纳心想:"这是毋庸置疑的。父亲在自己的信念里寻得了前所未有的支持。就是因为这些,他始终不畏任何艰难险阻:不管是心中的疑虑,还是过度的担忧等一切此类的状况。一个有坚定信念的人,只会一路前行。"他心里还想,像父亲和老"消音器"这样的人,追根究底,是寻得了一条引领人从出生到死亡的最平和之路。昂图瓦纳内心思虑着:"从社会视角来观察,可以把他们归为:把私人生活与集体生活协调得最完美的人。毋庸置疑,他们遵循于那种像蚁群和蜂群群体性的本能性的人类生活方式。这并不只是简简单单的事情……纵使我曾责怪父亲有严重的弱点,狂妄高傲、贪慕虚名、集权专制,可是正因为如此,他才能从自我中得到远比他向社会付出得多的回报,假若他机敏、温和、谦卑,是无法做到的……"

这个失聪的老人依然用已经沙哑的嗓子大喊道:"先生们,如今我们这样毫无实际价值的致敬,对这位伟大的斗士来说已经没有任何意义了。此时是令人肃穆的时刻,我们不要耽搁安葬逝者的时间。与此同时,我们也要像他一样汲取清泉的能量,使我们能尽快些,快些……"他既真挚又兴奋,他准备跨向前一步,但是必须要依靠用人的搀扶。可是这并没能阻碍他的喊声:"先生们,快些……快些……回到自己的位置上,做好准备!"芭蕾舞教员宣读:"请道德联盟主席先生致悼念词。"一个老者长着一把白胡子,步履蹒跚地向前走去,犹如关节僵住了。他的牙齿不断地碰撞着吱吱作响,额头惨白,面无血色。实在难以让人直视,他犹如被严寒侵袭,变得枯萎了。

"我深感……深感……"他费劲地张开那僵硬似的嘴唇,看来是使出了超乎寻常的力气,"……深感痛心不已……"

昂图瓦纳有些不厌烦了,小声怪怨道:"待在那边的教养院的孩子,只穿着单薄的教养服,都快冻僵了!"同时,他也觉得腿部寒气袭来,并且又袭向胸膛,冻得衬衣都快要结冰了。

"……他与我们在一起,但他的一生是在施行善事。'一生行善'将是他荣耀的墓志铭。"

"先生们,他离我们而去时,满怀着大家的尊敬……"昂图瓦纳心想:"尊敬,疑问就是出在这。何人的尊敬?"他用宽容的眼神环顾着周围冻得哆嗦的老者,寒气催下他们的眼泪和鼻涕,立着耳朵仔细地倾听,不时附和着赞同的话语。然而他们并没有想到自己也终会有此一天,他们不愿意得到这种"尊敬",然而却把他献给已亡故的同事。

小白胡子老头,有些气力不足,很快就结束了致辞。

接下来致辞的是一个眼神黯然犀利、冷酷的帅气老头。他是一个海军少将,不过已经退役,一心从事慈善事业。昂图瓦纳对他的前几句言语不敢苟同。

"奥斯卡·蒂博先生是非常睿智的,其智慧也非常清晰,在这动荡不安的年代使人惆怅的各种争论中,他总会辨析出造福人类的事业,并努力地为之构建将来……"

昂图瓦纳暗自想道:"不是这样的,这是极为片面的。父亲目光狭隘,虽周游世界,但眼界只辐射到自己所选择的那条小路两旁的范围。甚至可以称他为偏执的代表。从踏入学校的那一刻起,他就不再进行自我创新,也不再自我思考和发表自己的见解,只是一味地遵循前人走过的路,给自己裹上了号衣……"

随后海军少将又说:"先生们,还有什么比他的一生更加让人钦佩,这难道不是最好的标榜吗?"

昂图瓦纳内心思虑着:"号衣。"此时,他的眼睛再次向四周望去,看到那些认真听说的人,他心想:"的确,他们是相同的,可以相互转换的。只要勾绘出一人,那就如同勾绘出了所有的人。怕冻,细眯着眼,近视,一切都令他们恐惧,惧怕思想,惧怕社会前进,惧怕一切危害他们堡垒的力量!……听清楚,我非常热爱辩论……的确'堡垒'一词用得十分确切。他们的思想观念就犹如被围在城池中的人,不断地清点人数,直到人数众多,又有堡垒庇护,内心才安稳踏实!"

他逐渐觉得愈加反感,不愿意再继续听下去了。然而在那致辞即将结束时的夸张的手势,紧紧揪住他的眼球。

"永别了,亲爱的主席,永别了!只要曾与你一起工作的人还存在着……"

最后一个致悼念词的是教养院院长,他走上追悼台。他觉得自己与逝者的关系尤为紧密,所以必须前来悼念:

"我们尊敬的开创者不喜欢用温和的外衣来掩饰内心的思绪。他一直说追求实际行动,他充满着力量,不去在乎那烦琐的礼节……"这吸引住了昂图瓦纳,他竖起耳朵认真地听着。

"……他把他的仁爱藏匿于男人的粗暴之下,也可能正因为如此,他的施善变得更加有成效。在召开委员会时从不让步的意志,可以看出他的刚正不阿、公正执法以及他对自己肩负神圣的职责的高度自律……

"在他身上，处处都在抗争，而随即就是胜利的到来！他的言语通常都是干脆果断的，他的语言本就是一种攻击性的武器、棍棒……"

昂图瓦纳瞬间想道："对的，无论怎样说，父亲就是力量。"他也很惊讶于自己会拥有这个意念，而且这个意念已经被强化："父亲原可以是另外一个形象……父亲原可以是一个英雄……"

接着，院长伸出胳膊指着那些被警卫看守的教养生，所有人也都回头看着那些纹丝不动、脸冻得铁青的小教养生：

"……这些犯下罪的青少年自从出生的那一刻起就开始偏向歧途，是奥斯卡·蒂博向他们伸出了援救之手，援救这些因社会秩序的缺陷而致使他们沦为社会牺牲品的人。先生们，在这儿教养生们表达出对逝者亘古不变的感激，并且和我们一同缅怀他们敬爱的人！"

昂图瓦纳心里不停地念叨着："对，父亲有才干……父亲原可以……"并且在执拗中夹杂些微茫的渴望。在他脑海里闪过一个想法，这回，蒂博家族或许会有一个坚强的创造者诞生……

他兴奋不已，前途一片美好。

此时，抬棺者早已抓住棺材边了。因为所有人都想尽快完事。祭祀主持再一次弯腰鞠躬，拐杖击打着地面发出响声。昂图瓦纳取下帽子，表情严肃地、轻捷地领着队列，最终把奥斯卡·蒂博归葬大地。

（因为你是微尘，所以终将回归大地。）

13

今日，整个上午，雅克都是待在屋里，虽然这一层只有他一个人，但他还是把房门牢牢地锁上（莱翁肯定是参加送丧队伍了）。但是为了避免碰见前来哀悼的熟人，他闭门不出，把窗户关得严严实实，两手揣在口袋里，睡在床上，眼神盯着房顶的灯泡，轻声地吹出哨音。

快到一点钟时，他焦虑不安，又饥饿难耐，于是就只好起床。而此时，教养院中的教堂内庄严肃穆的丧葬仪式应该正处于高潮时期吧。在圣托马斯·达甘教堂做弥撒的老小姐和吉丝很早就回来了，估计没等他就用餐了。不过也没关系，反正今天他谁都不见，他可以在柜橱里寻找点食物。

他经过大厅向厨房走去时，一份夹在大门缝的信件刊物钩住他的眼球。他弯下身子，看到是达尼埃尔的字迹，感觉到一阵目眩！

"雅克·蒂博先生收。"

他两手颤抖，花了很长时间才撕开这封皮：

我的挚友，雅克，我的好兄弟！我昨晚接到昂图瓦纳的来信了……

正当他处在沉闷之中时，一声急切的呼唤刺入了他的内心。他瞬间，把信折合起来，先折叠两下，随即又折叠一下，牢牢地攥在手中。接着愤懑地回到房间，再次把门牢牢地锁上，全然忘了自己走出这房间是去做什么。慌乱地徘徊了几下，又突然在灯光下止住脚步，打开皱着的信件，快速浏览着，不留心其意地直接看下去，终于看到他找寻的名字：

……一个月前，她俩去了普罗旺斯，因为贞妮无法忍受巴黎寒冷的冬天……

他又忽地把信捻成一团，这次放进口袋里。

他起先感到惊骇、昏眩，随后又觉得很舒坦了。

一分钟之后，他跑进昂图瓦纳书房，打开火车的时间表，他转变想法好像是因为信中的那两句话。从他睡醒以来，克卢伊就不停地在他的脑袋里盘旋。如果此时动身，就能够坐上十四点的快车，在天还亮时到达克卢伊。在那里肯定不会碰到一个人，因为那时的仪式早就完结了，就连返程车都开走好久了。所以他可以直接去公墓，再立即折返。"她俩去了普罗旺斯……"

但他没想到，此次的旅行让他的困扰愈加严重。他根本坐不住。还好火车很空，不但他的周围没人，他所乘坐的车厢也都很空。有的仅仅是一位身着黑色衣服的老太太。雅克不理会那位乘客，他就像是笼中的困兽一样，不停地在走道里走来走去。所以他没有很快地察觉到自己这样无规律地踱来踱去吸引了那位女乘客的视线——并且让她感到不安。他悄悄地观察了她一下，在碰到一个神态上如此特别的人，他怎么能不停一下，打量这个偶然碰到的人类标本。这位女乘客的容貌确实很吸引人。在好看的面容上显现出饱经风霜的迹象，苍白的脸上有时间雕刻的痕迹。目光既难过又热烈，肯定是有充满苦难的过去。她身穿丧服，衣着整齐，满头白发，看起来安静又纯洁。也许她早已习惯了单独生活，并非常规矩地过着孤单的时间。女乘客可能是到孔皮埃涅，也可能是到圣冈丹。她像是外省中产阶级的妇人。她除了旁边座位上有一大束简单地用薄纸包着的帕尔玛[①]的紫罗兰外，就什么也没了。

到达克卢伊时，雅克的心不停地跳动着，下了火车。

[①]帕尔玛，意大利城市。

在站台上连个人影也没有。

清新的空气非常寒冷。

刚走出车站的他,看见周围的景色,突然一阵伤心。他既不想走近道,也不愿走大路。情愿多走三公里,朝着左边的卡尔韦大道前进。

狂风大起,从东南西北四处袭来,横扫着被白雪与寂静覆盖的原野。太阳好像早已落下,隐藏在云层之中的某个地方。雅克快速行走。虽然他早晨什么东西也没吃,但是此刻他一点没感觉到饥饿,他沉醉在寒冷中。他回想起了一切:每个转弯处,每一处路边的陡坡,每个灌木丛。在那三岔路口,在那光溜溜的树林之后,卡尔韦远远已经能看见。那一条路通向沃梅斯尼尔,这边的小茅屋是养路工的。以前,他每天同守卫一起散步时,在里面躲过许多次雨!有两三次和莱翁老爹一起,和阿瑟也有一回。阿瑟浅色的眼睛,扁平的脸,是个忠厚的洛林人,忽然又像是听到他无缘无故的傻笑了……

寒风无情地刺着他的脸,手也冻僵了,然而那些记忆比烈风还要严厉地鞭挞着他,此刻他一点也不思念他的父亲了。

冬天的白昼很短,虽然光线已经开始变弱,但天依然亮着。

到达克卢伊,要转个弯,他还和以前一样,似乎仍然担心被街道上的孩子议论,所以从学校后的小巷中走过去。已经八年了,还有谁会认出他呢?而且,街道上又没人,门都是关着的,村子的生活好像被酷寒给封闭了。有的仅仅是每家的烟囱冒着烟,飘散在暗淡的天空中。那个小旅社映入眼帘,台阶依然还在拐角,店铺门牌仍是被风吹得呼呼作响,一切都没有变化!就连白垩土地上消融的雪水以及发白的烂泥也无变化。他仍认为自己遵循教养院规定,穿着半筒靴子走在泥路中。莱翁老爹为了减短散步的时间,就把他锁在这个小旅社的一个空洗衣房内,而他自己则去了小咖啡馆玩牌。一个女孩包着头巾从胡同中走来,木底的鞋子踩在石台上,踏踏作响。可能是刚来的用人?也可能是旅馆老板的女儿?莫非是曾经一看见"囚犯"就被吓跑的女孩?她在回房间之前,悄悄地看了看从身边经过的陌生青年。雅克加快了步子。

他走到村子的尽头。他一经过最后一座房子,就看见了矗立在中央的大楼,白雪覆盖着楼顶,玻璃窗上加装了钢筋,周围的高墙把大楼围得严严实实。他的腿开始打战,一切还都是老样子,老样子。小路旁空荡荡的,直接通向大门,如今成了一条泥水沟。在这冬天的黄昏中,假若是外地人,肯定很难看清二楼上雕刻的金字是什么。但是雅克看得非常清晰,他盯着这几个大气的字很久:

奥斯卡·蒂博教养院。

此刻他才意识到,创建人亡故了,这些车轮印是送葬的四轮马车新碾出来的,而他到这来是为了父亲。可以躲开这悲伤的仪式,他忽然觉得轻松了些。他向着左面墓地入口的崖柏走去。

大铁门一般都是关着的,但此时却开着,车轮的印记恰好指出了去路。雅克呆板地走向花圈。寒冷摧残着鲜花,不再像一座花苞,更像是一堆废品。

他来到墓前,看见一大束简单地用薄纸包着帕尔玛的紫罗兰,似乎是葬礼之后才放的,孤单地躺在白雪中。

"咦!"他想了一下,对这种巧合却并没有深究。

站在刚被翻过的土丘前,他的脑海里忽然闪现出就在土丘之下的尸身,和他最后见到的既可怜又滑稽的人是一个人。那一瞬间,入殓师对家属表示出礼敬的动作之后，将尸布永久地遮住了早已变形的面容。

"赶快去呀！去赴约会！"他心痛欲绝地想着。忽然，一阵哽咽令他难以喘息。

自在洛桑时开始，他的大半时间都是在无意识的时间中度过的。霎时，在他身上又重新呼唤起他曾经的稚嫩温存。这样的情感虽然不合乎条理，但却是不容置疑的；惊恐恼怒只会让这种情感愈加热烈。此时的他才清楚来到这儿的缘由。他想起了渐渐毒化他青年时期的那些愤恨、轻蔑、憎恨的想法和报复的希望。如今他再次回忆起早已遗忘的那些数十件事情，犹如弹回的子弹，狠狠地刺中了他。就这片刻之间，他摒除了一切怨恨，作为孩子的身份，因为失去父亲而痛苦。在这短短时间内，有两个相互不熟悉的人，不约而同地都避开了葬礼仪式，用他们的行动来到墓前表示他们的真情。或许世上，只有这两人为蒂博先生的逝去悲痛欲绝地流下眼泪。

因为他一贯的做法就是从正面观察事情，所以他如此可笑的伤痛和悔恨并没有被立刻察觉出来。他非常清楚，假如他的父亲仍旧在世，他还是会憎恶他，仍旧会再次离开。但是现在，他站在坟前，很悲伤，隐隐约约感觉出一丝温情。他不知道为什么自己会感觉到叹惜……应该是因为原本能够成为现实的东西才叹惜的吧。此时的他，竟然有那么一瞬间愿意设想有一个仁慈、度量大、会为他人着想的父亲。那样的话，他就能够因为自己没有变成慈父的无可挑剔的儿子而觉得后悔了。

之后，他耸了耸肩膀，向后转，离开了墓地。

农民完成了一天的工作之后，窗户也出现了亮光，村里也稍微有了些生机。

他没立刻走向车站,是因为他不想要离住房很近。他往新磨坊的路上走去,非常快地就进入了田地里。

但是,现在的他已经不是形单影只了,因为死亡气息犹如香气似的沁人心脾,持续不散而又紧紧地尾随着他,贴着他,渗透进他每一个思想里。无论是在静默的田地里,还是在雪地里颤抖的斜倾下来的光照下,还是因为风停住而微微变暖的天气中,死亡的气息都没离开过他。当他不再和死亡的气息做斗争,随它压制住自己时,他猛烈地认识到,人生缥缈,所有的努力都只不过是幻想,那种感觉是那么猛烈,以至于都让他产生了一种愉悦的高兴。为什么要愿望?又会有什么期望?所有的生命都毫无意义。只要了解了死亡是什么,那所有的努力就都不需要了!这次,他觉得心的最深处被刺中了,没有了企图,没有了控制的贪欲,没有了想要成功事业的想法。他认为自己再也不能走出这种痛苦,心里再也不能变得平和安静。以至于他不想认为,虽然生命短暂,但人还是有机会让自己的一些东西逃脱被消灭的结局,还是可以将幻想凌驾于将要带他离开的急流上,当人沉入水底后,还能有些剩余的东西仍漂荡在水上。

他直起身子,径直朝前走,步伐急速而无规律,就像是怀揣着脆弱的物品逃走似的。逃离所有!不单单是要逃离社会和它的爪牙;不单单要逃离家庭、友情、爱情;不单单要逃离自我,逃离遗传与惯常的残酷统治;还要逃离他自己最隐蔽的本性,逃离那荒谬滑稽的生存本能,因为这种本能,才将人类最可悲的躯体和生命紧密相连。

就这样,他自然而然地通过抽象形式想到了自杀,想到了心甘情愿地灭亡,然后抵达那没有感知和触觉的世界。突然,他再次看见了亡故的父亲和他那英俊而又安宁的容颜。

"……我们就要休息了，万尼亚舅舅……我们就要休息了……"

迎面而来的几辆马车，行到车辙里时晃动着，雅克不仅能看见马车的灯光，还可以听得见车夫的谈笑声。丁零零的车响让他不自觉地分散了注意力，他绝对不想撞见人，所以他迅速地跳到积满雪的深沟的另一边，甚至都不曾犹豫，就慌慌张张地跑过冻硬的农田，来到了小树林前，往树林中走去。

冻过的落叶被他的脚踩得发出咔嚓的响声，而树枝不断地击打着他的脸，就像挑衅似的。他将双手特意插进口袋里，非常快乐地进入了稠密的树林之中，就算是脸被树枝击打着也快乐。他不清楚该如何走，但是一定要远离大路，远离人，远离所有！

这只是一块窄小的林地，只用很短的时间就走完了。穿过树林，有一片被大路分隔的白茫茫的雪地出现在他的视野里。在他正对面，就是矗立在大地上的教养院，而发出光芒的就是自习室和工作间。紧接着他的脑海里闪过一个狂野的坏点子：就是翻过储藏库的底墙，攀上屋顶，来到储藏库的窗前，敲破玻璃，点一个火柴引燃秸秆，然后把秸秆通过击碎的铁窗扔进去。假若这样，存放着大量木床的储藏库就会熊熊燃起，然后一直燃烧到给他单设的那个囚室，烧尽里面的桌椅、床铺……把里面的所有都烧尽！

他用手碰了碰脸上刮伤的皮肤。他为自己这种力不能及的坏主意感到可笑。

他下定决心要走出去，走出这教养院、墓园等一切过去，于是转身向火车站走去。

迟到了几分钟，没能乘上十七点四十分的火车。所以他只能安心地等候下一列十九点而且速度较慢的火车。

候车厅像冰窟一样阴冷，并且还散发出潮湿的霉味。

他就在这空无一人的候车台上徘徊着，脸颊火热，手插在口袋中，牢牢地攥着达尼埃尔的信，决心不再翻看。

最终，他还是翻开看了起来，他拿出信，在大钟映射的微光下，靠着墙，读了起来：

我的挚友，雅克，我的好兄弟！我昨晚接到昂图瓦纳的来信了，我无法入睡。假若我能在今夜有机会看到你，看到你的面容，哪怕只是五分钟，我也会翻墙逃离军营前来找你。是这样的，好兄弟，好朋友，只要你能出现在我的跟前，只要我能看到好好活着的你，我就会克服一切艰险前来找你！在这座低级军官居住的营房里，我同两个打鼾的室友住在一起。我望着那被月光照耀的白色房顶，脑海里回忆着我们的儿童时代，回忆着我们共同的生活，回忆着一起上学，以及所有的一切，一切。我的挚友，我的挚友，我的好兄弟！你知道在这些年没有你的日子里，我是怎么过的吗？你记着，我从没有质疑过你对我的情谊。你瞧，我收到昂图瓦纳的信后，就立即给你写信了，虽然我不知道你会怎样看待我写给你的信，我到现在还搞不明白，你为什么在这三年里一点音信都不曾给我。我对你是多么牵挂，特别是今天更加牵挂！在参军之前，我更是觉得无法离开你！你知道吗？是你给了我勇气，是你激发了那些存在我身上的可能性。假若不是你，假若不是我们的友情……

雅克两手发抖，双眼凑近这皱折的信，在弱暗的光线里，噙着眼泪，模模糊糊地看着字体。此时，他头上方的警铃响起，那刺耳的警铃犹如锥子一样不断地刺痛着他的心。

……我感觉,这个会出乎你的预料,只因当时我太自傲了,不愿意承认而已,尤其是不愿意告诉你。直到后来,你音信全无,虽然我不敢相信,无法理解,但事实就是如此。那时,我非常伤心!特别是你消失得那么突然!兴许有一天我会懂得。即使是在那些焦虑,以至于痛恨的最坏时期里,我也始终坚信(只要你没死)你对我的友情依然如旧。你瞧,即使现在我也不曾对你有质疑……

可恶的巡视人员打断了我的思绪。

于是我就偷偷躲到食堂里,虽然现在是不允许来食堂的。你或许不知道部队里的生活,我这十三个月都被它囚禁着。但是,我并不是为了向你炫耀营房生活才给你写信的。

好可怕,你瞧,我都不知该说什么好了,该如何说。

我现在可以说我有数以千计的问题要问你,但又如何呢?我现在只渴求你回答一个最让我不安的问题,就是我们会见面吗?这个可怕的梦完结了吗?或者你还会再次消失吗?雅克,你记着,我认为你会看这封信,因此也只有此时才有和你说话的机会。既然这样我就大声对你说,我明白你的处境,认可你的做法,但是我请求你,纵使你有其他的想法,也千万不要不与我联系!因为我离不开你。(你可知我是非常地为你感到自豪的,非常期望你成就一番伟业,并且也非常珍重这份自豪!)

我可以接受你所有的要求。纵使你不告诉我你的地址,不让我联系你,给你写信,不让我告诉任何人,包括那可悲的昂图瓦纳,这一切我都应允。

但是，我要经常收到你的书信，这样可以表明你还活着，一直还念着我这份友谊！我悔不该把这最后两句写上，我要擦除，因为我坚信不疑，你是想念着我的（我从没有质疑过这个，我从没有考虑过你不会想我这个问题，不会想到我们的情谊）。

我不停地写，无法好好整理思绪，我觉得无法表达清楚我内心的想法。但是没什么打紧的，经历过生死离别后，紧接而来的就是幸福了。

现在我要向你述说一下我自己，以便在你想到我时，在你脑海里也好形成一个影像，因为我变化了很多。以后昂图瓦纳会向你说述的，我的一切他都十分清楚。你离开后，我也不知道该从何时说起，我们往来得非常频繁。你瞧，时间久了，我都没有信心去谈及了！况且，我是什么样的人你也很清楚：我在生活，在走路时，都是只顾眼前，不会向后倒退的。正当我对自己、对艺术，一直隐约追求的东西将要窥见其本质时，兵役阻断了这一切。然而今天再谈及那些事就显得很可笑了。不过，我并不反悔。我感觉军营里的生活是新奇的、刺激的，对于我们是非常重要的磨炼，也是我们人生重要的经历，尤其是我还训练其他士兵。今天谈及这些的确很可笑。

只有一件事令我非常后悔，就是和母亲离别的那一年，特别是我得知她们因与我别离感到非常悲伤时。还有需要你知道的就是，贞妮的身体状况不容乐观，有许多次我们都非常担忧。其实我们只是单指我一人，因为母亲从不曾认为健康状况会恶化。不过，当母亲知道贞妮无法忍耐巴黎寒冷的冬季时，就决定迁移到普罗旺斯，住在普罗旺斯的一所疗养院里。假若条件允许的话，可能会疗养到春季。太多的事需要她们把持操劳。父亲仍然是老样子，这就不用多说了。他在奥地利,总喜欢寻花问柳。

我亲爱的挚友,我突然想起伯父刚刚亡故。我原本就打算在一开始就提及此事的,所以很抱歉,但是我又不知该如何提及这件事。想到你痛心不已,我也很是伤悲!我明白这件事对你的打击让你始料未及。

因为时间紧张和能够及时赶上军邮发信,我就只能写到这了。非常期盼你能尽早看到邮寄给你的信。

唉,老朋友,虽然时间紧迫,但也顾不得那么多了,还有一件事我需要给你说。我无法去巴黎了,因为军营条例严明不能随便出入,所以我无法去和你见面。还好吕内维尔与巴黎之间只需要五小时的路程。我在军营里是可以接受探访的(上校会允许我到接待室)。在这我还是有一定的自由权的。长官会批准一天的假期,假若你……不会的,我不敢多加奢想!我再对你说一次,我已准备好了,接受你所有的要求,与此同时,我依然爱你到永远,我仅有的、永远的挚友。

达尼埃尔

雅克一口气看完这八页长的信。他全身依旧在哆嗦着,既为之动容又惊慌失措。他感动的不仅是内心友情的醒悟——这情谊是那样浓烈,他差点就要踏上当晚驶往吕内维尔的火车——他还觉得一种烦闷,狠狠地吞噬着他内心的另一个地方,悲伤昏暗的地方,那是他既不愿也不可以看到光线的角落。

他徘徊了一会儿。他在颤抖,不是因为冷气侵袭,而是因为激动不已。他又一次倚靠着墙,沉下心来认真仔细地读着信,不再顾及那烦扰的警铃声。

此时已经晚上八点半了，而他刚出巴黎北站。夜色星空清新亮丽，人行道是干的，路旁的水结成了冰。

他饥饿难耐。在拉法耶特路上，他发现有一家啤酒店还在营业，于是就进去了，疲倦地坐在椅子上，帽子没有摘下，衣领也没有挽下，就狼吞虎咽地吃下三个煮鸡蛋、一份腌酸菜、半斤面包。

吃完这些，随后又连续喝下两杯啤酒，然后，四处看看店里空无一人。不，在对面另外一条长凳上还坐着一个女人，面前放着一只空酒杯，在注视着他。这个年轻女人的头发是褐色的，肩膀稍宽。他看到她细腻、怜悯的眼神，心里有些骚动。像这种游走在车站附近从事这种行业的女性来说，她衣着非常简朴。难道是个新手吗？……两人眼神交会，雅克扭过头去。一旦表现出有所暧昧，她就会毫不犹豫地过来。她的面容纯真，但又显得稳重愁闷，其实这也是一种诱人的吸引力。他思虑片刻，动心了。他认为今晚和一个简单朴实、清新自然的陌生人交往，也是一件令人高兴的事……估计她看出他内心的迟疑。而他则是谨慎小心地躲开她的眼神。

他最终镇定了下来，付了钱给伙计之后，快速地离开了，没有再往她那看。

屋外的寒气逼人。要走着回去吗？太疲惫了。他来到人行道边，寻找出租车，看到一辆没载人的出租车，就挥手示意乘车。

出租车才停到他的面前，就有人轻轻触碰了他一下，是那个女人跟来了。她用手肘碰碰他，愚笨地说："拉马丁路。"

他友好地摇摇头，打开了车门。

那女人祈求道："最起码把我送到拉马丁街九十七号吧……"貌

似非常固执地不愿意和他分开。

　　司机面带微笑："老板，到拉马丁路九十七号去吗？"

　　她认为，或是装作认为雅克愿意了，连忙进到打开的车里去。

　　雅克妥协道："好吧，就去拉马丁路吧。"

　　汽车行驶了起来。

　　她用热情的口吻说："在我面前为什么还表现君子风范呢？"言外之意再不能如此明显了。然后又娇气地说道："你以为我没看出来你心里怎样想吗？其实你的心早就在骚动了！"

　　她用温热的胳膊抱住他，这种暧昧的碰触，这种柔情，最终还是软化了雅克的心。

　　此时，他也想得到安慰，他屏住叹气，默不作声。似乎通过这沉稳的叹息和静默，显示出了他的屈服。她更加紧紧地抱住了他，并且摘下他的帽子，让他依偎在自己前胸上。而他则是乖顺地依从，忽然觉得一阵伤痛，他莫名其妙地啜泣起来。

　　她在他的耳边响起了发抖的声音：

　　"你做了恶事，对吗？"

　　他瞠目结舌，说不出辩解的言辞。他瞬间了然，他穿着满是泥浆的裤子，而脸上留着划伤的疤痕，与这寒冷干燥的巴黎格格不入，很容易让人联想到是一个行恶的人，他合上双眼，沉浸在这个妓女把他认作坏人的遐想之中。

　　她见他沉默不语，认为他是承认了，更是温情地把他抱得更紧了。

　　同时她又用一种坚定有力、庇护他的口吻说道："需要到我家躲躲吗？"

　　他一动也不动地答道："不要。"

她似乎对这种难以解释的东西习以为常了，犹豫了片刻，接着说道：

"最起码，要些钱吧？"

此时，他睁开两眼，直起身子：

"什么？"

她说："这里有一百四十法郎，你要吗？"与此同时，拿出她的小挎包。在她那粗糙的言辞里，夹杂着大姐般粗俗的温柔。

他非常感动，瞬间，不知该如何作答。

他摇着头小声地说道："谢谢……不用了。"

汽车渐缓，在一座门楼很低的楼前停下。街道上的灯光很弱，看不到行人。

雅克认为她会邀请他到她家去。他怎么推辞呢？

他不用担心了，她已经起身，只是支腿跪在座椅上，在这漆黑的夜晚里又深深地拥抱了他一次。

她叹声道："让人怜悯的孩子。"

她碰触到雅克的嘴，用力地一吻，似乎发觉了其中的奥秘，品味到犯罪的滋味，紧接着就走了。

"最起码，我是不会向别人提及你的，小笨蛋！"

她已经下了车，车门砰地关上，付给了司机五法郎：

"开往圣拉撒路街。地方到了先生会喊停的。"

汽车又启动了。雅克刚回过神来，但是那个妓女头也没回，就淹没在漆黑的走廊里。

他用手搔挠着额头，百思不得其解。

汽车飞驰着。

他打开车窗,让冷风不断地刺激着他的脸。深深吸了口气,面带笑容,俯身并高兴地说:

"师傅,到大学路四号乙。"

14

墓葬的仪式刚完结,昂图瓦纳就借口要去安排一下大理石匠,所以就乘车去了孔皮埃涅,事实是,他不想和那些人坐同一列火车。下午五点半有一列快车可以刚好在巴黎的晚饭时间到达。他想要单独回去。

但是,有些事出乎了他的意料。

在火车开动前的几分钟才到达了站台,他很诧异竟然碰到了韦卡尔神父,没办法只好抑住自己的脾气。

神父辩解道:"是刚刚主教让我搭他的顺风车,说谈些事情……"他察觉到了昂图瓦纳疲惫、沉闷的神情。

"令人怜悯的朋友,你可能是疲倦透了……这么多人接连地致辞……但是,在您幸福的回忆里会始终牢记此刻的……我为没来的雅克可惜啊……"

昂图瓦纳正准备辩解道,像这种场面,雅克没有出现,是可以原谅的,神父插了他的话:

"我了解……我了解……好在他没来。你会和他说,这丧葬仪式……教育意义深刻,对吧!"

昂图瓦纳不自觉地揪住这个字眼,嘀咕道:

"意义深刻,或许对于别人可能这样认为,然而我并不这样认为。

我知道，那场面隆重、官样十足……"

他与神父的眼神相遇，在眼神里看到一丝狡狯。其实，两个人对于今天下午的致辞，看法一致。

火车开来了。

他们上了一节灯光暗淡无人的车厢。

"神父先生，你不吸烟吗？"

神父认真地将食指举到嘴边。

他说："你馋我！"随即就拿了一支，细眯着眼点燃了香烟，然后吸了一口，满足地看着香烟，同时烟从鼻孔中冒出来。

他友好地说道："诸如此类的丧礼，是无法避免会有一些——以你的好友尼采的话说：虚荣……过于虚荣……虽然这样，相似于这种宗教情怀，又或是道德情怀的集中体现，仍然是非常感人的。任凭谁都会感动的，是吗？"

昂图瓦纳等了一会儿含蓄地说道："我不清楚。"他转向神父，沉默地审视着他。

这样安静又稳重的面容、尖利又温柔的眼神、毫不隐瞒的语调、脑袋歪向左侧的神态，给人的感觉是神父好像永远都在沉思。还有他那懒散地把手放在胸前的动作，这所有，二十年来昂图瓦纳都非常熟悉。然而今晚，他觉得他们的关系发生微妙的变化了。此刻以前，他只是以蒂博先生的视角去看韦卡尔神父：父亲的神师。此时，父亲的亡故擦除了这个介质，他之前对神父保持小心严谨的原因消逝了，现在他们只是人与人之间的关系。更何况，历经一天如此的消磨后，他就愈加难以控制思想的表达形式，干脆直接地表达出内心的想法会让他感到轻松愉悦。

"实话告诉你,我对这些情感,是完全不熟悉的……"

神父以玩笑话的语气说道:

"假若我没有搞错的话,据我所知,在人类所有的情感中,宗教情怀在人类身上是最为牢固的……你如何认为的呢,我亲爱的朋友?"

昂图瓦纳严肃地回答:

"我记得我修习哲学的那一年,有一天校长莱克莱尔克神父给我说过一句话:'虽然有的人非常聪慧,但是他们缺乏艺术感。或许你缺乏宗教感。'这个耿直的老者只是说一些俏皮话,可是我一直觉得,那天,他说得非常高深。"

神父依然用他那友善讥讽的口气说道:"假若是这样,我可悲的朋友,那时你将埋怨,世界的大门为什么只向您敞开半扇!……不错,很多重要的问题,都可以肯定地说,不通过宗教情感去看待,就只能观察到很片面的一部分。宗教的美就是体现在这……你为何冷冷一笑?"

昂图瓦纳也并不清楚自己为何一笑。也许是,经过了一个星期的煎熬,加之今日的厌烦,不自觉地神经性的肌肉抽笑。

神父也微微一笑:

"怎么?你可以证明出我们宗教的不美吗?"

昂图瓦纳幽默地说:"不能,不能,希望它是'美的',我由衷地希望……"然后他又用挑逗的口吻说:"为了使你高兴……其实……"

"如何?"

"其实,美归美,但不见得符合情理!"

神父轻轻地摆晃着手,然后轻声地说:"符合情理!"对于谈及的这句话,他似乎是知道答案的,但却不能透露出来。他沉思了一会儿，然后用不服输的语气说："或者，你同样是认为宗教在当今人的内心世界已经不再重要的人之一了。"

昂图瓦纳温和地说道："我也不太清楚。"这种口气的回答让神父始料未及。"或许不是。现代意识的人，我说的是远离那绝对信仰的人——似乎隐约中茫然地聚集各种宗教的因素，使这些概念趋向同一，从而构筑成一个整体，总体上说，就是整合信徒心目中上帝的观念……"

神父赞同地说：

"对，是这样的。并且还要考虑到人所处的实际环境。宗教是人类挽救丑恶的唯一方法，也只有它才能做得到。人只有一个尊严就是宗教，它也是对伤悲之人唯一的慰藉，容忍的唯一理由。"

"确实如此，"昂图瓦纳夹杂着嘲讽的语气高声说道，"的确是这样，看重真谛比贪图安逸的人少得可怜啊！而恰恰宗教就是精神安逸的最高点！……神父先生，请你息怒，确实存在一些人，对于追求事物的真谛比信奉宗教的教条所表现要更加浓烈。这些人……"

神父立即驳斥道："这些人？他们睿智和演绎推理的观点，是建立在非常狭隘的基础之上的，他们不会有进步的，我们要替他们感到可悲。而我们的信念是永恒不变的，并且向着宽广无边的领域前行，意念和情感的方向前行……你认为这样正确吗？"

因为光线很弱，神父并没看到昂图瓦纳皮笑肉不笑的样子。

他继续认真地说下去。这也侧面证明了他根本就没有把刚刚说的"我们"二字放在心上。

"如今的人们，都是自我感觉非常强劲，只因他们需要'理解'事情，但是，'信仰'和'理解'没什么差别。而且，事实上二者是不可相提并论的。现如今，有些人并不认为，他们没有找到足够的证据！他们更不认为他们被偏斜的教育引入歧途，但他们的认为往往是无法求证的，却又是实际存在的。只是因为他们探究得还不够深切。所以坚定地信仰上帝，并通过一步步论证，来证明它的确是存在的。别忘了，首先从亚里士多德开始（不要忘记他是圣托马斯①的老师），就真切地论证了……"

昂图瓦纳只是用质疑的眼神审视着他，并没有打断神父的话。

这缄默令神父有些窘迫，他接着说道："我们的宗教哲学在这许多的疑问上给我们列出了非常严谨的推演求证……"

昂图瓦纳微笑着插了他的话："神父先生，莫非你有权利说述宗教的推演求证……宗教哲学吗？"

"权利？"韦卡尔神父瞠目结舌，一时间不知所措。

"的确！准确地说，宗教思想观念差不多是不存在的，只因思想的首要特质就是质疑！"

神父大声说道："嗨，嗨，我的朋友，我们早已偏离原来的话题了。"

"我很清楚，宗教是不会被这点小困难所缠绕的……这百年来，宗教始终都在想方设法把哲学或现代科学连在一起……其实这一切都是虚假的——我这样说希望你能够包容，因为正是由那具有浓烈宗教特质的物，来培育信仰，造就信仰目标的。然而这个超自然的物正是哲学和科学所反对的存在！"

神父在座椅上有些不安地骚动着，他似乎隐约地觉得这已经不是简单的玩笑话了。他的语气中开始夹杂着一些不快：

---

①圣托马斯，耶稣的十二个门徒之一，他怀疑耶稣的复活，说必须要看见手上的钉痕才会相信，出自《约翰福音》第二十章。

"看来你很孤陋寡闻,如今,在绝大多数的青年人中,他们依靠自己的聪慧,进行哲学的推定,然后才拥有了如今的信仰。"

昂图瓦纳答道:"哦!哦!"

"怎么?"

"实话跟你说,我无法想象信仰不是空洞的和盲目的。在它尝试依靠理性时……"

"你还以为科学和哲学否决那个超自然的物吗?那你就错了。而且错得离谱,我年轻的朋友:是科学遗漏了这些,这是两码事。关于哲学,所有实至名归的哲学……"

"实至名归……非常好!暗藏在深处的危险的敌人就是它!"

"……只要是实至名归的哲学都必定会造就出超自然的物。"神父不让他人插入他的话,接着说,"让我们讨论更深的层次:纵使你们那些科学家终究得出论证,他们寻到的理念与教会的信念之间也存在着本质的矛盾。但是依从我们护教论的角度来看,这只是一个荒诞不经的假设——并不能说明什么,你认为呢?"

昂图瓦纳笑着说:"呵呵,越来越有意思了!"

神父愤怒地说道:"说明不了什么!唯一能说明的就是人类的能力尚有不足,无法对认识进行系统的总结,只是跌跌撞撞地前行罢了。"然后他又带着善意的笑容说:"这个发现,对其他人来说并不新奇……昂图瓦纳,你要知道,如今已经不是伏尔泰的时期了!你们那些'无神论'的哲人,宣扬的所谓取得的'理性'胜利,都是暂时的、虚幻的。关于信仰,有什么可以说明教会是不合乎理性的呢?"

昂图瓦纳笑呵呵地插入他的话:"这一点我赞同,根本没有!教会总是在第一时间内积聚力量,你们宗教的神学者都是非常擅长设计奇巧、制造符合逻辑的、假象的大师。这样就能避免长期因逻辑学家的批判而造成困窘。我知道，尤其是最近以来，他们的做戏手法越来越高超……这手法真是令人咋舌！但是，这些只能迷惑那些早已产生幻觉的人。"

"我的朋友，此言差矣。但愿你能相信，在逻辑的论争中终究还会是教会取得胜利，只因它更……"

"……更机敏、更坚强……"

"……比你们更加合乎逻辑。兴许你会认同我的说法，我们的睿智，在精神能量的鼓舞下终究会创想出些许词汇，但我们却无法从这些词汇里领会些什么。是什么原因呢？其实，不单单因为这些逻辑不符合常理，还因为平常人有限的智力无法理解上帝这深奥的定义，主要是——但愿你正确理解我的言辞——其实我们个人的智慧是有限的，单凭一个人，力量是渺小的，是得不到支持的。简而言之，就是真正的信仰，雀跃的信仰，要能够充分获得智慧的理解。我们的理性本应得到天恩的训诲、天恩的引导。真诚的信众不单单是竭尽自己全部的智力去探寻上帝，还会谦逊地把自己一生奉献于上帝；在经过理性的思量后凝升到上帝身旁时，他应使自己虚无，使自己放开，以便留下足够的空间，迎接作为他的报偿的上帝！"

昂图瓦纳在阴森的沉默后说："也就是说，当思量无法触及真理时，还不能离开您所谓的天恩……这不就等于不打自招了，而且承认得很彻底。"

神父听了他的口吻立即驳斥道：

"唉！可悲的朋友，你受到了这个社会的祸及……你倡导理性！"

"我是……总结一个人是非常为难的！我认同,理性需要得到满足。"

神父两手挥动着说：

"同时,也满足疑问的引诱……只因它们掺杂着浪漫主义的痕迹,是由慌乱取得些许虚名,是自以为历尽磨难……"

昂图瓦纳大喊道："你大错特错,神父先生。我既不知晓这些诱惑,也没经过哪些磨难,更不明白你所说的那种飘飘欲仙的感觉。还有我自始至终都不懂得什么是浪漫,也更不知道什么是焦虑不安。"

（话音刚落,他就觉察到这句话有些不妥。虽然,他的确没有韦卡尔神父所说的关于宗教信仰的焦虑不安。但是,最近三四年来,他也曾非常痛苦地体会过人在宇宙前的疑惑不解。）

此外,他还说："我没有信仰,何谈失去信仰,还不如说我从没有信仰。"

神父说："行啦,行啦！昂图瓦纳,儿时的你是一个非常虔诚的孩子,你不记得了吗？"

"虔诚,倒不如说是顺从。只是勤奋和顺从而已。我自小就是一个守规矩的孩子！因为我是一个优等生,所以我仅仅是为了学好宗教课程而已。"

"你竟如此轻蔑你学生时代的信仰啊！"

"这截然不同,是宗教教育,与信仰无关！"

昂图瓦纳只是想说出自己内心的话,并不是为了让神父感到诧异。疲惫过后,他开始亢奋,所以才与神父辩论了起来。他高声喧哗着,沉浸在过去的回忆中,对他而言这是相当新奇的。他又说道："确实,就是教育……神父先生,你瞅瞅这些都是如何相连的。从四岁起,所扶养孩子的母亲、奶妈等这些大人,逮到机会就向孩子灌输:'仁慈的上帝在天堂,仁慈的上帝知道你,是它创造了你;仁慈的上帝爱你,仁慈的上帝看着你,评价你;仁慈的上帝要惩戒你,仁慈的上帝恩惠你……'请你稍等!……八岁时,人家带孩子去观看大弥撒,参加晚上的祷告,夹在跪着的人群中。人家指给孩子看,在鲜花和灯光中间,在烟雾缭绕和乐曲中有一个闪闪发亮的金色的圣体显供台,还有那个仁慈的上帝,摆在白色的圣体饼里。还有!……在十一岁时,说师站在说经台上,用那刻意加重的语调,神圣地介绍着神圣的三位一体、耶稣的诞生、拯救尘世、复活、圣母无玷始胎诸如此类。孩子听着,就都接受了。孩子可能会不接受吗?怎么可能会对父母、同学、老师、挤满教堂的教徒所称赞的信仰产生怀疑呢?毕竟年龄还很小,怎么可能会对这些现象有所怀疑呢?他沉浸在这个世界里,也注定自出生之日起,他就深陷在神秘的包围之中。神父先生,请你思考片刻:我觉得这才是本质,对,就是疑惑的根源……对孩子而言,所有似乎都难以懂得。例如,他们所看到的地球是平坦的,但实际是球体。他们认为地球是静止的,然而实际像陀螺一样在宇宙中自转……阳光促进种子生出萌芽。小鸡从鸡蛋里孵出……所以上帝的儿子来自上天,为了救赎我们,把上帝之子钉在十字架上……这样为什么不可以呢?……上帝是神灵,而圣子是肉体[①]……不管怎样解释都行,没什么打紧的,故事就是这样设计的!"

到了一站火车停了。在夜幕中,有人大声喊出了站名。一位乘客,以为这个包厢没人,就猛然间推开,随后又埋怨地关上了门。脸上

[①]见《约翰福音》第一章。

袭来一股寒气。

昂图瓦纳又扭身看向神父,但因车厢光线变得昏暗,所以无法看清神父的神情。

神父一言不发。

因此,昂图瓦纳就用更加和缓的语气说道:

"那么,孩子单纯对这的信任,可以说成'信仰'吗?自然不能说是。信仰是后来形成的。信仰的本源是另外一条。我就能说我身上不曾存在着信仰。"

神父的口吻恼怒而哆嗦:"那不如说,是你不曾给信仰一个开花的机会,虽然条件非常完备。信仰就犹如记忆,也是上帝赋予的一种天赋。信仰就像是记忆,或是上帝赋予的另外的天赋一样,有培养的需求……可是你……你!……您同其他人一样,经不住骄傲的诱惑,思想被矛盾所支配着,无法克制自由思想的虚名,企图推翻现存的秩序……"

他在表达出如此神圣的怨愤后,很快又悔恨了。更何况,坚决不允许自己涉入宗教问题的纷争,是他之前为自己定下的行事准则。

其次,神父也误解了昂图瓦纳的语调:如此讽刺,如此激进,在争论中显现得非常放松和愉悦,而这些出现在年轻人挖苦讽刺中的那不屑的口吻,似乎是假装出来的,不过他的确有兴趣质疑昂图瓦纳言语的真挚性。他还是非常重视昂图瓦纳的,在重视中怀有期望——不仅仅是期望,而是相信:蒂博先生的长子不可能长久地坚信这种如此差劲、如此不稳的观点。

昂图瓦纳仍旧思忖着。

他镇定自若地驳斥道:"不对,神父先生,这些我从不曾想过,这是自然形成的,而不是傲慢,更不是坚决要反抗。在我的记忆中,在我首次领圣体时,我就已经隐隐约约地察觉到有什么东西——我也不能说清楚,当人们教给我们关于宗教的一些事情时,不单单是对我们儿童,就是对任何人来说都是模糊的,那种让人疑惑、焦虑的东西,那种模糊的东西……是的,包括大人也一样。就连教士也是如此。"

神父下意识地挥了一下手。

昂图瓦纳接着说:"唉,不管是在之前还是在现今,我从不曾怀疑我所熟悉的教士的诚挚,非常诚挚,又或者可以说是诚挚的需要……但他们自身,似乎也在这昏暗中痛苦地骚动着,漫无目的地往前走,在不自觉中痛苦地随着那些难以释义的教条兜圈。他们始终都在确定,确定什么呢?确定的只是别人曾经向他们确定过的事情。当然,他们相信他们宣扬的真理。但是,他们内心的依附力,真的像他们确信的那样坚定、那样稳固吗?对我来说,我真不敢相信……我令你不高兴了……我们来比较一下:那些不属于教会的教师,我认可他们在专业方面,非常从容与非常敦实!他们给我们说语法、历史、几何,显现出他们非常熟悉自己所说的知识!"

神父不屑地撇着嘴说:"只有可以相对的事情才有必要对比。"

"可是,我所要表达的不是他们的知识内容,而是这些世俗教师在所传授的知识面前的姿态。就算他们在教学时产生差错,他们也很淡定,他们的迟疑和困惑都光明正大地表现出来。我跟您说真心话,这样就取得了信任。这样就不会让别人在私下议论……什么方面'故弄玄虚'。不,我想表达的不是'故弄玄虚'。但是神父先生,我跟你说心里话,年级越高,我就越感觉学校的神父令我不踏实,但是当我接触到大学教师时，反而感觉踏实多了。"

神父驳斥道："假如对你授课的神父是博学的神学家，那么你将会非常踏实地与他们交流了。"（他回想起了在自己勤奋、信服的青年时期和神学院的那些教士。）

昂图瓦纳接着说：

"你考虑考虑！当人们渐渐地指引孩子学习数学、物理、化学！突然间，有一片未知的广域空间出现在他们的眼前，他们会认为那里能够更好地体现自己的价值。所以，就这样他们质疑信仰……认为信仰是片面、虚伪、毫不科学的……"

神父后仰着身子，两手伸着说：

"毫不科学？你能证明它不科学吗？"

昂图瓦纳非常肯定地回答道："可以，而且，我还察觉出曾经没有发现的事，那就是你们这些信仰者，你们是以坚定的信仰为目的，去寻求推理的帮助，也是出于要捍卫这种信仰；但是我们，就好像我这样的人，出发点是疑问和对宗教漠视的态度，我们任由理性来指引，无论指引到哪里。"

他笑着又立刻继续说，没有给神父辩解的机会："神父先生，假如我们是在以前谈论这些，你会立马向我证实，我完全不知道这些。这我事先就已经承认了。今天晚上可能是我有生以来思考最多的一次，因为曾经我是不怎么思考这些事的。你应该觉察得到，我并没有故作一副思想者的姿态。我仅仅是想和你说明，我接受的天主教教育无法妨碍我发展到现在的状态，发展到根本不信教。"

神父尽力变得非常和善的样子说："我一点都不惊讶你所展现的丑陋的心态。我认为你比你自己说的要虔诚得多！我认真地听着，你继续说。"

"事实上，我一直——也可以这样说，那么久以来我总是和其他人相同地遵守着宗教仪式，但确实抱有连我自己都不想认同的冷淡的心态……不违背礼仪的淡漠心态。而且就算到最后，我都没有耗费多大力气去摸索和改变。我可能觉得这不是什么紧要的事……同我一起上工艺美术学院的同学则与我的态度截然相反。他出现质疑的危险，有一次他给我来信说道：'我检验了所有的组配，你别相信了，老朋友。它有太多的缺陷，都快要垮掉了……'我在那时正在学习医学，就这样，诀别或者是离开，结束了。那时我还在理科一年级，我就已经知道，没有佐证是不可以盲目相信的……"

"没有佐证！"

"……而且应该要放弃真理是永恒不变的思想，原因是，在还没有探寻到反证前，我们能做的只有相对地认为一些事情是真实的……对，我再次让你不开心了。但是你不要生气，我想和你说的就这么多，神父先生。我是一个特例，若你执意那样认为的话——天性的、本能的不信神的状况。这不是假的。我有健康的身体，我认为自己非常沉稳。我是个性格活跃的人，我向来都摈弃那种高深莫测的事物。当我察觉到、了解到的时候，什么都不能让我相信在我孩提时期的上帝真的存在。而且，我说实话，至今我彻底摈弃它了。我始终承认，我的无神论观点是和我的思想意识一同形成的。你一定不要觉得我是个被开除教会的信众，在我的内心还会祈求上帝原谅；更不要认为我是个惊恐不安的人，正在悲伤失望地向他认同的缥缈的上帝举起手臂。不可能，不可能，我是个从不伸手求援的人。世界上不存在上帝，对我来说根本没有什么阻碍，你应该能察觉得出，在这世界上我是觉得非常逍遥自在的。"

神父对他摆着手,表示不认同。

昂图瓦纳执着地说:

"非常逍遥自在。最起码已经有十五个年头是这样了。"

他觉得神父应该会即刻露出愤恨的神情,但是,神父却仅仅是晃着头,并没有说话。

他终究还是说话了:"可悲的朋友,这只是唯物论的学说而已。你达到这种程度了吗?按照你的意思,似乎你只是信任自己的身体。这样就相当于你只是信任自己的一半——这一半是什么样的呢!……还好这些只是在皮面上,或是说在浮面上。我可悲的朋友,你根本不了解自己真实的本源,也不了解基督教育在你心里种下了怎样的力量。尽管你不承认这力量,但是它依然指引着你!"

"应该怎么跟你说呢?我要给你说明,我所有的东西没有一件是从教会中获得的。我的智慧、我的意志、我的人格,都源于宗教之外的世界。我也能说,是在和宗教的对立中发展的。我认为我摈弃天主教,就和我摈弃异教一样没有什么不同。我认为宗教和迷信是同样的……对,可以不偏颇地说,我身上没有残留任何基督教的教育!"

神父忽然举起手,大声说:"迷茫的人啊!你没察觉到,你平时生活中的工作、责任,甚至是对其他人的诚实,都毋庸置疑地否定了你的唯物论吗?没有谁的生活能比你更加可以佐证上帝的存活了!没有人比你更有即将结束的任务感了,也没有人比你对这个世界充满了职责感了!对吗?这岂不是默认了有上帝的委派?倘若你不对上帝承担责任,那你要对谁承担责任呢?"

神父自以为刺中他的要害了，看到昂图瓦纳没有立即回击他。相反，昂图瓦纳认为神父的反对根本站不住脚：认真仔细的工作和上帝的存在、天主教神学的价值和形而上学的事实根本没有什么特定的联系。他自己就恰恰证实了吧？然而，他也很清晰地觉察到，虽然他的世界不曾有信仰，但是却有一种莫名的自觉，这其中，确实存在着一种无法解释的物质。然而为何要如此呢？只因人是高级动物，就必须要用自己的力量来推动社会的良性发展、前进……那么多没有根据的观点和令人发笑的设想，都是怎么想出来的？总是这个疑问，他从没去想过真正的答案是什么。

他低声说道："呸，……难道这种觉识，就是自十九世纪以来，基督教在我们所有人身上印下的痕迹……刚刚我说到这教诲对我的影响几乎没有——兴许是有些太武断了……"

"不是的，我的朋友，在你身上所拥有的这种物质，恰是我所提及的神圣发酵剂。总有一天这酵菌会再次发生反应：发酵成整个面团！而如今你的精神世界在散漫地、自由地游离，但是终有一天，您会回归重心，回归正途。人类在抵触上帝，包括探寻上帝时也并不清楚上帝是什么……等着看吧！终有一天，你会在毫无知觉中，发现你已驶入了码头。到那时，你就会理解，只有上帝才可以证明和协调一切！"

昂图瓦纳笑道："至于这些，我此刻就认同。此外，我还清楚地了解到，只要是我们人类的需求，我们人类通常就能创造出解决需求的方法。我很高兴地承认，大多数的人都会反映出对信仰最本性的需求，因为非常急切，所以他们几乎都没有探究过信仰是否可信：只要是信仰令他们对什么满怀憧憬，他们就把什么当作真理……"

随后,他喃喃自语道:"这样的观点我是不会摈弃的:绝大多数聪慧的信徒,尤其是素质较高的神父,他们肯定夹杂些实用主义,只不过是多少之说罢了。教义中但凡有我不认可之处,同样有进步思想的现代人也不会认可。但是,宗教教徒依然坚定地信仰,为了更加坚定,他们远离繁多的思忖,只是牢牢地依偎着宗教的精神世界和情感世界。而且,还一直有人全神贯注地向他们述说,教会是如何胜利地把异端剔除的,然而他们从不曾想去求实证明……但是,抱歉,这只是顺口提及的。我打算说,纵使信仰随处可见,但是也难以掩盖这充满愚笨、神秘色彩的基督教的荒谬……"

神父首次用缓和的语调说道:"领会上帝的存在,和掩盖是不相关的。"

随后,他俯身过来,和蔼地说道:

"令人费解的是您,这些话竟是出自您,昂图瓦纳·蒂博之口!在其他基督教信徒的家庭中,孩子可能会因为看到家长的不虔诚,而怀疑上帝的存在。可是,从你儿时开始,你家就有上帝存在,你的父亲受到上帝的启迪而做出的每一个虔诚的举动,你应该都尽收眼底……"

这会儿,静而不语。昂图瓦纳注视着神父,好像故不作答。

他的嘴紧抿着,但终究还是说道:"的确,也正因为如此,我只有在父亲那里发现了上帝。"紧接着的动作和语气把他的话解释得更加透彻。随后又补充道:"但是,今天不适合谈及这些。"然后就把额头靠在了车窗上。

他又说道:"到克雷伊了。"

火车的速度减缓,停了下来。车内灯泡亮了起来。此时,昂图瓦纳非常渴望有乘客推门进来，以便打断谈话，然而，车站空空，没有一人上车。

火车又行驶了起来。

缄默了许久，双方都自我陶醉在自己的思维之中。但昂图瓦纳再次转身看着神父：

"神父先生，你瞧，共有两个问题阻碍着我再次信仰宗教。第一，是关于罪恶的问题，我确信，我没有因为罪恶而觉得惧怕。第二，什么是上帝，我始终都无法相信上帝是肉身。"

神父默不作声。

昂图瓦纳接着说道："还有，被你们宗教叫作罪恶的，对我们来说却是最为朝气蓬勃的、刚劲有力的：本能——是有益处的！可以令人——该如何说呢？让我们能够触及物，可以令我们进步。所有进步——唉！我不该踏入进步这个圈套，但是用'进步'这个词，利于更好地表述！——假若人们都对所谓的罪恶躲得远远的，那这样就不会有什么进步了……"随后又补充了一句："我们扯远了。"

神父双肩稍微耸了一下，他回以讥讽的微笑，接着说道："对于上帝论，我是不认可的！假若非要把上帝的概念强行施加于我，那定是整个宇宙的淡漠！"

神父跳起来道：

"你所说的科学无论是愿意还是不愿意，也只是为了证明最高的存在吧？（我有意避而不用'神圣的图景'这个更加精确的词……）可悲的朋友，假若胆敢否认这个在世间烙下深深痕迹的最高睿智的统治形式，假若不认为大自然的所有都是有目标的，假若不认为所有都是促进和谐而产生的，那样的话等待我们的只能是疑惑！"

"是的！我赞同这种说法。宇宙对于我们就是一团疑惑。"

"我的朋友，这难以解释的疑惑，就是上帝！"

"我不是这样认为的。也不准备向这种思想妥协，把疑惑的不解都归于'上帝'。"

他笑着，停顿了片刻，没吭声。

神父做好防范，看着他。

昂图瓦纳一直微笑着说道："但是，就大部分教众而言，是把仁慈的神灵等同于肉身的稚拙的概念，它清清楚楚地看着我们的一切，亲切地观察着我们最细微的动作，并且我们每个人都乐此不疲地向上帝祷告：'天主啊，给我启示吧……我的主啊，给我……'诸如此类。

"神父先生，希望你理解我说的话，我并不是故意要中伤你。然而，我无法假设、无法想象，在宇宙中微乎其微的我们（包括在地球上，我们也只是微尘中的微尘）怎么和这无穷大、无所不包的客观之间有关联，怎么可以进行心灵沟通和交流问答？是如何给予'上帝'人的情怀、父的慈爱和怜惜？所谓的圣事，数着念珠的祷告——还是？依从人的企图捐钱做弥撒，短暂的洗脱要遭受的地狱的惩罚，这样的信仰我们该如何对待呢？呵呵！这些信奉上帝的宗教仪式，与其他一切原始宗教仪式、异端祭奠、野人摆供品的祭祀，本质上都是相同的！"

神父的话到了嘴边，准备说，其实还有一种自然的宗教，会得到所有人的认可，这才是信仰的魅力。然而他把住了自己的嘴，没有吱声。他两手挽着，揣在袖口里，蜷缩在墙隅。一副妥协、耐性和带有讥讽的表情，犹如在静候随性的争辩结束。

终点站就快到了。火车在巴黎近郊的交叉轨道上颠荡。穿过满

951

是水汽的车窗,看到了在黑夜中闪烁着的万家灯火。

昂图瓦纳还想解释什么,急忙说道:

"神父先生,我刚刚说的话,还请你莫见怪。我明白,虽然没经任何允许谈及哲学领域的话题,但我说的都是坦诚的心里话,我刚刚谈到最高秩序、宇宙的根源……其实这些都是大家闲聊的话题,别无他意……事实上,对于这些信任和质疑的程度是等同的。我作为高级动物——人,站在自己的立场,发现不被制约的力造成广泛的骚乱。然而,这些力是不是被另外一个秩序所约束呢?还是遵循于……该如何说呢?还是暗存于某些因子之中,从而致使'个体'遵循命运的规则呢?还是不遵循于那些外部的秩序,但是又和它们兼同,只是在特定的时候会出现支配它的秩序呢?……还有,在什么条件下,这种情况才会出现呢?我更愿意认同,原因是源源不断地出现的,而探寻出原因的结果还需要另外一个原因来求证。是什么缘由一定要寻求出一个最高法则呢?这就是模式化的思维愿景。为何非要给那些无穷反向作用的物一个共同方向呢?我经常思忖,一切物的生命都是从无到无,就像一切都是空虚的混沌……"

神父静静地看着昂图瓦纳,然后把脸低下,冷笑道:

"我觉得说到这种程度,已经无法再降低了……"

随后,起身,扣上棉外衣。

昂图瓦纳真诚地致歉道:"神父先生,请你不要见怪。实际上这种交流是不会有什么结论的,有的只会是伤害友情。其实我很奇怪,今天为何要谈到这些。"

他们一前一后地站起来。神父感伤地看着青年人说:

"你对待我就像是朋友似的,开怀畅谈,怎么说我都应该谢谢你。"

他似乎仍然在迟疑,是否应该要再说些其他的,但火车已到站停下了。

昂图瓦纳用另一种语气说道:"我叫出租车送你回去行吗?"

"嗯,嗯……"

坐上出租车之后,昂图瓦纳一直愁眉苦脸的,沉默不语,但内心却已思考着正在等候着他的那繁杂的日子。他的同行者也和他一样安静,似乎是在思考着什么。可是在他们经过塞纳河之后,神父朝着昂图瓦纳转过身说:

"你现在……有多大了?是三十岁吗?"

"将要三十二岁了。"

"你还年轻……总有一天你会知道的。如果是别人,他们后来都将会知道!总有一天,你也会那样做。在人的一生中,总会有些时候是一定需要上帝的,特别是在那最恐惧的一刻,就是最后一刻……"

昂图瓦纳在心中想道:"不错,那种面对死亡的害怕……是如此深沉地压抑着任何一个文明的欧洲人,而且多少都会破坏他们活着的趣味……"

神父刚想准备谈及蒂博先生的死,但已经到嘴边的话,还是咽了回去,仅仅说了:

"你也许能够想象,那该是什么样的场景:到了最后一刻,仍不信任上帝,仍看不到慈爱万能的主在对面已经对我们张开了怀抱,将要彻底地消失在没有希望的漆黑中。"

"呀,说到这个,我们同样了解,神父先生。"昂图瓦纳赶快接上去(就在刚刚,他的脑海里也同样出现了父亲的死)。他迟疑了一下,又说道:"我们的职业有共同之处,都是要亲身经历别人将死之时的情景。也许我比你看到的非教徒的死亡要多。我想到我是如此悲痛，我真的想给他们打一针临终的信仰剂……但我并不是那种在临死之前的悲痛中，觉得需要神秘信仰的人。就我个人来说，在最后一刻，我多么希望我可以接纳让人得以安心的理念。因为我非常害怕失望地死去，就好像我害怕在临死之前不注射吗啡一样……"

他看到神父用打战的手握住他的手，毋庸置疑，神父非常想将这出乎意料的坦诚的心里话作为好征兆。

"不错，不错。"他紧紧地捏住昂图瓦纳的手臂说道，就像是热情的激动，"你就相信我所说的吧：你不需要封锁住所有想要得到慰藉的方式，就和我们一样，你也终将会对它有所需求。我要表达的是，不要抛弃祷告。"

"祷告？"昂图瓦纳晃动着脑袋反对说，"如此疯狂的喊叫……是对着什么呢？对着那存有质疑的秩序吗？对着那耳聋眼瞎、麻木不仁的秩序吗？"

"那都不打紧，不打紧……是的，是'疯狂的喊叫'。你就相信我所说的吧！不管你的想法暂且会到什么样的水平，不管你一瞬间在现象的那一边模模糊糊地看到了秩序或是法度的表现是什么，亲爱的孩子，你要奋不顾身看着它并祷告！啊，我要帮你驱除灾难，我不希望你被孤单所吞没。你一定要和'永久'维持着交流，维持着可以和它通用的言语！虽然现在仍没有沟通，虽然现在似乎你也还在自语！……无论是高深莫测的夜晚，还是消失的个性和未知的谜底，都不需要担心，你只需要祷告！对着那'未知'祷告。一定要做那种'疯狂的喊叫'。你最终会明白，那种内心的平静，那种神奇的安慰和那突然回应你的喊叫……"

昂图瓦纳在心中想着,并没有回应:"不能跨越的障碍……"但是,他认为神父已经非常兴奋了,就更加不想再说些让神父不开心的话了。

此外,他们也到达了格勒内尔街。

出租车停了。

韦卡尔神父拉住昂图瓦纳的双手,握了握,紧接着在下车之前,他在车内的阴暗处俯下身子,使用和平常不一样的语气低声地说着:

"我亲爱的朋友,天主教是不同的。你就相信我所说的话吧,它比你现在在朦胧中所感受到的要广博得多……"